MW01136722

Le voisin d'en face

DU MÊME AUTEUR

Romans

Trouble Je (Editions Douin, 2016)
Un Frère de Trop (2017, Ed. Michel Lafon 2019)
Trente secondes avant de mourir (2018)
Huit minutes de soleil en plus (2019)

Roman en alexandrins
Vers…tige (2017)

Recueil de poèmes
En Vers… et contre tout. (2016)

Sébastien Theveny

LE VOISIN D'EN FACE

Thriller

ISBN 9781703299823

Couverture : C.Couvertures

À mes voisins,
Justine et Vincent.

Je vous promets que vous n'y êtes pour rien...

Amitiés,

Sébastien.

La réalité, parfois, dépasse la fiction.
La fiction, souvent, la rattrape...

Prologue

— Bouge plus, Szabó !

La voix tonitruante et rocailleuse du lieutenant Lucas Maraval sembla résonner dans les allées du cimetière de Montmartre, rebondissant comme un écho sinistre entre les tombes de granit. Dans le viseur du policier, la silhouette du dénommé Szabó se profilait derrière une stèle à la mémoire d'un illustre inconnu.

Cela faisait des semaines, des mois que les services étaient à ses trousses. Une traque tortueuse pour mettre fin aux crimes et délits du bonhomme. Enfin Maraval le tenait au bout du canon de son 9mm. Et cette fois, il comptait bien lui mettre la main dessus.

C'était sans compter sur l'instinct de survie de Szabó qui, lui, exprima son intention de bouger en détalant comme une balle entre les tombes déjà recouvertes d'une fine pellicule de givre.

La nuit commençait à tomber, apportant avec elle cette froidure exceptionnelle qui enveloppait Paris depuis plusieurs jours, à l'approche de Noël.

La pénombre, alliée de Szabó, lui permit, une nouvelle fois, de disparaître du champ de vision, et de tir, du lieutenant Maraval.

— Bordel ! jura celui-ci lorsqu'il perçut le crissement du gravier sous les semelles du fuyard en direction de la sortie est du cimetière.

L'officier décrocha son talkie-walkie, demanda du renfort, tout en reprenant sa course :

— Dubuc, Saouli, Leblanc, tenez-vous prêts, le lapin détale vers la Butte.

Un « ok, chef » fut crachouillé en guise de réponse.

Maraval venait de perdre la trace de sa cible derrière une stèle qui aurait pu être celle de Dalida ou de Sacha Guitry, mais le flic se foutait pas mal de savoir qui dormait là-dessous. Lui, ce qu'il voulait, ici et maintenant, c'était serrer Szabó, l'empêcher de nuire à nouveau.

Des bruits de course se firent entendre, guidant le lieutenant à l'oreille, sachant qu'il avait perdu le visuel. Il songea tout à coup que Szabó était bien con de se tirer de ce cimetière, où la pénombre aurait pu lui être utile, pour aller se jeter dans les rues éclairées de la Butte. À moins que celui-ci n'espérât y trouver une planque sûre ou un complice posté à un coin de rue. Les voies de Montmartre étaient tortueuses, l'éclairage public offrant parfois des recoins sombres pour qui connaissait le quartier. Et c'était le cas de Szabó visiblement.

Maraval déboucha dans la rue Rachel et aperçut au loin la silhouette du fugitif, qui se dirigeait au pas de course vers la rue des Abbesses.

— Purée, il ne va pas me faire le coup des escaliers, ragea Lucas. Bon, les gars, qu'est-ce que vous foutez ? aboya-t-il dans le talkie à destination de ses collègues. Il file vers les Abbesses. Bloquez-le là-bas, j'arrive.

— On est dans la rue des Trois Frères, juste au-dessus. On se scinde en trois pour le cerner, répondit Saouli.

— C'est bon, cette fois, il ne passera pas entre les mailles du filet, grinça Maraval avant de renfourner le talkie dans sa gabardine d'officier, sous laquelle il avait pris soin d'enfiler un gilet pare-balles. Au cas où... On ne savait jamais avec ce genre de timbrés, capables de tout.

Le lieutenant gagnait du terrain sur Szabó, malgré les plaques de verglas qui, déjà, émaillaient le bitume de la capitale. Dans ce quartier, en hiver, les trottoirs étaient moins fréquentés, aussi le givre parvenait-il à se former rapidement, contrairement aux grandes avenues des autres quartiers plus animés. De rares passants, quelques groupes de japonais, une poignée d'artistes bohèmes osaient encore braver les températures négatives et s'écartaient au passage du flic. Ce dernier pointait, bras tendus, son arme de service devant lui. Un commerçant, qui ne l'avait pas vu arriver, lui balança une poignée de gros sel dans les jambes. Maraval ne prit pas même le temps d'écouter ses excuses ou ses invectives : il avait d'autres chats à fouetter, en particulier un gros matou de gouttière qu'il rêvait de choper par la peau du cou.

Szabó s'engouffra dans le passage des Abbesses. Comme si le bonhomme escomptait piquer vers le Sacré-Cœur.

— Il a envie de faire de la grimpette, l'enfoiré, maugréa Lucas pour lui-même, maudissant la choucroute garnie qu'il s'était enfilée le midi-même avec ses collègues et dont l'acidité du chou lui laissait un souvenir cuisant dans l'œsophage. Les deux saucisses, le lard et le petit salé lui pesaient encore sur l'estomac.

Tandis qu'il regrettait d'avoir choisi la choucroute plutôt que la salade de gésiers, il avisa Szabó disparaissant dans les zigzags du passage. Le lieutenant ne devait pas le perdre de vue dans cette rue pavée, tortueuse, glissante.

Il songea soudain, assez inopinément, qu'il était tout près du square Jehan Rictus, ce coin boisé de la place des Abbesses, au cœur duquel se trouvait le fameux « Mur des je t'aime ». Là où, il y avait bien longtemps, il avait osé déclarer sa flamme à celle qui allait devenir sa femme. Oui, c'était il y avait bien longtemps et cela lui renvoya une flèche amère au cœur, à peine moins forte qu'un uppercut au menton.

— Secoue-toi, Lucas, c'est ni le moment de faire du tourisme ni celui de ressasser des trucs qui font mal...

Il venait de passer le zigzag et découvrit le malfrat déjà à mi-hauteur des fameuses marches du passage, qui débouchaient dans la rue des Trois Frères, là où, sans doute, devait l'attendre l'un ou l'autre de ses collègues.

— Arrête-toi, Szabó, t'es coincé ! aboya-t-il.

Il hésitait à tirer, préférant toujours éviter d'avoir recours à son arme à feu.

— On débarque en haut du passage des Abbesses, informa-t-il rapidement dans le talkie.

— J'approche. Cette fois on va le coincer...

C'était la voix de Dubuc.

Mais, parvenu en haut de la volée de marches, Szabó se jeta immédiatement au-milieu du trafic, assez dense à cette heure, en ce 23 décembre. Deux voitures pilèrent, un scooter fit une embardée, quelques passants hurlèrent et le fuyard s'engouffra sans le moindre mal dans la rue Androuet, qui s'ouvrait juste en face.

Lucas Maraval perdit quelques secondes dans sa course folle. Ses poumons commençaient à piquer, par l'effet conjugué de l'effort physique et du froid vif. À chacune de ses respirations saccadées, un nuage de vapeur s'échappait de ses lèvres. À cet instant précis, il bénissait l'idée lumineuse d'avoir arrêté la clope dix ans plus tôt.

Le sergent Dubuc le rejoignit à l'entrée de la rue :

— Pas pu arriver plus tôt, chef, haleta-t-il.

— Pas le temps pour les excuses. Cours, bon Dieu, t'es jeune !

Le sous-officier s'élança devant Maraval, à la poursuite de Szabó.

Ils n'étaient plus qu'à une vingtaine de mètres du criminel lorsque celui-ci s'engouffra soudain, par une porte cochère, dans l'un des immeubles.

— Il est fait comme un rat, prédit Dubuc.

Maraval ne releva pas, se disant que rien n'était moins sûr. Il avait appris à connaître le loustic, depuis ces derniers mois, et savait qu'il avait de la ressource. Peut-être même quelques complices dans cet immeuble, qui sait ?

Pas d'ascenseur en vue. Juste un escalier non éclairé dans lequel ils percevaient des pas de course.

Quelle santé ! songea Lucas. On vient de se taper un quatre-cents mètres, version *Holiday on Ice*, avec quarante mètres de dénivelé positif, et le type galope encore comme un lapin de garenne. Il laissa Dubuc s'élancer dans les étages tandis que lui-même actionnait le bouton de l'éclairage.

13

Courbé en deux afin de reprendre son souffle, il espérait que son subordonné serait assez frais pour gagner du terrain sur le fugitif. Enfin, il s'élança à son tour.

Les immeubles, par ici, dépassaient rarement les quatre à cinq niveaux. Chaque étage n'ouvrait en général que sur trois à quatre appartements. Rejoignant l'analyse de Dubuc, Lucas commença à se dire que le gaillard n'avait effectivement plus guère d'échappatoire…

C'était sans compter sur la rapidité et l'intrépidité de ce chat de gouttière.

Blam !

Il entendit un coup de feu, plus haut, et accéléra le pas. Parvenu au dernier étage, Lucas découvrit son collègue sur le sol, le dos appuyé contre une cloison de la cage d'escalier, une main ensanglantée tenant son épaule, du sang suintant d'entre ses doigts :

— Il s'est barré par-là, grimaça Dubuc en désignant la trappe béante qui donnait sur les toits.

— L'enfoiré ! s'exclama le lieutenant.

Il hésita un bref instant entre deux options : porter secours à son coéquipier ou se lancer à la poursuite de Szabó sur les toits givrés de l'immeuble. Finalement, il lança un appel par talkie pour prévenir Saouli et Leblanc puis agrippa le premier barreau de la courte échelle qui pendait du plafond du dernier étage.

Un vent vif et mordant lui cingla le visage lorsqu'il déboucha sur le toit de zinc si caractéristique des bâtisses parisiennes. Ses doigts glissèrent sur le métal givré.

— T'es vraiment cinglé, Szabó, hurla Maraval. Rends-toi, maintenant, ça va mal finir. Allez, fais pas le con.

L'intéressé slalomait, non sans mal, entre les cheminées, les velux et les gouttières, à une cinquantaine de mètres de l'officier. Visiblement décidé à ne pas faire cas des avertissements du flic à ses trousses.

Maraval se redressa, assurant avec peine ses premiers pas. Là-haut, l'ombre régnait. Les toits n'étaient éclairés que par la lune heureusement pleine, l'éclat général des lampadaires dans les rues avoisinantes puis les spots jaune-orangé du Sacré-Cœur, à peine cent mètres plus loin. C'était une vision étrange que cette beauté architecturale, depuis ce point de vue insolite, dans des circonstances peu propices à la contemplation. Maraval se secoua mentalement pour se détacher de l'attraction fantasmagorique de la basilique aux triples dômes, pointus tels des tétons sacrés.

Il avançait en assurant au mieux ses prises aux cheminées et aux arêtes des plaques de zinc. Il songea soudain au film *Peur sur la ville* et se dit que, décidément, n'était pas Belmondo qui voulait et surtout qu'il en était tout autrement dans la vraie vie !

Et la réalité, dans son cas précis, c'était de choper Szabó et d'éviter de se briser les os en tombant de ce putain de toit de la Butte Montmartre.

Autant Szabó démontrait une agilité digne d'un chat, autant lui se sentait plus proche du pachyderme.

Mais il avançait, gardant l'œil sur ce type qu'il traquait depuis déjà trop longtemps.

Il le voulait, et vivant ! il avait pas mal de questions à lui poser et désirait entendre ses réponses.

Dix mètres à peine les séparaient. Le pâté de maisons était vaste : plusieurs dizaines d'immeubles se touchaient pour constituer une longue étendue zinguée sur laquelle le criminel progressait. Il sautait d'un toit à l'autre, s'agrippait pour se hisser sur le suivant. Maraval s'époumonait à le suivre.

— Tu comptes aller jusqu'où, comme ça, Szabó ? Sur les clochers du Sacré-Cœur ?

Cinq mètres. Szabó se retourna, visa l'officier avec son arme. Tira. Deux coups qui ricochèrent avec un feulement métallique sur le zinc, à quelques centimètres des pieds de Lucas.

En voulant éviter les coups de feu, le flic trébucha et s'étala sur la toiture gelée.

Szabó en profita pour reprendre sa course folle. Suicidaire, pensa le flic.

Grimaçant de douleur, Maraval se releva en se tenant les côtes et reprit sa poursuite. Il lui semblait que des heures s'étaient écoulées depuis le début de la course, depuis le cimetière, alors qu'il ne devait s'être écoulé qu'à peine un quart d'heure. Mais quel quart d'heure intense !

Enfin, il prit de l'assurance et fut à quelques mètres de Szabó, lequel avait stoppé net au bord d'un immeuble. Le toit du bâtiment suivant culminait à quatre ou cinq mètres en contrebas. Le fugitif hésitait visiblement à sauter sur cette toiture recouverte de tuiles rouges, probablement celui d'un hôtel particulier.

— Mains en l'air ! Ne m'oblige pas à tirer, Szabó. S'il le faut, je le ferai et tu le sais.

L'homme lui tournait le dos et Maraval se refusait à tirer dans ces conditions.

— Jette ton feu et retourne-toi.

Il y eut un temps d'éternité, où tout sembla s'arrêter. C'était presque le silence, c'était glacé comme le vent, c'était brillant comme le Sacré-Cœur que la brume commençait d'envelopper dans un linceul trouble.

Puis Szabó se retourna lentement : un simple mouvement de la tête et du bras tenant l'arme. Il la pointa en direction de Lucas Maraval et afficha un sourire narquois qui rappela à l'officier la tête grimaçante du Joker dans le *comic* Batman.

Le coup partit.

Sec, assourdissant.

Maraval s'écarta d'un bond, se plaqua derrière une cheminée et fit feu à son tour.

La balle se perdit au-dessus de la tête de Szabó, qui venait de plonger sur le toit de tuiles rouges.

Le lieutenant se précipita au bord du toit de zinc et eut juste le temps de voir le fugitif atterrir en contrebas, se tordre la cheville, pousser un hurlement, glisser, basculer, glisser encore, tenter de se retenir, glisser de nouveau, glisser toujours... jusqu'au bord de cette toiture qui longeait la rue Berthe.

— Non ! hurla le flic lorsque le corps de Szabó tomba de l'immeuble.

Il put même entendre, depuis là-haut, le choc sourd d'une masse sur le trottoir puis les cris d'effroi des touristes japonais qui se rendaient au pied des marches du Sacré-Cœur.

Leblanc et Saouli furent les premiers sur le point de chute. Inconscient mais toujours vivant, Szabó fut transféré vers l'hôpital Lariboisière, tout proche.

Les multiples fractures occasionnèrent chez le blessé des hémorragies internes ainsi qu'une perte de conscience. Malgré tous les soins prodigués par les urgentistes, chirurgiens et réanimateurs, la mort encéphalique du patient Szabó fut prononcée par le docteur Siethbüller à 20h32 ce 23 décembre.

Le lieutenant Lucas Maraval pourrait toujours attendre les réponses à ses questions…

Chapitre 1

Paris, printemps 2018

Debout sur un escabeau de bois à trois marches, Louise Vallois s'affairait à réorganiser le rayon de la littérature du XIXème siècle, dans la partie la plus reculée de la coquette librairie de la Butte Montmartre dans laquelle elle travaillait. Elle entendit la clochette de la porte d'entrée, annonçant l'arrivée d'un potentiel client, forcément amateur de bons livres. Ici, *Aux Trouvailles d'Amélie*, le client entrait par curiosité ou par habitude et repartait toujours avec le sourire, même s'il n'y avait pas trouvé son bonheur de lecture, ce qui était somme toute bien rare. Amélie, la patronne, et Louise elle-même, possédaient un tel goût pour la littérature qu'il était presque impossible pour le fureteur de livres de ne pas se laisser embarquer par la passion communicative des deux femmes. Elles savaient, l'une comme l'autre, donner l'envie de découvrir telle œuvre, tel auteur, telle pépite. Aussi, *Aux Trouvailles*, on n'entrait pas pour acheter le dernier best-seller qu'on pouvait trouver dans n'importe quelle boutique, maison de la presse ou supermarché. Non !

au contraire, ces demoiselles (trente-trois ans pour Louise et soixante-quatre pour Amélie…) avaient au préalable sélectionné quelques nouveaux auteurs de talent, des autoédités pour la plupart. Leur plaisir consistait alors à expliquer aux clients pourquoi ce titre était un coup de cœur et en quoi cet auteur méritait d'être plus largement connu.

Voilà pourquoi les grands classiques du XIXème étaient relégués au fond de la boutique : ceux-là n'avaient plus besoin de publicité. Louise replaça *Les liaisons dangereuses* à la bonne place, selon l'ordre alphabétique, et jeta un bref regard au visiteur qui furetait sur les étals. Elle entendit la douce voix d'Amélie lui proposer :

— Si je peux vous apporter le moindre conseil, monsieur, n'hésitez pas. Nous sommes là pour ça !

« Amélie la douce », songea Louise en souriant. C'est cette douceur qu'elle avait perçue d'emblée, dès son entretien d'embauche, lorsqu'elle s'était présentée dans cette librairie à l'angle de la rue Berthe et de la rue Drouet, à quelques encablures du Sacré-Cœur, qui dominait le quartier de toute sa majesté. Le courant était tout de suite passé entre les deux femmes : l'expérience rassurante et la jeunesse enthousiaste. Depuis plus de deux ans, le duo évoluait en harmonie au milieu des livres, leur passion commune.

Louise continuait de jeter des coups d'œil intéressés en direction du visiteur, qu'elle trouvait plutôt charmant. L'air de ne pas y toucher, elle attrapait un livre de poche et le replaçait quelques places plus loin sur l'étagère. Puis elle descendait de son perchoir, lançant une nouvelle œillade, repoussant l'escabeau d'un petit mètre puis remontait dessus, en prenant garde à ce que sa jupe de printemps ne dévoile rien de ses fines gambettes.

L'individu se trouvait être le seul à ce moment-là dans la boutique. Aussi Louise était-elle attirée par sa présence derrière elle, près du présentoir réservé aux coups de cœur d'Amélie. Elle l'apercevait qui lisait les cartonnettes roses sur lesquelles la patronne notait au feutre blanc ses avis de lecture.

Louise avait l'impression d'avoir déjà vu cet homme à la barbe de trois jours, aux cheveux bruns piquetés d'argent et au teint déjà hâlé par les premiers rayons printaniers. Séduisant, en somme, du moins au goût de la jeune femme.

Même s'il n'était jamais entré dans la librairie – de cela Louise en aurait juré, elle qui avait le don d'observation et le souvenir des visages – du moins l'avait-elle déjà croisé dans le quartier de Montmartre. Ce quartier atypique de Paris où se côtoyaient artistes, touristes, employés et pickpockets et où elle résidait depuis qu'elle avait décroché cet emploi qui lui allait comme un gant.

Elle décala une nouvelle fois son escabeau de bois tandis qu'elle percevait au loin la discussion feutrée entre le client à la barbe sexy et sa patronne. À cet instant, Louise sut que l'homme ne ressortirait pas les mains vides et que, très probablement, il reviendrait d'ici peu dans la boutique, ravi d'avoir été si bien conseillé et soucieux de renouveler l'expérience.

Aussi, lorsqu'elle disparut dans la réserve avec une pile de livres sur les bras et qu'elle vit le beau brun tendre à Amélie un billet de vingt euros, elle afficha une moue satisfaite. Sa patronne était vraiment trop forte !

— Alors ? voulut-elle savoir en la rejoignant. Il est reparti avec quoi, celui-ci ? Quelle pépite livresque lui as-tu conseillé ?

— J'ai pensé qu'il ne serait pas insensible à *L'eau de rose*, de Laurence Martin. Tu sais ? C'est le livre que j'ai rentré samedi. Qu'en penses-tu ?

— Euh… pas mal… Sa petite barbe poivre-et-sel lui donne un côté sensible qui me fait dire que tu as sûrement encore vu juste.

— Bien sûr, ma Loulou (Amélie lui avait très rapidement attribué ce surnom affectueux qui n'était pas pour lui déplaire, elle qui voyait en son employeur une véritable mère-poule). Je te fiche mon billet qu'on le reverra avant la fin de la semaine !

À cette pensée, le teint de Louise vira quelque peu au rose, tandis qu'elle s'éloignait du côté des bandes dessinées indépendantes.

Curieusement, elle eut envie d'être déjà à la fin de la semaine.

Chapitre 2

Depuis deux heures déjà, il était plongé dans le roman que la libraire lui avait conseillé. Assis en tailleur sur le canapé clic-clac de son studio de la rue Berthe, un bock de bière fraîche posé sur le guéridon à côté, il lisait avec avidité. Depuis toujours, il avait la passion du livre. C'est pourquoi il s'était rendu, quelques semaines seulement après son emménagement, dans cette petite librairie de quartier qui sentait bon l'encens, le papier et l'encre de Chine, qui était comme un havre de paix au milieu du tumulte parisien.

Paris, il connaissait bien sûr, il y avait usé ses fonds de culotte. Puis la vie l'en avait éloigné durant de longues années ; il avait vadrouillé, jusqu'aux Antipodes. Cet éloignement avait été son plus amer regret. S'il ne s'était pas trouvé si loin, si injoignable, peut-être que le drame n'aurait jamais eu lieu, peut-être qu'il aurait eu alors son mot à dire. Pour sûr, il n'en serait pas là, aujourd'hui, à fomenter sa vengeance, à vouloir rendre sa propre justice…

Il passa ses doigts sur ses joues pileuses, constatant qu'il était sorti de sa lecture : une idée amenant l'autre, il s'était laissé distraire.

Pour se rafraîchir les idées autant que le gosier, il avala une longue lampée de bière, qui lui laissa comme une fine moustache blanche et mousseuse sur la lèvre supérieure. Il l'ôta d'un coup de langue méthodique et cela lui conféra un air carnassier, assoiffé de haine rentrée.

De fait, il posa le roman sur le guéridon, se leva, se dirigeant vers le coin bureau de son studio : une simple planche mélaminée posée sur deux tréteaux de bois. Depuis quelques mois, il avait appris à se contenter de peu.

À côté d'un dictionnaire Harrap's franco-espagnol, il attrapa un dossier cartonné, d'où il puisa une feuille griffonnée de sa main. Il y relut ses quelques notes, un sourire satisfait et légèrement vicieux aux coins des lèvres. Cela le décida à s'extirper de son studio.

L'après-midi était déjà bien avancé et il se dit qu'il aurait des chances d'arriver à la bonne heure pour pouvoir récolter de précieuses indications, voire des confirmations.

Dans la rue, il marcha d'un pas décidé vers la station de métro Marcadet-Poissonniers où il emprunta la ligne 4 en direction de la Porte d'Orléans. Un changement à Gare du Nord où il attrapa le RER B, en direction d'Orly. Le temps d'en parler, il descendit à Saint-Michel Notre-Dame, parcourut les couloirs souterrains, les tapis roulants jusqu'à Cluny La Sorbonne, où il déboucha en plein cœur du Quartier latin.

À l'instar de Montmartre, il aimait ce quartier étudiant, foisonnant de facultés, de librairies et de monuments à la gloire de l'architecture à la française. Les bâtiments de l'université de la Sorbonne, devant lesquels il ralentit sa marche, en étaient à eux seuls la parfaite illustration.

Des étudiants en sortaient, un par un ou par grappes, certains riant, d'autres le nez plongé dans leurs livres.

L'homme s'adossa au mur d'en face pour observer les allées et venues des étudiants, scrutant de temps à autre son téléphone portable pour se donner une contenance. Il espérait se fondre suffisamment dans la masse afin de ne pas être pris pour un vieux quadra pervers faisant la sortie des facs. Pour sûr, il ne pouvait plus guère passer pour un étudiant ; à la rigueur pour un professeur. Sa barbe de trois jours et ses cheveux mi-longs pouvaient, à la rigueur, le faire passer pour un prof de langues anciennes ou de philosophie.

Celui qu'il attendait ne daignant pas sortir, il se résolut à bouger un peu. Rester statique constituait la meilleure manière de se faire repérer. Il fit donc quelques pas en direction du Panthéon, fredonnant malgré lui les paroles de Bruel, sur l'air de *Place des grands hommes*. Puis finit par s'asseoir sur les marches, dans l'axe de la rue Soufflot, de manière à pouvoir toujours surveiller la sortie de la Sorbonne par laquelle il l'avait déjà repéré à plusieurs reprises. La dernière fois, il avait cru pouvoir parvenir à ses fins, mais le gamin s'était joint à un groupe de copains et il n'avait pas pu le filer jusqu'au bout.

Cette fois, il espérait que ce serait la bonne.

Soudain, il sursauta : voilà que le jeune homme sortait de la faculté et il était seul. Il s'éloignait le long du trottoir et longeait la place du Panthéon, suivi de loin par un inconnu dont il ne soupçonnait pas la présence.

Ils marchèrent près d'une dizaine de minutes, dans les rues pentues qui menaient vers la Seine, séparés d'une trentaine de pas. Le jeune homme, un Noir à la démarche souple et légère, consultait régulièrement son mobile, pianotait un SMS, écoutait des messages.

Derrière lui, l'inconnu à l'allure de professeur le suivait intensément, les yeux pleins d'une détermination sans faille.

Pas de doute, c'était bien lui ! L'homme avait eu accès à des photographies et tous les signes distinctifs se retrouvaient chez l'étudiant.

Enfin, au détour d'un coin de rue, le jeune homme s'arrêta devant un porche et composa un code pour déverrouiller la porte condamnée électriquement. Le pseudo-prof s'était posté à l'angle de la rue, suffisamment loin pour ne pas être vu mais assez près pour entendre le long bip commandant l'ouverture de la lourde porte que l'étudiant poussa, disparaissant dans les entrailles du bâtiment.

Quand l'huis se fut refermé, l'homme s'approcha et, scrutant de droite à gauche, il fit défiler les noms des occupants sur l'interphone digital. Une douzaine d'appartements à peine, dans cet immeuble haussmannien du Vème arrondissement. Parmi ceux-ci, il put lire la confirmation qu'il espérait : Alioune M'bappé, 3ème droite.

Tout doute était levé, tout concordait. Ne lui restait à présent qu'à choisir le bon endroit, au bon moment.

Cependant, l'homme n'était pas pressé, d'ailleurs il n'y avait pas, ou plus, urgence. La vengeance, comme on dit, est un plat…

Chapitre 3

Alioune M'bappé était un étudiant assidu à ses cours et consciencieux dans son travail de révisions. Les partiels approchaient à grand pas et il escomptait bien les décrocher tous.

À vingt-trois ans à peine, il se sentait déjà redevable à la vie. Il y tenait si fort ! Parti de rien, venu de nulle part, il voulait parvenir au meilleur. Né au Cameroun, Alioune avait eu la chance de décrocher une bourse pour étudier à Paris, destination rêvée de bon nombre de ses compatriotes africains. Par ailleurs, la capitale française était réputée pour compter les meilleurs médecins et chirurgiens d'Europe et, cela aussi, c'était une chance pour l'étudiant camerounais. Qui sait seulement ce qu'il serait advenu de lui s'il était resté à Yaoundé ? Confronté à certaines pathologies, pouvait-on parler d'égalité des chances, que l'on survive en Afrique ou que l'on bénéficie des meilleurs soins en France ?

Toutes ces questions revenaient fréquemment à l'esprit d'Alioune, du moins toutes les fois où il se sentait impuissant devant ses révisions, toutes les fois où il doutait de lui, de ses capacités à retenir tant et tant de choses. Alors, il songeait à la chance qu'il avait eue, deux ans auparavant et il se replongeait avec entrain dans ses livres, ses notes, ses corrections, ses dissertations.

Ce soir-là, il avait allumé la télévision en sourdine sur un match de foot amical. Puis son estomac criant famine, il avait fouillé dans ses placards et y avait déniché une soupe de nouilles asiatiques à réchauffer trente secondes au micro-ondes. Alioune n'étant ni fin gourmet ni grand cuisinier, ce genre de plats tout prêts constituaient son lot quotidien, à égalité avec les pizzas surgelées et les Subway à emporter : il fallait que ça aille vite pour lui laisser le temps de s'engloutir dans ses révisions.

Installé en tailleur à même le sol, devant la table basse de son salon, Alioune reprenait ses notes manuscrites de la main droite tout en entortillant de l'autre main les nouilles fumantes, sauce aux champignons noirs, autour de sa fourchette. Ambidextre, il était capable d'inverser les rôles en fonction de ses besoins du moment : écrire de la main gauche, zapper de la main droite, attraper des sushis avec des baguettes d'une main tout en tapant un texto de l'autre. Bref, Alioune aurait pu s'appeler doigts de fée !

Quelques instants plus tard, les études l'avaient emporté sur l'appétit : le fond de la boîte cartonnée était encore tapissé de pâtes tandis qu'il dévorait des yeux son cours de rhétorique. Absorbé qu'il était, Alioune était loin de se douter que, de l'autre côté de la porte d'entrée de son appartement, dans la cage d'escaliers, dans les différents étages, un homme rôdait...

Chapitre 4

L'homme était parvenu à pénétrer dans l'immeuble à la faveur d'une ruse de sioux des beaux quartiers. Patientant près de la porte cochère, il avait repéré une mamie qui en sortait, empêtrée dans la laisse au bout de laquelle un caniche trépignait. Très aimablement, il lui avait tenu la porte avec un sourire d'ange, que sa mine soignée et sa barbe bien entretenue n'avait fait qu'accentuer.

— Merci, jeune homme, vous êtes bien aimable. Un de ces jours ce fichu toutou me cassera les reins, à tournicoter comme ça dans mes jambes.

— Je vous en prie. Soyez prudente, madame, les trottoirs sont glissants, avait-il obséquieusement répondu en ouvrant grand la porte.

Puis, tandis que la vieille dame trottinait derrière son caniche blanc, avec à la main un sachet plastique à jeter ensuite dans une canisette, l'homme avait eu le champ libre pour s'introduire dans l'immeuble.

Veillant à ne pas se faire remarquer, il avait d'abord inspecté la cour intérieure pavée, le local à poubelles, le box à vélos. Puis, à pas de loup, il avait gravi les étages, scrutant un à un chaque couloir, jusqu'au dernier étage, qui se trouvait être le cinquième. De là, il repéra la trappe d'évacuation donnant sur le toit zingué du bâtiment. Il nota tout cela mentalement car il convenait d'assurer ses arrières, le cas échéant, lorsque le moment serait venu…

Enfin, il redescendit au troisième, sans croiser personne et repéra la porte de droite. Il colla son oreille contre le bois vernis mais n'entendit rien, hormis ce qu'il analysa comme étant une sonnerie de micro-ondes. Trois bips aigus et rapprochés qui indiquaient une fin de cuisson. Nul doute qu'il y avait bien de la vie à l'intérieur.

L'homme crispa instinctivement la mâchoire, envahi de pensées haineuses et violentes, comme un flash qui lui fit monter le rouge aux yeux. Il tripota alors nerveusement l'objet froid qu'il avait enfoui un peu plus tôt dans la poche de sa veste et cela parut l'apaiser.

— Pas là, pas maintenant, c'est trop tôt. Pas assez préparé, trop de risques, bredouilla-t-il pour lui-même.

Sa colère retomba, il redevint lucide et sortit de l'immeuble posément, avec toujours ce sourire étrange, un mix d'ironie et de méchanceté brute.

Une fois dehors, il fila vers la station de RER et rentra vers la Butte Montmartre.

Chapitre 5

Louise stoppa le jet chaud de la douche, se saisit d'une serviette-éponge et s'en frictionna d'abord les cheveux puis le reste du corps. Une fois séchée, elle étendit la serviette et sortit, nue comme au premier jour, de la salle de bains de son petit appartement coquet de Montmartre. Elle, pourtant si pudique, aimait à se promener nue dans cette ancienne chambre de bonne mansardée, aux poutres apparentes. Un petit bijou sous les toits, en plein cœur de la Butte, acheté par ses parents. Elle ne craignait pas d'être vue puisqu'elle occupait, de fait, le dernier étage et l'appartement ne comportait que deux velux par lesquels, d'ailleurs, elle pouvait aisément distinguer la coupole du Sacré-Cœur, illuminée à cette heure-ci de la soirée.

Louise, après une bonne journée de travail puis une douche revigorante, aimait à passer la tête par sa fenêtre de toit et à s'extasier sur les illuminations de Paris.

Parfois, aussi, elle se délectait de suivre la vie des gens, qu'elle pouvait espionner sans être vue, dans les immeubles d'en face. Non pas qu'elle fût voyeuse, mais parce qu'elle était si timide et introvertie qu'elle préférait observer plutôt que d'être vue.

Et puisqu'elle était seule, cela l'occupait et elle s'imaginait ce que ces inconnus pouvaient avoir à se dire. Elle surprenait des baisers, des fâcheries, des colères, des gifles, des pleurs, des éclats de rire et parfois des râles de plaisir. Dans ces cas-là, elle rentrait vivement la tête, le feu aux joues et des nœuds au ventre. Elle allumait sa télé en poussant le son et s'absorbait, ou du moins tentait-elle de le faire, devant des inepties télévisuelles qui ne la passionnaient pas.

Ce soir-là, les fesses toujours à l'air, Louise reçut un choc lorsqu'elle passa la tête par le velux.

C'était lui !

Lui qui allumait les lampes de son studio et refermait la porte d'entrée derrière lui.

Lui qui jetait sur son clic-clac la petite mallette qu'il tenait à la main.

Lui qui portait une barbe de trois jours bien taillée et des cheveux mi-longs, façon Beigbeder.

Lui qu'elle avait cru reconnaître, plus tôt dans la journée, entre les étals de la librairie de la rue Berthe.

Et pour cause ! Louise venait de réaliser que cette impression de déjà-vu qu'elle avait ressentie tout à l'heure n'était autre que la réminiscence de ses œillades vespérales depuis les hauteurs de sa fenêtre de toit ! Jusqu'ici, elle n'avait pas plus prêté attention à cet inconnu qu'aux autres occupants des appartements voisins. Mais son inconscient en avait conservé le souvenir et au-milieu des livres des *Trouvailles d'Amélie*, à seulement deux ou trois mètres de distance, l'image s'était révélée.

À présent qu'elle croyait être un peu plus proche de cet inconnu, elle l'observait avec d'autant plus d'attention et... d'intérêt !

C'est alors que l'homme se dévêtit, se promenant dans l'appartement, simplement vêtu d'un boxer fort seyant.

Louise s'en voulut instantanément de l'espionner ainsi, à son insu, mais ne put en détacher les yeux. Une attirance suspecte la saisissait, contraire pourtant à tous ses principes de bienséance. Ses parents l'avaient pourtant élevée dans la religion catholique, dans la crainte du péché de chair et de convoitise.

Cependant elle bloquait, là, attirée par cet inconnu qui à première vue pouvait avoir dans les quarante-cinq ans, mais dont le corps semblait bien entretenu. Un sportif, sans doute, songea Louise tout en promenant machinalement ses mains sur ses hanches.

Soudain, l'homme tourna vivement la tête dans sa direction.

— Oh ! sursauta la jeune femme en s'éclipsant loin du velux.

Elle se replia au pas de course dans sa salle de bains et enfila son peignoir.

Tremblante, elle éteignit toutes les lampes, se jeta sur son lit et peina durant deux heures à trouver le sommeil, hantée par des images honteuses...

Chapitre 6

À l'aise dans son boxer-short, l'homme s'installa à son bureau sur tréteaux et rouvrit sa pochette. Il empoigna un crayon de papier, une feuille blanche et entreprit de tracer quelques traits, à main levée. Il tenait à ne rien omettre, confiant dans les souvenirs visuels encore frais dans sa tête.

Le moment venu, il devrait être prêt, avoir envisagé toutes les issues possibles, tous les écueils qui pouvaient se présenter, même si l'on ne maîtrisait jamais les aléas. Ce qu'il avait à accomplir ne s'accommodait pas d'à-peu-près. Le danger aurait été trop grand. L'insuccès de cette première étape aurait irrémédiablement compromis la suite de son grand projet.

Un projet au goût de vengeance.

Il griffonnait très vite, quasi compulsivement, ajoutant au croquis des notes, des cotes, des symboles, de lui seul compréhensibles.

Soudain, il eut soif. Le printemps parisien, déjà, réchauffait l'atmosphère. Il alla puiser une Grimbergen blonde dans le bac à légumes de son réfrigérateur, la décapsula avec la télécommande de sa box puis en but quasiment la moitié en quelques gorgées avides. Il reposa la bouteille à côté de ses croquis puis se remit à l'ouvrage.

Plus de deux ans, déjà, qu'il tentait de réunir des informations, de recouper des sources, d'effectuer des recherches, d'initier des filatures.

Deux années à mettre en place un plan qu'il pensait implacable, indice après indice, pièce après pièce, à la manière d'un puzzle.

À l'évocation du puzzle, il eut envie de se remettre à celui qu'il avait entamé quelques semaines plus tôt, un dix mille pièces qui, justement, représentait le Sacré-Cœur illuminé, de nuit, dans toute sa splendeur. Un défi terrible pour l'amateur qu'il était. Toutes les pièces, minuscules, avaient l'air de se ressembler. Elles étaient soit noires pour le ciel nocturne, soit d'une nuance jaune-orangé qui matérialisait la bâtisse sacrée dont il pouvait apercevoir l'original depuis ses fenêtres.

Patient et obstiné, il ne baissait jamais les bras devant la difficulté.

Le puzzle, posé à plat sur un carton de déménagement, était glissé sous le clic-clac. Il tira à lui ce support, approcha la boîte de pièces restant à placer, triées selon un ordre de lui seul connu et commença à plancher, concentré.

Il adorait vraiment cela. Il demeurait chaque fois impressionné par l'idée que chacune des pièces, prise séparément, n'était rien mais que, une fois assemblées, ayant chacune trouvé sa juste place, elles devenaient essentielles à l'ensemble. L'harmonie naissait du chaos.

Son grand projet, d'ailleurs, il l'assimilait à un puzzle : une construction pièce par pièce jusqu'à l'obtention du tableau final.

Une construction ? N'était-il pas plus juste de parler de destruction ?

Chapitre 7

Les jours qui suivirent laissèrent à Louise une double impression, qui la rendait toute chose. D'une part, elle n'avait de cesse de penser à son nouveau voisin et de l'espionner à chaque occasion. D'autre part, elle culpabilisait d'être ainsi comme tombée en pâmoison pour un inconnu seulement croisé. « Quels enfantillages ! », songeait-elle.

Pourtant, elle ne rêvait que de le voir pénétrer de nouveau dans la librairie d'Amélie. Mais les jours se suivaient et l'inconnu ne pointait plus le bout de son nez devant la vitrine, ni n'entrait en quête d'un nouveau voyage littéraire.

Le soir, elle se penchait à son velux et n'avait d'yeux que pour lui. La lumière de son appartement l'attirait désormais bien plus que celle de la basilique.

Enfin, il revint.

La clochette de la porte d'entrée tintinnabula. Louise tourna vivement la tête et se figea. Elle ne rêvait que de cet instant, pourtant, elle prit peur et courut se réfugier dans la réserve en quête d'une imaginaire pile de livres jeunesse à trier. Elle laissa à Amélie le soin de s'occuper du client. Sa patronne savait si bien le faire, après tout ! se consola Louise.

— Ah ! bonjour, monsieur. Alors ? Avez-vous aimé *L'eau de Rose* ? demanda la gérante, qui avait une mémoire d'éléphant dès qu'il s'agissait des livres et de ses clients.

— Un très beau roman, poignant en effet, entendit Louise depuis sa cachette.

— Je vous avais bien dit de me faire confiance.

— Je ne le regrette pas. Toutefois, j'aimerais lire à présent quelque chose d'un peu plus… dur, plus sombre…

— Psychologique ?

— Voilà : du sombre qui donne à réfléchir. Vous auriez cela ?

Amélie tordit la bouche en coin, fronçant l'un de ses sourcils, grimace qui trahissait chez elle une intense réflexion.

— Avez-vous déjà entendu parler de Matthieu Biasotto ?

— Pas le moins du monde.

— C'est aussi un autoédité. Je viens de rentrer quelques exemplaires de son dernier : *Le mal en elle*. Tenez, regardez.

L'homme prit le livre entre les mains et, d'emblée, fut séduit par la couverture.

Tandis qu'il devisait avec Amélie à propos de l'ouvrage, Louise, l'oreille tendue vers la conversation, s'interrogeait :

— Le mal en elle… quel drôle de titre. Est-ce que j'ai le Mal en moi ? Est-ce que je suis possédée par le Malin, pour me comporter aussi vilainement ?

À vrai dire, Louise ne se reconnaissait plus. Comment pouvait-elle s'enticher ainsi d'un inconnu au point de, paradoxalement, se cacher de lui et n'avoir qu'une envie : sortir de sa réserve (au propre comme au figuré) et marcher droit sur lui, lui demander son nom, discuter, l'inviter à prendre un verre, un soir, après le travail… Mais non, cela ne se faisait pas, surtout quand on s'appelait Louise Vallois.

Alors, les jours suivants, elle continua son espionnage passionné, depuis son chez-elle, où elle éteignait toutes les lampes, se mettait nue et passait la tête par la fenêtre de toit, les yeux rivés sur les vitres en face où l'inconnu, en boxer-short, s'agenouillait devant un puzzle.

D'autres fois, lorsqu'elle se rendait compte qu'il sortait de son appartement, elle se rhabillait à la diable, dévalait les étages de son immeuble, marchait sur le trottoir et, dissimulée sous un porche, guettait le hall d'en face. Là, l'inconnu sortait, obliquait à droite ou à gauche, mais peu importait pour Louise : où qu'il aille, elle le suivait.

À distance.

Quoi de mieux que de pister un homme pour mieux connaître sa vie ? songeait-elle pour se dédouaner.

Quand il s'installait à la terrasse d'un café, elle se posait dans un autre bar, d'où elle pouvait l'observer.

Quand il se baladait dans les escaliers de la Butte, elle faisait mine de s'intéresser aux artistes-peintres, sans le perdre néanmoins de vue.

Et lorsqu'il s'engouffrait dans les entrailles du métro, elle profitait de son pass Navigo pour lui filer le train à distance. Quand il pénétrait dans une rame, elle sautait dans le wagon suivant, d'où elle pouvait le surveiller sans être vue.

Ce soir-là, précisément, Louise suivit son bel inconnu à travers diverses correspondances jusqu'au cœur du Quartier Latin, où elle reconnut le Panthéon. Elle le suivit de rue en rue, sans hâte mais sans relâche, telle une ombre. Déjà, la nuit prenait possession du ciel parisien et les ventres s'impatientaient. L'inconnu s'installa à la table d'une brasserie et Louise en fit de même dans celle d'en face, dont les baies vitrées permettaient aisément l'espionnage.

Se maudissant d'être aussi ridicule, Louise n'osa pourtant pas réduire la distance, l'aborder, se dévoiler. Au contraire, lorsqu'il eut fini de dîner et qu'il quitta la brasserie, elle reprit sa pitoyable filature.

Se dissimulant à tous les coins de rue, elle le suivit ainsi encore une dizaine de minutes, jusqu'à ce qu'il disparaisse dans un immeuble. Derrière lui, la lourde porte à digicode se referma, la laissant seule et désœuvrée sur le trottoir.

Que faire ? Tenter d'entrer ? L'attendre ? Mais dans quel but, finalement ? Qu'avait-elle à espérer de ce triste manège ?

Louise attendit là, à l'affût, près d'une demi-heure. À chaque minute qui passait, elle se disait : « Allez, si dans une minute il n'est pas ressorti, je repars. ». Puis la minute s'écoulait, puis une autre, puis encore une autre et elle atermoya ainsi jusqu'à ce qu'elle se fît une raison : il ne ressortirait probablement plus avant le dernier métro.

Elle abandonna son poste de guet, à contrecœur, se morigénant d'être aussi idiote, convaincue désormais que l'inconnu était venu passer la nuit chez sa petite amie.

Le cœur brisé, les yeux humides, elle rentra à Montmartre.

Chapitre 8

À peine Louise était-elle revenue à son studio de la Butte, qu'Alioune M'bappé quittait, guilleret, une bande de copains de fac dans un bar de la rue Saint-Séverin. On était jeudi soir, l'un des plus animés de la semaine pour la population estudiantine.

— Salut les gars, à demain, lança le jeune homme en défaisant l'antivol de son vélo.

— Ciao, Al' ! lui répondit Grégoire. Content que tu sois venu, pour une fois. À demain !

Le jeune Camerounais s'était autorisé une entorse à son programme de révisions, pour accompagner quelques amis dans ce bar. Cela lui arrivait si peu souvent, trop consciencieux qu'il était lorsqu'il s'agissait de ses études.

Il était près de minuit et la faune prenait un tout autre visage dans les rues. Les fêtards avaient éclipsé les touristes japonais et les mamies dormaient paisiblement auprès de leurs caniches frisés. En quelques coups de pédales, l'esprit égayé par les mojitos et la douce fraîcheur du printemps, Alioune parvint à rejoindre son immeuble. Il mit pied à terre, soutenant son vélo d'une main tout en composant le code de déverrouillage de la porte d'entrée, qu'il repoussa durant le bip sonore. Il traversa le hall, se dirigeant vers le box à vélos situé dans la cour intérieure où il attacha son cycle à l'aide de l'antivol.

Lorsqu'il pivota pour retourner vers le hall, il poussa un cri de surprise. Son cœur faillit s'arrêter.

Le chat noir de sa voisine du dessous venait de détaler entre ses jambes, manquant le faire tomber.

— Oh ! tu m'as fait peur, Miaou.

C'était là le nom très original dont la mamie avait baptisé son félin domestique.

Alioune, une main sur la poitrine pour contrôler son rythme, tenta de se calmer. Une frousse pareille n'était pas bonne pour lui, songea-t-il par habitude. Il s'engouffra de nouveau dans le hall et emprunta l'ascenseur jusqu'à son étage.

Il se sentit soudain fatigué. Sortir un peu tard ne lui réussissait jamais, surtout lorsqu'il descendait quelques verres d'alcool. À cela, il préférait toujours son studio, ses études et ses nouilles, même s'il lui arrivait de veiller le nez plongé dans ses cours, jusqu'à deux ou trois heures du matin.

Alioune fouilla dans ses poches à la recherche de son trousseau de clés. Ses doigts tremblaient. Enfin, il les empoigna et entreprit, à la lumière blafarde du couloir, d'en insérer une dans la serrure. Après moult cliquetis, la porte céda, lorsqu'il entendit tout à coup un bruit de pas derrière lui.

Il eut à peine le temps de distinguer un homme fondant sur lui, les yeux recouverts d'un loup masquant ses traits. L'homme bouscula Alioune à l'intérieur de son appartement, le faisant choir de surprise sur la moquette de l'entrée. L'inconnu claqua la porte derrière eux et se jeta sur l'étudiant, sans que celui-ci n'ait le temps ni le réflexe d'appeler à l'aide, bâillonné par la lourde main de l'agresseur au loup noir.

Chapitre 9

Louise était parvenue à attraper les derniers métros et était arrivée chez elle à plus de minuit, chose qui lui arrivait rarement. Elle aimait passer ses soirées dans sa mansarde accueillante, à lire ou à regarder la télé, plutôt que de traîner dans les rues, les bars ou les théâtres. Elle n'arrivait pas à sociabiliser assez pour nouer des relations amicales. La seule personne qu'elle voyait un peu était Amélie, avec qui il lui arrivait de prendre un verre en terrasse, lorsqu'elles fermaient la librairie en fin de journée. Ses week-ends, elle les passait seule ou bien rendait visite à ses parents, une fois tous les deux mois, à Bordeaux.

Elle accrocha sa veste à la patère fixée derrière sa porte d'entrée, tout en soupirant. Depuis plusieurs jours, elle se reconnaissait à peine, à espionner et pister l'inconnu d'en face, y compris jusqu'au cœur du Paris étudiant, par une nuit de printemps. Elle s'en voulait d'être ainsi attirée et stupide. Pourtant il lui semblait qu'elle n'y pouvait pas grand-chose. Une force obscure l'attirait vers cet homme, dont elle ne savait rien, ou si peu, pas même le prénom.

— Ce que tu peux être gourde, ma pauvre fille, se morigénait-elle en s'adressant au miroir de sa salle de bains. Tu as trente-trois ans et tu te comportes comme une vulgaire ado amourachée d'un bellâtre dont tu ne sais rien. Arrête ça tout de suite, Louise !

— Oh ! ma pauvre Loulou, répondait son reflet dans la glace. Tu ne fais pourtant rien de mal, tu as bien le droit de te faire plaisir, de temps en temps, tu en as l'âge…

— Non, je suis nulle. J'ai même pas le courage d'aller lui parler, ça ne mènera nulle part… comme d'habitude.

— Allez, te bile pas, Bill ! Va donc à ton velux le zieuter un petit coup dans son sexy boxer-short…

— Non ! J'ai pas le droit, c'est mal.

— Arrête ton cinéma, Loulou, vas-y ! Va mater.

— Non, non et non, je ne céderai pas, je sais me contrôler, décida Louise, tenant tête à son double tentateur.

Elle quitta, furieuse et honteuse, la salle d'eau pour s'allonger sur son canapé-lit, les yeux rougis et la boule au ventre. Elle resta là, plongée dans ses pensées et tourments, près d'une demi-heure, espérant sombrer dans un sommeil réparateur. Mais le sommeil ne vint pas.

Elle se redressa et fonça, comme téléguidée, vers sa fenêtre de toit, qu'elle ouvrit pour y passer la tête.

Les yeux rivés sur l'appartement de l'inconnu de la librairie, Louise espéra voir les lumières s'y allumer. En vain : l'appartement resta noyé dans une obscurité frustrante.

Louise n'aurait pas sa dose de voyeurisme, ce soir-là. Soit elle l'avait raté, soit il n'était pas rentré chez lui. Resté à dormir chez une amante dans le 5ème

arrondissement, probablement, soupira la jeune femme.

C'était peut-être mieux ainsi, se fustigea Louise Vallois, le cœur en miettes, en s'enfouissant finalement sous sa couette.

Sa nuit fut agitée de cauchemars, elle sua de questionnements et frissonna de doutes. Elle s'éveilla plusieurs fois, sujette à la panique, tremblante d'une angoisse impalpable, d'un pressentiment mauvais. Elle avait peur, mais ne savait pas de quoi. Peut-être d'elle-même, tout simplement. Ou bien de cette Louise dévergondée à qui elle avait parlé, la veille au soir, dans le miroir de sa salle de bains.

Elle se leva avec de la fatigue plein les paupières et arriva *Aux Trouvailles d'Amélie*, toute chafouine.

— Dis donc, Loulou, tu n'as pas bonne mine, ma belle... constata sa patronne.

— Pas assez dormi, maugréa la jeune femme.

— Ah, ah ! Un homme dans l'air ?

Louise rosit.

— Si seulement... mais, non, loin de là.

— Bon, je ne veux pas me mêler de ce qui ne me regarde pas, mais tu sais que tu peux te confier à moi, si besoin.

— Merci, Amélie, c'est gentil.

La journée de travail fut pénible pour Louise. À chacun des coups de clochette de la porte d'entrée de la librairie, elle espérait secrètement voir pénétrer son inconnu. Dans le même temps, elle le redoutait : toujours cette même ambigüité qui la rongeait de l'intérieur. Finalement, il ne se présenta pas ce jour-là.

Il avait sans doute mieux à faire, se dit-elle, dépitée.

Chapitre 10

L'appartement paraissait trop petit pour contenir autant de personnes. Entre le médecin venu constater le décès, les pompiers alertés par une voisine inquiète que son chat ne cessât de gratter et miauler à la porte, et l'équipe policière, il fallait jouer des coudes pour ne rien déranger. Sans compter le corps de la victime, inerte sur le dos, comme endormi. Mais d'un sommeil sans fin.

— Dubuc ? appela le lieutenant Maraval en débarquant sur la scène de crime. Raconte-moi un peu ce que tu sais de ce jeune homme…

— Un dénommé Alioune M'bappé, d'origine camerounaise, vingt-et-un ans, étudiant en lettres modernes à la Sorbonne. Il vit dans cet appartement depuis deux ans, d'après les voisins. Visiblement célibataire, du moins aucune liaison connue, là encore d'après le voisinage. On le décrit comme un jeune homme bien élevé, toujours souriant et discret.

Lucas Maraval remercia son subordonné et se tourna vers le médecin.

— Docteur, vous avez pu estimer l'heure du décès ?

Le médecin, un petit homme chauve à lunettes cerclées, était penché sur le cadavre, un genou à terre, les mains jointes sur son autre genou. Il releva sa bedaine dans un effort de praticien usé.

— Si je me fie à la rigidité cadavérique déjà avancée, je peux quasiment affirmer que la mort a eu lieu depuis sept à neuf heures, autrement dit entre minuit et deux heures du matin.

— Mort rapide ?

— Très certainement. La victime a dû décéder sur le coup : ses traits ne dénotent pas une souffrance prolongée.

— Avez-vous relevé des traces de coups, de lutte ?

Le praticien désigna le visage du mort :

— Vous pouvez voir ici une ecchymose à la mâchoire, qui pourrait être un coup de poing. Pour le reste, mon confrère légiste saura vous en dire plus, après analyses détaillées et prélèvements. En attendant, voici le constat de décès que j'ai rédigé. Pour ce qui me concerne, j'en ai terminé.

— Vous concluez à quoi ?

— Mort subite, arrêt cardiaque très probablement consécutif à la lutte et la peur. Ce pauvre gamin devait être fragile du palpitant.

— Je vous remercie, Docteur, grimaça Maraval en saisissant le document signé par le médecin.

Ce dernier traîna sa bedaine fatiguée vers le palier et disparut en soufflant dans l'escalier.

À son tour, le lieutenant s'accroupit auprès du jeune Camerounais, figé dans une expression de surprise, le corps raidi, en plein milieu de l'entrée de l'appartement.

— C'est quoi, ce merdier ? s'interrogea tout haut le policier. Qui peut bien vouloir du mal à un pauvre gamin ? Qu'est-ce qu'il a bien pu faire pour mériter ça ? Dubuc, tu as interrogé le voisinage ?

— Assez succinctement, mon lieutenant, notamment la petite mamie propriétaire du chat.

— Ok, tu te mets ça au programme dès qu'on aura débarrassé le corps. Est-ce qu'on a retrouvé des empreintes, des traces ? Des indices qui traînent ?

— Malheureusement, rien de rien, chef ! Le type qui a fait ça l'a fait proprement, avec précaution.

— Il a donc préparé son coup...

Maraval se releva, détournant le regard de la pauvre victime, si jeune, d'une allure tellement innocente. Il effectua un tour d'horizon complet de l'appartement, à la recherche du moindre petit indice qui pourrait, le cas échéant, déclencher en lui un début de piste, une réflexion qui pourrait aboutir à la découverte d'un mobile, d'une preuve accablant le meurtrier. Enfin, cela, c'était en théorie ! Dans la réalité du terrain, les enquêtes prenaient souvent plus de temps qu'espéré. La recherche de la vérité aimait à prendre des tours et des détours souvent très tortueux.

Le lieutenant farfouilla, sans conviction, dans les cahiers, feuilles et livres de scolarité de l'étudiant camerounais. Il renifla le reste d'un bol de nouilles asiatiques, s'approcha de la fenêtre pour tenter de s'imaginer la vue que l'étudiant pouvait avoir d'ici.

Aucun flash ne se fit dans sa tête. Il pressentait qu'il allait devoir plancher dur sur ce nouveau cas d'homicide. Il regrettait déjà qu'on lui en ait confié la résolution.

— Ça ne me dit rien qui vaille, ce cas, soupira-t-il en sortant de l'appartement. Ça pue...

Chapitre 11

C'était le Premier Mai et Montmartre respirait le farniente, ses rues assaillies par les touristes tout autant que par les habitants qui peuplaient ses immeubles. Louise avait opté pour une balade à pied sur les hauteurs du Sacré-Cœur ; la douceur de ce jour chômé l'avait décidée à ne pas se morfondre au fond de son canapé.

Elle repensait à la veille et à l'avant-veille, deux journées sans apercevoir son mystérieux et néanmoins fascinant voisin. Deux nuits sans quasiment fermer l'œil, tant son esprit s'était encombré de futilités qu'elle avait honte de qualifier d'amoureuses. Et pourtant, ne l'était-elle pas secrètement ?

— Quelle cruche ! se fustigeait-elle en arpentant les marches menant à la basilique. Mais quelle gourde… La prochaine fois qu'il vient à la librairie, tu ne vas pas te cacher dans la réserve ! Tu n'as plus quinze ans, quand même…

À ces mots, qu'elle prononçait tout bas, la tête baissée, elle buta sur quelqu'un.

— Oh ! pardon, excusez-moi, j'étais dans mes pensées…

Relevant les yeux, elle se retrouva face à un sourire avenant posé sur un visage. L'homme, d'un âge avancé, s'excusa à son tour :

— La faute est partagée, jeune demoiselle, j'étais moi-même le nez levé vers les dômes de ce magnifique monument, comme en pleine contemplation. Souhaitez-vous que nous établissions un constat à l'amiable ? ajouta-t-il en riant.

— Oh ! pour ma part, il n'y a aucun dégât matériel à déplorer... et vous ? J'espère ne pas vous avoir fait mal.

— Ne vous en faîtes pas, je suis encore robuste ! Et puis, nous serions bien en peine d'estimer qui de nous deux avait la priorité ! Sur ce, mademoiselle, bien le bonjour ! déclama avec emphase l'ancien, en soulevant sa gapette.

— Bonne visite, monsieur et encore pardon.

Chacun alors reprit sa route, Louise escaladant la volée de marches jusqu'à l'esplanade d'où l'on dominait Paris. Du haut de ce promontoire, la jeune femme parcourut la cité des yeux, s'extasiant sur la tour Eiffel, le bois de Vincennes et les tours de l'opéra Bastille. Elle avait lu quelque part que d'ici, la vue portait jusqu'à cinquante kilomètres à la ronde et de cela, elle ne douta plus. Soudain, son regard buta sur un autre temple de la capitale, ce Panthéon au pied duquel elle faisait le pied de grue deux jours plus tôt et qui la rappela au souvenir amer de son drôle d'inconnu.

Elle alla s'asseoir sur un banc tout proche et sortit de son sac à main un carnet noir dans lequel il lui arrivait d'écrire quelques lignes. S'il n'était pas tout à fait son carnet intime, du moins songeait-elle à lui destiner dorénavant cette fonction. Un petit stylo y était accroché, dont elle se saisit.

Non qu'elle se sentît inspirée, mais elle avait envie de coucher quelques mots qui lui pesaient sur le cœur.

« *Mardi 1ᵉʳ mai 2018,*

À cet instant même, je suis assise au pied du Sacré-Cœur et j'ai peur...

Peur de quoi ?

De moi.

Peur d'être ridicule. Peur de ne jamais être capable d'aimer et d'être aimée.

À cette peur s'ajoute la honte. Honte de me comporter ainsi et honte de n'être pas capable de l'aborder. Je parle de Lui... l'inconnu de la librairie. Honte d'en être réduite à l'espionner depuis ma fenêtre, honte de me caresser en le bouffant des yeux... Alors que je n'ai qu'une envie, tant déjà je l'idéalise : que les caresses proviennent de lui...

Ah ! mais qu'est-ce que je raconte ? T'es une vraie nympho du cerveau, ma pauvre fille ! Une frustrée du slip... Arrête ça immédiatement !

Pfff... en même temps, ça me fait du bien d'écrire ça noir sur blanc, ça me libère un peu.

C'est décidé : je vais t'être plus fidèle, mon journal, je vais te raconter tout ce qui m'arrive, en particulier ce qui le concerne, lui...

Laisse-moi déjà te raconter ce que j'ai osé faire ces derniers jours.

Je l'ai suivi dans Paris... »

Louise resta là, sur le banc, près d'une heure, narrant à son journal les évènements qu'elle avait besoin d'exprimer à ce confident de papier.

Chapitre 12

Le puzzle gisait au sol, des dizaines de pièces éparpillées en tas tout autour du carton. L'homme n'avait pas la tête à cela, ce soir. Assis à son bureau de fortune, il s'était replongé dans son vaste projet, dans ce dossier dans lequel il avait déjà consigné de nombreuses notes, compilé une somme de documents. La chemise à rabats verte était ouverte, des feuilles volantes s'étalaient de part et d'autre : à gauche, ce qu'il avait accompli ; à droite, un tas plus épais contenant ce qu'il lui restait à faire… jusqu'à parvenir un jour à ses fins.

Il se remit à lire le tas de gauche avec un fin sourire aux lèvres, celui du prédateur venant de fondre sur sa proie et salivant de contentement devant l'acte accompli. Dans le même temps, il attrapa son téléphone mobile, ouvrit son répertoire photos et s'extasia sur l'une des dernières prises de vue qu'il avait immortalisée : un jeune homme noir allongé sur le dos. Le sourire s'élargit sur son visage concentré tandis qu'il supprimait le fichier *jpeg*.

De la pointe de son stylo, il biffa chacune des pages du tas de gauche. Une à une, il les froissa en boules et les jeta au fond de sa corbeille de bureau en aluminium, décorée sur toute sa circonférence d'un panorama de Manhattan. Un paysage qui lui rappelait l'une de ses lectures récentes, un thriller palpitant truffé de coïncidences troublantes.

Se saisissant d'une boîte d'allumettes, il gratta l'une des pointes phosphorées sur la bande râpeuse et approcha la flamme vacillante de la dernière boulette de papier. Le feu grignota peu à peu la feuille à mesure que la flamme jaunâtre croissait. Lorsque le papier ne fut plus qu'une sphère incandescente, menaçant de lui brûler les doigts, il le jeta au fond de la corbeille où il embrasa ses congénères, tel un mini feu de la Saint-Jean.

L'incendie, contenu dans le réceptacle de métal, enveloppa la pièce d'une lueur fantomatique puis d'une âcre odeur qui prenait au nez. L'homme contemplait, fasciné, le lent travail de sape des flammes qui faisaient disparaître les traces de la première étape de son plan diabolique.

Enfin ne restait plus au fond de la corbeille qu'une masse informe de papier carbonisé lorsque la dernière flammèche se consuma, privée d'oxygène.

Satisfait, débarrassé de cette première partie, l'homme se concentra à présent sur la seconde pile de documents, de laquelle il extirpa quelques feuilles, sur lesquelles il griffonna quelques notes. Après quoi il ouvrit son ordinateur portable et double-cliqua sur l'icône du navigateur internet à l'image du petit renard. Là, il entreprit d'étudier les horaires des vols à destination d'un pays européen vers lequel il comptait absolument s'envoler. Il prévoyait d'y séjourner une, voire deux semaines, le temps pour lui d'effectuer ses repérages, de collecter indices et confirmations. Il s'agissait de ne pas commettre la moindre erreur, ni sur la cible, ni sur le *modus operandi.* Une nouvelle fois, la bonne exécution de cette phase allait conditionner la poursuite de son plan à plusieurs strates.

Son puzzle personnel… Une pièce après l'autre… jusqu'au tableau final.

Celui qui fera sens.

Chapitre A

Budapest

Anna est allongée sur le dos, elle fixe le plafond, elle s'ennuie, elle est absente. Anna n'a pas tellement d'autre alternative que d'être là et pourtant elle aimerait tant s'évader. Son horizon se résume à cette chambre de bonne aux murs humides. La décoration est sommaire et triste : une table sur laquelle reposent un broc d'eau et des serviettes, des cadres au bois vermoulu dont une photo jaunie qui représente Paris, la tour Eiffel, le Trocadéro et ses fontaines.

Dans ces moments-là, Anna ne ferme pas les yeux. Au contraire, elle fixe en rêvant cette image de Paris et c'est presque comme si elle s'y trouvait. En se concentrant bien, elle parvient à deviner les cris de joie des enfants qui gambadent autour du bassin, la musique du joueur d'orgue de Barbarie qui tourne sa manivelle en cadence, l'odeur des cacahuètes grillées du vendeur ambulant. Elle pourrait presque voir, d'ici, la file des touristes qui attendent entre les quatre pieds de la tour de fer, qu'un ascenseur les emporte tout là-haut, dans le ciel parisien.

Dans ces moments-là, quand Anna imagine Paris, il y fait toujours beau, chaud, c'est l'été sans nuages, c'est la joie de vivre. C'est le Paris du Moulin-Rouge, le Paris des cabarets, des artistes, le Paris bohème, le Paris de carte-postale. Même lorsqu'il pleut, qu'il neige, qu'il fait froid derrière sa fenêtre hongroise, Anna se réchauffe le cœur en s'envolant mentalement vers la France.

Cela fait des années qu'elle économise le moindre sou, qu'elle chauffe mal sa chambre de bonne, qu'elle ne mange pas toujours à sa faim, qu'elle conserve les mêmes frusques hiver après hiver, bien qu'elles soient élimées, parfois même ajourées. Mais un sou est un sou et il lui en faut beaucoup pour se payer, un jour peut-être, ce voyage à Paris, économiser de quoi se loger convenablement et se donner le temps de trouver un emploi décent.

Dans ces moments-là, le cœur d'Anna est à Paris bien que son corps soit à Budapest, couché sur un matelas trop mou s'enfonçant sous le poids de l'homme qui la surplombe en ahanant.

Anna laisse faire. Si elle pense trop, elle se sent salie et déshonorée. Elle laisse faire quelques instants puis, lorsqu'elle n'en peut plus, elle fixe l'homme droit dans les yeux, elle simule deux ou trois gémissements, parfois chuchote un petit « oh oui » du bout des lèvres : elle sait qu'ainsi il finira plus vite sa besogne et qu'elle pourra se rhabiller après une toilette sommaire avec le broc d'eau.

Alors le bonhomme s'en ira, il bredouillera peut-être un « merci », il rentrera rejoindre sa femme et ses enfants sur les hauteurs de Buda et elle, elle attrapera les billets froissés et gras qu'il aura laissés sur la table de chevet puis les cachera avec les précédents, sous le matelas. Elle attendra le temps qu'il faudra, que le tas soit un jour suffisamment épais pour s'enfuir à Paris.

Chapitre B

<u>Budapest</u>

Anna marche le cou rentré dans le col de son manteau d'hiver, du moins celui qui lui a semblé le plus chaud parmi sa miteuse garde-robe. Elle marche seule dans les rues du vieux Pest, en frissonnant, en frottant ses mains l'une dans l'autre, en soufflant sur ses doigts endoloris par le froid piquant des petits matins de janvier. Elle a très peu dormi, travaillant jusqu'à une heure très avancée de la nuit. Qu'avaient-ils donc ses clients ? Pourquoi ne restaient-ils pas au chaud dans leur foyer, devant un bon feu de cheminée, à digérer le goulash que leur femme a fait mijoter pendant des heures dans la marmite ? La chaleur du foyer, c'était pas rien, quand même ! Elle aurait tout donné pour connaître cela… Non, au lieu de quoi, ils préféraient braver la froidure du soir et lui rendre visite, à elle, la moins que rien, dans sa misérable chambre de bonne aux murs tapissés de photos de Paris. Peut-être qu'ils s'évadaient, eux aussi, en quelque sorte. Ils s'évadaient d'une vie trop bien rangée, d'un avenir trop bien tracé, d'un confort trop bourgeois. Et pourtant, s'ils savaient combien

Anna leur enviait ce confort, jalousait leur bien-être, rêvait, elle aussi, d'une famille et d'un feu de cheminée au lieu de la chaleur inconstante d'un poêle à gaz.

Tout cela, Anna n'était pas prête à le leur raconter. Elle se taisait, Anna. Elle encaissait… dans tous les sens du terme !

Anna la taiseuse, Anna la rêveuse, Anna la miséreuse.

Une fine neige saupoudre lentement les rues pavées du centre de Budapest. La jeune femme a froid, faim et soif. Elle relève la tête sous sa capuche et constate qu'elle s'est arrêtée en face de la Maison Gerbaud, ce salon de thé très prisé des bonnes gens de la cité. Elle sait qu'on la regardera de travers si elle s'assoit à une table et qu'elle commande un café viennois ou un chocolat chaud, dont elle savourera la chaleur entre ses mains bleuies par le froid. Mais elle meurt d'envie de s'offrir ce menu plaisir, pour une fois elle fera une entorse à ses principes d'économie. Elle a bien assez travaillé cette nuit pour se permettre de dépenser quelques *forints* dans cette folie douce. Oh ! elle pourrait tout aussi bien en boire un ailleurs, de café-crème, un qui coûterait moins cher, dans un modeste café des faubourgs, ces quartiers où elle se sent plus à sa place. Mais Anna, ce matin, a autant soif de symbole que de chocolat chaud…

Car elle a bien réfléchi, Anna, cette nuit. Et là, assise dans le salon de thé dans lequel elle a osé prendre place, la jeune femme est sur le point de se décider. Jetant des regards discrets autour d'elle, elle constate qu'elle ne sera certainement jamais de ce monde-là. Elle comprend qu'elle n'a aucun avenir à

Budapest, qu'elle sera toujours cette petite catin que les bourgeois viennent trousser entre un rendez-vous d'affaire et une pièce de théâtre, que ce n'est pas son cul qui lui fera gravir les échelons de la société hongroise : ça ne se voit que dans les romans, ça, et encore ! Elle n'est pas assez bien née, elle a trop vite dû se débrouiller toute seule, orpheline à seize ans, à vivoter de petits boulots pour gagner de quoi manger. Puis un jour, à succomber à une proposition, lancée comme un défi par un presque inconnu, qui lui tend du bout des doigts une poignée de billets en échange de quelques minutes de plaisir : le sien, pas celui de la jeune femme. Alors la nouvelle court qu'Anna ne dédaigne pas de monnayer ses charmes : un ami d'un ami, puis un collègue, un lointain cousin, on se passe le mot et l'exception devient une habitude. Cela fait plus de cinq ans maintenant qu'Anna amasse les billets sous son matelas qui couine sous le poids de ce qu'elle peut désormais appeler des clients… Cette nuit, elle l'a recompté, son pactole : il est assez épais pour tenter l'aventure parisienne. Elle a de quoi se payer un billet de train, aller simple, songe-t-elle. Elle estime qu'elle pourra vivre six mois sur ses économies. Ça devrait être suffisant pour se faire une situation : un logement décent, un travail honorable et le droit de s'accorder le repos dominical, les pieds dans l'eau des bassins du Trocadéro…

Les regards sur elle, dédaigneux, curieux, suspicieux, la décident tout à fait. Elle termine tranquillement son café viennois, comme pour leur dire merde à tous, je suis une pute mais j'ai ma fierté, je ne fais rien de mal, que du bien et je vais me tirer d'ici, refaire ma vie à Paris parce que l'avenir, c'est là-bas ! Devant la mine déconfite de son vis-à-vis, une demi-comtesse en peau de vison, Anna a soudain peur d'avoir crié ses pensées, tant elles étaient puissantes sous son crâne.

Elle se lève, sort de la brasserie Gerbaud et se rend directement à la gare centrale : dans la grande poche de son manteau élimé, elle serre très fort une poignée de forints suffisamment épaisse pour acheter sa liberté.

Chapitre 13

La bâtisse de brique rouge et ocre, surplombant le quai de la Rapée, apparaissait comme un anachronisme au cœur de ce quartier moderne, dominée par les tours de verre de la gare de Lyon. Le lieutenant Maraval pénétra dans l'enceinte de l'Institut Médico-légal de Paris, invité par le docteur Sabonis, l'un des six légistes de l'établissement.

— Lieutenant, je crois que vous devriez venir voir dès que possible ce que j'ai trouvé sur le corps que vous m'avez adressé hier, avait annoncé le médecin comme pour attiser la curiosité du policier.

Lucas avait laissé sa paperasse en plan — une part de son boulot à son goût trop chronophage — pour rejoindre sur place le docteur Sabonis, qu'il connaissait depuis plusieurs homicides.

Le policier rejoignit le légiste dans le sous-sol aseptisé de la morgue parisienne.

— Alors, doc', qu'est-ce qu'il a de beau à nous raconter, ce bonhomme ? Il y a des bruits de couloir qui disent qu'on vous surnomme « l'homme qui murmurait à l'oreille des cadavres », c'est vrai ?

— Oh ! lieutenant, vous savez, si l'on croit tout ce qui se raconte... Mais trêve de plaisanteries, venons-en aux faits car j'ai une longue journée en perspective.

— Je suis tout ouïe. Dites-moi tout.

Le docteur Sabonis se saisit d'un dossier qu'il parcourut brièvement avant de le reposer sur la table de dissection, à côté du corps rigidifié d'Alioune M'bappé.

— Regardez, lieutenant, distinguez-vous cette petite marque au creux du cou ?

L'officier de police se pencha et examina l'endroit que lui désignait le légiste.

— Une trace de piqure ?

— Absolument. En plein sur la veine jugulaire. Vous savez ce que ça signifie ?

— Je préfère que vous éclairiez ma lanterne, c'est vous le toubib...

— Eh bien, cette veine se trouve rejoindre rapidement la veine-cave supérieure, laquelle à son tour plonge directement dans le cœur.

— Et donc ?

— Donc, il m'apparait évident que ce n'est pas un hasard : on a sciemment voulu atteindre le cœur.

— Dans quel but ?

— L'arrêt cardiaque...

— J'imagine donc que vous allez me parler d'une analyse toxicologique, tel que je vous vois venir. Vous aimez faire des jeux de piste... Allez, accouchez, doc', même si ce n'est pas votre spécialité ! plaisanta Maraval

Le docteur Sabonis esquissa un sourire, à sa manière : pince-sans-rire, habitué aux plaisanteries de carabins destinées à désacraliser la mort, quotidienne dans leur travail.

— J'ai ici les résultats des analyses sanguines, dit-il en empoignant de nouveau le dossier. Ce pauvre jeune homme, soit mangeait trop salé, soit a été victime d'une injection de chlorure de potassium.

— Vous vous payez ma poire, là…

— C'est mon côté cabot. Plus sérieusement, on a relevé par ces analyses une dose létale de chlorure de potassium, qui est un équivalent du sel et qu'on peut d'ailleurs trouver dans l'alimentation, à très faibles doses, bien entendu.

— C'est effrayant…

— Rassurez-vous, ce n'est pas en vous gavant de chips et de saucisson sec que vous succomberez à une surdose. La dose létale-50, telle qu'on la désigne, n'est employée que lors des exécutions des condamnés à mort aux États-Unis.

— Vous êtes en train de m'expliquer que ce poison injecté aux condamnés à mort dans les prisons américaines peut aussi être utilisé sous une autre forme dans notre alimentation.

— Essentiellement dans les plats industriels, mais l'idée est là, oui…

— Pour simplifier, on peut tuer avec du sel ?

— En théorie, oui ; en pratique, c'est moins évident. Mais vous savez, on peut mourir d'à peu près n'importe quoi, dès l'instant que les doses sont inconsidérément élevées.

— Par exemple ?

— Eh bien, je me souviens d'une histoire dans laquelle une jeune femme avait trouvé la mort après avoir bu près de neuf litres d'eau, suite à un concours débile organisé par une station de radio. La pauvre idiote avait remporté une console de jeu… avec laquelle elle n'a jamais pu jouer.

— Le monde est vraiment de plus en plus dingue, songea tout haut Maraval. Et concernant le sel, alors ?

— À partir de deux tasses à café pleines, soit deux-cent-cinquante grammes à peu près, le sel, aussi appelé chlorure de sodium, devient létal.

— J'ai l'impression que vous me charriez, là...

— Pas le moins du monde, malheureusement. Il en est de même, en théorie aussi, avec vingt comprimés d'aspirine ou cent-vingt grammes de café en poudre...

— Stop ! N'en jetez plus, doc', ça me fait froid dans le dos, vos histoires. Revenons à nos moutons, si vous le voulez bien : on a assassiné cet homme par injection dans le but de provoquer son arrêt cardiaque ?

— Clair, net et précis ! Imparable. Presque professionnel, du moins le type qui a fait ça s'est parfaitement documenté et préparé.

— Voilà qui contredit la thèse du crime de hasard... C'était donc prémédité.

Le médecin hochait la tête en signe d'acquiescement, tandis que Lucas Maraval ruminait cette idée, qu'il n'appréciait guère.

— Mais ce n'est pas tout, lieutenant, vous allez voir que vous n'avez pas fait le voyage pour rien... ajouta Sabonis.

— Ah ? Le deuxième effet Kiss Cool ?

— Si vous voulez, mais je ne suis pas tellement porté sur les sucreries... je préfère le salé, moi !

— C'est d'un goût ! Allez, ne me faites pas languir plus longtemps.

Une nouvelle fois le légiste fouilla dans le dossier dans lequel il puisa un morceau de papier protégé dans un sachet plastique.

— Ce petit bout de bristol était punaisé directement sur la peau de la poitrine du défunt, en plein sur la région du cœur... Aucune empreinte relevée dessus, vous vous en doutez. Tenez, lieutenant, lisez…

Chapitre 14

Assise à l'étage d'un wagon de seconde classe du TGV Paris-Bordeaux, Louise filait à plus de trois cents kilomètres à l'heure. C'était un vendredi après-midi du mois de juin et elle avait décidé d'attraper son train, aussitôt terminée sa matinée de travail aux *Trouvailles d'Amélie*. Malgré la proposition de sa patronne, elle n'avait pas osé confier ses secrets et tourments à Amélie. Elle préférait coucher par écrit ses turpitudes amoureuses solitaires.

« Cher journal,

Je m'inquiète et me languis.

Je me languis de ne plus le voir entrer dans la librairie. Moi qui pensais qu'il deviendrait un fidèle de la boutique, je crois bien que je me suis mis le doigt dans l'œil ! Oh ! comme je préférerais son doigt à lui... ailleurs que dans mon œil... Voilà, je m'égare de nouveau, pourtant je me sens obligée d'écrire tout ce qui me passe par la tête. Désolée, cher journal, si je suis parfois grivoise, mais tu es mon confident le plus intime.

Ces dernières semaines, je me suis quand même rattrapée en me gavant de lui par ma fenêtre de toit. Plusieurs soirs de suite, je l'ai observé. Il était assis à son bureau ou alors à genoux devant son puzzle, j'ai l'impression qu'il avance bien. À chaque fois que je l'espionne, je ne peux m'empêcher de me caresser, mais ça, tu le sais déjà. Parfois je me dis que c'est peut-être mieux d'en rester là, finalement : un amour à distance, unilatéral, mes doigts qui courent sur ma peau en imaginant que ce sont les siens.

Une fois, j'ai pris peur en l'espionnant. Il était à son bureau et se tenait la tête entre les mains. Tout à coup j'ai remarqué comme des flammes dans la corbeille à côté de lui. Lui ne faisait rien, immobile, j'ai cru un instant qu'il s'était endormi ou qu'il avait été asphyxié et j'ai songé à appeler le 18. Mais en réalité il semblait contempler les flammes, jusqu'à ce qu'elles s'éteignent. Après quoi, il est resté un moment face à son ordi.

C'est alors que je suis allée me coucher parce que, tout de même, l'espionnage chaque soir, c'est épuisant... »

— Mesdames, messieurs, nous vous rappelons qu'un bar est à votre disposition en voitures 4 et 14 où nous vous proposons une sélection de boissons fraîches ou chaudes, sandwiches, plats cuisinés imaginés par des chefs, ainsi que des friandises. N'hésitez pas à…

Louise n'écouta pas la fin de l'annonce du préposé au bar et replongea dans son journal.

« Et je m'inquiète parce que cela fait une semaine que je ne l'aperçois plus chez lui. Les lumières restent éteintes depuis samedi dernier. Ce n'est pas normal, il ne s'absente jamais aussi longtemps d'affilée. Bon, peut-être est-il parti en vacances ou en déplacement pour son travail. D'ailleurs, c'est quoi son boulot ? Je serais curieuse de le savoir ! Moi, je l'imagine prof ou artiste. Ou bien écrivain, tiens ! Si ça se trouve, quand il est sur son ordi, c'est pour taper des romans ? Il paraît qu'il y a toujours une femme dans l'ombre de tout écrivain… Comme j'aimerais être celle-là ! »

— Mesdames, messieurs, nous arrivons en gare de Bordeaux, terminus du train.

« Vite, cher journal, j'arrive à destination. Je viens rendre visite à mes parents qui doivent m'attendre au bout du quai. Je suis contente de les retrouver pour le week-end, ça faisait longtemps. Mais avant de descendre, je voulais te confier ce petit secret : je me suis acheté une paire de jumelles… »

— Ma chérie, tu as fait bon voyage ? s'enquit le père de Louise, venu la récupérer à la gare Saint-Jean.

— Bonjour, papa. Excellent, c'est tellement rapide, à peine plus de deux heures, c'en est même ahurissant. Maman n'est pas là ?

— Elle n'a pas eu le courage de s'extraire de la piscine, par cette chaleur. Tu sais qu'elle adore y barboter pendant des heures.

— Dans ce cas, vite, vite, j'ai apporté mon maillot de bain, je vais la rejoindre. File, Alain Prost !

Alain Vallois – et non Prost, comme aimait à l'appeler Louise – les conduisit à Lesparre-Médoc, bourgade qui fleure bon les grands crus. En deux temps trois mouvements, Louise se retrouva immergée dans la piscine creusée à l'arrière de la confortable propriété de ses parents. Une bâtisse digne des propriétaires viticoles qu'ils étaient.

— Ça fait un bien fou, elle est trop bonne ! s'extasia la jeune femme.

— À qui le dis-tu ! J'en profite chaque jour, tellement l'été est chaud cette année. Alors ma fille, comment se passe ta vie à Paris ? Tu te sens bien dans ton appartement ? Et ton boulot ?

Les bras en croix sur le rebord dallé de la piscine, le corps immergé jusqu'au cou, battant des pieds, Louise répondit évasivement :

— Oui, ce quartier est génial et j'adore ma patronne. Vous devriez venir quelques jours pour faire un peu de tourisme et de shopping. Et visiter *les Trouvailles*, c'est un chouette endroit, cette librairie.

— Joli nom, en tout cas, ça me rappelle le film *Amélie Poulain*. Ça donne très envie d'y entrer. Ça marche, les affaires ? Vous avez du monde ? Ça ne doit pas être évident, aujourd'hui, de faire tourner une librairie de quartier…

Louise écoutait d'une oreille le babil incessant de sa mère, capable de monologuer sans fin. Depuis qu'Hélène Vallois avait évoqué la clientèle des *Trouvailles*, Louise n'avait plus en tête que le visage de son voisin d'en face.

— Chérie, tu m'entends ?

— Oui, oui, maman… ça va, on a un peu de monde, des passionnés, des connaisseurs, des lecteurs qui cherchent à sortir des sentiers battus

Son visage, sa barbe, ses doigts, son boxer-short… Tout remontait à la surface, comme cette frite en mousse bleue flottant dans les remous de la piscine.

La jeune femme sortit précipitamment du bassin.

— Je me sens fatiguée, je vais aller me reposer un moment.

Appuyée à la fenêtre de la chambre où elle avait passé sa jeunesse, le regard perdu sur les vignes environnantes, Louise ne se sentait pas le moins du monde fatiguée, mais plutôt… obnubilée. Oui, c'était cela, songea-t-elle : elle ne parvenait pas à se détacher de l'image mentale de cet inconnu, même à des centaines de kilomètres, même plongée dans un cadre qui lui était familier, dans lequel elle avait accumulé tant d'autres souvenirs. Des souvenirs qui auraient pu avoir le don de lui changer les idées. Mais non, visiblement, son obsession allait la poursuivre en Gironde jusqu'à la fin du week-end.

Y compris lorsqu'elle accompagna son père dans les vignobles pour voir comment croissait la végétation.

Y compris lorsqu'ils firent le tour des chais pour humer l'enivrante odeur du marc, du bois des fûts, de la poussière sur les bouteilles des anciens millésimes.

Y compris lorsqu'ils allèrent dîner ensemble chez des amis de ses parents, exploitants viticoles eux-aussi.

Y compris et surtout lorsqu'elle se retrouvait sous la douche et que ses mains jouaient avec ses images mentales...

De retour à Paris, c'est alors qu'elle se sentirait fatiguée.

Fatiguée d'avoir trop pensé à lui.

Fatiguée de ne pas l'avoir vu depuis plus d'une semaine.

Chapitre 15

La journée touchait à sa fin pour Candida Lopez, la gérante de la boutique d'artisanat « *Manitas de oro* ». Encore une journée très chaude au-dessus de cette ville, capitale de la province éponyme. La soixantaine approchante, l'Espagnole avait encore transpiré son comptant dans l'échoppe où elle confectionnait ses objets d'art à destination des touristes. La recette du jour avait été honorable et la fréquentation assidue dans ce quartier de la vieille ville, le *Casco Antiguo,* où exerçait Candida.

La femme tira le rideau métallique de la devanture, donna un tour de clé au cadenas et vérifia si le rideau ne bougeait plus. Satisfaite, elle s'éloigna en enfilant la *Calle San Roque*, longeant l'église qui lui avait donné son nom. Elle adorait ce quartier pittoresque d'Alicante, niché au pied du château *Santa Barbara*, cette citadelle qui dominait la ville et la Méditerranée, toute calme à ses pieds.

Elle aimait, à l'issue d'une journée de travail, flâner quelques instants parmi ces rues en pente, foisonnant d'escaliers, de rampes ; des rues tortueuses, étroites, bordées de maisons peintes de couleurs vives et bariolées : du rose, du bleu, du jaune, teintes méditerranéennes. Le tout rehaussé de fleurs, de palmiers, de plantes odorantes qu'affectionnaient les touristes, ceux qui ne craignaient pas de crapahuter.

Souvent, sur le chemin de son domicile, elle faisait l'effort d'arpenter quelques centaines de mètres de la rampe qui menait au château. Elle s'arrêtait alors sur l'un des bancs qui s'égrenaient tout du long de l'ascension puis elle restait là, immobile, simplement à regarder.

Et pour Candida, regarder, voir, c'était quelque chose de magique.

Elle contemplait toute la ville qui s'étalait sous ses yeux. Les toits rouges, les églises, la plage du *Postiguet*, le casino ou le port de plaisance protégé de la mer par le *Muelle Levante*. C'était pour elle un paysage connu, habituel mais toujours surprenant, tant elle avait souffert par le passé d'en être privée.

Des mois, des années durant, elle avait regretté de ne pouvoir s'en repaître à sa guise.

Trop longtemps, elle avait dû composer avec ce sentiment de frustration et cette peur qui la tenaillaient de ne plus jamais pouvoir... voir.

Dégénératif, avaient conclu les médecins et jusqu'aux plus grands professeurs ! Et pas que des Espagnols.

Pas inéluctable, toutefois. Avec de la patience et beaucoup de chance, Candida pouvait, devait garder espoir.

Un jour, peut-être, elle verrait...

Et le miracle avait eu lieu, cela faisait déjà plus de deux ans, un soir béni de Nativité, comme un signe du Tout-Puissant.

Depuis lors, Candida gravissait chaque soir la colline menant à Santa Barbara, s'asseyait sur un banc et contemplait. C'était son pèlerinage à elle, son action de grâce, qui valait mieux encore que de s'agenouiller devant la *Virgen María, Madre de Dios* et toute sa Sainte Famille !

Ce soir-là, tandis qu'elle redescendait vers chez elle, au détour d'une ruelle du *Casco Antiguo*, Candida Lopez ne remarqua pas l'individu posté au coin de la rue. Un homme qui aurait pu aisément passer pour un touriste, d'ailleurs noyé dans la masse de ses congénères. Sauf que celui-ci ne s'intéressait ni au paysage, ni aux ruelles fleuries, pas plus qu'aux monuments sacrés.

Cet homme-là s'intéressait uniquement à Candida Lopez Hernández.

Chapitre 16

<u>Alicante, Espagne, juin 2018</u>

L'individu arborait une casquette de type base-ball, avec visière rigide surmontée d'un tissu blanc orné de la folklorique silhouette noire du *toro* espagnol : le couvre-chef du parfait touriste, incognito, qui voulait se fondre dans la masse.

Cela faisait plusieurs jours qu'il séjournait à Alicante, descendu à l'hôtel Méliasol, un grand complexe touristique qui avait les pieds dans l'eau. L'établissement faisait face à une reproduction grandeur nature du voilier de Cristobal Colón, la Santa María, cadre d'un restaurant atypique.

L'homme avait débarqué à l'aéroport trois jours plus tôt avec une valise et un bagage à main, lequel contenait un dossier dont il ne voulait en aucun cas se défaire. Il ne savait que trop bien comment les compagnies aériennes réussissaient à égarer des valises, aussi avait-il préféré se montrer prévoyant.

Son dossier sous le bras, l'homme avait parcouru les rues de la ville, depuis l'*Avenida de España* au pavement bariolé symbolisant des vagues, jusqu'aux passages pentus du centre historique, le *Barri Vell*, comme l'on disait en valencien. Ce quartier était aussi connu comme le quartier des poètes, où de nombreuses façades étaient couvertes de *street art* surmonté de poèmes ou de slogans philosophiques qui le firent sourire à plusieurs reprises.

Un sourire qui l'habitait rarement depuis qu'il avait quitté la France, si l'on exceptait les quelques rictus sardoniques qu'il affichait malgré lui lorsqu'il mettait le nez dans ses dossiers, ses plans et ses fichiers.

Alicante devait constituer pour lui la deuxième étape de sa machiavélique vengeance, ce projet qu'il fomentait depuis des mois, des années peut-être.

Ce projet, élaboré de longue date, qui avait pour lui valeur d'une promesse qu'il s'était juré de tenir, quoi qu'il lui en coûtât.

Et il lui en coûtait ! Il ne comptait plus les heures passées à rechercher, recouper, confirmer. Il n'était avare ni de temps ni de dépenses diverses : voyages, achats de documentation, de matériel, de produits... C'est fou comme Internet avait facilité la tâche des apprentis criminels, depuis le crime passionnel jusqu'au terrorisme amateur ou organisé. Réseaux sociaux, achats online, hacking, darknet... une mine d'or pour qui savait utiliser le web avec intelligence et ruse...

L'homme s'éloigna en direction de la Calle San Roque.

Il faisait mine de s'attarder devant les boutiques de souvenirs, les bas-reliefs des monuments religieux, les fontaines de pierre ou encore les peintures murales.

Enfin il entra dans une échoppe d'artisanat d'art tenue par une petite dame d'un certain âge, s'il en jugeait par l'impeccable permanente argentée sous laquelle un visage rond lui sourit.

— *Buenos dias, señor.*

— *Buenos dias*, marmonna l'homme, qui parcourait, l'air intéressé, les objets exposés.

— *Si necesita usted algo o si busca algo en particular, que no se moleste en preguntarmelo[1]*...

— *No... hablo... mucho... español, perdon. Soy frances[2]*... se confondit-il en guise d'excuses.

— Ah ! Français ? Je parle *un poco frances*...

— Merci. *Gracias.* Je regarde... euh... *miro*...

— *A su gusto[3].*

L'individu admirait le travail d'orfèvre de l'artisane espagnole. Elle avait sans conteste un certain talent. Quel dommage... songea-t-il. Mais enfin, il ne devait pas faire de sentiments. De temps à autre, il jetait un coup d'œil discret par-dessus son épaule en direction de la femme, puis revenait rapidement aux bijoux s'il se sentait surpris.

Il s'attarda quelques minutes ainsi puis, avisant une paire de boucles d'oreilles à trente euros, il les décrocha de leur présentoir et se rendit au comptoir.

— Bon choix ! *Regalo* ? Cadeau ? demanda l'artiste.

— *Si, por favor.*

L'Espagnole s'affaira avec soin à emballer la paire de boucles dans un joli papier cadeau auquel elle agrafa sa carte de visite professionnelle.

L'homme tendit trois billets de dix euros.

---

[1] Si vous avez besoin de quoi que ce soit ou si vous recherchez quelque chose en particulier, n'hésitez pas à me le demander.

[2] Je... ne... parle pas...beaucoup... espagnol, désolé. Je suis Français.

[3] Comme vous voudrez.

— *Gracias, señor. Y buenas tardes.*

— *Gracias, adios.*

Une fois dans la rue, le Français s'arrêta à quelques mètres de la boutique, sortit le paquet de sa poche et lut la carte de visite :

« Candida Lopez Hernández, *artesania y bisuteria*[4] »

— Excellent ! s'exclama-t-il, visiblement satisfait. À très bientôt, Candida…

---

[4] Artisanat et bijouterie.

Chapitre 17

Toute l'équipe se trouvait réunie autour du lieutenant Maraval, dans la salle de réunion de crise, dite aussi « salle du café noir à volonté », là où l'on discutait des cas les plus inquiétants et insolubles. Ce qui était le cas de l'affaire Alioune M'bappé.

Lucas brandit une énième fois le morceau de bristol au-dessus de sa tête.

— Qu'est-ce que ça peut bien vouloir dire, bon Dieu ? Quelqu'un a une putain d'idée ?

Il relut à ses équipiers la phrase, ou le semblant de phrase qui avait été épinglé sur la poitrine de l'étudiant de la Sorbonne :

« *Petit salaud, je te crache au cœur.* »

La mine fermée, dubitative, tous l'écoutaient avec hébétude : Dubuc, Saouli, Leblanc, chacun tentait de comprendre pourquoi le meurtrier avait laissé un tel message.

— Alors, des idées ? invita Maraval. Car pour moi, à part cette histoire de cœur qui fait sens, le reste me semble un salmigondis.

— C'est quoi un salmi-machin ? osa demander Dubuc. Ça aurait un rapport avec le salami ou un truc comme ça ?

— Ah ! Dubuc, tu me désespères, toujours en train de penser à la bouffe… où donc as-tu fait tes humanités ?

— Mes quoi ?

— Tes humanités ! Tes études, quoi ! Bon, laisse tomber. En gros, cette phrase me retourne le cerveau car c'est un sacré merdier, voilà comment on peut résumer un salmigondis, Dubuc.

— Ok, chef, je comprends… que vous n'y comprenez rien. Comme moi.

— C'est bien pour ça qu'on est réunis ici : pour débrouiller tout ça ensemble. Petit rappel de la situation. On a un cadavre, ce jeune originaire du Cameroun, étudiant à la Sorbonne, tué sur le coup par injection létale de chlorure de potassium. Arrêt du cœur, le fameux cœur mentionné sur cette cartonette, mort instantanée. Aucune trace, aucun témoin pour l'instant. Du boulot propre. Et ce bristol épinglé sur la poitrine du mort, en guise de message délivré à… qui ?

— À nous ? demanda Saouli. Vous croyez que le meurtrier est un de ces rigolos qui veulent s'amuser avec la flicaille ? Pour nous tester ?

— Possible. Même si ce genre de choses arrive plus souvent dans les romans que dans la réalité, Saouli. Mais on ne peut pas en écarter l'idée. Voyons voir, on va brainstormer un peu. Si je vous dis « cœur », ça vous évoque quoi, comme ça, en vrac ?

— L'amour. Cupidon.

— Le centre, le milieu de quelque chose.

— Le muscle cardiaque, la course à pied, le sprint.

— La couleur rouge.

— La médecine, la cardiologie.

— Un cœur d'artichaut, un sentimental.

— La chanteuse, Cœur de Pirate.

— Atout cœur, dans un jeu de cartes.

Les propositions fusèrent ainsi, quelques minutes durant… jusqu'à ce que le lieutenant les interrompe :

— Bon, ok, n'en jetez plus. J'ai noté tout ça et je propose qu'on assemble nos propositions par familles, conclut Maraval en se retournant vers le tableau Velleda. Il y dessina des cercles dans lesquels il regroupa les grandes idées évoquées. Au-dessus de chaque cercle, il synthétisa : donc, nous avons quatre familles, l'Amour, le Corps humain, le Milieu et le Jeu. Vous êtes d'accord avec ça ?

— C'est cohérent, admit Saouli. Mais ça nous mène à quoi ? À qui ?

— Très bonne question, merci de l'avoir posée, répondit Lucas Maraval. Personnellement ces quatre thèmes me font penser à…

Ici il attrapa un marqueur rouge et, à l'aide de flèches, il résuma :

— L'Amour, à un crime passionnel ; le Corps me ramène à la médecine ; le Milieu à un crime mafieux et le Jeu à un règlement de comptes, une dette de jeu… mais tout ceci ne nous avance guère.

Les coéquipiers du lieutenant hochaient la tête en guise d'acquiescement.

— Et cette mention de « petit salaud » ? souleva Dubuc. Une simple insulte ou bien on devrait y lire autre chose ?

— À quoi tu penses ?

— Ben, je ne sais pas… salaud, ça me fait penser à des trucs du genre sexe, prostitution, drogue, proxénétisme… Enfin, du style à intéresser les collègues des mœurs, voyez ? Peut-être que ce gamin se prostituait de temps en temps pour gagner de quoi se payer ses études ou des extras ?

— Possible, mais je n'y crois pas trop. Bon, voilà ce que je suggère. Dubuc, je te laisse voir cet aspect-là avec la brigade des mœurs et la brigade financière au cas où la victime aurait fait l'objet d'un quelconque fichage lié aux jeux d'argent, on ne sait jamais.

— Entendu, chef.

— Toi, Saouli, je te charge de prendre contact avec la famille au Cameroun et de voir ce que tu peux apprendre sur M'bappé à la Sorbonne. Demande à consulter son dossier scolaire.

— Noté, chef.

— Quant à toi, Leblanc, tu dissèques tout le voisinage à la recherche de témoins valables. T'essaie de comprendre la vie quotidienne du garçon, vu ?

— Je m'y mets de suite.

— Merci, les gars, de mon côté je vais me rencarder sur son dossier médical. On débriefe à la fin de la semaine, sauf si scoop il y a. Bon courage.

Le lieutenant Maraval regarda ses subordonnés quitter la cellule de crise. Resté seul, il s'assit et laissa son regard et ses pensées se perdre sur le Velleda où il avait schématisé leurs hypothèses. Tellement flou, tout ça. Et cette histoire de cœur qui lui rappelait combien le sien était devenu froid depuis quelques années. Depuis que Noémie s'était envolée, qu'elle avait baissé les bras, épuisée de toujours passer en second, derrière le plan de carrière de Lucas. « Ton boulot ou moi ! », l'avait-elle menacé. On venait de lui proposer un avancement : le grade de lieutenant qu'il arborait désormais. Il avait longuement hésité, pesé le pour et le contre, tout rassemblé dans la balance pour en conclure que c'était là une réelle opportunité dans sa carrière de flic. Il avait dit oui, Noémie était partie.

Lorsqu'il jouait, étant gamin, au gendarme et au voleur, il était loin d'imaginer combien la vie de flic pouvait coûter en sacrifices. Les filatures, les nuits à découcher, les enquêtes tordues et les réunions à n'en plus finir, le stress au quotidien, tout cela était chronophage et épuisant mentalement. Pourtant Lucas n'avait pas réussi à faire la part des choses et cela lui avait coûté son couple.

Il relut au tableau les mots « amour et cœur » puis grimaça, en lançant à la pièce vide :

— Encore un cas bien pourri… Mais j'irai jusqu'au bout, coûte que coûte. Si tu veux jouer, je suis ton homme…

Chapitre C

<u>Paris</u>

Anna se tord de douleur sur son lit. Elle se tient le ventre à deux mains, elle ressent des élancements qui sont comme une punition divine pour avoir été aussi bête, inconsciente. Ce soir, elle regretterait presque sa décision, quelques semaines auparavant, dans le salon de thé de la Maison Gerbaud.

Déjà, le voyage en train lui avait paru interminable : Budapest, Vienne, changement à Munich puis Nuremberg, Frankfort, Paris enfin ! La gare de l'Est. Elle qui s'attendait à du fastueux, cette gare ne l'avait pas d'emblée séduite : trop sombre, trop grise, malodorante. Elle n'avait eu qu'une envie, en sortir et s'élancer au plus tôt vers le Trocadéro, au pied de la tour Eiffel. Mais elle traînait ses bagages, oh ! pas très lourds : toute sa vie se résumait à deux valises ! Elle ne se voyait pas traverser Paris avec cette charge. Elle devrait donc patienter et, d'abord, avec le peu de mots qu'elle connaissait en français, localiser le foyer des jeunes travailleurs du 12ème arrondissement. Le français, elle en avait retenu des bribes de la bouche de son grand-père qui, à l'instar de nombreux Hongrois de cette génération, le parlait avec goût.

On l'avait finalement installée dans une chambre à quatre lits, en compagnie de trois autres femmes : Victoria Arrabal l'Espagnole, Monique Van Hoot la fille du Nord et Agnieska Bukowski la Polonaise. Elles l'avaient accueillie sans chaleur mais sans agressivité, juste une forme de lassitude et de dépit de se trouver dans cette situation peu glorieuse.

Enfin, elle s'était élancée dans les rues, avait trouvé un bus qui l'avait déposée au pied de la tour de fer. Le ciel était bas, les nuages lourds prêts à crever et à déverser une pluie glaciale, pas une belle neige blanche comme à Budapest, avait fugacement regretté Anna. Le tableau qui s'offrait sous ses yeux était loin du paysage urbain qui pendait au mur de sa chambre de bonne de là-bas et qu'elle avait emporté dans ses valises. Mais c'était quand même Paris, quand même la France !

Elle s'était approchée lentement des fontaines, religieusement presque, tant ce lieu était sacré dans son imaginaire, dans sa fantasmagorie de la liberté, de la prise en main de son destin.

On était fin février et le soir tombait encore tôt sur Paris, enflammant les lampadaires, transformant le Trocadéro en une féérie d'eau et de lumières qui finalement avait emporté Anna. Elle s'était laissée aller aux larmes chaudes qui ruisselaient sur ses joues. Des larmes qui hésitaient entre joie, tristesse, espoir et regrets. La jeune Hongroise ne pouvait pas encore être certaine d'avoir fait le bon choix, mais elle était persuadée d'avoir été assez forte pour décider du changement. L'avenir seul lui dirait si elle avait eu raison ou tort...

Depuis les bassins, un jet de bonheur avait éclaboussé Anna.

C'est ce à quoi elle tente de se raccrocher, ce fugace moment de bonheur, tandis que les douleurs reprennent dans son bas-ventre, bientôt suivies d'une nausée qui appelle le vomissement.

— Anna, qu'est-ce qu'il se passe ? s'inquiète Agnieska.

— C'est rien, c'est rien, ça va passer, articule faiblement la jeune femme.

— Je vais appeler un docteur.

— Non ! Pas de docteur, j'ai pas assez d'argent.

— En France, tu sais, tu peux voir un docteur sans payer, Anna, ne t'inquiète pas pour ça. Tu peux marcher ? Je t'emmène à l'hôpital.

— Ça va aller, merci, Agnieska, j'ai dû prendre froid en rentrant du travail, c'est tout.

Car du travail, elle en a trouvé. Elle ne s'est pas endormie sur ses lauriers. De toute façon, elle n'a pas eu le choix : ses économies ne lui auraient pas permis de vivre bien longtemps sans gagner de quoi manger et payer son loyer au foyer. Puis elle ne voulait surtout pas se remettre à travailler à l'horizontale, ça non ! Elle resterait debout, droite, fière d'elle.

Alors elle avait accepté un emploi de femme de chambre dans un hôtel proche du foyer, où elle pouvait se rendre à pied. Ce travail ne requérait pas une parfaite maîtrise du français. Défaire des lits, laver des sanitaires, refaire des lits, dépoussiérer, faire briller des bidets, tout cela n'était pas bien glorieux mais Anna s'en fichait : elle avait connu pire ! Ce n'était rien que de la sueur, de la merde et de la pisse, mais au moins ce n'était pas répandu sur elle...

La jeune femme abattait du bon boulot, ses employeurs étaient satisfaits, elle ne rechignait jamais à faire des heures supplémentaires. Un jour par semaine, c'était relâche et elle pouvait profiter de son temps libre pour se promener dans Paris où elle terminait immanquablement par se retrouver au Trocadéro. Elle s'était aussi inscrite à des cours de français car elle voulait progresser, s'intégrer, savoir ! Cette langue la séduisait, si douce, si variée, elle apprenait vite. Puis cela lui rappelait ce grand-père qu'elle aimait tant.

Aussi la vie parisienne d'Anna débutait-elle sous les meilleurs auspices, jusqu'au jour où, prise de vomissements et de crampes abdominales, elle avait été contrainte de suivre les conseils de sa colocataire polonaise et de se faire accompagner aux urgences les plus proches.

— Madame, vous parlez français ? veut savoir l'interne de garde.

— Un petit peu…

— Je vais vous donner un calmant pour soulager les crampes. Tenez, buvez ça. Quand j'appuie par ici, vous avez mal ? Et là ? Là ? Mettez-vous sur le flanc.

— Le flanc ?

— Sur le côté, quoi. Voilà, comme ça. D'où vous vient ce bel accent ?

— Hongrie.

— Oh ! J'aimerais beaucoup aller à Budapest, avec ma fiancée. Peut-être même que je la demanderai en mariage, là-bas, c'est romantique, il paraît.

— Euh, je ne sais pas, oui, peut-être… Pas pour tout le monde… Aïe ! ça fait mal, là.

— Oui, pardon, je m'égare, mais c'était pour vous distraire un peu, madame. Inspirez fort, voilà, comme ça. Bien… Je vais vous envoyer passer quelques examens supplémentaires pour confirmer mon diagnostic. Juste une question, madame : est-ce que vous avez eu vos règles, dernièrement ?

— Je ne comprends pas…

— À quand remonte votre dernier rapport sexuel ?

— Sexe ?

— Oui, quand ?

— Deux mois…

— Eh bien, madame, ce que vous avez n'est pas très grave, bien au contraire : vous êtes enceinte.

— Enceinte ?

— Oui, un bébé, là, confirme le médecin en désignant le bas-ventre de la jeune Hongroise. Les douleurs ne sont que des tiraillements utérins que l'on va vite soulager. Les nausées sont normales à cette période d'aménorrhée. Félicitations, madame.

Anna n'est pas tout à fait aussi enthousiaste que l'urgentiste…

Chapitre D

<u>Paris</u>

Anna pleure entre les bras d'Agnieska. La Polonaise est celle avec qui elle a le plus d'affinités, sans doute du fait qu'elles viennent toutes deux de l'Est.

— Vas-y, Anna, pleure, tu en as besoin. Pleurer, c'est comme vidanger son âme, ça ne soigne pas les maux du corps mais ça soulage les douleurs du cœur.

La Hongroise s'abandonne tout à fait, elle hoquète entre deux sanglots :

— Pourquoi ? Pourquoi ? ne cesse-t-elle de répéter comme une litanie, comme si c'était le dernier mot qui lui restait dans son vocabulaire. Il résume à lui seul toute la tragédie de la jeune femme.

Pourquoi cette grossesse ? Qu'a-t-elle fait pour mériter cela ? Elle qui avait osé empoigner les rênes de sa vie et chevaucher son destin vers un avenir meilleur. Dieu, puisqu'elle croyait en Lui, en avait décidé autrement, apparemment… Il lui avait collé ce nouveau défi : un voyageur clandestin au creux de ses reins. Qu'avait-elle besoin de ça ? Son salaire lui permettait tout juste de survivre dans des conditions décentes, alors imaginer devoir subvenir aux besoins d'une autre bouche, cela dépassait ses capacités d'entendement.

À cet instant, blottie dans le giron d'Agnieska, Anna ne s'en sent pas du tout capable.

Mais le pire n'est pas là ! Le plus douloureux à digérer c'est : d'où vient cet enfant ? Quel est le salaud qui lui a cloqué ce polichinelle dans le tiroir ?

Plus encore, Anna se projette au-delà de la naissance. Comment expliquer à cet enfant qu'elle n'a aucune idée de qui est son père ? Ce n'est pas comme si le bonhomme s'était évaporé en apprenant sa paternité. Si encore ce n'était que cela : un type qui prend ses jambes à son cou, qui n'assume pas d'avoir engrossé une femme, sans être monnaie courante, ce n'est pas si rare… Dans le cas d'Anna, le pire est à venir : il n'y a pas de père, ou plutôt, il y en a trop ! L'embarras du choix : combien d'hommes ont déchargé en elle, deux mois plus tôt, cette semence qui aujourd'hui prend corps dans son ventre, qui bientôt en sortira, deviendra un être humain, son enfant malgré tout !

Comment grandira-t-il, cet enfant, avec l'ombre d'un père absent, d'un père dont il ignore tout, d'un père qui ne sait pas même qu'il est père ?

Comment se construira-t-il avec ce fardeau, s'il apprend que sa mère monnayait son cul pour survivre et qu'un soir l'un de ses clients lui a laissé, en plus d'une poignée de billets crasseux, un misérable pourboire : lui !

Anna, entre deux pleurs, confie tout cela à Agnieska.

— Tu n'es pas obligée de garder cet enfant, tu sais ? tente de la rassurer la Polonaise.

— On a le droit ?

— Non, pas vraiment, pas encore. Mais je connais quelqu'un… si tu veux…

Anna soupire, hoche la tête, se mouche.

— Je ne sais pas… Peut-être que c'est un signe de Dieu. Je ne peux pas désobéir au Seigneur, s'il m'a soumis cette épreuve, je dois y trouver du sens.

La Hongroise se torture l'esprit, pèse le pour et le contre, les difficultés qu'elle devra surmonter si elle garde cet enfant, si elle doit l'élever seule sur son maigre salaire. Il faudra qu'elle se cherche un logement, elle ne pourra pas rester au foyer avec un nourrisson.

Tout cela lui apparait à l'instant quasi insurmontable.

Pourtant, elle se décide : elle préfère être mère que putain.

Chapitre E

<u>Paris</u>

Avec les encouragements de la sage-femme, Anna souffle, souffre et s'ouvre. Les contractions sont désormais intenses et quasi continues, le travail a commencé.

— Allez, madame, soyez courageuse, dans quelques minutes vous ferez la connaissance de votre bébé.

Octobre s'était installé sur la capitale, avec ses matins frais, ses feuilles jaunes sur les trottoirs et les jours qui raccourcissent. Anna avait tenu à travailler tant qu'il lui serait humainement possible malgré son ventre qu'elle trouvait énorme. Les journées à l'hôtel lui semblaient interminables, les lits plus bas qu'auparavant, les étagères plus hautes qu'au début de sa grossesse. Elle avait l'impression de se déplacer au ralenti, de devoir puiser dans ses réserves d'énergie au moindre mouvement. Pourtant, elle s'accrochait, malgré les protestations de son employeur qui lui conseillait de prendre du repos, lui assurant qu'elle retrouverait son poste après son congé maternité, si elle le souhaitait. Mais Anna craignait de perdre son salaire, de ne pouvoir se payer un logement, de se retrouver à la rue avec son enfant sous le bras, dans le pire de ses scénarios.

Jusqu'au malaise qu'elle avait ressenti un matin, en aspirant la moquette de la chambre 128. Elle s'était écroulée sous le poids de son épuisement : ce fut son dernier jour de travail. Depuis, elle restait au foyer, Agnieska auprès d'elle autant qu'elle le pouvait, qui l'aidait également à trouver un appartement, ni trop grand, ni trop cher. Elle lui avait finalement déniché un deux-pièces sous les toits, à Belleville, un quartier populaire donc abordable.

— Ça y est, madame, c'est formidable, j'aperçois les cheveux, déjà. On y est presque ! Encore un effort.

Des efforts, il lui en avait fallu à Anna, pour supporter les derniers jours de sa grossesse. Au poids de l'enfant à naître, s'ajoutait le poids de la honte, celle d'une femme célibataire, une fille-mère qui n'aurait pas le bonheur de couver son enfant à l'ombre bienveillante d'un homme, d'un père. Ce poids-là était bien plus pesant que celui des chairs qui alourdissaient son ventre proéminent.

Heureusement qu'Agnieska était là, souvent disponible, amicale, presque une mère pour Anna puisque de dix ans son aînée. La Polonaise s'était chargée des démarches pour ce logement de Belleville, dans l'immeuble où elle-même venait de se mettre en ménage avec Raoul, son compagnon depuis plusieurs mois. Les bras musclés de Raoul avaient été une bénédiction lorsqu'il avait fallu emménager. Oh ! Anna ne possédait rien, en guise de mobilier : quelques meubles achetés à vil prix chez Emmaüs, puis un lit de seconde main récupéré à l'hôtel où la Hongroise travaillait. S'il n'était plus bon pour la clientèle, du moins saurait-elle s'en contenter : désormais, elle possédait quelque chose !

Dans un nouveau cri de douleur, Anna ressent une forme de libération, aussitôt suivie d'un autre cri, plus aigu, celui d'un petit être rougeaud, visqueux et fripé : son enfant.

— Félicitations, madame, je vous présente votre enfant, s'extasie la sage-femme comme si c'était sa première mise au monde. Peut-être était-ce pour elle un éternel émerveillement ? Comment allez-vous l'appeler ?

Anna n'avait curieusement jamais pensé à cela durant les huit mois et dix jours de sa grossesse, aussi se trouva-t-elle désemparée devant l'échéance. Quel prénom donner à ce petit être qui était le fruit d'une femme et d'un inconnu mais aussi un nouvel être à part entière ? Soudain, elle repensa à un roman qu'elle avait lu récemment, et dont elle avait découvert l'adaptation au cinéma quelques semaines plus tôt, *La Promesse de l'aube*, d'un auteur de l'Est, comme elle.

— Je vais l'appeler Romain.

L'accoucheuse lui tend alors l'enfant, le déposant sur sa poitrine encore secouée de spasmes liés à l'effort. La Hongroise, au lieu de se détendre, de jouir de cet instant magique, de profiter enfin de son nouveau statut de mère, se crispe subitement, dans une nouvelle plainte de douleur.

— J'ai trop mal !

— C'est normal, madame, ce sont des contractions.

— Comment ça ? Ce n'est pas fini ?

— Madame, calmez-vous, respirez, votre deuxième bébé arrive…

Chapitre 18

Paris, juin 2018

La librairie *Aux Trouvailles d'Amélie* était exceptionnellement ouverte après dix-neuf heures. Ce soir-là était organisé un apéro-dînatoire-littéraire autour du jeune auteur Sacha Sevillano. Amélie était tombée sous le charme de son premier roman, un drame puissant intitulé *Huit minutes de soleil en plus*. La patronne de Louise se régalait à organiser ce type d'évènements où elle interviewait l'auteur au sujet de la thématique de son livre : ici, l'on parlerait de mucoviscidose. Ensuite, le public invité ou de passage se voyait offrir l'occasion de débattre avec l'écrivain. Enfin, tout en dégustant quelques mignardises relevées d'une coupe d'un cocktail fait maison, l'auteur pouvait dédicacer son ouvrage aux lecteurs intéressés.

Amélie planifiait ce genre de soirées tous les deux mois environ. Ce soir-là, la librairie était comble de passionnés et de curieux et l'intervieweuse demandait :

— Sacha, quel est le message que vous souhaitez faire passer dans ce roman ? Pourquoi avoir opté pour le thème, poignant, de la mucoviscidose ? On rappelle que le héros de cette histoire, un jeune garçon atteint de cette maladie, souhaite réaliser son rêve : se rendre à Wimbledon pour y voir jouer son idole, Roger Federer. Mais son pari fou est de s'y rendre à vélo, soit une distance depuis chez lui de plus de deux-cent-cinquante kilomètres.

— C'est parfaitement bien résumé, merci. Eh bien, le message, au-delà de l'urgence de vivre son rêve, puisque Jules sait qu'il a une épée de Damoclès suspendue au-dessus de la tête depuis sa naissance, le message est de montrer qu'une telle maladie, bien que handicapante, n'empêche pas de réaliser de grandes choses. Au contraire, Jules puise dans son malheur la force d'aller au bout de ses rêves…

Assise à côté de l'estrade, les mains jointes sur ses jambes croisées, Louise décrocha du discours de l'écrivain, pourtant passionnant, lorsque son regard fut capté par le visage d'un homme assis au fond de la pièce.

C'était lui ! Il était de retour…

Le cœur de Louise rata une note, une double croche au minimum, avant de reprendre son rythme de croisière. Non seulement il était là, mais surtout il la fixait, un discret sourire collé aux lèvres, une sorte de virgule à peine ébauchée mais qui fit dérailler la jeune femme.

Louise tenta de se concentrer de nouveau sur l'interview, mais à chaque minute, une attirance incontrôlable faisait dévier son regard vers le fond de la salle.

Suivirent des applaudissements, des questions, des réponses, des rires, des éternuements et quelques raclements de gorge. L'individu n'intervint à aucun moment publiquement. Lorsqu'arriva le moment de l'apéritif et des dédicaces, les invités déambulèrent parmi les étals, un verre dans une main, un amuse-bouche dans l'autre. Les uns patientaient avec le roman de Sevillano prêt à recevoir sa griffe, les autres feuilletaient çà et là un ouvrage. Louise servait des cocktails, débarrassait des plateaux vides, répondait aux questions des clients. Soudain, on l'interpella :

— Mademoiselle ? Ce toast est délicieux, il est à quoi ?

La jeune femme pivota et se trouva nez à nez avec Son inconnu :

— Oh ! euh… une compotée d'oignons rouges et de câpres, je crois.

Pour une première phrase échangée, celle-ci ne resterait pas dans les annales, songea-t-elle piteusement.

— Vous en êtes l'auteure ?

— Ça, non, pas du tout… J'en serais bien incapable. Nous les avons commandés chez un traiteur du quartier.

— Que vous féliciterez, alors ! C'est une bien belle soirée, poursuivit l'homme à la fine barbe soignée. Une ambiance très amicale, j'aime beaucoup !

Visiblement, il était en verve, songea Louise, un peu effrayée et se sentant contrainte à ne pas faire son ourse de service.

— Amélie est heureuse d'animer ainsi sa librairie. C'est gratifiant qu'il y ait du monde !

Elle sentait bien que ses propos étaient « bateaux » mais elle ne trouvait rien de mieux à cet instant. Cela lui apparaissait comme une conversation de courtoisie alors qu'elle rêvait intérieurement de beaucoup plus…

— J'imagine, oui, abonda l'homme. D'autant que ça ne doit pas être évident aujourd'hui de faire tourner une librairie de quartier.

— C'est vrai, il faut innover, trouver des idées originales comme celle-ci. Et fidéliser ses clients… comme vous…

— Oh ! je ne suis pas très fidèle, ou du moins pas très assidu. Je voyage pas mal, ces temps-ci, alors je manque de temps.

Ceci venait confirmer la semaine d'absence qu'avait constatée Louise.

— Pour affaires ? osa-t-elle demander, curieuse.

— On peut dire ça, en quelque sorte… Un projet à mener…

La jeune femme ne s'aventura pas plus loin dans l'indiscrétion ; elle enchaîna, changeant de sujet :

— Vous avez aimé le livre acheté l'autre fois ?

— Beaucoup. Je l'ai lu dans l'avion, d'une seule traite.

— Vous devez être à court de lecture, alors ?

— Je constate que vous ne perdez pas le nord, c'est bien, c'est vendeur. Que me conseillez-vous, hormis ce roman que je vais me faire dédicacer ?

Après quelques conseils, l'homme prit congé de la vendeuse et s'éloigna vers l'auteur, livre en main.

Le soir même, Louise, le cœur de nouveau en joie, braqua sa paire de jumelles par sa fenêtre de toit. Son carnet intime en fut témoin :

« *Paris, 21 juin 2018,*

Mon journal,

Il est revenu !

Il m'a parlé !

Je n'ai pas fui, je n'ai pas fait mon oursonne polaire. À vrai dire, je n'avais aucune possibilité de repli stratégique. C'était soir de dédicace aux Trouvailles, j'étais chargée de bichonner les clients, notamment au buffet. Laisse-moi te raconter comment ça s'est passé... »

Par le menu, la jeune libraire se confia à son carnet, allongée dans son lit et s'endormit paisiblement, la tête pleine d'un fol espoir.

Les jours qui suivirent, Louise et son inconnu jouèrent au chat et à la souris. Elle l'épiait, il fuyait ; il approchait, elle détalait. Jusqu'au moment où, de bon matin, elle se retrouva face à face avec lui, chacun sous le porche de son immeuble ; la rue seule les séparait. Il avait levé la main dans sa direction :

— Mademoiselle !

Louise s'était mise à trembler mais n'avait eu d'autre choix que de répondre à l'invite.

— Ah ! bonjour... vous habitez ici ?

Comme si elle ne le savait pas, l'ingénue !

— Eh oui ! Vous aussi, on dirait. Quelle heureuse coïncidence... Je me rendais à un rendez-vous qui me fait justement passer devant votre librairie. Voulez-vous que nous fassions route ensemble ? Il fait si beau, déjà.

— Avec plaisir, répondit Louise en rosissant de timidité.

Ils marchèrent côte à côte sur quelques centaines de mètres. La jeune femme masquait difficilement son excitation et son trouble.

— On se croise souvent, ces derniers temps, mademoiselle. Mademoiselle comment, déjà ?

— Louise. Et vous ?

— Appelez-moi… Mario.

— Vous êtes Italien ?

— Si vous voulez… plaisanta l'homme.

— Moi je ne veux rien de particulier. Vous pouvez bien être qui vous voulez…

— Alors, si Mario vous convient, allons-y comme ça, s'esclaffa l'homme.

— Enchanté, Mario.

— Ravi, mademoiselle Louise.

Ils échangèrent, le temps du trajet, quelques autres banalités qui ravirent la jeune femme. Maintenant qu'elle connaissait son nom, il n'était plus un inconnu, il prenait de la consistance et de l'importance. Elle désirait en savoir toujours plus.

Ils se quittèrent sur le pas de la porte des *Trouvailles d'Amélie*, en se souhaitant une belle journée et dans l'espoir que le hasard les amène de nouveau à se croiser.

Chapitre 19

Alicante, juillet 2018

Des journées de canicule s'étaient définitivement installées sur la ville espagnole. Bien qu'elle se trouvât sur la côte, Alicante souffrait sous la chaleur estivale. Cela ramollissait un peu les touristes mais sans les empêcher de déambuler, lorsque l'après-midi touchait à sa fin, à l'ombre des ruelles du *Casco Antiguo*. Candida, à cette période de l'année, modifiait ses horaires d'ouverture pour s'adapter au rythme des touristes et potentiels clients.

Lorsqu'elle ferma sa boutique, il était vingt-deux heures et la température devenait enfin supportable. Dans les villes espagnoles, c'était à partir de cette heure que les rues se remplissaient de rires, de fragrances d'apéritifs et de tapas. Le jour, Alicante sommeillait, le soir elle s'éveillait.

L'artisane se sentait joyeuse, elle aimait l'été, elle aimait la nuit, elle aimait sa ville natale. Comme à son habitude, elle arpenta la rampe menant à la citadelle et s'assit sur l'un de ses bancs de prédilection, ceux d'où la ville se dévoilait le plus largement. La nuit, Alicante lui semblait encore plus séduisante dans sa robe de lumières. C'était bien sûr le cas de nombreuses métropoles côtières dont le liseré de couleurs bordait la mer telle une écharpe scintillante, mais pour Candida aucune n'égalait sa ville de naissance. Le château lui-même, mis en valeur par des projecteurs jaune-orangé, dominait cette féérie lumineuse. Candida était émerveillée de pouvoir se repaître de tant de beauté. Elle qui avait cru tout perdre, un miracle l'avait sauvée. Son cœur s'en trouva empli de gratitude envers la vie, les hommes, les hommes de science surtout, ceux qui sauvaient des vies, au propre comme au figuré.

Soudain, elle eut envie de partager son bonheur avec Juana, sa fille unique. Elle empoigna son téléphone.

— *Mama ! Que tal* [5] ?

— Oh, ma fille, ça va très bien, et toi ? Tes études ? Tu te plais à Madrid ? Tu dois avoir très, très chaud, là-bas dans les terres. Déjà qu'ici…

— Il fait très chaud à la fac, oui. Mais le soir, on sort à la fraîche, à *tapear* [6].

— Doucement sur la fête, quand même, bien que tu aies raison de profiter des bons moments que nous procure la vie.

— Ne t'inquiète pas, *mama*, je suis sérieuse avec les cours.

— Ton père serait très fier de toi, tu sais, dit Candida avec une boule au creux de la gorge. Et moi je suis très, très fière. Les études, c'est important si tu veux pouvoir choisir un bon métier, qui gagne bien et qui te plaise.

---

[5] Maman ! Comment vas-tu ?
[6] Grignoter des tapas.

— Je sais, *mama*. Bon, Teresa et Pilar m'attendent, on va retrouver les copains en terrasse. Tu voulais me dire quoi ?

— Oh ! rien de particulier, juste t'entendre, te dire que tout allait bien et que je t'aime très fort.

— Moi aussi, *mama*, je t'aime très fort.

— Te dire aussi combien je suis heureuse de revivre, de revoir toutes ces belles choses et que bientôt je viendrai te voir à Madrid, tu me feras visiter ton quartier, de nuit, ça doit être magnifique.

— Entendu, *mama*, j'ai hâte que tu viennes. Bon, je te laisse, je t'embrasse fort, *mama*.

— Je t'embrasse, ma fille. *Adios* !

Candida raccrocha. Un énorme sourire lui fendait le visage, elle rayonnait autant que la ville qui s'étendait sous ses yeux. Elle repensa à ce miracle, deux ans plus tôt, un simple coup de téléphone qui avait tout changé. Un coup de fil qui l'avait propulsée du noir vers la lumière.

C'était facile pour Candida de se rappeler de la date, c'était en pleine période des fêtes de la Nativité. Elle vivait encore, à l'époque, à Montpellier, avec Luis. Ils s'étaient expatriés là quelques mois auparavant, à la faveur de la mutation professionnelle de son mari, lequel était monté en France quelques mois plus tôt. À cette époque, les complications de santé s'accentuaient pour Candida : elle était en permanence dans le flou, le sombre et la douleur. L'espoir d'une guérison s'amenuisait avec le temps, l'implacable attente quotidienne de l'appel téléphonique devenait, jour après jour, plus insupportable.

Et encore, la chance voulait qu'ils se trouvent alors en France, ce qui leur donnait accès aux plus grands spécialistes et à des opportunités réelles de guérison. L'opération devenait envisageable, plus accessible en France qu'en Espagne. Enfin la chance souriait aux Lopez. Toutefois l'opération ne dépendait pas que du bon vouloir de Candida, ni des médecins eux-mêmes. Pour qu'elle ait lieu, il fallait également compter sur le hasard, la chance, une bonne étoile. Une sorte de loterie, comme celle organisée par *la Once*[7] espagnole que des crieurs vendaient dans les rues, sur les *plazas mayores*[8], au profit des aveugles et malvoyants. Candida se sentait réduite à un numéro sur une liste mais un jour, peut-être, son numéro sortirait et ce serait encore plus beau que de remporter la loterie.

Un soir, enfin, peu avant Noël, le numéro de Candida Lopez Hernández était sorti du chapeau.

Candida souriait au souvenir de ce jour-là, les yeux brillants contemplant Alicante à ses pieds. La mer, le port de plaisance, le voilier de Colomb, les promenades piétonnes, tout cela lui était rendu depuis ce coup de fil qui avait annoncé qu'elle avait gagné à la loterie. Dans son esprit, elle désignait cette journée comme le Jour de sa Résurrection.

Le téléphone avait sonné, tard dans la soirée, au cœur de l'appartement de Montpellier. Luis et Candida étaient déjà au lit et la sonnerie les avait fait

---

[7] La ONCE, acronyme de Organización Nacional de Ciegos Españoles, est une institution à caractère social et démocratique sans but lucratif qui a pour but d'améliorer les conditions de vie des aveugles et déficients visuels en Espagne
[8] Grandes places.

bondir. Luis s'était levé le premier pour aller décrocher le combiné dans le salon. Après un « allo » ensommeillé et quelques « oui », il s'était tu et avait écouté religieusement son correspondant. Puis il avait raccroché, tremblant, s'était tourné vers Candida, qu'il avait sentie derrière lui, l'avait enlacée et lui avait murmuré :

— Ça y est, c'est bon, *querida*[9], ils nous attendent !

---

[9] Chérie.

Chapitre F

<u>Paris</u>

Couchée en chien de fusil tout au fond de son lit, Anna pleure doucement. De l'autre côté de la paroi, dans la chambre des jumeaux, Marion ne cesse de hurler, comme à chacun de ses réveils en plein cœur de la nuit. Son cœur de mère saigne d'entendre ses cris et de se sentir impuissante à les faire taire. Elle a déjà tout essayé : donner le sein, bercer, chantonner, caresser, en vain. À chaque fois, c'est finalement l'épuisement qui emporte Marion dans une nouvelle plage de sommeil... de deux à trois heures.

Dans ces moments-là, quand Marion hurle, Anna se revoit à la maternité, quelques mois plus tôt, face à la surprise de la gémellité.

Elle n'avait d'abord pas très bien assimilé ce que venait de lui dire la sage-femme : un second bébé ? Comment cela ? Était-ce possible de n'en avoir rien su plus tôt ? Mais qu'est-ce que cela changeait, au fond ? Elle ne pouvait tout de même pas l'empêcher de sortir, ce deuxième rejeton...

Elle était quand même raide, celle-là : non contente d'être mère-célibataire, encore lui faudrait-il désormais nourrir deux bouches supplémentaires. Cela lui était alors apparu insurmontable.

La joie toute naturelle de découvrir le premier enfant avait très vite été gâchée par l'arrivée du deuxième, surnuméraire.

D'emblée, elle avait détesté se sentir piégée et en avait attribué la faute au deuxième jumeau, qui était tout le contraire du premier : autant l'un semblait robuste, autant l'autre était d'aspect fragile et souffreteux. Souvent, in utero, l'un prenait plus de place que l'autre durant leur développement. Il se disait même que, parfois, l'un des deux embryons pouvait avaler l'autre. Une lutte d'influence fratricide se jouait-elle déjà dès avant la naissance ? Constituait-elle les prémices d'une domination-soumission future ? Ces questions-là, Anna ne les formulait pas ainsi, néanmoins elle avait su dès ce jour qu'elle ne saurait aimer ses deux enfants d'un même amour car l'un était accepté et l'autre lui avait été comme imposé.

Dans son lit de l'appartement de Belleville, la mère berce Romain, tentant tant bien que mal de lui boucher les oreilles, tandis que, derrière la cloison, Marion braille.

Chapitre G

<u>Paris</u>

Les semaines, les mois défilent et toujours cette même angoisse, pour la jeune Hongroise qui doit gérer le quotidien avec deux enfants en bas-âge.

Le quotidien signifie pour Anna, retourner au travail afin de rapporter de quoi manger, de quoi se chauffer, de quoi nourrir les jumeaux. Mais comment concilier travail et garde des enfants tout en étant mère célibataire ? Anna parvient tant bien que mal à travailler quelques heures à l'hôtel, adaptant ses horaires en fonction des moments où elle peut laisser les enfants à Agnieska, sa voisine polonaise. Les faire garder par une nourrice agréée lui est inaccessible financièrement.

Aussi se débrouille-t-elle, mais elle doit tirer sur les cordons de la bourse pour parvenir à joindre les deux bouts.

Et Marion toujours aussi difficile, chaque jour plus sensible, qui pleure souvent, qui se nourrit peu, un air triste constamment peint sur le visage. Un visage d'ange, pourtant, une beauté diaphane, des traits fins et doux. Tout le contraire de Romain, plus massif, plus rieur. Tellement semblables dans la gémellité et pourtant si différents l'un de l'autre.

Supporter Marion devient pour Anna chaque jour plus difficile. Bientôt cela influe sur sa propre santé : épuisée, déprimée, la mère hongroise n'arrive plus à travailler. Jusqu'au jour, devenu inévitable, où son employeur lui signifie son renvoi.

Anna repart de zéro : tout est à rebâtir. Subsistant sur de maigres allocations chômage, elle vivote avec ses enfants.

Elle a bien tenté, à deux ou trois reprises, de se consoler dans les bras d'un homme. Cela dure quelques semaines, parfois quelques mois, mais malgré toute la tendresse dont ces hommes sont capables, les liaisons ne durent pas. Ses amants ne trouvent pas en eux les ressources pour supporter le caractère impossible de Marion. L'enfant, qui ne peut se faire oublier, pas même la nuit, demande une attention de tous les instants, s'immisçant, quasi en permanence entre sa mère et l'amoureux de celle-ci.

Ingérable.

Aussi les hommes fuient-ils Anna et ses jumeaux, bien que Romain soit adorable.

La jeune femme court de petits boulots en longues périodes d'inactivité jusqu'au jour où, au détour d'une rue, une idée fait son chemin en elle.

— Après tout, pourquoi pas ? songe-t-elle à mi-voix, un voile de rose aux joues. Une fois n'est pas coutume ; cela n'aura pas de conséquences ; je ne fais aucun mal, après tout...

Toutes les raisons lui semblent bonnes pour valider sa décision.

Et cela malgré la promesse qu'elle s'était faite auparavant, à Budapest, dans ce qui lui apparait dorénavant comme une autre vie.

Une autre femme ?

Changer d'horizon, changer de quotidien, cela change-t-il un être ?

Peut-être, au fond, sommes-nous prédestinés à une vie toute tracée ?

Peut-on même échapper à son destin, à la faveur des kilomètres?

Voilà ce à quoi songe Anna, arpentant les trottoirs de la rue des Lombards, jetant des regards emplis de commisération envers ces femmes qui, comme elle autrefois, louent pour quelques instants leurs charmes parfois fanés…

— Une fois n'est pas coutume, se répète-t-elle.

Seulement l'argent appelle l'argent et Anna en a grandement besoin.

Une passe ici, une passe là… Les charmes magyars de la jeune femme attirent la clientèle : ici un jeune puceau, là un veuf esseulé. Cette nuit un homme largué, demain un fils à papa friqué… L'argent n'a pas d'odeur si l'on ferme les yeux sur sa honte, pense Anna.

Elle attire encore, la jeune Hongroise, malgré son teint un peu moins frais et ses courbes moins girondes, depuis qu'elle sacrifie sa santé au profit de ses jumeaux. Enfin, c'est surtout Romain, le glouton, tandis que Marion grignote du bout des lèvres, trop difficile lorsqu'il s'agit de s'alimenter. L'un est vigoureux, l'autre maigre. L'un pousse comme un champignon, l'autre végète.

Il existe, paraît-il, un lien impalpable entre jumeaux. Quelque chose qui échappe encore aux esprits trop cartésiens, quelque chose qui a trait à une forme de communication non-verbale et que seuls les jumeaux eux-mêmes peuvent ressentir dans leurs tripes, dans leur âme.

Ce lien existe bel et bien entre Marion et Romain. Le plus robuste des deux sent confusément qu'il doit protéger l'autre, qu'il doit couver sa moitié utérine, cette moitié que la mère – pauvre femme égarée – rejette.

Dès le plus jeune âge, Romain couve Marion et l'aide à grandir au mieux. Ils aiment s'isoler tous les deux lorsque Agnieska les garde alors qu'Anna bat le pavé, le soir. Chez la Polonaise, douce maman de substitution, c'est douillet et Marion se sent mieux qu'avec sa propre génitrice.

Blottis l'un contre l'autre, au point qu'on croirait des siamois, l'un portant la coupe en brosse quand l'autre affiche de charmantes bouclettes blondes sur des cheveux mi-longs. Sans cette différence capillaire et leur constitution si opposée, on pourrait les confondre, ces deux petits êtres de cinq ans…

Chapitre 20

La capitale française revêtait ses atours estivaux. Juillet avait déjà déroulé la moitié de son tapis ensoleillé, les Parisiens avaient commencé à fuir la chaleur urbaine et s'étaient échappés par l'autoroute du Soleil pour mieux s'agglutiner sur les plages brûlantes de la Méditerranée. Les voies sur berges étaient calmes, les quais moins encombrés malgré les travaux incessants décidés par Madame Hidalgo et les touristes étrangers flânaient le long des « boîtes vert-wagon » séculaires des bouquinistes ou au pied de Notre-Dame.

Louise, en amatrice éclairée des livres d'occasion, déambulait devant ces étals des quais de Seine, en quête d'une trouvaille inédite, d'une pépite in-octavo introuvable ou d'une édition princeps bien cachée sous une pile hétéroclite.

C'était dimanche et, le dimanche, elle quittait souvent Montmartre pour descendre dans l'île de la Cité où elle se posait, contemplant les vestiges du vieux Lutèce. Elle n'avait finalement rien dégoté auprès des bouquinistes, malgré qu'elle eût été tentée à plusieurs reprises parmi un choix estimé à près de trois cent mille ouvrages exposés. Aussi s'était-elle rabattue sur un banc, son carnet intime sur les genoux, un stylo à la main et la tête encombrée de pensées qui la ramenaient sans cesse à ce mystérieux Mario…

Ce Mario croisé, épié puis rencontré enfin lors de la dédicace de Sacha Sevillano.

Ce Mario qu'elle s'obstinait à suivre de loin en loin, qu'elle espérait côtoyer plus, de plus près, sans oser pourtant l'approcher franchement.

Ce Mario qui avait de nouveau disparu de son radar, quelques jours plus tôt. Ce qu'elle confiait alors à son carnet :

« *Île de la Cité, le 12 juillet 2018.*

« *Il est encore parti, mais je ne saurais pas dire où…*

« *Depuis qu'on s'est parlé quelques instants à la librairie, puis le long du trottoir en bas de chez nous, j'ai de nouveau peur de m'approcher de lui. Pourtant, j'en ai tellement enviiiie ! Mais je ne sais pas, quelque chose en lui me bloque. Ses yeux, peut-être, je les trouve si profonds, lumineux et sombres à la fois : aveuglants, en somme. Quand il les pose sur moi, j'ai l'impression qu'il me met à nu, qu'il me radiographie, qu'il lit en moi comme dans un livre ouvert…*

« *Alors je l'évite, mais je le piste car je ne peux pas m'en empêcher. Hier, je l'ai vu sortir de son immeuble et, sans réfléchir, je me suis lancée à ses basques.*

Discrètement, bien sûr, à quelque distance et bien dissimulée derrière un chapeau qui passe très bien en ce mois de juillet.

« Je l'ai vu s'engouffrer une nouvelle fois dans les entrailles du métro. J'ai réussi à le pister sans me faire repérer, y compris dans le dédale des souterrains de Saint-Michel-Notre-Dame, où j'ai pu in extremis m'engouffrer dans une rame du RER C, en direction de Massy-Palaiseau.

« Il tirait derrière lui une petite valise à roulettes, ce type de bagage qu'on peut emporter avec soi dans la cabine des avions. C'est là que je me suis dit qu'il devait partir en voyage et j'ai confusément senti un pincement au ventre en me disant que j'allais rester plusieurs jours sans le voir évoluer dans son appartement en face de ma fenêtre de toit.

« Lorsqu'il s'est levé, à l'approche de l'arrêt Orly-Sud, j'ai compris que mon intuition était juste et je me suis mise debout à mon tour, empruntant la rampe d'escalier opposée à celle par laquelle il quittait la rame. Heureusement pour moi, bon nombre de passagers descendaient et cela m'a permis de me dissimuler dans la masse.

« J'aurais pu, à ce moment-là, rebrousser tout de suite chemin, mais j'ai poussé le vice jusqu'à le suivre le plus loin possible. Quand il s'est engagé dans le terminal des départs, j'étais, non pas sur ses talons, mais à une petite vingtaine de mètres derrière sa valisette. Sans bagages moi-même, j'ai juste espéré ne pas avoir l'air trop déplacée au milieu de tous les voyageurs, touristes et hommes d'affaires mêlés. Et puis je me suis rassurée en me disant que dans des endroits tels qu'un aéroport, tout le monde se fichait pas mal de l'entourage. Chacun était en général absorbé dans la contemplation des panneaux d'affichage, des indicateurs de direction, dans la recherche du bon guichet d'enregistrement des bagages, en quête de son passeport, de son billet électronique, des enfants qui se barraient en tous sens, etc.

« À mon grand regret, Mario avait dû lui aussi réserver son billet en ligne car il ne s'est pas présenté au comptoir d'enregistrement, sans quoi j'aurais pu, d'emblée, connaître sa destination. Au lieu de quoi il s'est dirigé d'un pas déterminé vers la porte d'embarquement et j'ai été contrainte, à mon plus grand regret, de le laisser disparaître après le contrôle de sécurité, où j'aurais été refoulée, ne pouvant présenter le moindre billet...

« Je suis restée plantée là quelques minutes, les bras ballants, le cœur flanchant, la tête farcie de questions. Puis, peu à peu, une forme de honte m'a envahie. Me rendant compte de l'absurdité de la situation, je me suis maudite de me trouver là, comme une conne, disons-le, à *filer en catimini un presque inconnu jusque dans les couloirs impersonnels d'un aéroport parisien.*

« Quelle imbécile tu fais, ma pauvre Louise ! Tu as gagné quoi ? Tu sais qu'il a pris l'avion mais tu ne sais pas pour où. Tu sais qu'il va s'absenter mais tu ne sais pas combien de temps. Tu sais qu'il va te manquer mais tu ne sais même pas pourquoi.

« Allez, rentre chez toi, attrape un livre et plonge-toi dedans : là au moins tu sais que c'est de la fiction et, pour autant, ce sera toujours plus réel que ta misérable existence de célibataire débordant d'illusions. »

Louise avait refermé son carnet avec un soupir de résignation. Cela lui avait fait du bien de lui confier ces quelques lignes. Elle ne savait pas ce qu'elle ferait de ces mots, écrire lui faisait juste un bien fou. D'ici quelques semaines, quelques années, cette prose inutile lui paraîtrait sans doute ridicule et elle jetterait le carnet dans le bac de recyclage, perdu pour la postérité.

Le beau temps, en ce dimanche après-midi l'incita à remonter chez elle à pied, plutôt que de s'enterrer dans les méandres du Métropolitain. Son moral se trouvant déjà six pieds sous terre, elle comptait sur l'astre du jour pour réchauffer un peu son petit cœur perdu.

Chaque soir, la tête dépassant de sa fenêtre de toit, elle vérifierait si les lumières de l'appartement d'en face étaient toujours éteintes, en espérant qu'elles se rallument au plus vite.

Chapitre 21

Le Français était de retour dans la ville côtière espagnole. Son premier voyage, en juin, avait constitué un modèle de repérage, une minutie de détails à confirmer afin d'être en mesure d'agir au mieux, au plus vite, sans la moindre anicroche, sans rien laisser au hasard. Se faire pincer au beau milieu de son projet d'envergure aurait mis à mal la suite de son programme meurtrier. Il manquait encore quelques pièces à son puzzle...

Ce second séjour à Alicante serait synonyme de passage à l'acte.

Il resterait sans doute moins longtemps que la première fois. Car il serait très efficace puisque bien préparé.

L'homme était de nouveau descendu à l'hôtel Méliasol, en contrebas de la citadelle qui, la nuit, illuminait la ville de toute sa splendeur. Il était homme d'habitude, de précision et d'organisation. « *Prudence est mère de sûreté* » se plaisait à répéter sa mère et cette maxime l'avait suivi tout au long de sa vie.

Vingt-deux heures venaient de sonner au clocher de l'église de la *Calle San Roque*. Le premier coup avait fait sursauter l'homme, tapi dans un recoin obscur de l'édifice, qui surveillait d'un œil aguerri la devanture de la boutique d'artisanat de Candida Lopez.

Il avait si bien observé les faits et gestes de la commerçante durant son précédent séjour, il avait si bien étudié l'intérieur de la boutique comme les extérieurs et la rue dans toutes ses perspectives, qu'il pouvait prévoir à merveille le déroulé qu'il avait programmé mentalement.

À vingt-deux heures, Candida commençait à baisser son rideau métallique d'un tiers, pour signifier aux éventuels passants que la boutique était désormais fermée. Ensuite, elle retournait à l'intérieur, sans doute pour compter la recette du jour et préparer ses dépôts bancaires, ce qui lui prenait un quart d'heure environ. Enfin, les lumières s'éteignaient, la porte se rouvrait dans un cliquetis de clés et Candida réapparaissait, le dos tourné, prête à se saisir du rideau de métal pour le fermer tout à fait.

C'était l'instant crucial qu'avait prévu et décidé le Français pour intervenir.

L'homme avait enfilé une cagoule sur sa tête, une paire de gants noirs et avait surgi, telle une ombre, du recoin sombre de l'église.

Fondant sur sa victime, aussi rapide qu'un cheval au galop, il s'abattit sur son dos, plaquant immédiatement une main sur la bouche de la femme pour éviter qu'elle n'ameute le voisinage et la repoussa à l'intérieur de la boutique.

Candida bascula au sol, son agresseur se renversant sur elle, la plaquant contre le carrelage frais de la bijouterie artisanale. Du pied, l'homme avait repoussé la porte d'entrée et l'absence de lumière à l'intérieur les dissimulait à d'éventuels curieux.

L'artisane était à plat sur le ventre, une main ferme plaquée sur sa nuque l'empêchant de bouger. Elle tentait tant bien que mal de se débattre mais le rapport de force était par trop inégal.

— *No grites*[10] ! articula l'homme en lui faisant faire volte-face.

Il voulait voir ses yeux. Une pulsion étrange lui avait commandé de le faire, un besoin de lire dedans, au fond de ses prunelles, mais de lire quoi, au juste ? Il ne le savait pas, ou plutôt il ne le savait que trop bien et cela le meurtrissait tout en l'encourageant.

Il savait qu'il ne trouverait la force de passer à l'acte que s'il pouvait voir les yeux de sa victime. Sans quoi la raison de son crime n'aurait eu aucun sens. Il ne se sentait pas l'âme d'un assassin, tout juste celle d'un justicier. Il n'était pas animé d'un esprit barbare, sinon d'un besoin de vengeance. Il ne tuait pas par plaisir, simplement par nécessité d'esprit.

Les yeux dans les yeux avec sa victime, pressant d'une main sur sa gorge, de l'autre main il extirpa de la poche de son pantalon une seringue qu'il enfonça avec précision dans la jugulaire de Candida Lopez.

Les yeux de l'Espagnole se fermèrent en une fraction de seconde, à tout jamais. Elle ne put entendre les derniers mots du Français, lorsqu'il referma derrière lui le rideau de fer en balbutiant :

— Pardon…

---

[10] Ne crie pas !

Chapitre 22

Durant deux jours, Juana, la fille de Candida, avait tenté de joindre sa mère à plusieurs reprises sur son mobile, puis à la maison et même sur la ligne de la boutique de souvenirs, en vain. Elle voulait lui annoncer sa venue prochaine à Alicante, désireuse qu'elle était de passer quelques jours auprès d'elle, qu'elle n'avait pas vue depuis de trop longues semaines.

Inquiète, Juana avait d'abord hésité à alerter les autorités mais lorsque, face au silence prolongé et inhabituel de sa mère – en général, elle rappelait dans la demi-heure – elle s'était décidée à appeler le commissariat local du *Casco Antiguo* d'Alicante.

— Le commissariat, bonjour, que puis-je à votre service ?

— Bonjour, je m'appelle Juana Lopez, de Madrid. Je suis inquiète pour ma mère, j'essaie de la joindre depuis plus de deux jours, à tous ses numéros, et elle ne donne plus signe de vie. Ce n'est pas son habitude, ce n'est vraiment pas normal. Pourriez-vous faire quelque chose ? Je vous en prie.

La voix de Juana tremblotait, elle parlait de plus en plus vite, presque incapable de s'arrêter.

— Calmez-vous,   mademoiselle.   Comment s'appelle votre maman ?

— Candida Lopez Hernández, elle travaille dans la *Calle San Roque*, au pied de l'église, elle tient une boutique de souvenirs et d'artisanat et normalement elle ouvre tous les jours, en été, avec les touristes… et là ça ne répond pas, même à la boutique…

— Mademoiselle, s'il vous plaît, restez calme. Vous savez que nous ne pouvons pas, comme ça, déplacer une équipe à chaque fois que nous recevons un appel. Surtout s'il s'agit d'une personne majeure…

— Je vous en prie, je suis certaine qu'il lui est arrivé quelque chose, elle ne manque jamais de me rappeler. Je lui ai laissé des tonnes de message, j'ai appelé des dizaines de fois, elle ne répond pas !

— Bon, écoutez, si ça peut vous tranquilliser, je vais contacter l'équipe mobile de la vieille ville, ils passeront à la boutique. Laissez-moi vos coordonnées, nous vous tiendrons au courant dès que possible.

L'*oficial de policía* Sancho Gomez déboucha devant le rideau métallique de la boutique de Candida, qu'il trouva baissé. Cela confirmait les craintes de la jeune femme qui avait appelé le commissariat, mais ne constituait pas pour autant un fait inquiétant. La commerçante avait très bien pu fermer boutique et s'offrir quelques jours de vacances, songea le sous-officier.

Toutefois, en s'approchant du rideau de fer, Gomez tiqua, fronçant les sourcils, puis s'accroupit pour s'assurer que sa vue ne le trahissait pas. Ce faisant, confirmant ses doutes, il put constater que le rideau n'était pas baissé entièrement : un jour d'un demi-centimètre le séparait du sol. De fait, ce dernier n'avait pas été verrouillé et cela, plus encore que l'appel de Juana, pouvait s'avérer inquiétant. Un commerçant ne laisserait jamais sa boutique, dont l'étal regorgeait de bijoux, ainsi ouverte.

Le policier releva lentement le rideau métallique, qui ne résista pas.

Derrière la vitre de la porte d'entrée, le corps sans vie d'une femme lui apparut, étalé sur le carrelage.

Gomez appela le central.

***

Assise à son bureau du commissariat central d'Alicante, l'*inspector jefe* María Ortiz reçut l'appel de l'agent Gomez, tandis qu'elle rédigeait un énième et fastidieux rapport. Ce genre de tâche la rebutait plus que tout mais s'avérait incontournable dans l'exercice des fonctions d'un officier de police, quelle que soit sa nationalité. Elle l'effectuait sans envie tout en grignotant distraitement quelques *pipas*, ces graines de tournesol salées qu'elle affectionnait depuis sa plus tendre enfance.

Elle pesta tout d'abord de se voir ainsi interrompue, songeant que son rapport allait encore traîner en longueur, mais se montra très vite intéressée par les propos de son subalterne. Un homicide, puisque cela en avait l'apparence, avait le don d'exciter sa curiosité et son goût pour les affaires un peu moins courantes... Alicante n'était pas une ville réputée pour son taux élevé de criminalité, aussi cette affaire allait lui redonner de l'entrain, la sortir de son quotidien.

María raccrocha et se leva. Elle remit de l'ordre dans sa longue crinière blonde bouclée qu'elle avait désormais la chance de ne pas se voir contrainte de cacher sous un képi. Cette blondeur, dont elle était fière, ne trahissait pas ses origines ibériques mais s'accordait très bien avec le marron de ses yeux. La jeune femme, trentenaire au corps long et athlétique, savait qu'elle attirait les regards, qu'ils proviennent de ses collègues ou des badauds qu'elle interpellait. Pourtant, elle décourageait en général toute tentative de séduction, d'un regard sombre ou d'un mot acerbe élégamment lancé.

Elle embarqua à sa suite deux adjoints et fonça jusqu'au quartier San Roque.

***

— *Buenas tardes, jefe*[11], salua Gomez lorsque María Ortiz pénétra dans la boutique de feue Candida Lopez. Un cordon de sécurité avait déjà été déployé dans la rue pour endiguer l'affluence des touristes et du voisinage : le crime attisait toujours les curiosités malsaines du public.

— *Las buenas*, Gomez. Alors ? Qu'est-ce qu'il s'est passé, ici ? Vous avez eu le temps de relever quelques indices ? Un braquage qui a mal tourné ?

— Je ne crois pas, chef. En apparence, aucune trace d'effraction, la caisse semble avoir été vidée par la propriétaire. On a retrouvé son sac à main, là, tenez, avec l'argent de la journée. Celui…

— Ou celle, Gomez, ou celle…

---

[11] Bonjour, Chef.

— Pardon, chef, ou celle qui a fait le coup, ne s'est en tout cas pas intéressé à l'argent.

— Il faudra creuser dans d'autres directions, alors. Règlement de comptes, litige familial, de voisinage, crime de passage, acte d'un déséquilibré... Rien n'est à écarter, Gomez.

— Bien entendu, *jefe. Ay, por dios, pobre mujer* [12]! C'est pas possible de voir ça, quand même ! J'ai beau avoir l'habitude de voir des cadavres, mais quand même, cette pauvre dame, qu'est-ce qu'elle a bien pu faire pour mériter, ça ?

— Gomez, on ne vous demande pas d'avoir des états d'âme, mais de faire votre boulot de flic, le rabroua Ortiz. Alors, s'il vous plaît, vous me collectez tout ce que vous pouvez, vous auditionnez les voisins, qu'ils soient commerçants ou habitants, on ne sait jamais, ils ont pu voir ou entendre quelque chose...

— Entendu, chef.

La cheffe se pencha un peu plus sur le cadavre, toujours retourné sur le dos et s'étonna :

— Et si c'était l'œuvre d'un fétichiste ?

— Pourquoi ?

— Voyons, Gomez... Vous voyez souvent des macchabées avec les yeux bandés, vous ?

De fait, les yeux de Candida Lopez étaient masqués par un tissu blanc, noué à l'arrière de la tête, à la manière d'un bandana de tennis.

Gomez s'accroupit à son tour auprès de sa responsable, en s'épongeant le front car la chaleur estivale se faisait déjà bien sentir dans cette boutique non climatisée.

---

[12] Oh ! mon Dieu, pauvre femme !

— J'avoue que c'est la première fois... Vous croyez que ça pourrait être un truc du genre sexuel ? Je veux dire, une sorte de jeu entre adultes consentants qui aurait mal tourné ? Vous savez, comme cette vieille histoire du banquier suisse...

— Je ne pense pas que cette brave dame, même si on ne sait encore rien sur sa vie privée, ait été du genre à se laisser bander les yeux par jeu en plein milieu de sa boutique de bibelots... Ou alors, elle était franchement bien tordue...

— Y'en a plein, des tordus, chef, on est bien placés pour le savoir.

— C'est pas faux. Mais là, franchement, je n'y crois pas une seconde. D'ailleurs, il n'y aucun indice laissant croire à une petite sauterie ratée. Pas de vêtements enlevés ni déchirés. Il conviendra de vérifier tout de même s'il y a eu violences sexuelles ou non. D'ailleurs, je vais appeler le légiste tout de suite pour le prévenir de l'arrivée d'une nouvelle cliente. Il saura nous dire ça. Vous avez pris des photos, Gomez ?

— C'est fait, chef.

— Ok. Je peux donc retirer ce bandeau.

Ortiz enfila une paire de gants en latex puis procéda au retrait du tissu qui occultait encore les yeux de Candida. Même pour un officier du *Cuerpo Nacional de Policía*[13], rompu à la vue des morts, découvrir le regard vitreux d'un cadavre était toujours un moment douloureux. Autant les corps dans leur ensemble, – même mutilés, même sanguinolents –, on pouvait s'y habituer, mais le regard vide, parfois suppliant, était toujours déroutant et angoissant. María inspira un grand coup

---

[13] Corps de la police nationale.

tandis qu'elle découvrait les pupilles fixes et dilatées de Candida Lopez.

Alors que Gomez lui tendait un sachet destiné à collecter les pièces à conviction, Ortiz sursauta en découvrant le revers du tissu :

— Qu'est-ce que c'est que ça ?

Une inscription semblait avoir été ajoutée au marqueur noir à l'intérieur de la bande de tissu.

— Qu'est-ce qui est écrit ? voulut savoir l'adjoint.

La cheffe Ortiz déchiffra :

— « *Otras famosas crisis por los ojos…*[14] ».

— C'est un slogan ?

— Un charabia, oui ! Qu'est-ce que ça signifie… ?

— C'est peut-être une devise d'une marque d'équipementier sportif ?

— Ce bandeau n'a rien d'un accessoire de marque, Gomez. C'est juste un vulgaire morceau de tissu découpé dans du drap et annoté au marqueur derrière. Ce truc-là doit forcément avoir un sens. Si le meurtrier a pris la peine de préparer ça et de le laisser sur sa victime, c'est forcément un message qu'il nous laisse. Il va falloir bosser là-dessus, mettre un graphologue sur le coup… Voilà une histoire qui ne me dit rien de bon… ça pue, Gomez, ça pue !

— Je vous jure que c'est pas moi, chef ! J'ai pas mangé de *garbanzos*[15], hier !

— Ce que vous êtes con, agent Gomez ! Mais c'est aussi ça qui me plaît chez vous. Vous savez détendre l'atmosphère. Allez, trêve de plaisanteries, au boulot. On embarque madame chez le légiste. Je vous laisse rappeler la fille ?

---

[14] D'autres fameuses crises par les yeux…
[15] Pois chiches.

— Je m'y colle, chef.

Chapitre 23

Cette douceur d'une nuit de fête rendait Louise mélancolique. Elle attendait, assise sur les marches menant à la basilique du Sacré-Cœur, que le feu d'artifice tiré depuis l'esplanade du Trocadéro, lance dans le ciel parisien ses gerbes colorées et ses éclats bruyants. D'ici, elle pourrait l'admirer dans sa merveilleuse globalité.

Deux jours déjà, à guetter le retour de son inconnu, ou plutôt le retour de Mario, puisqu'elle connaissait désormais son prénom. Deux jours à traîner dans les rues de la capitale, l'esprit encombré, son carnet sous le bras.

Mais un prénom ne lui suffisait pas.

Elle avait voulu en savoir davantage. L'après-midi même, profitant de son absence, elle avait osé traverser la rue, s'approcher de l'immeuble d'en face, tenté de lire les noms sur les boîtes aux lettres à l'intérieur du hall d'entrée, sans succès.

Elle avait guetté, s'assurant que personne ne sortait ou n'entrait dans le bâtiment, pour parcourir l'interphone électronique, sur lequel on faisait défiler les noms des locataires, en regard des numéros des appartements. Elle avait fait trois fois le tour de la liste alphabétique, avait douté. Finalement, elle était ressortie sur le trottoir, avait levé la tête pour compter le nombre d'étages puis, revenant à l'interphone, elle s'était arrêtée sur la ligne « M.Bazin, 5C ».

Cinquième étage, cela collait.

M. pour Mario ? Cela collait.

Mario Bazin ? Et pourquoi pas ?

Elle avait cru qu'il était italien, pourtant ce nom et ce prénom accolés sonnaient plutôt espagnol. Avec ce « z » qui se prononçait avec le bout de la langue contre les dents… Un peu comme on aurait dit « bassine » en zozotant… Cela ne lui allait pas si mal, tout compte fait. La peau mate, les cheveux qui devaient avoir été noirs avant de devenir poivre et sel… Oui, l'idée qu'il fût espagnol ne lui déplaisait pas, bien au contraire. Cela lui apparaissait exotique, à elle, Bordelaise de souche.

S'extirpant de ses pensées, tandis qu'une personne sortait de l'immeuble, Louise avait sursauté et s'était enfuie, se sentant coupable de fouiner sans raison dans l'interphone. Elle s'était sentie coincée comme l'enfant pris la main dans un sachet de bonbons.

Tout en regagnant son propre appartement, elle remâchait ses idées : l'origine supposée ibérique de Mario, qui selon elle pouvait expliquer qu'il se fût présenté le mois précédant à la dédicace de Sacha Sevillano, auteur lui aussi d'origine espagnole… De là, elle extrapolait et s'imaginait que Mario avait embarqué à Orly dans le but de rejoindre de la famille en Espagne.

Louise avait alors ouvert son ordinateur et cherché sur internet une carte de l'Espagne. Elle avait parcouru les noms des grandes villes espagnoles : Madrid, Barcelone, Ségovie, Cordoue, Salamanque, Séville, Alicante, Valence, Saint Sébastien et tant d'autres. Où avait-il pu se rendre ? Elle avait voulu vérifier quels vols, partant d'Orly, pouvaient conduire dans ces villes-là mais la tâche était malaisée, aussi avait-elle renoncé.

Elle avait refermé son PC, s'était octroyé un frugal dîner en regardant quelques idioties à la télévision puis s'était résolue à sortir profiter de la vue depuis la Butte pour aller admirer le feu d'artifice du 14-Juillet. Cela lui changerait les idées.

Cela n'avait finalement pas changé grand-chose et, tandis qu'éclataient en contrebas les bouquets multicolores, Mario était plus que jamais présent dans sa tête.

— Mario Bazin, quand reviendras-tu ? marmonnait-elle durant le final pyrotechnique.

Chapitre 24

Il ouvrit la porte de son appartement avec un soulagement non dissimulé. Ce voyage l'avait épuisé. Il avait même été à deux doigts d'y renoncer, tant son projet était contraire à ses instincts. Pourtant, il se sentait obligé d'aller sans cesse au bout de ses idées, au bout de sa vengeance. C'était pour lui un devoir, une mission quasiment de l'ordre du sacré. Puisque sacrilège il y avait eu, par le passé…

Remisant sa valise-cabine près du coin buanderie de son petit chez-lui, il se dirigea ensuite vers le frigo pour y prélever une Leffe Ruby bien fraîche, récompense qu'il s'octroya avec délice au bout de cette nouvelle journée caniculaire. Il s'assit sur son clic-clac, déposa la bouteille sur la table basse et leva les yeux vers les fenêtres. De là, il pouvait distinguer les Velux de l'immeuble d'en face, qui lui apparaissaient, réverbérant la lumière crue du soleil de juillet, telles des cases blanches d'échiquier tranchant au-milieu des toits de zinc gris.

Par une desdites fenêtres de toit, il lui semblait avoir aperçu, à plusieurs reprises, le soir, une tête de femme en dépasser. Il s'était chaque fois demandé qui pouvait être cette petite voyeuse et qui elle pouvait bien épier depuis sa casemate. Lui, peut-être ? Cela l'amusait de le croire. En bon quadragénaire portant beau, doté d'un corps encore tout à fait convenable, cela l'amusait de songer qu'il puisse toujours attirer des regards concupiscents lorsqu'il déambulait dans son appartement, seulement vêtu de son boxer-short.

À qui pouvait bien appartenir cette tête de femme, entraperçue ? Et si c'était cette Louise, la petite libraire qu'il avait rencontrée un peu plus tôt lors de la dédicace dans la librairie du bas de la rue ? Cela serait cocasse, n'est-ce pas ? Ou alors angoissant. C'est vrai, après tout, et si cette femme était une psychopathe ? Une timbrée qui l'espionnait, qui faisait mine de le croiser par hasard au pied de son immeuble, chaque fois qu'il en sortait ? Une malade qui le traquait, mais dans quel but ? Que lui voulait-elle ? Que préparait-elle ? Oh ! et puis, quoi ? Il était assez costaud pour ne pas avoir à craindre quoi que ce soit d'une frêle petite créature comme elle !

Et puis, qui sait, peut-être ne lui voulait-elle que du bien ? se décida-t-il à croire en terminant sa bière. Il faudrait qu'il finisse par s'en assurer, s'il s'avérait qu'elle lui tournât encore autour... Affaire à suivre...

Il se releva de son canapé, ouvrit sa valise, y attrapa un dossier qu'il posa sur son bureau sur tréteaux. S'asseyant à la table, il feuilleta rapidement les quelques pages qu'il contenait puis, une à une, les froissa, les jeta dans la corbeille métallique et, comme la fois précédente, y mit le feu.

Ne pouvant mettre le feu à son ordinateur portable, il y fit néanmoins un ménage électronique substantiel, histoire de bien effacer toute donnée qui pourrait être compromettante à l'avenir. Il opéra de même dans son téléphone mobile.

Pour parvenir à ses fins, mieux valait œuvrer avec la plus grande prudence…

Chapitre 25

Crachant une énième pelure de graine de tournesol dans le cendrier posé sur son bureau, la chef María Ortiz décrocha le téléphone qui venait de la sortir de ses pensées. Le cas Lopez, découvert trois jours plus tôt, continuait à lui poser problème. Aucune piste, aucune trace laissée par l'agresseur – un homme ou une femme, de cela María ne démordait pas –, rien qui puisse à ce jour conduire les enquêteurs dans une quelconque direction fiable. Ortiz se trouvait dans une impasse, un brouillard épais qui l'ennuyait.

Au bout du fil, le Docteur Eugenio Mendoza, légiste de profession, principal contact scientifique auprès du corps de la Police nationale, revenait justement sur le sujet qui la tarabustait :

— Chef Ortiz ? Docteur Mendoza à l'appareil. Comment allez-vous, chère amie ?

— Dans le brouillard, mon cher docteur, dans le brouillard. Et pourtant il fait sec, en ce moment. Et vous, pas encore congelé dans vos chambres froides ?

— Ah, ah, si je ne vous pratiquais pas depuis des années, je dirais que vous êtes une belle insolente ! Mais je tiens à vous assurer que la fraîcheur qui m'entoure est bien plus profitable à mes neurones que la canicule qui doit régner dans vos bureaux non climatisés…

— Voilà une pique bien envoyée, docteur, que je ne manquerai pas de transmettre à notre ministre de l'Intérieur, avec un peu de chance cela l'incitera à allonger quelques crédits pour équiper la police de climatiseurs. En attendant, je me contente de ce ventilateur au plafond qui ne fait que brasser de l'air chaud et qui me fait croire que je suis peinarde, en vacances au cœur d'une hacienda mexicaine…

— Bien, en attendant, je vais vous rafraîchir la mémoire avec quelques notions de chimie élémentaire, si vous le voulez bien.

— Dois-je du coup vous donner du « Professeur Mendoza » ?

— Ce ne sera pas nécessaire. Votre simple attention me suffira. Vous êtes prête, assise ?

— Je suis tout ouïe…

— Vous m'avez envoyé un cas très particulier, vous savez ?

— Ah oui ? Particulier en quoi ?

— Eh bien, c'est la première fois que j'ai à autopsier une personne morte d'avoir mangé trop salé…

— Pardon ?

— Quand on vous dit dans les publicités qu'il ne faut pas manger trop gras, trop sucré, trop salé… Voyez ? c'est du sérieux.

— En revanche, vous, vous ne l'êtes guère, si je peux me permettre. Allez, ne faites pas tant de mystères, docteur. Allons droit au but. De quoi est morte notre cliente ?

— Injection létale de chlorure de potassium par intraveineuse, dans la jugulaire. Il s'agit ni plus ni moins d'une substance employée, par exemple aux États-Unis, dans les cas d'exécutions capitales. Elle monte au cœur en quelques secondes. Arrêt cardiaque assuré. Du travail de pro, ou très bien préparé, à tout le moins.

— *Madre de Dios*[16] ! s'exclama Ortiz en passant ses doigts dans sa chevelure ondulante. Ceci exclue quasiment *de facto* la piste de l'acte de passage. Le crime a été prémédité. Reste à découvrir pourquoi, ce qui nous conduira peut-être à qui…

[16] Sainte-Mère de Dieu.

Chapitre H

<u>Paris</u>

Les années passent et les enfants grandissent, ils ont maintenant neuf ans. Romain pousse comme une liane, tandis que Marion végète, toujours d'un naturel plus fragile, d'une santé souvent précaire. Mais l'un et l'autre restent proches, très proches, à la limite du fusionnel.

Anna s'est définitivement engloutie dans une routine désolante, enchaînant client après client, ravalant sa honte et empochant cet argent dont elle a tant besoin pour élever ses enfants. Quoiqu'élever semble un terme encore trop élogieux pour définir la manière dont elle s'occupe d'eux. On ne pourra pas dire d'elle qu'elle fut une mère poule, une mère tendresse, une mère présente. Elle aura été génitrice plus que mère. Toutefois, un penchant naturel la rapproche un peu plus de Romain. Marion, d'un caractère geignard, l'angoisse, la paralyse : elle s'en éloigne chaque jour un peu plus et l'enfant le ressent dans sa chair et son âme. Marion devient mélancolique.

Heureusement son frère est là, qui veille, qui couve. Qui est présent pour l'épauler. Au fil des années, quelque chose va les rapprocher, les unir tout à fait : leur goût immodéré pour la lecture, pour les histoires, pour l'objet-livre. L'école, pour eux, est un havre de bonheur où apprendre est un jeu, où découvrir devient plaisir.

Et les jours sans école, mais aussi et surtout le soir, quand Anna est « dehors », ils se retrouvent chez Agnieska, la voisine qui est devenue nounou de profession, puisque pour elle c'était devenu une évidence, cette passion pour les enfants. La Polonaise est un puits de tendresse, elle a cela dans le sang, elle sait s'y prendre avec les enfants, elle sait les apaiser, les soigner, les éduquer, usant des plus nobles valeurs.

Alors, deux enfants de plus ou de moins, quelle importance ? Elle ne peut pas refuser cela à Anna, sa compagne d'infortune, au temps des premières semaines à Paris, quand elles partageaient une chambre de bonne sous les combles. Depuis, de l'eau a coulé sous les ponts, les destins se sont forgés, dans une direction ou l'autre et Agnieska ne peut admettre la conduite de son amie. Aussi fait-elle tout pour préserver l'innocence des jumeaux, leur faire oublier que leur mère se prostitue pour subvenir à leurs besoins.

Agnieska leur lit des tonnes d'histoires. Ils s'assoient sur un lit, elle se place entre eux d'eux et les entoure de ses bras protecteurs, tandis que Marion et Romain tournent à tour de rôle les pages du livre. Un soir c'est Martine à la plage, le lendemain Fantômette, ou encore l'un quelconque des ouvrages de la Bibliothèque Verte dont ils raffolent. Belle et Sébastien, en particulier, les émeut, les terrifie parfois lorsque le fameux Saint-Bernard est en danger, menacé par de rustres chasseurs...

Dans l'appartement de la Polonaise, les deux inséparables se resserrent un peu plus contre leur nounou, comme s'ils voulaient s'y engloutir, se fondre en elle, ne former plus qu'un, avec Anna pour tutrice et protectrice.

Puis lorsqu'elle n'est pas disponible pour eux, qu'elle est occupée par les autres enfants qu'elle garde, les jumeaux se lisent l'un à l'autre leurs histoires. Parfois même ils s'en inventent, ils jouent à l'histoire interactive : l'un commence à raconter puis l'autre doit poursuivre, et ainsi de suite jusqu'à un épilogue qui, souvent, les rend hilares.

Et quand ils rient, ils sont ailleurs, ils ne sont plus dans ce monde de misère, dans cette existence sans saveur, cette vie dans laquelle ils n'ont pas de père et si peu de mère...

Chapitre 26

Une photo entre les mains – un vieux cliché aux couleurs délavées, avec une dominance de rouges et d'oranges – Mario Bazin semble absorbé. Sur cette image surgie du passé, un Polaroïd qui ne le quittait jamais, il y avait deux enfants, tellement semblables, dont l'un portait une coiffure taillée nette, en brosse, tandis que l'autre arborait une tignasse blonde, de longues mèches ondoyantes encadrant un visage poupin.

Chaque fois que Mario posait les yeux sur ce cliché, des nœuds surgissaient dans ses tripes, son cœur se serrait et des larmes venaient immanquablement emplir le coin de ses yeux.

Alors il savait qu'il avait raison, qu'il empruntait le droit chemin. Plus que jamais, il était convaincu qu'il devrait désormais aller jusqu'au bout, là où ce chemin aboutissait, peu importe les détours, les embûches, les hésitations et les doutes. Il devait balayer tout cela du plat de la main, il n'avait pas le droit de flancher. Dieu savait pourtant qu'il était passé par tous les stades, toutes les émotions, avant de se décider. Dieu seul savait combien il lui en coûtait d'agir ainsi selon des principes qui lui étaient étrangers par nature. Au fond, il était un homme bon.

Mais d'autres en avaient décidé autrement. Les évènements, les circonstances, les Hommes, le destin… tout s'était ordonné pour l'amener à une telle inexorable décision.

Décision devenant action.

***

— Allo, maman ? Finalement je vais rester à Paris ce mois d'août.

— Tu es certaine que notre piscine ne va pas te manquer, ma petite Louise ? Par cette chaleur, à Paris ça doit être intenable, non ?

— Non, ça va, je supporte assez bien. Je me rends compte que Paris est plutôt sympa en plein été. C'est beaucoup moins bruyant, moins trépidant, vraiment plus cool. J'ai envie de visiter des musées, de flâner dans les quartiers historiques, de lire à l'ombre des grands platanes du jardin du Luxembourg… Profiter de la capitale pendant mes vacances, quoi.

— Dis donc, ma fille, il n'y aurait pas un petit ami caché derrière tout ça ?

La mère de Louise ne put constater la rougeur qui envahissait les pommettes de sa fille lorsqu'elle balbutia :

— Euh… non, non, qu'est-ce que tu vas croire, là ?

— Oh ! mais rien du tout, Loulou. Mais quand même… c'est de ton âge. Tu sais, nous, on aimerait bien être grands-parents, je dis ça, je dis rien…

— Oui, eh bien, c'est ça, maman, ne dis rien, s'il te plaît. Tu embrasseras papa, d'accord ? Il va bien ?

— Il est tout excité, comme chaque année, lorsque les vendanges approchent. Je ne le vois pas beaucoup à la villa, il est sans arrêt à droite à gauche, dans les chais, dans les vignes, chez l'œnologue, avec ses confrères…

— C'est prévu pour quand, cette année ?

— D'après les derniers prélèvements, ça se profilerait d'ici quinze jours ou trois semaines, avec ce soleil ça se charge bien en sucres.

— Bon, je vous embrasse tous les deux, je vous aime.

— Nous aussi on t'aime, Loulou. Et si tu reviens sur ta décision, la piscine t'attend, l'eau est à trente degrés !

— Si je me dessèche ici, j'y songerai. Bisous !

Mais Louise avait bien d'autres projets en tête.

La canicule semblait la désinhiber…

***

Penché sur son puzzle de dix mille pièces, Mario était au comble de sa concentration. Il avait eu tendance à le délaisser ces derniers temps, trop absorbé par d'autres préoccupations, à son corps défendant, beaucoup plus essentielles. Toutefois, évacuer la pression en s'absorbant dans un puzzle, cela l'aidait à se rasséréner. Trier des pièces selon leur couleur, leur forme : avec ou sans bord plat ; d'un à quatre bords, femelle ou mâle ; tout cela revêtait une importance capitale pour qui se lançait sérieusement dans un puzzle d'une telle envergure.

Les semaines passées avaient été éprouvantes d'intensité. Une concentration de chaque instant, afin de ne rien laisser au hasard ; l'adrénaline avait atteint son paroxysme par deux fois déjà… Ce qu'il avait réalisé n'était pas anodin, cela touchait à l'humain, à la vie humaine. On ne pouvait pas en ressortir totalement indemne, surtout si l'on gardait en soi une once d'humanité. Ce qui était évidemment son cas.

Donc se détendre, se concentrer sur autre chose, une tâche ardue, intellectuellement prenante : un casse-tête de dix mille pièces s'avérait parfait.

Le Sacré-Cœur, de nuit, prenait vie sous ses yeux, morceau après morceau, déjà le dôme se reconstituait, tout à fait reconnaissable et inimitable. Mario se sentait l'âme d'un magicien, recréant du bout des doigts la reproduction au 1 : 1000ème du monument qu'il pouvait distinguer *in situ* depuis les fenêtres de son appartement.

L'une de ces fenêtres donnait visuellement sur l'immeuble d'en face, celui depuis lequel il avait aperçu, à plusieurs reprises, cette tête de femme dépasser au-travers de l'ouverture de toit. Ses pensées obliquèrent alors vers la petite libraire qui, bien qu'il voulût s'en défendre, occupait de loin en loin ses pensées. Parfois, les yeux clos avant de s'endormir, le visage de cette Louise lui apparaissait : souriant, un voile de timidité charmante sur ses traits, des yeux légèrement bridés encadrés par une peau au teint clair. Une physionomie globale qui l'émouvait, il devait bien l'admettre.

La croiser de nouveau ne lui aurait pas déplu, tout au contraire. Peut-être devrait-il lui-même faire les premiers pas, puisqu'elle lui avait paru d'une timidité endémique.

Mario n'avait plus fréquenté de femme depuis de trop longs mois. Il était resté sur un échec fracassant, qui lui avait comme brisé les ailes en plein vol.

Tout avait commencé plus de deux ans auparavant. Marqué au fer rouge par un drame de la vie, il s'était enfoncé peu à peu dans un mutisme mâtiné d'une rancœur inconsolable. Il était devenu, en quelques semaines à peine, psychologiquement instable. Il s'en rendait compte, bien entendu, mais il avait refusé de se faire suivre par un professionnel qui aurait, peut-être, trouvé les mots justes ou qui l'aurait aidé à mettre des mots sur ses maux afin de les panser. Les blessures du passé n'avaient fait que s'ouvrir chaque jour un peu plus : des cicatrices béantes, mal refermées, sur lesquelles le temps jetait un venin acide qui ne faisait qu'exacerber sa haine. Une haine que sa compagne d'alors, celle qui un jour lui avait dit oui devant Dieu et les hommes, n'avait pu supporter plus longtemps. Magda ne se sentait plus à sa place dans la vie de son homme. Elle se sentait de trop entre lui et l'objet de sa haine… Alors elle avait dit stop, je ne te reconnais plus, tu me fais peur, je pars, adieu.

Mario n'avait jamais oublié cet adieu qui avait laissé toute la place à sa haine. Celle-ci avait eu tout loisir de croître, de s'épancher, de passer du virtuel au réel, jour après jour, pièce après pièce, comme ce puzzle qui s'étalait sur le sol de son appartement de Montmartre.

***

La vitrine des *Trouvailles d'Amélie* était telle qu'elles l'avaient laissée juste avant la fermeture pour congés annuels. Louise et Amélie avaient réalisé une splendide mise en place avant de quitter les lieux. Mêlant belles couvertures à une décoration appropriée, la patronne et son employée étaient fières du résultat. Cette vitrine, qui resterait ainsi figée pendant les trois semaines de fermeture de la librairie, devait donner envie aux passants de revenir dès la reprise. Bien sûr, elles auraient pu se relayer pour garder la boutique ouverte au mois d'août, mais Amélie ne croyait pas tellement aux affaires juteuses à cette période de l'année où Paris se vidait. Déjà en temps normal, une librairie de quartier devait lutter au jour le jour pour attirer des clients, aussi en plein cœur de l'été, mieux valait baisser pavillon.

Louise contemplait donc la vitrine des *Trouvailles* avec un petit sourire de contentement, satisfaite du travail effectué. À travers le verre, la lumière crue de l'été se réverbérait, l'éblouissant un peu. Un effet miroir se produisait, grâce auquel des silhouettes se distinguaient, celles des passants qui déambulaient derrière elle, des rares véhicules qui brisaient le silence de cette petite rue de la Butte.

Soudain, Louise Vallois se figea.

Juste derrière son épaule droite, le visage concentré de Mario Bazin la surplombait.

Lorsque leurs regards se croisèrent au-travers de la vitrine, elle entendit :

— Lequel me conseilleriez-vous pour la rentrée, mademoiselle Louise ?

Elle se retourna vivement, la gorge subitement sèche :

— Le choix est difficile, parmi tant de belles trouvailles littéraires dénichées par Amélie.

— Vous devez bien avoir un petit faible pour l'une d'entre elles ? Vous avez lus tous ces titres-là ?

— Oh ! mon dieu, non... Le temps est le plus cruel ennemi du lecteur, monsieur Mario.

— Laissons là les « monsieur », appelez-moi Mario. Et mouillez-vous un peu : lequel devrai-je acheter lors de la réouverture ?

— Vous me prenez à brûle-pourpoint, là...

Mario sourit de toutes ses dents, un sourire encadré par sa barbe poivre et sel toujours aussi craquante pour Louise.

— Alors, vous savez quoi ? Je vous propose d'y réfléchir, de prendre le temps de me conseiller avec force détails. Et si je vous proposais d'aller prendre un verre dans un bar sympa, cela nous laisserait tout le loisir de parler littérature... Ou de tout autre sujet, à votre convenance.

— C'est-à-dire... euh... maintenant ?

— Vous aviez autre chose de prévu ?

— Pas spécialement.

— Alors, je vous laisse le choix du bar.

— Je ne connais pas très bien le quartier. Je ne sors pas beaucoup, vous savez.

— Alors, je vous emmène Chez Camille, c'est un bar branché, animé, au bout de la rue Ravignan, à deux pas d'ici.

— Ok, je vous fais confiance !

Chapitre 27

Paris, août 2018.

Les locaux de la police judiciaire s'étaient clairsemés au fil des premières semaines d'été. Il fallait bien que les flics prennent un peu de congés, bien mérités. Ils cumulaient tous tellement d'heures supplémentaires qu'ils ne pourraient certainement jamais rattraper, surtout depuis la mise en place continue du niveau Vigilance du plan Vigipirate. Payer les heures supplémentaires ou permettre de les rattraper, voilà un dilemme qui était comme une épine dans le pied du ministère de l'Intérieur.

Le lieutenant Lucas Maraval, lui, s'en fichait éperdument. Depuis qu'il avait décidé de donner la priorité à sa carrière, avec les conséquences qui en avaient découlé, il ne s'inquiétait plus de ces basses considérations de récupération du temps de travail. Surtout depuis que l'affaire Alioune M'bappé lui était tombée sur les bras.

Avachi au fond de son fauteuil, les pieds croisés sur son bureau en formica, un chewing-gum qu'il mastiquait machinalement entre les molaires, l'officier dodelinait de la tête en parcourant pour la énième fois les documents contenus dans le dossier de l'assassinat du jeune étudiant.

L'enquête, à l'image de la ville de Paris engourdie par la canicule, tournait au ralenti. Maraval détestait piétiner ainsi. Il avait lancé des collègues sur toutes les pistes possibles et rien de tangible n'en était jusqu'ici ressorti.

Dubuc, à qui il avait confié le soin de se rencarder auprès de la brigade des mœurs et de la brigade financière, n'avait rien pu ramener concernant Alioune M'bappé. Absolument inconnu au bataillon. Le jeune homme n'avait jamais trempé dans quoi ce soit qui puisse toucher aux jeux, aux paris, aux casinos. Aucun problème non plus relatif aux mœurs. Le bonhomme était *clean*. Fermez le ban.

Leblanc, chargé d'interroger le voisinage du Camerounais, avait lui aussi fait chou blanc. La petite vieille du dessus n'avait rien à lui reprocher, elle l'avait toujours trouvé très sympathique, très poli, très silencieux surtout. Il n'y avait jamais eu de « bamboulas » – c'étaient les propres termes de la voisine – organisées en-dessous de chez elle. Alioune ne paraissait pas recevoir d'amis – ou de petite amie – chez lui. Affaire classée.

Next.

Saouli avait pris contact avec la Sorbonne où étudiait M'bappé. Dossier de boursier, élève assidu, impliqué, résultats très corrects, aucun souci de discipline. Alioune était blanc comme neige de ce côté-là. Maraval avait également chargé son sous-off' de se rapprocher de la famille de l'étudiant, à Yaoundé.

Cette mission avait été éprouvante pour Saouli, d'abord confronté aux lamentations des parents et des frères et sœurs de M'bappé. Le choc de l'annonce avait été considérable, la sensibilité africaine des membres de la famille s'était manifestée par des pleurs, des cris, des youyous de désespoir entendus en fond sonore à l'autre bout du fil. Enfin, lors d'un appel ultérieur, le policier avait pu échanger posément avec le père M'bappé.

Il lui avait raconté sa fierté de voir son fils étudier en France, à la capitale. Son admiration devant les résultats d'Alioune, qui prenait tant à cœur la chance qu'il avait eue d'obtenir cette bourse d'études et qu'il honorait par tant de sérieux, d'application.

Il lui avait parlé de ses problèmes de santé, qui étaient la raison même de son immigration en France, le pays des Universités, des Professeurs de Médecine et de Chirurgie, sortes de Marabouts modernes qui réalisaient des miracles grâce à leur immense Savoir.

Ces Professeurs qui avaient sauvé Alioune, dont le cœur défaillant n'aurait pas pu être soigné au pays. Son fils avait désormais un cœur presque refait à neuf.

Mais quelqu'un lui avait ôté la vie. Babakar M'bappé s'était remis à sangloter à cette évocation. Quel gâchis.

Quelle ignominie. Qui ? Pourquoi s'était-on attaqué à son fils ? Qu'avait-il fait et à qui pour mériter un tel châtiment ?

Saouli avait rapporté tout cela à son supérieur. Mais que pouvait-on en conclure ? Rien ne pouvait expliquer l'assassinat du jeune homme, dont la vie ne semblait nuire à personne.

Lucas Maraval passait en revue les procès-verbaux d'interrogatoires, toujours aussi dubitatif.

Lui-même s'était chargé d'enquêter du côté médical. Il avait bien retrouvé trace de cette intervention cardiaque qu'avait évoquée le père M'bappé. Alioune avait pu recevoir une greffe, mais qu'est-ce que cela pouvait bien apporter de plus à l'enquête ?

Quel rapport avec sa mort, si ce n'est cette corrélation ténue que le lieutenant pouvait faire avec le mot retrouvé épinglé sur le corps d'Alioune et qui mentionnait justement cette partie anatomique ?

Voilà qui rendait fou Lucas Maraval. Un véritable casse-tête comme il n'en avait jamais connu tout au long de sa carrière. Il en avait résolu des cas parfois tordus, avec des mobiles abracadabrants, des suspects improbables et des coupables inattendus. Mais là, c'était le bouquet.

À s'en arracher les cheveux… du moins ce qui lui en restait !

Maraval laissa retomber les feuilles du dossier sur son bureau d'un mouvement rageur et cracha son chewing-gum directement dans la poubelle au pied de son fauteuil.

La journée s'achevait. Il comptait bien se détendre les neurones en se rendant dans son bar favori, et s'envoyer quelques verres de rhum derrière la cravate : ça l'aidait toujours à relativiser quand il pataugeait dans la semoule.

Chapitre 28

Le bar était déjà bondé à l'heure où Louise et Mario en franchirent le seuil. La musique les attrapa au vol, ravissant Mario et surprenant Louise.

Chez Camille, au cœur du quartier des Abbesses, constituait une adresse renommée pour son ambiance rockabilly, son accueil incomparable et ses photos originales de stars internationales. Bref, un lieu branché tout autant que désuet, que découvrait la jeune femme pour la première fois, guidée par cet homme qui la troublait tant depuis de nombreuses semaines.

Leurs oreilles furent accueillies par un vieux tube des Baseballs, *Umbrella*, qui d'emblée les mirent dans l'ambiance un peu surannée de ce style musical né dans les années 50.

— Tiens, on dirait la chanson de Rihanna ? s'étonna Louise, peu au fait des versions précédentes.

— Voilà pourquoi j'aime ce bar, rétorqua Mario. Parce qu'ici on remonte le temps.

Il désigna à la jeune femme la multitude de photos encadrées sur les murs et ajouta :

— Vous voyez tous ces clichés ? Des raretés du temps passé. J'adore cette ambiance.

Louise se pencha sur certains cadres et put reconnaître en effet des artistes tels qu'Elvis Presley, Dick Rivers, ou encore Bruce Lee. Pour la plupart des autres, elle n'aurait su leur associer un nom.

— Vous êtes du genre nostalgique, Mario ?

— On peut dire cela. Le passé est pour moi très important, surtout s'il a signifié beaucoup. Les traces du passé me paraissent à jamais indélébiles... Pas vous ?

— Oh ! moi, je m'intéresse surtout à l'avenir et même encore plus au présent.

— Ah ! je vois : *cueille le jour présent sans te soucier du lendemain* ?

— Vous avez lu Horace, on dirait...

— J'ai lu beaucoup de choses, Louise. J'ai lu beaucoup, tout court, depuis tout petit déjà. C'était pour moi un vrai dépaysement. Allez, puisque vous appréciez tant le moment présent, asseyons-nous là, à cette table du fond et commandons ce qui nous fait envie. Vous buvez quoi ? s'enquit-il lorsqu'ils furent en place.

Mario se tourna vers le bar et appela :

— Alan ! Tu nous apportes ta carte des cocktails maison ?

Le patron arriva avec deux cartes, salua très aimablement Mario, qui donnait l'air de ne pas en être à sa première visite en ces lieux, s'inclina avec respect devant Louise et leur conseilla le cocktail du jour.

Un silence un peu gêné plana alors au-dessus de leur table. Une forme d'incongruité les saisit, de se retrouver là, face à face — et non pas de part et d'autre de leur rue — dans une ambiance festive et chaleureuse. Mario rompit la glace :

— Je présume que vous-même, vous avez déjà beaucoup lu ? J'imagine qu'une libraire doit avaler bon nombre de bouquins, chaque année…

— Oh oui, c'est certain. J'ai, comme on dit, une PAL[17] de malade mentale et, malgré cela, j'ai toujours envie d'acheter de nouveaux livres… tout en sachant que je n'aurai sûrement jamais assez d'une vie pour lire tout ce qui me fait envie. C'est un crève-cœur, finalement.

— Libraire est un métier dangereux pour la santé mentale, si je comprends bien ? plaisanta Mario.

— C'est surtout un métier de passionnés, je pense. De passionnés un peu fous, dans la conjoncture actuelle du monde du livre…

— J'imagine qu'il faut être courageux, de nos jours, pour tenir une librairie indépendante. Chapeau à votre patronne !

Une serveuse vint s'enquérir de leur souhait et repartit transmettre la commande au barman.

Louise, mal à l'aise dès qu'il s'agissait de parler d'elle, voulut renvoyer la balle :

— Et vous, Mario, vous travaillez dans quoi ?

— Euh… eh bien, pour faire simple, on va dire que je suis webdesigner… Je propose de superbes mises en page graphiques pour les sites Internet de mes clients. Ça me laisse pas mal de liberté, je travaille depuis chez moi, je n'ai pas de contraintes horaires, je dispose de mon agenda à peu près comme je l'entends… Tranquille, quoi.

---

[17] PAL : Pile à lire. Acronyme très couru des lecteurs voraces…

— Tout cela me dépasse un peu. Moi et l'informatique, ça fait deux, avoua Louise.

Les cocktails arrivèrent, ils trinquèrent :

— Au rockabilly ! lança Mario.

— Aux livres ! répondit Louise, peu inspirée.

Elle aurait aimé crier « À nous deux », mais elle n'en eut pas l'audace.

Dans les haut-parleurs, les accords entraînants des Forbans firent dodeliner la tête de Louise tandis que Mario battait la mesure du bout des doigts sur la table, à quelques centimètres de la main de la jeune femme.

— Il y a longtemps que vous habitez le quartier ? voulut savoir la jeune libraire.

— À peu près deux ans, je crois. Et vous ?

— Cinq mois maintenant, depuis que j'ai commencé à travailler aux *Trouvailles*, en fait. Chouette quartier, je m'y plais bien.

— Vous n'êtes pas Parisienne ?

— Pas du tout ! Je suis Girondine.

— Ah ! Bordeaux ?

— Presque. Mon père est viticulteur dans le Médoc.

— Non ? Sérieux ? C'est très bon à savoir, ça…

— Vous aimez les vins de Bordeaux ?

— Ils sont parmi mes préférés, vous voulez dire !

— Alors, à l'occasion, il faudra que je vous fasse goûter l'un de nos crus, osa Louise, un peu désinhibée par son cocktail et par le sujet.

— Vous feriez cela ?

— Avec grand plaisir.

La conversation roula ainsi, légère, autour du vignoble bordelais. Pour un temps, il n'était plus question de livres, le dénominateur qui les avait réunis mais dont le seul sujet commençait à se tarir pour eux.

Ils commandèrent un second cocktail et se laissèrent tenter par quelques tapas pour les accompagner. Ils parlèrent de tout et de rien, la conversation devenant pour Louise un peu plus facile après deux verres.

Soudain, Mario prit Louise au dépourvu :

— C'est vous qui habitez dans l'appartement juste en face du mien, sous les combles, un appartement avec des fenêtres de toit ?

Il avait lancé cette question avec, dans le regard, quelque chose d'insondable qui tétanisa la jeune femme. Elle sentit d'un coup ses jambes s'amollir, son ventre se crisper. Elle se sentit subitement prise au piège. L'espace d'un instant, elle revoyait toutes les scènes des jours et semaines précédentes. Les visites de Mario à la librairie, sa présence le jour de la dédicace de Sacha Sevillano, les fois où ils s'étaient croisés « par hasard » au pied de leurs immeubles, et ce jour-même devant la vitrine des *Trouvailles d'Amélie*. Et si tout cela n'avait été que mise en scène de la part de son vis-à-vis ? S'il lui avait tendu une forme de guet-apens en plusieurs actes, insidieusement ?

— Pourquoi me demandez-vous ça ? hésita-t-elle.

Mario éclata de rire.

— Ah ! Ah ! Comme ça, par hasard, répondit-il, les mâchoires serrées. Pour rien. Simplement, puisque nous savons l'un et l'autre que nous habitons de part et d'autre de la même rue, cela aurait pu arriver que ce soit cet appartement-là…

— Qu'a-t-il de particulier, cet appartement ?

— À part qu'il est situé sous les toits ? Eh bien, figurez-vous qu'il m'est arrivé, à une ou deux reprises, d'apercevoir une tête dépasser de ces fenêtres de toit. Je me suis dit que ce serait amusant cette coïncidence, que ce soit vous qui y habitiez. Vous savez, Louise, je suis très sensible aux hasards de l'existence. Je dirais même qu'à mon sens, rien n'est dû au hasard. Par exemple, tenez, que nous soyons vous et moi, ici réunis, à siroter quelques cocktails sur un fond sonore de qualité, n'est-ce pas la résultante de drôles de hasards ?

Louise se détendit quelque peu.

— Si vous le dites… Hum, je crois que j'ai la tête qui commence à tourner, moi. Vous m'excusez ?

— Mais je vous en prie.

Louise se leva et se dirigea d'un pas mal assuré en direction des toilettes. Mario héla le barman, échangeant quelques mots tout bas avec lui, puis régla dès à présent l'addition. La jeune femme revint quelques minutes plus tard, rafraîchie, rassérénée.

Ils s'attardèrent quelques minutes encore, le temps d'écluser leurs boissons, tout en reprenant une conversation des plus banales.

Enfin, alors que la nuit commençait à tomber, il la raccompagna chez elle – cela ne lui occasionnait pas un gros détour, avait-il plaisanté – et la laissa devant son palier :

— Voilà, merci pour cette délicieuse soirée, Louise. J'espère que vous avez aimé l'endroit et ma conversation ?

— L'endroit était charmant, apprécia Louise, évasive. Merci pour l'invitation.

— Tout le plaisir a été pour moi, soyez-en assurée.

— Je crois que je devrais rentrer, maintenant…

Ils ne savaient trop comment se quitter. Ils n'étaient certes plus tout à fait des inconnus, mais n'étaient pas encore des proches. Se serrer la main aurait été incongru, ne rien faire leur apparaissait bizarre.

— La bise ? proposa Mario.

Louise rejeta une mèche de ses cheveux derrière son oreille et avança ses joues. Ils échangèrent deux chastes bises, à la parisienne.

— Bonne soirée, Louise.

— Bonne soirée, Mario. Et encore merci.

Elle s'engagea dans son immeuble. Quand elle se retourna, avant la cage d'escaliers, elle constata qu'il n'avait pas bougé d'un iota. Il l'observait, les yeux plissés, un sourire amusé sur les lèvres.

Plus tard dans la soirée, après une bonne douche fraîche, Louise, n'osant passer la tête par sa fenêtre, préféra se jeter sur son lit avec son carnet et son stylo :

« 13 août 2018.

« Drôle de soirée.

« On a bu un verre ensemble. C'était à la fois très plaisant et assez perturbant. Mario a quelque chose dans le regard qui peut mettre mal à l'aise. Je l'ai parfois senti gêné par certaines de mes questions, surtout lorsqu'il s'agissait d'évoquer le passé. J'ai eu comme l'impression qu'il me racontait des bobards. Comme s'il voulait cacher des choses. Cela dit, c'est son droit. C'était un premier rendez-vous, ce n'est jamais évident pour personne.

« Moi la première !

« D'ailleurs, il m'a fichu la frousse, à un moment donné, quand il m'a parlé de ma fenêtre de toit. J'ai l'impression que sur ce point-là non plus il n'est pas très clair. On aurait dit qu'il voulait jouer avec moi comme un chat avec une souris. Il me fait un peu peur. C'est fou, ça : c'est moi qui l'espionne et c'est moi qui me sens dans la peau de la proie...

« Louise : l'arroseur arrosé ?

« Je ne sais pas si je ne ferais pas mieux de ne plus l'approcher, ce type...

« Et pourtant... huuum... Il m'attire tellement !

« Allez, stop pour aujourd'hui. Longue journée. Dodo. »

Louise s'endormit comme une masse.

De l'autre côté de la rue, Mario vit la lampe s'éteindre dans l'appartement sous les combles, derrière la fenêtre de toit.

Chapitre 29

Paris, automne 2018.

« Elle a des cerises sur son chapeau, la vieille.
« Elle se fait croire que c'est l'été.
« Au soleil, on s'sent rassuré.
« Il paraît qu'la dame à la faux,
« C'est l'hiver qu'elle fait son boulot.
« C'est pas qu'elle tienne tant à la vie
« Mais les vieilles ça a des manies,
« Ça aime son fauteuil et son lit,
« Même si le monde s'arrête ici.
« Elle a la tête comme un placard, la vieille,
« Et des souvenirs bien rangés,
« Comme ses draps, ses taies d'oreillers... »

Elle avait désormais une tendresse particulière pour cette chanson de Michel Sardou, dont elle avait introduit le CD de ses plus grands tubes. À plus de quatre-vingts ans révolus, elle pouvait s'identifier tout à fait dans ces paroles.

Combien de printemps déjà écoulés ? L'été de sa vie était déjà bien loin. Dehors, c'était l'automne, Paris se recouvrait de feuilles mortes qu'on ramassait à la pelle, comme le disait le poète, et l'hiver prenait peu à peu possession de son corps et de son esprit.

C'est pourquoi, derrière sa fenêtre, à travers laquelle sourdait un mince rayon de soleil, la vieille souriait en attendant sa fin, son hiver à elle.

Elle avait finalement plutôt bien vécu, chichement certes, mais honnêtement et paisiblement. Aujourd'hui veuve, seule dans son vieil appartement de Belleville, elle ressassait ses souvenirs, bien rangés dans les tiroirs de sa tête-placard...

Des souvenirs qui avaient ressurgi lorsqu'elle avait ouvert cette vieille boîte en fer-blanc qu'elle tenait sur ses genoux, recouverts d'une couverture polaire.

Dans la boîte, des photos, la plupart en noir-et-blanc, d'autres aux tons sépia et quelques-unes plus récentes aux couleurs délavées.

Sur l'un de ces clichés, témoins des décennies écoulées, elle retrouva deux enfants, côte à côte, se tenant pas les épaules, tellement semblables même si très différents. Ils souriaient à celui ou celle qui avait pris cet instantané. D'ailleurs, qui avait bien pu photographier cela ? La photo semblait avoir été prise au bord des bassins du Trocadéro. Un lieu qu'elle aimait beaucoup, émotionnellement chargé en émotions. Parfois, lorsqu'elle en avait encore le courage et que le temps était clément, elle s'aventurait encore au pied de la tour Eiffel, pour profiter de la quiétude de l'esplanade et tenter de replonger dans les souvenirs.

Mais le passé ne se rattrapait jamais. On pouvait juste, de temps en temps, y voyager par la pensée, un aller simple, sans retour possible. Très vite, la nostalgie nous submergeait et la pensée revenait immanquablement au présent, à sa banalité.

Heureusement, les photos étaient là, fixant à jamais ce passé éteint. Telle cette image qu'elle tenait entre ses doigts tords, une image mille fois regardée : en témoignait cette usure du cliché, cette tache grise juste à l'endroit que tenait le pouce, comme un coup de gomme sur le passé…

La vieille soupira. Où était passée cette époque, celle où vivaient ces deux enfants ? Aujourd'hui, au crépuscule de sa vie, l'un d'eux n'était plus qu'un souvenir cuisant. L'autre, en revanche, faisait encore l'effort de lui rendre une petite visite, de loin en loin. D'ailleurs, il devait arriver d'un instant à l'autre, il lui avait annoncé sa venue, c'est pourquoi elle guettait à travers sa fenêtre… C'était sa distraction du mois. Elle s'était pomponnée pour lui. Elle jeta un œil en direction de sa pendule murale. Il serait là dans une demi-heure, espérait-elle. Il resterait auprès d'elle une heure ou deux, lui raconterait des bêtises qui la feraient rire. Ils évoqueraient une fois de plus le passé, même s'il n'aimait pas cela, mais elle en ressentait la nécessité. « *Mais les vieilles, ça a des manies* », chantait Sardou. Comme celle de ressasser les vieux souvenirs… Puis il l'embrasserait avec chaleur, lui promettrait de revenir bien vite et s'en irait. Elle le regarderait s'éloigner dans la rue, à travers sa fenêtre. Sa silhouette disparaîtrait, jusqu'au mois suivant ou celui d'après. Si d'ici là elle n'avait pas croisé la route de la dame à la faux…

En attendant que la sonnette retentisse, elle rangea la photo, referma la boîte, la déposa sur le rebord de la fenêtre et, de sa télécommande, elle relança Sardou :

« Elle a des cerises sur son chapeau, la vieille,
« Elle se fait croire que c'est l'été »

Chapitre 30

Rejetant une nouvelle mèche bouclée de son front collant de sueur, María Ortiz attrapa son mobile posé à côté de son PC. Elle était, de nouveau, seule dans les bureaux de la PJ d'Alicante. Tous ses collègues, Gomez y compris – qui pourtant ne rechignait jamais à faire des heures supplémentaires en compagnie de sa cheffe – avaient déjà quitté les lieux. La chaleur actuelle les avait plutôt incités à se réunir aux terrasses des cafés, à descendre quelques *chupitos de manzana verde*[18], ou un bock de bière légère, largement accompagnés de tapas. Les flics espagnols, tout comme la plupart de leurs concitoyens, appréciaient par-dessus tout ce moment de la journée où ils décompressaient, en civil, avant de rentrer dîner chez eux. C'était une tradition venue du fond des âges : le partage convivial de bouchées de *jamon serrano*[19], d'olives aux anchois, de cubes de

---

[18] Un *chupito*, est l'équivalent d'un *shot*, de vodka par exemple. Ici il s'agit d'un *shot* d'une liqueur à base de pomme verte, qui se déguste sec ou allongé de glace, très rafraichissant.

tortilla[20] ou de calamars frits autour d'un verre de l'amitié.

María tapa rapidement un message :

« Ne m'attends pas, Toni. J'ai encore pas mal de boulot pour ce soir. »

L'officier Ortiz se trouvait de fait engluée dans les méandres de l'affaire Candida Lopez, qui s'avérait une impasse sans précédent. Rien à gratter quant au mobile de son assassinat : elle ne comprenait toujours pas pourquoi quelqu'un (« ou quelqu'une, Gomez, ou quelqu'une ! ») avait voulu s'en prendre à la pauvre commerçante. A priori, il s'agissait plutôt d'un quelqu'un : le légiste avait relevé des traces de pression autour du cou de Candida, qui démontraient de façon assez claire qu'il s'était agi de bonnes mains d'homme plutôt costaud.

— Il y a des femmes assez costaudes, murmura-t-elle dans son bureau vide.

Mais elle daignait se rallier à l'opinion du légiste. OK, un homme. Mais qui ? L'artisane était veuve, ce n'était donc pas un acte passionnel d'un mari jaloux, par exemple. Sa fille, Juana, qui s'était effondrée à l'annonce de la mort de sa mère, avait confirmé que cette dernière menait une vie tout à fait honorable. Elle ne lui avait connu aucune autre relation après la mort du mari. María Ortiz écartait donc toute hypothèse de crime de cœur.

Alors quoi ? Pas une affaire d'argent. Rien n'avait été volé. Ni sur la victime ni dans la boutique. Pas plus qu'au domicile, qui avait été fouillé également par les autorités.

---

[19] Jambon cru produit dans les terres agricoles espagnoles, les *sierras*.

[20] Omelette aux pommes de terre.

Ne restait que cette sombre histoire de chlorure de potassium qui ne menait nulle part. Les pharmaciens de la ville avaient tous été entendus, aucun n'avait fourni ce genre de produit récemment. Qui pouvait avoir accès à ce produit sous sa forme injectable ? Les pharmaciens hospitaliers, les infirmiers, les médecins ? Était-ce là une piste à explorer ? María nota ces quelques questions dans le dossier.

Son téléphone vibra.

« Tant pis pour toi, tu vas rater la *telenovela*[21]. Moi je suis dans le canapé avec un mojito… »

« Tu te couches pas sans moi, Toni, je te préviens ! »

« Alors ne tarde pas trop… »

María soupira. Quelle plaie, parfois, ce boulot de flic ! Pourquoi les gens avaient-ils besoin de se trucider un peu partout sur cette planète ? Parfois, elle rêvait d'un monde où il n'y aurait plus de meurtres, plus de vols, plus de violences, plus de corruption, plus d'infractions… plus de flics ? Et puis elle se retournait sur tous les dossiers qu'elle avait eus à traiter depuis le début de sa carrière et elle en concluait invariablement que c'était pure utopie…

Heureusement que Toni la comprenait, sans quoi leur couple aurait volé en éclats depuis bien longtemps.

Bref, retour au dossier. Et ce mot écrit à l'intérieur du bandeau qui ceignait les yeux de Candida Lopez.

---

[21] Littéralement télé-romances : Feuilletons télévisés d'une quarantaine de minutes diffusés chaque soir à la télévision espagnole, souvent réalisés en Amérique du Sud.
Récemment, la Reina del Sur connut un vif succès planétaire.

María s'était échinée des heures sur cette phrase incongrue. Elle l'avait tournée et retournée dans tous les sens. Elle avait tenté de la prendre à l'envers, de changer l'ordre des mots, d'intervertir des lettres, d'imaginer des contrepèteries, des calembours, des jeux de mots. Elle avait compté le nombre de lettres, de consonnes, de syllabes… Elle l'avait tapée dans Google, mais cela ne lui avait rien renvoyé d'utile.

Elle avait imaginé des associations d'idées, elle avait fait *brainstormer* son équipe. En vain.

Bon, elle en avait sa claque pour aujourd'hui. Elle referma le dossier, en priant pour qu'un élément nouveau surgisse, le lendemain, la semaine suivante… ou dans un an ! Un élément qui viendrait tout éclaircir, comme la lumière au bout d'un tunnel de doutes et de tâtonnements. Parfois les enquêtes se résolvaient d'elles-mêmes, presque par miracle.

Dans sa tête elle effaça le mot « parfois », qu'elle remplaça par « très exceptionnellement ».

« Prépare-moi un mojito, *darling*, j'arrive ! »

María Ortiz éteignit les lampes de son bureau et bascula à la vie civile.

Chapitre I

Paris.

À quinze ans, ils partagent toujours cette même passion pour les livres. Romain et Marion se sont déniché leur petit coin secret, où ils peuvent sans gêne aucune, sans personne pour les perturber, se retrouver ensemble. Une simple cave de l'immeuble de Belleville, inoccupée depuis des années, dotée d'un soupirail grillagé qui laisse filtrer la lumière de la rue. Une lumière sous laquelle ils se posent, le dos calé contre le mur de pierres, les jambes étirées, avec chacun un roman sur les genoux. Ils ont aménagé l'endroit en y descendant un vieux matelas posé à même le sol bétonné. Plusieurs piles de livres se forment tout autour de ce matelas, dans lesquelles ils puisent au gré de leurs envies, au gré des conseils avisés de l'un et de l'autre. Ils savent transmettre à l'autre l'envie d'entrer dans tel ou tel roman. Ils feraient de bons libraires, c'est sûr.

À quinze ans, ils ont déjà des lectures d'adultes. Ils ont dévoré *Le grand Meaulnes*, *Le blé en herbe*, *Bonjour tristesse*, voire même *Le bal du comte d'Orgel*. Ils ont vibré et tremblé avec *l'Attrape-cœurs* de Salinger.

Toutes ces lectures semblent façonner leur adolescence, orienter leur rapport au sexe opposé, nourrir leur libido.

Ce box de cave est leur petit monde rien qu'à eux. Ici, ils oublient leur condition, leur mère dont ils connaissent maintenant la principale source de revenus...

Agnieska, qui a toujours essayé de les préserver de cette révélation, n'a rien pu faire. Il fallait bien que cela se sache un jour.

Ce jour était arrivé au petit matin. Anna rentrait du « travail », comme elle disait toujours avec une moue fatiguée. Les enfants dormaient encore, ils n'avaient plus besoin de passer la nuit chez la Polonaise, ils étaient grands, à présent. Leur mère avait fait plus de bruit que d'habitude, butant contre des meubles, pestant, pleurnichant. Quand ils s'étaient levés, elle s'était effondrée en larmes. Son haleine était chargée d'alcool et de honte. Elle leur avait tout raconté. Non, elle ne travaillait pas de nuit dans un hôtel, non elle ne gagnait pas sa vie comme tant d'autres femmes, non elle ne rougissait pas de ce qu'elle avait enduré pour les faire vivre :

— Oui, votre mère est une putain ! leur avait-elle crié au nez, postillonnant. Mais c'est ce qu'elle sait faire de mieux...

— Maman, tais-toi, avait supplié Romain en tentant de la soutenir pour la relever.

— Et, non, je ne sais pas qui est votre père, avait-elle craché à leur face d'adolescents.

— Mais qu'est-ce que tu racontes, maman ?

— La vérité, enfin ! La vérité ! Vous devez savoir d'où vous venez, vous devez savoir qui je suis.

— Boucle-la ! avait hurlé Marion, qui avait détalé dans la chambre.

— C'est ça, va te planquer, mauviette !

Ceux-ci avaient été les derniers mots intelligibles d'Anna avant qu'elle ne sombre dans un sommeil éthylique. Romain l'avait emmenée dans sa chambre et allongée sur son lit, toute vêtue.

Depuis, ils savaient d'où venait l'argent qui leur permettait d'acheter tous ces livres.

Mais ils ne se doutaient pas encore que cette journée et ces révélations crachées par leur mère allaient irrémédiablement façonner le reste de leur existence...

Chapitre 31

— *Ce matin, un lapin a tué un chasseur. C'était un lapin qui avait un fusil…*

Pourquoi Mario chantonnait-il ce vieux refrain de Chantal Goya, les jumelles collées aux yeux, par une chaude soirée d'été, dans son appartement de Montmartre ?

Voilà une question qu'il se posait tout en observant l'immeuble d'en face. Le cerveau a parfois de drôles de réminiscences, songeait-il, amusé. Des associations d'idées assez cocasses. Il était là, voyeur. Il s'amusait de cette situation : se sachant observé, il observait à son tour.

Il s'était renfoncé dans un recoin d'où il savait ne pouvoir être repéré et il braquait les jumelles en direction de la fenêtre de toit qu'il soupçonnait très fort être celle de l'appartement de Louise Vallois.

L'autre soir, *Chez Camille*, il avait réussi à la troubler en évoquant cette ouverture dans le zinc de l'immeuble de la jeune femme. Il s'en était amusé.

Pourquoi avait-il ainsi voulu jouer avec elle, tel le chat avec une souris ?

Cela étant, elle était plutôt mimi, cette souris. Parfois il songeait qu'il en aurait bien fait son quatre-heures… Même si elle était bien plus jeune que lui. Il estimait leur différence d'âge à une quinzaine d'années, mais cela ne le dérangeait pas plus que ça. Dans l'autre sens, peut-être, car il ne se sentait pas l'âme d'un amateur de *cougars*. Lui, c'était plutôt du genre *baby dolls*, comme on désignait parfois les filles dans les tubes *rockabilly*.

Son attente, tel un chien d'arrêt, fut très vite récompensée. D'un coup, la tête de la jeune femme apparut dans sa vision binoculaire. Grossi trente fois par l'effet des miroirs des jumelles, son visage jaillit de la fenêtre, tout à fait reconnaissable.

Ce visage était tourné dans sa direction. Louise semblait tellement prévisible.

Ah ! si seulement toutes ses cibles pouvaient être si aisément identifiables, accessibles et proches…

Parfois, au cours de la réalisation d'un puzzle, certaines pièces s'avéraient beaucoup plus évidentes à placer que d'autres. D'un seul coup, elles vous sautaient aux yeux.

— *Ce matin, un lapin…*

Chapitre 32

Il l'avait vue s'éloigner de chez elle, l'avait suivie du regard jusqu'à ce qu'elle disparaisse, d'une démarche souple, au coin de la rue Berthe. Il s'était aussitôt élancé en-dehors de chez lui, avait descendu les escaliers comme un dératé puis, une fois dehors, il avait traversé la chaussée jusque devant l'immeuble d'en face.

Mario était comme un lynx dans la jungle urbaine, il s'y mouvait subrepticement, savait se rendre quasiment invisible lorsqu'il l'avait décidé. Il savait se vêtir de manière tout à fait banale, avait appris à se déplacer sans faire de vagues, il maniait l'art de s'adresser aux gens qui l'interpellaient de manière à ce que ceux-ci n'en gardent aucun souvenir vivace. En clair, s'il avait fallu faire un portrait-robot de lui ou interroger des témoins, la police aurait été bien en peine de lui mettre la main dessus.

Ainsi donc, il pénétra incognito dans l'immeuble où vivait Louise Vallois. Une casquette noire ceignant son crâne, les yeux masqués derrière la visière, il consulta très rapidement les noms inscrits sur les boîtes aux lettres et repéra celle de la jeune libraire. Il pivota la tête à gauche, à droite puis en direction de la volée de marches menant aux étages, avant de plonger sa main à l'intérieur de la poche arrière de son jean.

En deux secondes, il avait glissé une enveloppe dans la fente de la boîte quand soudain, la porte de l'appartement du rez-de-chaussée s'ouvrit, le paralysant dans son geste.

— Vous n'êtes pas le facteur, vous ! lança un octogénaire qui traînait à sa suite un petit chariot de courses à six roues, idéal pour se rendre au marché du coin et franchir sans encombre les trottoirs.

— Une livraison Amazon, mon bon monsieur. Service privé.

Mario retint la porte du hall au locataire, lequel marmonna :

— J'entends rien à ces trucs-là, moi. Plus de mon âge.

— Je vous souhaite une bonne journée, monsieur.

— À vous aussi, gamin. Merci pour la porte.

« Gamin », se répéta Mario avec amusement. Un gamin de quarante-huit ans, tout de même… Comme quoi, l'habit de faisait décidément pas le moine. Pas plus que le livreur Amazon…

Il ressortit de l'immeuble comme il était venu : incognito.

***

« Mon cher journal,

« J'en ai encore les jambes toutes flagada.

« Et je ne sais pas quoi faire...

« Je suis tétanisée d'indécision et bouleversée d'envie. Dois-je répondre ? Après tout, je ne pourrai pas culpabiliser d'avoir osé le premier pas.

« En rentrant tout à l'heure de ma balade du jour dans l'île de la Cité, j'ai trouvé une enveloppe non timbrée, avec simplement un gros « Louise » marqué dessus, d'une belle écriture manuscrite. J'en étais toute surprise mais je ne me suis pas demandé très longtemps de qui cela pouvait venir. Pourtant, j'étais loin de m'y attendre. Cela faisait déjà près de dix jours depuis notre apéro-tapas pris chez Camille et nous n'avions pas eu l'occasion de nous croiser de nouveau. Je savais pourtant qu'il était chez lui : je m'en assurais chaque jour par-dessus les toits... Hormis aller sonner à son interphone, ou lui au mien, je ne voyais plus trop comment reprendre contact, nous n'avions pas échangé nos numéros.

« J'en étais arrivée à me dire que je ne l'intéressais pas. D'ailleurs, c'était peut-être mieux ainsi puisqu'il m'avait quand même perturbée, l'autre soir : il me mettait un peu mal à l'aise...

« Mais mes doutes de l'autre soir se sont vite estompés lorsque j'ai ouvert l'enveloppe pour découvrir à l'intérieur un simple bristol blanc avec un numéro de portable et les *initiales M.B. en dessous... Mario, bien sûr. Mario Bros. ? ai-je bêtement songé. Mario Bazin, évidemment.*

« Grrrr, je n'ose pas.

« Je vais prendre une douche, ça va me rafraîchir les idées. »

Il lui avait fallu deux heures de tergiversations, de ruminations, de pas perdus au milieu de son appartement, le mobile à la main et des zigouigouis dans le ventre, avant de se décider à taper son SMS.

Tout en composant son message, elle passa la tête par sa fenêtre. Il était là.

Quand elle appuya sur « envoyer », elle le vit sursauter puis se saisir de son téléphone.

Chapitre 33

« Bonjour. Je suppose que ce numéro vous appartient, Mario ? Je suis touchée, émue, par votre geste. À présent, c'est à mon tour d'oser. Il y a un endroit où j'aimerais vous emmener : le jardin du Luxembourg, où j'adore me poser avec un bon livre. Disons, demain ? Rendez-vous au pied de nos immeubles respectifs à 14h ? Louise »

Mario esquissa un sourire en relisant pour la troisième fois le message reçu sur son mobile. Le poisson avait mordu à l'hameçon, Louise venait d'être ferrée.

Quelle hâte il avait de se retrouver au lendemain, en plein cœur de Paris, sous les frondaisons des grands arbres du parc sénatorial. Il se répétait qu'il avait, enfin, bien le droit de s'amuser un peu, de prendre du bon temps, du plaisir même, qui sait ?

Il vivait seul depuis déjà de trop nombreuses années. La compagnie d'une femme commençait à lui manquer. Non pas qu'il veuille s'attacher de nouveau, de cela il ne se croyait plus capable, juste se laisser aller à quelques moments sympathiques auprès du sexe opposé.

Il devait bien se l'avouer : quelquefois, lorsque la nuit tombait, qu'il fixait d'un œil torve l'immensité de la voûte stellaire, il repensait aux années qui l'éloignaient de sa femme et il se surprenait à ressentir une forme de manque. Oui, sa femme – son ex-femme était-il plus juste de dire – lui manquait.

Cette pensée le rendait amer et triste. La voir s'éloigner de lui avait été l'un des crève-cœurs les plus durs de sa vie. Sans doute pas l'épreuve la plus terrible, mais pas loin. D'ailleurs, cela avait été comme une réaction en chaîne, une épreuve amenant l'autre, une déchéance appelant l'autre, jusqu'à sombrer tout à fait. Sa vie d'alors avait été comme un puzzle qu'on déconstruit : cela allait toujours plus vite à casser qu'à réaliser…

Bien sûr qu'il avait merdé ! Il ne pouvait s'en prendre qu'à lui-même, non ?

Comment Magda aurait-elle pu continuer de supporter la haine qui le rongeait, jour après jour ? Comment admettre ses colères ? Comment lui redonner goût à la vie, à l'amour, s'il ne le désirait pas vivement lui-même ?

Chaque jour finissait en colère. Chaque soir terminait en éclats de voix, en mots durs qu'on jette sans y penser puis qu'on regrette ensuite, trop tard…

Mario se souvenait d'une énième et dernière altercation. Cela remontait à quoi ? Deux ans, peut-être ? Le temps filait si vite…

… qu'il finissait par ne plus savoir quel jour on était.

— J'en peux plus, tu m'entends ? avait hurlé Magda. J'en peux plus. Tu n'es plus là. Ton corps est présent, mais ta

tête est ailleurs, ton cœur est froid. Il est plus froid qu'une pierre tombale...

— Ne crie pas comme ça, bordel, avait-il hurlé de plus belle. J'ai mal au crâne. Tu me casses la tête avec tes phrases à la con, tu le sais ça ?

— Mes phrases à la con ? Non mais, pour qui tu te prends, dis ? Tu t'entends ? Non, je suis certaine que tu ne t'entends même pas toi-même. Tu ne m'entends plus, tu ne t'entends plus, tu n'entends plus que la voix des morts, voilà ton problème.

— Et c'est pour ça que tu cries de plus en plus fort ? Tu m'emmerdes, Magda !

— Ah oui ? Je t'emmerde ? Eh bien, t'inquiète pas, va ! Je ne vais pas t'emmerder plus longtemps. Puisque tu préfères t'isoler dans ta bulle, dans tes souvenirs, dans ce passé auquel tu ne pourras rien changer, alors je vais te rendre service. Tu vois, je vais prendre cette valise, là, je vais y balancer mes affaires, je vais la boucler...

— T'as raison, boucle-la !

— Très drôle... Je vais la boucler et me barrer d'ici. Parce qu'ici ça sent le renfermé, le moisi. Ça pue la mort parce que tu es un mort-vivant. Tu crois exister alors que tu survis simplement. Tu n'as même pas eu la force de saisir la main que je t'ai tendue mille et une fois. J'ai voulu t'aider à t'en sortir, à t'empêcher de te noyer dans la mer de tes regrets.

— La ferme, bordel !

Magda l'avait fermée. Sa bouche comme sa valise.

Elles avaient toutes les deux disparu de sa vie.

Mario n'avait pas su retenir celle qui aurait pu le sauver de sa folie naissante.

Si elle était restée, est-ce qu'elle aurait su dévier la trajectoire de sa vie ? Il ne le saurait jamais puisqu'il ne lui avait pas permis de le faire. Au lieu de quoi il s'était enfermé sur lui-même, s'était englué dans son idée fixe, dans son projet sans autre issue que celle de la folie… et de la déchéance ?

Aussi Mario espérait-il pouvoir enfin rebondir. Il se sentait à présent en droit d'être heureux de nouveau. Il était du moins prêt à s'autoriser à y croire, c'était déjà un bon début. Sans même parler d'amour – il ne fallait pas non plus s'emballer – du moins le moment était-il venu de s'octroyer du bon temps.

Mais le moment était-il bien choisi ? s'interrogea Mario. N'avait-il pas un plan à respecter ? N'avait-il pas un objectif à atteindre ? Le temps était-il à la romance ? Une histoire d'amour ne viendrait-elle pas contrecarrer ses projets, qui semblaient bien tracés et maîtrisés jusqu'à présent ? Mario devait garder la tête froide, se méfier du grain de sable qui pourrait venir gripper l'engrenage…

Oh ! et puis zut ! Après tout, c'était l'été, il faisait beau, les oiseaux chantaient, Paris était en fleurs et Louise lui tendait les bras : pourquoi ne pas en profiter ?

Ils pouvaient bien se laisser aller à quelque chose, peu importe ce qu'il en ressortirait : une histoire d'un soir, d'un été, d'une vie ?

— Arrête de te projeter, mec ! Profite du moment. *Carpe diem*. De toute façon, quoi qu'il advienne, en septembre tu t'y remets, ok ?

— Ok ! se répondit-il en modifiant sa voix.

Il relut une dernière fois le SMS de Louise et composa :

« Demain, à 14h, cela me convient tout à fait ! Douce nuit, Louise. Si vous le pouvez, fermez vos fenêtres… les moustiques sont agressifs, cette année… »

Chapitre 34

Le « Luco » était un lieu hors du temps. Un vaste espace de verdure arboré qui offrait aux visiteurs une ombre appréciable en ces chaudes journées estivales. Ici, jouissaient d'un bonheur paisible les familles, les nounous, les enfants. Ceux-ci se réjouissaient des fameuses balançoires, des voiliers-jouets sur le bassin principal, du théâtre de Guignol, des barbe-à-papa et autres réjouissances. Les amoureux de la nature n'étaient pas en reste, parcourant les fameuses serres, l'orangerie, les incroyables tons de verts des différentes espèces d'arbres : un paradis pour les artistes-peintres ou les écrivains.

Louise avait entraîné Mario à sa suite en pénétrant dans le parc par la rue d'Assas. Ils venaient d'emprunter la ligne 12 du métro, depuis les Abbesses jusqu'à la rue de Rennes, comme elle le faisait habituellement.

Assis côte à côte sur les fameuses chaises métalliques, la discussion était légère :

— Vous savez qu'autrefois ces chaises étaient louées ? interrogea la jeune femme.

— Ah oui ? Racontez-moi ça.

— En fait, il n'y a pas si longtemps que ça qu'elles sont gratuites. Depuis le milieu des années 70, je crois.

— Vous n'étiez pas née, il me semble. Moi, si…

— L'âge n'a pas d'importance pour moi. Ce qui compte c'est d'être jeune dans sa tête… Donc, avant les années 70, il existait un de ces petits métiers disparus qu'on retrouve parfois sur les cartes-postales anciennes. C'était le métier de chaisière. Avant la Première guerre, elles demandaient vingt sous pour vous permettre de vous asseoir. Après, c'est passé à vingt francs. Les gens de l'époque étaient disciplinés, ils ne s'asseyaient pas sans avoir acquitté leur forfait !

— J'aime bien ces petites anecdotes. Je me coucherai moins bête ce soir. Vous venez souvent ici ?

— Dès que je peux, oui. Je trouve ce lieu vraiment relaxant. Je ne viens jamais sans un livre.

— Ce qui est cocasse, je trouve, c'est de se dire que les promeneurs viennent ici tandis que, dans le même temps, les sénateurs sont là, derrière les murs du Palais, en train de travailler aux textes de lois du pays…

— Travailler est peut-être un peu fort, non ? En train de faire la sieste sur les bancs de l'hémicycle, plutôt ? plaisanta Louise.

— Oh ! que vous êtes médisante, chère demoiselle. Vous n'avez jamais regardé la chaîne Public Sénat ? C'est édifiant, croyez-moi. Enfin, laissons-les à leurs travaux républicains et parlez-moi plutôt de vous. Et, au fait, on pourrait peut-être se tutoyer, maintenant ? On commence à se connaître…

— Euh… je vous laisse commencer, alors. Plus facile pour moi.

— D'accord. Alors, Louise, parle-moi de tes lectures préférées. Qu'est-ce que tu aimes lire, ici, au Luco ?

— Oh là là, j'aime tellement de choses.

— Qu'est-ce que tu me conseillerais ?

— Eh bien, déjà, Gérard de Nerval, si tu aimes la poésie.

— J'ai un peu de mal avec les vers. Je suis du genre vermifuge…

— Ce que t'es bête ! s'esclaffa Louise.

— Ah ! ben tu vois que tu arrives très vite à me tutoyer !

— Oups ! ça m'a échappé, pardon.

— Mais non, c'est très bien. Alors ce Nerval ?

— Il a écrit un poème qui s'appelle *Une allée du Luxembourg*. Ça parle d'amour et de la fuite du temps, je crois me souvenir. Mais je serais bien incapable d'en citer deux vers.

— Ah ! l'amour et la fuite du temps… Et la fuite de l'amour avec le temps, aussi ?

— Voilà une question très pertinente. L'amour peut-il résister au temps ? Une interrogation qui se perpétue depuis des siècles et des siècles, depuis le début de l'Humanité, peut-être même.

— Depuis que les Hommes ont adopté la vie de couple, sûrement.

Louise se sentit mal à l'aise, à parler d'amour et de couple, avec cet homme qu'elle connaissait depuis si peu de temps. Elle revint à son sujet de prédilection :

— On parlait littérature. Moi, j'aime beaucoup Amélie Nothomb, c'est à la fois léger et grave, ça se lit très bien. Sinon, je lis aussi bien de la littérature

188

blanche que noire. J'adore me faire peur avec des histoires de crimes, des thrillers, des suspenses autour de secrets de famille, par exemple. Et toi ? Tu aimes les thrillers ?

— Oui, je m'y suis mis assez récemment, d'ailleurs... Avant, je lisais du roman. Quand j'étais gosse, je dévorais des tonnes de bouquins. Je m'identifiais aux personnages, tu vois ? Un jour j'étais Tom Sawyer, le lendemain je devenais Poil de Carotte. C'est fou comme les histoires et les personnages peuvent hanter l'imaginaire des jeunes lecteurs, tu ne crois pas ?

— C'est évident ! Je suis sûre que nous forgeons en partie notre caractère, nos envies, notre façon de parler grâce à nos lectures. Et surtout durant notre enfance. Moi j'ai adoré Miss Marple, Hercule Poirot, Arsène Lupin, le Club des Cinq, Martine, Fantômette, pour ne citer que ceux-là.

— Les personnages sont très importants. Moi j'ai été tour à tour Fantômas, Petit-gibus, Mowgli, Brasse-bouillon, Peter Pan, Le petit prince... et puis plus tard Robinson, San Antonio, Fabrice del Dongo et j'en passe... Finalement, le lecteur est un peu comme un acteur qui se glisse dans la peau des personnages, non ?

— Tu as raison, Mario. Je pense aussi qu'on s'identifie plus facilement à un personnage de roman qu'à un personnage de film ou de série. Parce que dans le roman, même si le personnage est bien décrit, il est plus facile de se projeter dedans alors qu'à l'écran, il est déjà incarné par l'acteur.

Mario écoutait Louise dévider sa théorie, d'une oreille devenue distraite, le regard vague, dirigé vers les enfants qui télécommandaient les petits voiliers sur le grand bassin.

— Qu'est-ce que tu en penses ?

— Hein ? Pardon ? Désolé, j'étais ailleurs. Tu disais ?

— Je te demandais ce que tu pensais des thrillers nordiques ?

Mario se rendit compte qu'il avait dû être absent durant de longues secondes puisqu'il ne voyait pas le rapport entre Fabrice del Dongo et *Millenium*... Il se recomposa tout de même pour répondre :

— Je crois qu'il s'agit à la fois d'une tendance, d'une mode, mais sûrement pas dénuée d'un succès bien mérité. Bon, je commence à m'ankyloser sur ces chaises en ferraille. Si on se prenait une glace et qu'on allait la manger sur la pelouse ?

— Vendu ! répliqua Louise en se dressant promptement.

L'après-midi se déroula dans une ambiance des plus délicieuses. Le temps était splendide, la conversation agréable et le cadre enchanteur. Ils s'amusèrent à voir évoluer des joueurs sur le terrain du jeu de paume, cet ancêtre du tennis ; ils s'étendirent sur la pelouse ; se laissèrent bercer par les éclats de voix des enfants alentour ; discutèrent de tout et de rien ; se racontèrent un peu ; se rapprochèrent ; leurs mains se touchèrent.

Et ce fut là, sur la pelouse à l'arrière du Sénat, qu'ils échangèrent un premier baiser.

Chapitre J

<u>Paris.</u>

Cela fait des années qu'ils ne sont pas revenus ici, tous les trois. Les enfants ne sont déjà plus des enfants, sinon presque des adultes. Ils poursuivent brillamment leurs études au lycée, faisant la fierté d'Anna, même si elle n'est pas toujours encline à le leur faire savoir. Ou plutôt, elle continue à afficher ses préférences, cela est plus fort qu'elle. Elle ne tarit pas d'éloges envers Romain mais reste comme insensible aux résultats pourtant excellents de Marion. Les années passées n'ont pas su effacer l'instinct de rejet inexplicable de la naissance de l'enfant-surprise.

— Vous vous rappelez quand vous jouiez à vous éclabousser dans ces bassins ? leur demande-t-elle en portant le regard sur les fontaines du Trocadéro. Les étés où il faisait très chaud, que ça devenait intenable dans l'appartement, je vous amenais ici, vous vous mettiez en slip et vous alliez barboter avec les autres petits parisiens.

— Je me souviens, répond Marion. Mais je ne crois pas que je le referais aujourd'hui, tu sais. On est un peu grands, maintenant.

— C'est vrai. Comme le temps passe vite… Dire que bientôt vous passerez votre baccalauréat !

Les deux adolescents sont inscrits en filière littéraire, se régalant des matières qu'ils affectionnent.

— Parle pas des choses qui fâchent, maman ! se récrie Romain, à qui l'idée des examens, qui approchent, donne des sueurs froides, malgré son caractère studieux.

— Ne t'en fais pas, tu l'auras haut-la-main ! Je suis fière de toi, tu sais ?

— Et moi, maman ? intervient Marion.

— Oui, oui, de toi aussi.

Un ange passe ; Anna reprend :

— Je vous ai déjà raconté qu'à Budapest, j'avais un cadre au-dessus de mon lit, avec une photo du Trocadéro ?

— Des milliers de fois, maman, la coupe Romain en lui tapotant la main. Mais c'est pas grave, on t'aime quand même, y compris quand tu radotes !

Marion se lève, s'éloigne du duo formé de sa mère et de son frère, l'air pensif, triturant sa longue chevelure bouclée de ses doigts fins.

« Pourquoi est-ce si difficile ? Comment réussir à me faire aimer ? Y parviendrai-je jamais ? Est-ce que je le souhaite seulement ? Les dés étaient-ils pipés depuis le début ? » : tant de questions s'entrechoquent sous ses boucles blondes.

Des questions restées jusqu'ici sans réponse.

Peut-être ne sont-elles qu'interrogations sans solutions ?

— Je rentrerai plus tard, ne m'attendez pas, entendent Anna et Romain à quelque distance des bassins.

Quand ils se tournent vers l'origine de la voix au timbre doux, la silhouette fragile de Marion disparaît déjà du côté du Palais de Chaillot.

— Toujours aussi pénible et désagréable, commente Anna.

— Laisse, maman. Je lui parlerai. Comme d'habitude, je saurai l'apaiser.

— Que Dieu t'entende, Romain. Parfois, j'ai le pressentiment qu'un jour tout cela finira mal…

Chapitre 35

« Mon carnet, mon cher carnet (je sais, c'est débile de parler à un carnet, mais j'ai toujours lu ce genre d'idioties dans les bouquins !),

« Donc, mon carnet, je te le dis, à toi seul : ça y est ! ».

Louise mordilla le bout de son crayon, ne sachant trop comment écrire ce qu'elle ressentait sans avoir l'air trop cruche. Quand même, elle n'était pas un lapin de six semaines, non plus… Elle avait la trentaine déjà bien entamée : l'âge du Christ, comme elle aimait en plaisanter.

— Oh ! et puis tant pis, hein ! s'exhorta-t-elle. Je l'écris comme je le sens :

« Ça y est : on s'est embrassés !

« Voilà, je savais que ça ferait cruche mais c'est écrit noir sur blanc. J'avoue que j'attendais ce moment depuis pas

mal de semaines. Depuis le premier jour où je l'ai croisé à la librairie, pour être tout à fait honnête avec moi-même. Je ne sais pas si je peux dire que je suis en couple, du genre si je peux changer mon statut Facebook ou pas... Je suis bête, ça ne date que de cet après-midi délicieux au Luco. »

La libraire détailla à son confident de papier les événements de la journée. Au bout de quelques paragraphes, elle ajouta un petit bémol à son excitation :

« Par contre, je le trouve parfois bizarre, comment dire, distant ou absent. J'ai comme l'impression qu'il bascule rapidement dans ses pensées et dans ces moments-là, je lui trouve un regard étrange, et comme une moue bizarre qui se peint sur ses traits.

« Bon, Loulou, ne te fais pas de films, profite des jours à venir avant de reprendre le boulot. Mais ne t'emballe pas ! Garde la tête froide. Fais toujours gaffe aux mecs, même à ceux qui ont plus de quarante-cinq ans. ».

Chapitre 36

<u>Paris, septembre 2018.</u>

Il était plus que temps de revenir aux choses sérieuses.

C'est ce à quoi songeait Mario, penché sur son bureau, des feuilles éparpillées dessus et son PC ouvert.

— Maintenant, assez joué. J'ai d'autres chats à fouetter, du moins pour le moment, marmonna-t-il à l'adresse d'un auditoire invisible.

Dans ces moments d'intense concentration, il était comme possédé par son idée fixe. Au point qu'il en oubliait le boire et le manger : ne comptait plus que la nécessité d'avancer dans son projet.

De fait, au cours des dernières semaines, il s'était montré un peu plus distant envers Louise, dont il appréciait malgré tout la compagnie. Ils s'étaient revus à trois ou quatre reprises, toujours à l'extérieur, sur les marches du Sacré-Cœur, dans l'île de la Cité ou encore *Chez Camille*.

Mais lorsque, le soir venu, il rentrait chez lui, il regrettait presque de s'être laissé aller à flirter comme un vulgaire adolescent. Franchement : à son âge !

Il ne désirait pas se laisser distraire. Il s'était fixé un objectif avec des dates butoirs et il se reprochait de perdre du temps à musarder dans la capitale au bras d'une jeunette, au demeurant fort attirante.

En somme, il était tiraillé entre deux désirs contraires : se rapprocher de Louise et poursuivre son funeste dessein... L'un et l'autre étant *a priori* incompatibles...

À moins que... ? Non, il devait s'enlever cela de la tête. Du moins... chaque chose en son temps. Une étape après l'autre. Une pièce après l'autre...

Par association d'idées, il posa son regard sur son dix-mille-pièces qui gisait, depuis plusieurs jours, sous le canapé.

Décidément, il ne se reconnaissait plus depuis quelque temps.

Il s'envoya une bonne gorgée de Grimbergen dans le gosier, comme pour se rafraîchir les idées et revenir à l'essentiel, *son* essentiel, *sa* raison d'être depuis près de trois ans.

Dans son ordinateur, il navigua parmi les dossiers et ouvrit une feuille Excel qu'il avait nommée *Vindicta*. Ce document, il avait eu bien de la peine à le constituer. Mais il avait remué ciel et terre pour l'obtenir : c'était la clé de voûte de son édifice, l'*axis mundi* du projet qu'il avait fomenté à compter du jour du drame.

Il avait dû user de persuasion, réactiver de vieux contacts, promettre une belle récompense et menacer, aussi. L'humain était capable d'user de toutes les ruses, de toutes les bassesses, pour parvenir à ses fins. Ne disait-on pas que la fin justifiait les moyens ? Il avait donc employé les grands moyens pour entrer en possession de ce fichier, qui contenait des informations très importantes, du moins à ses yeux.

Des informations dites « confidentielles », de l'ordre du secret médical, pour être plus précis. De ces données qui, d'ordinaire, ne sont accessibles qu'aux seuls initiés, ou plutôt aux personnes habilitées.

Par chance, Mario connaissait certaines de ces personnes... autorisées à entrer dans ce type de données.

Pas vraiment habilitées à les diffuser...

C'est là où la persuasion, la menace, le chantage, les grands mots comme « Amitié » avaient été employés.

Il avait eu gain de cause.

Des noms, des dates, des lieux : éléments déterminants et utiles pour Mario, dont il avait déjà fait usage par deux fois. Il avait déjà déroulé deux lignes de cette liste. Deux lignes qui ne représentaient que quelques mots, quelques chiffres, des données brutes, en somme.

Mais derrière ces informations sommaires, il y avait des tranches de vie, c'était de l'humain. On entendait souvent les gens dire « nous ne sommes pas que des numéros de sécurité sociale », « nous ne sommes pas que des matricules ». C'était vrai, Mario en était le premier convaincu. Pourtant, dans son esprit, ces noms ne devaient s'apparenter qu'à des pièces d'un seul et même puzzle. Il s'était forgé une carapace mentale, nécessaire afin d'occulter le côté humain de la chose, sans quoi il aurait été incapable de mettre en branle son projet.

La nouvelle pièce de son puzzle tragique ne se trouvait finalement pas très loin de lui. La pièce était en France, dans une grande et belle ville qu'il avait déjà arpentée à plusieurs reprises. Il s'était déjà assuré de cet aspect-là : internet était vraiment un outil fantastique pour les apprentis-espions…

Restait à s'assurer *in situ* de la véracité de ses informations.

Il se rendit sur la billetterie de la SNCF, puisqu'il était facile de rallier cette ville en train. Il sauvegarda son e-billet dans son mobile et ferma l'ensemble des fenêtres de son *web-browser* après avoir consciencieusement écrasé l'historique de sa navigation.

Lorsqu'il fit volte-face sur sa chaise de bureau, il aperçut la tête de Louise qui dépassait de sa fenêtre de toit.

Il alla prestement fermer ses stores vénitiens.

Chapitre 37

Elle ôta sa charlotte puis sa blouse. Rose venait d'achever sa journée, avec un grand soulagement. Elle aimait son métier, elle disait même que c'était un sacerdoce plutôt qu'un métier : il fallait en avoir de la patience, de l'empathie et ne pas avoir peur des horaires impossibles. Infirmière de bloc-opératoire depuis trois mois, elle était ravie de ce nouveau poste, qui lui donnait plus de responsabilités. Elle n'avait pas eu peur d'entreprendre une nouvelle formation – près de 1500 heures pour valider ce diplôme d'État – mais le jeu en valait la chandelle. Surtout, elle l'avait voulu comme une revanche sur la vie.

— Salut, Rose, rentre bien, lui lança sa collègue Myriam. C'est quand ta prochaine journée ?

— Je reviens après-demain. Et toi ?

— Idem. Ça me fait plaisir de bosser avec toi. Sinon, tu fais quoi, ce soir ? J'ai prévu une soirée-apéro avec des copines, à la Croix-Rousse, dans un bar branchouille, ça te tente ?

— Ce serait avec plaisir mais, là, je suis claquée. Je ne rêve que d'une chose : mon lit !

— Ça fait rêver, plaisanta Myriam. Avec un petit pisse-mémé à la camomille juste avant, les petites chaussettes en laine qui vont bien et hop ! dans le torchon avec papa. Tu sais quoi ? Des fois, je ne regrette pas de ne pas avoir de mec à demeure.

— Ce que t'es bête, poulette ! Figure-toi qu'un homme à demeure, ça peut aussi servir de bouillotte les soirs d'hiver, ça peut accrocher un cadre ou une tringle à rideaux, ça peut écraser les grosses araignées noires qui viennent se balader dans le bac à douche. Et alors, tiens-toi bien, le top du top, c'est qu'il peut aussi descendre les poubelles ! Ça, c'est le rêve, non ?

— Vu sous cet angle, je ne peux que me soumettre à tes arguments imparables, Rose ! Allez, bien le bonsoir à Luc-la-bouillotte.

— Ciao bella.

Rose quitta le bloc de chirurgie et se dirigea au-travers du dédale de couloirs souterrains jusqu'à la sortie des artistes de l'hôpital Louis Pradel, situé sur la commune de Bron. Elle rejoignit en quelques pas l'arrêt de bus qui la conduirait jusque chez elle, rue Jean-Claude Vivant, à Villeurbanne. Une petite demi-heure dans les transports, durant lesquels elle se déchargeait du stress inhérent à son travail en feuilletant ses magazines de couture. Accessoirement, en-dehors de savoir recoudre des plaies chez ses patients, elle aimait aussi manier l'aiguille de sa surjeteuse à quatre fils.

Lorsqu'elle descendit du bus, enfouissant à la hâte dans son sac à main le magazine dans lequel elle était intensément plongée, Rose ne prêta pas attention aux autres usagers qui évacuèrent le véhicule à sa suite.

Lorsqu'elle enfila la rue dans laquelle Luc et elle avaient emménagé quelques années plus tôt, elle ne fit aucun cas de l'homme à casquette qui marchait quelques pas derrière elle.

Lorsqu'elle arriva à hauteur du numéro de l'immeuble où l'attendait son mari, ayant très certainement préparé un succulent dîner puisqu'il rentrait souvent plus tôt qu'elle, Rose n'eut tout d'abord aucune réaction envers l'individu qui la bouscula légèrement, sans même s'excuser.

Lorsqu'elle se retourna finalement sur lui, il poursuivait son chemin, indifférent, dodelinant de la tête sous les gros écouteurs qu'il portait sur les oreilles.

— P'tit con ! lança l'infirmière à l'adresse de ce jeune qui, à l'instar de nombre de ses congénères, traçait sa route sans se préoccuper des autres passants.

Elle se doutait bien qu'il n'avait probablement rien entendu, trop assourdi par la musique de déglingué qui s'échappait de sous son casque, mais cela lui avait fait du bien de lui crier cela. Elle avait même été à deux doigts de lui courir après, de lui arracher les écouteurs et lui faire la leçon, à ce p'tit boutonneux. Mais elle s'était ravisée : son impulsivité aurait pu lui coûter des ennuis.

Rose pesta *in petto*, se détourna et ouvrit la porte de l'immeuble.

— Y'a plus de jeunesse ! confia-t-elle à Luc en pénétrant dans l'appartement.

— Ah ! chérie, tu tombes bien, enchaîna son mari. Tiens, tu veux bien descendre la poubelle, s'il te plaît ? J'ai les mains pleines de pâte brisée…

Chapitre 38

<u>Paris, octobre 2018.</u>

« *Mario m'intrigue.*

« *Mario me déstabilise.*

« *Mario m'inquiète.*

« *L'été a pris fin et j'ai l'impression qu'avec la saison, s'enfuit également notre histoire d'amour, pour le peu qu'elle aura pu durer.*

« *J'exagère peut-être un peu en écrivant cela, mais c'est la crainte que j'ai depuis quelques jours, et j'irai même jusqu'à dire quelques semaines.*

« *En fait, il est assez cyclothymique, imprévisible, instable. Un jour il va se montrer tout euphorique, prévenant, doux et d'agréable compagnie ; le lendemain il paraîtra taciturne, inattentif, rude et fermé. Le jour et la nuit, sans raison apparente, du moins n'en trouvé-je pas.*

« Je m'interroge : qu'ai-je fait, qu'ai-je dit qui puisse ainsi le faire radicalement changer d'humeur ? »

Louise leva les yeux de son carnet, elle affichait une moue contrariée.

Ses vacances avaient pris fin depuis plus d'un mois déjà, elle avait retrouvé avec joie la librairie et surtout Amélie, dont la douceur et la bienveillance lui avait manqué, elle devait bien se l'avouer.

Sa patronne l'avait questionnée sur ses vacances, si elle était rentrée chez ses parents, ce qu'elle avait lu de beau, si elle avait bien profité. Louise était restée discrète quant à sa relation avec Mario, d'ailleurs était-ce vraiment une relation ? N'était-ce pas simplement un coup de sang ? Une folie sans lendemain ? Elle préférait garder cela pour elle, du moins pour le moment.

Depuis qu'elle avait repris le travail, elle craignait chaque instant l'irruption de Mario dans la librairie. Elle ne saurait certainement pas comment réagir en présence d'Amélie. Sa timidité maladive l'amènerait probablement à se réfugier de nouveau dans l'arrière-boutique, à la recherche d'un quelconque carton à déballer… Par chance, il n'avait jamais repointé son nez devant la vitrine des *Trouvailles*.

Ils étaient néanmoins parvenus à se voir trois ou quatre fois depuis la reprise du boulot. Mais leur relation amoureuse n'avait guère progressé. Louise sentait Mario tendu lorsqu'ils étaient ensemble. Et elle n'osait pas aller de l'avant, gagner un peu de terrain, lui en demander plus ou offrir un peu plus d'elle-même, malgré l'envie qu'elle en avait.

Lorsque, détendue, elle faisait un pas de plus vers lui, il reculait. Lorsque lui prenait exceptionnellement les devants, elle prenait peur.

Ils n'étaient pourtant plus des ados pour jouer ainsi à « cours après moi que je t'attrape ! ».

Dans quelle galère s'était-elle encore embarquée ? Est-ce que le souci venait d'elle qui, à trente-trois ans révolus, n'avait encore jamais su être en amour plus de deux mois consécutifs ?

Avait-elle le don pour tomber chaque fois sur des énergumènes, des spécimens, des cas ?

Celui-ci lui apparaissait désormais assez gratiné : débordant de contradictions et de mystères. L'un des derniers en date était survenu lorsqu'elle avait voulu en savoir un peu plus sur son passé, sa famille. C'était justement la veille au soir, tandis qu'ils revenaient d'une promenade dans les ruelles du quartier, profitant de la douceur d'un octobre encore agréable. Ils marchaient, main dans la main, remontant les escaliers de la rue Foyatier qui commençaient à se couvrir de feuilles mortes, avec en ligne de mire la basilique. Elle lui avait demandé, après s'être arrêtée pour reprendre son souffle :

— Tu ne me parles jamais de ta famille, Mario.

Il s'était retourné vers elle, le regard assombri.

— Que veux-tu savoir ?

— Eh bien, des choses de base, par exemple si tu as des frères et sœurs.

Mario l'avait dévisagée assez sévèrement avant de répondre, sèchement :

— Je suis fils unique.

Le ton employé n'étant pas des plus avenants, Louise avait hésité à poser une autre question puis s'était finalement décidée :

— Et ton enfance, tu l'as passée où ? Tes parents vivaient où quand tu es né ?

Les doigts de Mario s'étaient crispés sur ceux de la jeune femme.

— Je n'ai pas très envie de parler de mon enfance, Louise, avait-il rétorqué, le ton froid.

Puis sa voix s'était radoucie, il avait passé son bras autour de ses épaules et avait repris :

— Pourquoi vouloir s'attarder sur le passé ? Tu n'as pas plutôt envie de profiter du présent ? On n'est pas bien, là, tous les deux, dans la plus belle ville du monde, au pied d'un monument majestueux ? Cueillons les fleurs du jour, Louise… Et peut-être même songeons à ce que nous réserve demain…

Il avait approché ses lèvres de celles de la jeune femme et avait fait taire sa réponse par un baiser qui avait su gommer ses doutes.

« Après tout, écrivait Louise, *il a droit à son petit jardin secret. Peut-être a-t-il eu une enfance difficile, pour que cela lui soit si compliqué d'en parler. Peut-être a-t-il besoin de se sentir tout à fait en confiance avec moi pour qu'enfin, avec le temps, il puisse s'ouvrir à moi sur des sujets intimes. »*

Voilà l'excuse qu'elle lui trouvait.

En attendant, il ne lui montrait pas toujours des signes d'ouverture, tout au contraire. Quelques jours plus tard, un petit évènement, qui aurait pu paraître anodin, vint contrarier Louise.

C'était le soir. Depuis sa fenêtre, elle l'avait regardé déambuler dans son appartement, s'affairant sur son puzzle en boxer-short, comme au premier jour où elle l'avait découvert. Elle avait été tentée de lui envoyer un message, pour le titiller :

« *Jolies petites fesses* » avait-elle composé.

Quelques secondes après, elle avait constaté avec stupeur qu'il baissait ses stores vénitiens.

Elle avait attendu une réponse toute la soirée, qui ne lui était jamais parvenue.

Elle s'était endormie avec une boule au ventre.

Un autre soir, persuadée qu'il était chez lui – une lampe était allumée sur le bureau, dans son salon – elle l'avait appelé :

— Coucou, ça va ?

— Ouais.

— Je te dérange ?

— Ça va.

— Tu as envie de sortir ?

— Je ne suis pas chez moi !

— Ah ? pourtant...

— Pourtant quoi ?

— Y'a de la lumière chez toi.

— Tu m'espionnes ?

— Non, non, pas du tout, j'ai juste vu, comme ça. C'est pour ça que je me suis dit, si tu veux, on peut se faire un ciné, par exemple ? Y'a *Les vieux fourneaux*, avec Pierre Richard et Eddy Mitchell, tu sais, c'est une adaptation d'une BD qui a eu pas mal de succès...

— Je ne suis pas disponible, ce soir. Vas-y, toi, si ça te fait envie.

— Pas toute seule...

— Je te rappelle, OK ?

— D'accord... Bisou.

— Salut.

Il avait raccroché. Elle était restée prostrée à contempler son mobile rendu muet.

Cette contrariété n'avait pas été un fait isolé. Les réponses étranges et sèches de Mario n'étaient rien en comparaison de ce qui attendait Louise…

Si seulement elle avait été moins curieuse.

Si seulement elle avait jeté l'éponge bien plus tôt.

Elle aurait probablement pu éviter les désagréments qui allaient survenir la semaine suivante…

Chapitre 39

— J'ai beaucoup de boulot en ce moment, s'excusa Mario, au téléphone. J'aimerais vraiment pouvoir te consacrer du temps, Louise, mais je suis sur un gros projet pour un client et je dois absolument boucler ma proposition avant la fin de la semaine.

— Bien sûr, je comprends, soupira la libraire. Mais si par hasard tu as envie de te changer un peu les idées, un soir, on peut aller prendre un verre *Chez Camille*, ou alors tu peux passer chez moi…

— C'est très gentil, mais ça va être tendu, au niveau timing. Et puis ce projet me fatigue, c'est très prenant, je dois bosser parfois toute la soirée sur mon ordi. D'ailleurs, je vais devoir m'absenter quelques jours.

— Tu vas où ?

— Rencontrer mon client, c'est vraiment un gros dossier, avec un beau contrat au bout, alors on a besoin de discuter un peu face à face, j'ai besoin de voir son environnement, sa boîte, etc.

— C'est en France ?

— Euh, oui, à Lille. C'est pas très loin mais je vais devoir rester quelques jours, j'en profiterai pour visiter aussi d'autres clients, en Belgique. Voilà, tu sais tout...

— Tu pars quand ?

— J'ai mon train demain matin. J'espère que je vais arriver à fermer l'œil cette nuit parce que quand je passe autant de temps sur l'écran, ça me détraque le sommeil. D'ailleurs, tu m'excuses mais je vais devoir m'y remettre encore quelques heures...

Louise s'étonna de le trouver si bavard, pour une fois. Il devait être dans un bon jour, un jour « avec ». Dommage qu'il n'ait pas été disponible car sa compagnie aurait pu être agréable ce soir-là.

— Tu m'enverras des nouvelles ? Quelques photos ? Je ne connais pas du tout le Nord.

— Ok, je ferai ça.

— On se voit quand tu rentres ?

— Avec plaisir.

— Plaisir partagé et attendu, alors.

Louise se coucha ce soir-là avec des tonnes d'interrogations qui tournicotaient sous son crâne. Comme il lui était difficile d'aimer simplement ! Quand Mario était froid et distant, elle se posait des questions ; quand il était disert et chaleureux, elle s'en posait d'autres. Saurait-elle, un jour, se satisfaire ?

Il lui avait quand même paru bizarre, tout à l'heure, au bout du fil. Parlant beaucoup comme s'il voulait lui éviter, à elle, de poser trop de questions, comme s'il voulait se justifier de... de quoi, au juste ? Bref, Louise s'endormit dubitative, tout en fomentant une stratégie pour s'assurer de certaines choses auxquelles elle espérait apporter des réponses.

Au matin, après une nuit agitée, elle se sentait patraque. Elle appela Amélie pour lui demander l'autorisation de prendre sa journée. Sa patronne s'enquit de sa santé, elle répondit qu'elle se sentait fiévreuse et fatiguée et qu'elle préférait rester au lit.

Au lieu de quoi, elle fit valser la couette dans la pièce et se précipita à sa fenêtre. Mario était encore chez lui, visiblement en train de boucler sa valise. Louise s'habilla en vitesse, enfilant un jean, une grosse veste et un foulard : les jours fraîchissaient, elle ne détonerait pas ainsi vêtue. Elle ajusta ses cheveux en une rapide queue-de-cheval et ajouta à son accoutrement une paire de lunettes de soleil, ce dernier étant encore éblouissant en cette fin octobre, bien que réchauffant beaucoup moins que les semaines précédentes.

Ainsi attifée, Louise s'élança à la suite du webmaster de son cœur, lorsqu'elle l'aperçut au pied de son immeuble. Descendant trois à trois – quatre à quatre aurait été trop risqué pour ses courtes jambes – les étages, elle déboucha dans la rue au moment où Mario tournait, disparaissant au croisement.

Elle le suivait à bonne distance, prenant garde de ne pas se faire repérer.

Traînant sa valise derrière lui, il s'était dirigé vers l'est, dans l'intention, elle supposa, de rallier à pied la gare du Nord, qui n'était qu'à un bon quart d'heure de marche de leurs appartements. Le bruit des roulettes constituait un allié pour Louise : ainsi Mario n'entendrait-il pas claquer ses talons derrière lui, si toutefois il tendait l'oreille.

Tout à coup, Louise s'étonna : Mario s'engouffrait dans la station Barbès-Rochechouart, sur la ligne 4 du métro. Tiens, peut-être fatiguait-il ? C'était étonnant puisqu'ils avaient déjà arpenté à peu près la moitié du chemin jusqu'à la gare ferroviaire qui reliait Paris à Lille.

Soit. Louise le suivit prudemment. Heureusement, à cette heure-là, sans être l'heure de pointe, il y avait encore beaucoup de monde dans les couloirs, ce qui était profitable à sa filature amoureuse. Elle pénétra dans la rame à bonne distance de lui afin de voir sans être vue. Cela lui rappela la même scène, au printemps, lorsqu'ils étaient l'un pour l'autre de parfaits inconnus et qu'elle l'avait filé jusqu'au Quartier latin… Comme quoi, l'histoire n'était qu'un éternel recommencement.

Le métro ralentit puis stoppa à la station Gare du Nord.

Mario ne bougea pas d'un cil.

Louise s'en étonna.

La rame repartit.

— Qu'est-ce que ça signifie ? s'étonna-t-elle entre ses dents. Il s'est endormi ou quoi ? Il rêvasse ?

Voilà qui l'intriguait grandement. Les questions de la veille revenaient à la charge à la vitesse d'un cheval au galop.

Pourtant il avait l'air tout à fait éveillé, jetant de temps à autre un regard sur son téléphone mobile, jouant avec la poignée de la valise. La station Gare de l'Est fut dépassée sans plus de réaction de sa part. Puis cinq autres ainsi, jusqu'à ce qu'il bondisse tout à coup, juste avant l'arrêt à Châtelet où il descendit de la rame. De là, au-travers du dédale de cette immense station, Louise le pista jusqu'à ce qu'il s'introduise dans une rame de la ligne 1, direction Château de Vincennes.

Mais où donc allait-il ?

Elle se sentit soudain d'humeur massacrante. Elle voulut le mettre à l'épreuve : elle se saisit de son téléphone et lui envoya un message.

« Coucou, bien dormi ? Tu n'as pas raté ton TGV pour Lille, j'espère ? »

Elle le regarda du coin de l'œil, tandis qu'il dégainait de nouveau son mobile. La réponse fusa :

« Très bien, et toi ? Pas de souci, je suis justement dedans ! À bientôt. Bisou. »

— Le salaud ! songea Louise si intensément qu'elle eut peur de l'avoir crié. Je t'en ficherais, moi, des « bisous »… Attends un peu, toi. Tu vas me devoir des explications…

La filature se déroula de la sorte jusqu'à Gare de Lyon où Mario descendit finalement. Louise lui emboîta le pas, les mâchoires serrées, le front plissé de questionnements et le cœur chaviré par le culot du bonhomme qu'elle croyait aimer.

La gare était bondée de voyageurs, s'entrecroisant en tous sens, telles des fourmis aux multiples objectifs. Mario déboucha dans le hall des départs, consulta le grand panneau d'affichage du Hall 1 et se dirigea vers la voie D.

Louise s'arrêta à une trentaine de pas, le regarda franchir le portillon en scannant son e-billet puis s'avancer le long du quai, au milieu des autres voyageurs parmi lesquels il disparut.

Elle leva les yeux vers le panneau d'affichage, lut la destination du TGV dans lequel venait de s'engouffrer Mario.

Lyon Part-Dieu.

Chapitre 40

Lyon, octobre 2018.

Niché dans son écrin entre Rhône et Saône, la place Bellecour éblouissait Mario. À l'image de Louis XIV à cheval trônant en son centre, la place principale de Lyon était en majesté. La nuit s'était abattue sur l'ancienne capitale des Gaules, les réverbères diffusant une envoûtante lumière orangée qui rehaussait le contraste du sol couleur brique.

Mario se laissa aller quelques instants à la contemplation. Assis sous la véranda du *Café français*, il terminait sa bière pression tout en repassant mentalement ce qu'il avait pu grappiller d'informations utiles durant les heures précédentes. Il s'était installé à l'hôtel deux jours plus tôt, pour se laisser le temps de prendre ses marques, d'entamer ses repérages, de calculer des temps de trajets.

Toute la théorie qu'il avait échafaudée les semaines précédentes était appelée à la mise en pratique. D'où l'importance pour lui de se rendre sur place en amont, afin de confirmer la bonne adéquation entre son projet théorique et le passage à l'acte. Mieux on était préparé, moins on risquait d'être surpris, perturbé, le moment venu.

Nonobstant, les aléas n'étaient jamais inévitables et, par définition, imprévisibles !

Donc : rester concentré et par conséquent, ne pas se laisser distraire par les messages et les appels intempestifs de la belle Louise, restée à Paris. Il savait bien qu'il avait été dur avec elle, ces dernières semaines, alors qu'il aurait tellement voulu se montrer plus attentionné. Mais il n'avait pas eu le choix : il n'avait pas droit à l'erreur et la libraire avait été comme une interférence, une nuisance au cœur de son projet.

Mais elle ne perdait rien pour attendre, la belle Louise. Lorsqu'il en aurait brillamment terminé avec sa mission lyonnaise, lorsqu'il aurait placé cette nouvelle pièce dans son grand puzzle personnel, il ne manquerait pas de s'occuper d'elle…

Après Lyon, il conviendrait de retrouver et de placer la dernière et plus jolie pièce du puzzle…

En attendant : silence radio !

Mario paya sa consommation et traversa de part en part la place Bellecour, croisant à l'un des angles la statue du Veilleur de pierre, une œuvre en hommage aux cinq résistants fusillés au pied de cet immeuble en juillet 1944.

« *Passant, va dire au monde qu'ils sont morts pour la liberté* », c'était l'inscription au pied de la sculpture.

Il y avait tant de façons de mourir, songea Mario. Morts pour la gloire, morts pour la liberté, morts pour la France, morts pour l'honneur, morts pour rien…

Y'avait-il des morts plus justes que d'autres ?

Il s'était souvent posé cette question durant les mois et années précédentes.

Il avait envisagé toutes les réponses possibles puis s'était décidé pour l'une d'entre elles, celle qui lui paraissait la plus juste, du moins selon son intime conviction.

Désormais, la rhétorique et la réflexion n'avaient plus cours, il convenait de passer à l'action…

***

Tellement simple d'entrer, sortir, se déplacer dans un hôpital public !

« Comme dans un moulin ! », c'étaient là les pensées de Mario, tandis qu'il déambulait, sans avoir été inquiété le moins du monde, dans les couloirs de l'hôpital Louis Pradel.

Il s'était attendu à ce que ce soit bien plus compliqué. Il avait lu tant de romans, de polars, de thrillers. Il avait vu tant de films dans lesquels le meurtrier se déguisait en infirmier, brancardier, médecin, pour se voir autorisé à pénétrer dans une enceinte hospitalière, dans un service, dans la chambre d'un patient.

C'était si trivial et si grossier. Inutile, voire contreproductif : à tout moment, un faux-médecin pouvait être interpelé par un confrère soupçonneux ou nécessitant l'avis d'un spécialiste ; une fausse-infirmière pouvait être questionnée par un patient souffrant, ou un visiteur cherchant son chemin dans le dédale des couloirs et panneaux indicateurs ; un pseudo-brancardier poussant une civière, refoulé dans un étage où il n'avait rien à faire… Et dans pareil cas, comment se justifier, se dépêtrer, se faire la belle ?

Non, vraiment, Mario se savait bien plus malin que ça. Dans les livres, il avait appris à repérer puis éviter les erreurs, dues au romanesque plus qu'à la réalité. Ainsi, la meilleure manière d'être tranquille au sein de l'hôpital, était de s'y introduire avec désinvolture, sans avoir l'air de chercher son chemin, avec dans les mains un pseudo-dossier ou une pochette de radiographies, qui vous donnaient l'air d'un simple visiteur en consultation.

On ne vous bipait nulle part, vous n'aviez pas à franchir de cordon de sécurité ni de portique détecteur de métaux. Tout le monde, ici, se croisait sans se préoccuper des autres. Les médecins allaient d'un bureau à une salle de consultation, d'un labo à un bloc opératoire, de la salle des internes au service des urgences. Les infirmières couraient en tous sens, préférant éviter de se voir dérangées dans leur planning contraint par des visiteurs égarés, où interpelées par des médecins désagréables. Les malades hospitalisés piétinaient leur mal-être dans les couloirs impersonnels. Les visiteurs en consultation étaient plus préoccupés par ce qu'allaient leur diagnostiquer leur toubib ou par l'opération qui les attendait en chirurgie ambulatoire…

En résumé, s'était convaincu Mario : il serait peinard.

Peinard, il l'avait déjà été la veille, lors de sa première tournée de repérages.

Tranquille, il l'était de nouveau aujourd'hui, assis sur un siège métallique inconfortable, dans un couloir aux murs grossièrement peints d'une couleur indéfinissable. Devant lui passaient, sans un regard pour sa modeste personne, des visiteurs et des gens en blouse – rose, verte, bleue ou blanche – avec des étiquettes de différentes couleurs permettant de les identifier : on différenciait instantanément le soignant, le médecin, l'agent administratif…

Face à lui, une double-porte automatique, s'ouvrant avec un badge ou, à défaut, un code à composer. Des individus entraient, d'autres en ressortaient, avec ou sans charlotte sur la tête. Mario observait, Mario notait. Toutes les allées et venues dans ce bloc-opératoire s'avéraient étudiées, elles lui serviraient à l'avenir.

Dans le courant de l'après-midi, Rose Delorme, dont la tenue confirmait le poste d'infirmière de bloc-opératoire, apparut après l'ouverture de la porte coulissante. Mario redoubla alors de vigilance. Elle n'était pas seule, une collègue l'accompagnait. Surtout, ne pas la perdre de vue et, par-dessus tout, ne pas se faire repérer.

Il suivit le duo à bonne distance. Les deux femmes s'enfermèrent un instant dans une pièce, en ressortirent quelques minutes plus tard en tenue de ville. Ensemble, elles quittèrent l'établissement, s'accordèrent une pause bavardage et cigarette – pour la collègue uniquement – puis, lorsque Rose se retrouva seule après avoir salué sa collègue, il lui emboîta le pas vers le parking du personnel. Dans l'intervalle, il avait noté des horaires, effectué quelques croquis qui pourraient s'avérer utiles en temps voulu.

Rose marchait d'un pas enlevé, la tête haute, heureuse d'avoir terminé sa journée, sans doute. Mario suivait à une trentaine de mètres.

Sa filature les mena jusqu'à un arrêt de bus où il n'eut d'autre choix que de se rapprocher, s'il espérait pouvoir grimper à sa suite dans le véhicule. Sous l'abri, il la salua distraitement d'un mouvement de tête et fit mine de se plonger dans ses radiographies, ainsi que sur la feuille des résultats : il feignit de se passionner pour l'image en négatif de son thorax. Rose lui adressa un sourire bienveillant : déformation professionnelle, sans doute !

« Ma pauvre, si tu savais… » songea Mario.

Enfin le bus se présenta. À l'instant où Rose s'engageait vers la porte avant, Mario simula un déséquilibre, heurtant sans violence la jeune femme, du côté où elle tenait son sac à main.

— Oh ! je suis navré, veuillez m'excuser, madame. J'espère que je ne vous ai pas fait mal ?

— Pas de souci, monsieur. Ne vous en faites pas. Je vous en prie, après vous, lui offrit-elle en désignant l'autobus.

— Je n'en ferai rien, après vous.

Elle sourit et monta, Mario à sa suite.

Ce dernier s'installa tout au fond du véhicule, tandis que Rose s'était assise juste derrière le chauffeur. Il sortit son téléphone de la poche intérieure de sa veste et ouvrit l'application GPS-App qu'il avait installée la veille, après avoir configuré la discrète puce qu'il venait d'introduire adroitement dans le sac à main de Rose…

Chapitre K

<u>Paris.</u>

Anna, pauvre hère, étendue sur son lit d'hôpital…

Elle a été conduite ici suite à des malaises répétés, consécutifs, semble-t-il, à une extrême fatigue.

Une fièvre puissante, des ganglions enflammés ont orienté les médecins vers une mauvaise grippe, mâtinée d'une infection ORL. Hospitalisée depuis trois jours, ses enfants l'encadrent de chaque côté de son lit.

Presque adultes à présent, Romain et Marion s'émancipent chaque jour un peu plus, à mesure qu'ils s'affranchissent de la tutelle de leur mère. Romain lui conserve un reste d'affection et semble surtout excuser, comprendre sa conduite, les sacrifices qu'elle a su faire – pour elle d'abord – pour eux, ensuite. Quitter Budapest, seule, enceinte, s'était avéré un défi majeur, la gageure d'une vie meilleure. Et pourtant… au bout du compte…

Marion, en revanche, s'en éloigne sans retour possible, n'acceptant pas son passé, abhorrant leur présent, ignorant quel futur ils auront, réunis ou chacun de leur côté.

Anna oscille entre moments de sommeil comateux et d'éveil trouble. Ses mains se posent sur celles de ses enfants :

— Je suis contente que vous soyez venus, mes chéris. Seulement, j'ai honte que vous me voyiez dans cet état. Je fais peine à voir.

— Ça va, maman, ne t'inquiète pas pour ça, tu as le droit d'être malade, la console Romain.

Marion, en revanche, retire doucement sa main et reste impassible, sans réaction. Anna détourne la tête et soupire.

— Je ne sais pas si j'ai été une bonne mère…

— Ne dis pas de bêtises, maman. Dans la vie, chacun fait ce qu'il peut, pas toujours ce qu'il veut, répond Romain, toujours compréhensif et philosophe. Les médicaments te font dire n'importe quoi. On va te laisser te reposer, tu as besoin de récupérer.

— Qu'est-ce que vous allez devenir, si je ne suis plus là ?

— Mais tu délires, maman ! Voilà que tu te mets à broyer du noir.

Dans l'entrefaite, Marion quitte la chambre d'hôpital, sans un mot pour sa mère alitée.

— Je suis simplement lucide, Romain. Je sens bien qu'il ne me reste plus beaucoup de batterie, là-dedans.

Elle touche sa poitrine, du côté du cœur.

— Maman…

— Chut ! Ce n'est pas si grave. On a tous une réserve de vie, plus ou moins déterminée à la naissance. Après, on l'épuise plus ou moins vite, en fonction de la vie qu'on a menée. Tu connais l'expression « brûler la bougie par les deux bouts » ?

— Oui.

— Eh bien, voilà. Ma bougie s'est quasiment consumée. La flamme vacille, la lumière s'essouffle, la chaleur s'amenuise...

— C'est très philosophique, tout ça, maman, mais totalement imbécile, désolé de te le dire, la gronde Romain, agacé par le pessimisme croissant de sa mère.

— Je ne te permets pas...

— Je n'ai pas besoin de ta permission pour te dire la vérité...

Anna ferme un instant les yeux, se tait. Dans la pièce, on n'entend plus que les sons impersonnels des machines et matériels médicaux qui assistent la malade. Après quelques instants, elle change de sujet, sans doute consciente de la véracité des propos de son fils :

— J'aurais tellement aimé revoir Budapest... Vous y emmener...

— On ira, maman.

— Avec quel argent ?

— On va travailler, on va en gagner, on t'emmènera !

— Si j'ai encore la force de supporter le voyage...

— Et voilà, c'est reparti, se fâche Romain. Je te promets que tu sortiras bientôt de l'hôpital.

Mais Anna ne l'entend plus, elle a tourné sa tête sur le côté et semble s'être assoupie. Romain se penche sur elle et dépose un baiser sur son front.

Quand il quitte la chambre, il retrouve Marion qui l'attendait dans le couloir, la moue boudeuse.

— Tu crois qu'elle passera l'année ?

— T'es dingue de parler comme ça de maman !

— Allez, arrête de faire l'innocent, Romain. Tu n'as rien remarqué ? Faut être lucide.

— Remarqué quoi ?

— Par exemple, les taches sur ses bras…

— Et alors ?

— Alors, je viens de m'entretenir avec le doc…

— Qu'est-ce qu'il t'a dit ?

— Qu'il valait mieux qu'elle profite à fond de l'année 1988… sans quoi…

— Ta gueule, Marion !

Romain s'enfuit de l'hôpital, les mains plaquées sur les oreilles, les yeux inondés de larmes.

Chapitre 41

Sur l'écran du mobile de Mario, le signal GPS se déplaçait avec une précision confondante. Il était devenu si facile de se procurer ce genre de petit joujou sur internet. Pour moins de cent euros, vous pouviez vous offrir du matériel efficace, discret, si vous aviez l'intention de pister votre conjoint, de moucharder un employé ou encore de jouer aux apprentis espions, comme c'était le cas pour l'homme à la barbe poivre-et-sel bien taillée.

Depuis son poste d'observation, il n'avait qu'à suivre sur la carte de son portable la petite puce qui accompagnait Rose Delorme partout dans ses déplacements. C'était tout de même moins fatigant que de la suivre physiquement ! D'ailleurs, Mario se félicitait d'être, à chaque fois, meilleur dans ses préparatifs et dans l'exécution de son plan à multiples facettes. Pour un peu, il pourrait prétendre à la professionnalisation… Mais ce n'était pas son objectif, il avait juste quelques cibles déterminées, évidentes, non interchangeables : comme les pièces d'un puzzle, chacune à sa place, et pas une de trop.

Depuis deux jours, à l'aide de son gadget technologique, il avait pu confirmer que Rose obéissait à une routine des plus banales quand il s'agissait pour elle de travailler. Elle arrivait toujours à la même heure, par le même bus ; pénétrait dans l'enceinte de l'hôpital par la même porte ; rejoignait le bloc-opératoire par les mêmes couloirs et en ressortait à l'identique. Elle récupérait ses affaires civiles, y compris son sac à main contenant le fameux mouchard puis rentrait chez elle par le chemin inverse. Glisser le gadget dans le sac avait été la meilleure idée qu'avait eue Mario ces derniers jours : cela lui avait évité de faire le pied-de-grue à surveiller sa proie. Il lui suffisait pour cela d'ouvrir son application et de suivre avec une grande efficacité – une précision de deux mètres, se vantait le fabricant – les déplacements de Rose.

Toutefois, chaque jour, il se rendait à l'hôpital Pradel, à l'heure où l'infirmière quittait le bloc, pour s'assurer *de visu* que son gadget ne le trahissait pas.

C'était le cas à présent, puisque Mario patientait sur son banc métallique habituel, sa pochette de radiographies sous le bras. Quelques minutes encore à attendre puis la jeune femme terminerait sa journée de travail.

Enfin, elle sortit. Mario la vit se diriger vers les vestiaires. Quelques minutes plus tard, le signal GPS s'agita, déclenchant une notification sur le mobile de l'homme aux aguets : elle venait d'empoigner son sac à main. Il se leva, emprunta un couloir en direction de la sortie de l'hôpital, par là où passait inévitablement Rose. Puis il stoppa subitement, tournant la tête de droite à gauche pour s'assurer qu'il était seul et pénétra par une porte laissée entrebâillée, sur laquelle était marqué « Remise matériel à recycler ». Il repoussa la porte et se posta dans l'entrebâillement, camouflé par la pénombre. De là, il ne pourrait pas rater le passage de Rose.

Sur son écran digital, le signal se rapprochait, petit rond rouge clignotant, au-dessus duquel une distance s'affichait.

Trente mètres.

Vingt mètres.

Dix mètres.

Cinq mètres.

Deux mètres…

Mario bondit tel l'aigle fondant en piqué sur une musaraigne.

Rose n'eut pas le temps de comprendre ce qui lui arrivait, absorbée qu'elle était par la lecture d'un Whatsapp, qu'elle venait de recevoir en désactivant le mode avion de son téléphone. Voilà ce qui arrivait à ces *geeks* obnubilés par leurs messages électroniques divers… SMS, Facebook, Messenger, Whatsapp, Snapchat, Instagram, Twitter… Parfois votre vie ne tenait qu'à un fil… ou plutôt à une notification !

Mario plaqua une main puissante sur la bouche de Rose, l'attirant à l'intérieur de la réserve sombre, encombrée de matériel divers. La jeune femme tentait de se défaire de l'étreinte de cet inconnu. Elle savait qu'il s'agissait d'un inconnu puisqu'elle ne reconnaissait pas son odeur. Chaque être humain possédait sa propre odeur, mélange de sueur, de parfum, de déodorant, d'haleine et autres phéromones imperceptibles. Rose comprit en une inspiration qu'elle était entre de mauvaises mains…

Impossible pour elle de lutter face à la puissance nerveuse de cet homme à l'odeur inconnue. La main couvrant sa bouche et son nez l'empêchait à la fois de respirer correctement et d'appeler à l'aide. Elle se sentit traînée vers le fond de la pièce, sans forces, sans autre remède que de s'agiter vainement.

L'homme ne décrochait pas un mot, il agissait.

Soudain, elle sentit dans son cou la piqûre de ce qu'elle reconnut sans hésitation comme étant la pointe d'une seringue : ce n'était pas à une... infirmière... qu'on allait apprendre à faire la grimace...

Une grimace, voilà tout ce qu'eut la possibilité de faire Rose avant de s'écrouler sans connaissance.

Mario laissa la jeune femme glisser lentement à ses pieds, inanimée. Lorsqu'il se fut assuré qu'elle ne bougerait plus, il la saisit sous les aisselles et la souleva. Faisant demi-tour, il avisa un brancard, dont l'un des côtés du matelas était déchiré, et y déposa l'infirmière.

Alors, il ouvrit sa pochette de radiographies et en extirpa un sachet plastique, que selon les régions de France on appelait poche, sac, pochon ou cornet.

Peu importait d'ailleurs son nom, c'était sa fonction et sa symbolique qui intéressaient surtout Mario.

Dans ce sachet, il glissa un morceau de papier, également puisé dans la pochette des radios.

Il lui fallut encore quelques minutes pour parachever son œuvre éphémère, prenant toutes les précautions nécessaires.

Alors qu'il s'apprêtait à refermer derrière lui la porte de la réserve, il se ravisa, semblant se rappeler un détail.

Les mains toujours gantées, il pénétra de nouveau dans le local, ramassa le sac à main de Rose tombé au sol derrière la porte et fouilla à l'intérieur.

Il soupira de soulagement en se saisissant du mouchard qu'il avait placé là quelques jours plus tôt et qu'il glissa dans sa poche avant de ressortir en claquant la lourde porte de la réserve.

Mario disparut de l'hôpital Pradel comme il y était entré à plusieurs reprises depuis quelques jours : incognito, sans être le moins du monde inquiété.

Sa mission lyonnaise prenait fin, avec succès.

La troisième pièce de son puzzle était placée.

Il ne lui en restait plus qu'une seule à trouver et à disposer, pour parachever son plan.

Cette dernière pièce se trouvait à Paris.

Et il y retournait ce soir même.

Chapitre 42

<u>Paris, 31 octobre 2018.</u>

Louise se sentait coincée à Paris.
Seule.

Malgré ses nombreux messages sans réponse, elle ressentait le manque de Mario. Elle était convaincue qu'il devait avoir ses raisons de la laisser ainsi sans nouvelles. Des raisons de lui avoir ouvertement menti.

La jeune femme tentait de le faire sortir de sa tête en s'immergeant au maximum dans son travail aux *Trouvailles d'Amélie*. Sa patronne, à plusieurs reprises, avait tenté de la questionner, comprendre le pourquoi de son attitude taciturne, la trouvant moins enjouée qu'à l'accoutumée. Mais Louise n'avait pas envie de se confier. Elle voulait se convaincre que ces dernières semaines n'avaient été qu'une amourette, une parenthèse un peu puérile entre une « jeune vieille fille » et un « vieux jeune homme ». Comment avait-elle pu croire à quelque chose de sérieux entre eux ?

Les journées s'écoulaient sans entrain et les nuits s'allongeaient sans plaisir. Elle ne savait même plus depuis combien de jours il était absent, elle ne les comptait plus. Malgré tout, il lui était facile de s'en rappeler puisque, chaque soir, sur son carnet, elle consignait, dates à l'appui, le manque de lui…

Ce soir-là, elle jouait encore à la vigie, postée à sa fenêtre, les yeux tournés vers l'appartement vide qui occupait ses pensées. Aucun signe de vie.

Louise promena machinalement son regard le long de la façade, glissant jusqu'au trottoir sur lequel marchaient en grappe serrée un fantôme, un squelette, un vampire, une sorcière… Un groupe d'enfants, accompagnés d'un adulte, qui lui rappelèrent que ce soir, c'était fête d'Halloween. Elle aurait dû s'en souvenir puisque la veille, avec Amélie, elles avaient réorganisé la vitrine des *Trouvailles* sur cette thématique, devenue un véritable effet de mode, importé des pays anglo-saxons. Tout commerçant se sentait aujourd'hui obligé de se mettre à l'unisson, s'il voulait attirer le chaland. Vous ne pouviez faire l'économie d'une toile d'araignée en nylon, d'araignées et de scolopendres en plastique. Amélie avait imaginé toute une mise en scène pour mettre en valeur une série de livres pour enfants et adolescents. Elle avait même émis l'idée qu'elle et Louise se déguisent, arborant chapeau de sorcière pointu, ou cape noire de vampire, mais la jeune femme avait su réfréner les ardeurs théâtrales de sa patronne, à l'imagination parfois un peu trop exacerbée.

Louise, perdue dans ses pensées, sursauta soudain lorsque ses yeux se portèrent, presque par automatisme, sur les fenêtres de son voisin d'en face, ce drôle de Mario qu'elle ne savait définir comme son petit ami ou juste comme un flirt déjà terminé.

Derrière les vitres, la lumière de l'appartement brillait.

Il était de retour…

Mario n'avait pas même pris la peine de l'informer qu'il revenait : était-ce là le signe qu'il se fichait éperdument d'elle ? Quelle attitude devait-elle adopter à présent avec cet homme, s'ils étaient amenés à se croiser ? L'ignorer ? Lui demander des comptes à propos de son mensonge éhonté ?

Le sachant revenu, devait-elle l'appeler, lui dire « je sais que tu es là, arrête de faire l'enfant, parlons-nous franchement comme deux adultes, si c'est fini entre nous, dis-le-moi sans détours… » et autres idioties comme elle en avait lu des tonnes dans les romances ?

Elle était sur le point de mettre en actes le fruit de ses réflexions lorsque, empoignant son téléphone, elle constata qu'elle avait reçu un SMS.

« Ma chère petite Louise, que dirais-tu d'aller dîner Chez Camille ? Maintenant, je suis tout à toi… Mario ».

Le petit smiley-cœur qui terminait le message avait totalement déconcerté la jeune libraire, dont les ruminations mentales s'étaient dès lors effondrées comme un château de cartes sous une bourrasque de vent.

« Je suis tout à toi…» qu'est-ce que cela voulait dire ? Et ces points de suspension, avaient-ils un sens caché ? Ah ! la ponctuation de la langue française… Combien de messages étaient contenus dans un simple point d'interrogation, un anodin point

d'exclamation, trois énigmatiques petits points… Louise, habituée à la lecture intensive, aimait chercher la nuance dans ces marques déposées du langage écrit.

« *Je suis tout à toi…* »

— Mais alors, à qui étais-tu auparavant ? interrogea-t-elle par-delà la rue Berthe.

Elle fut tentée de ne pas lui répondre, de le laisser mariner dans son jus autant qu'il l'avait fait avec elle depuis son départ pour Lille… pardon, pour Lyon !

Depuis son avant-dernier message qui n'était que mensonge, devait-elle considérer ce dernier comme une vérité ?

Devait-elle faire la sourde oreille, poser un point final à leur histoire ou profiter de ce dîner pour mettre les points… sur les i ?

L'ignorer ou s'abandonner à lui ?

« *À quelle heure, ce dîner ?* », renvoya-t-elle après dix bonnes minutes de tergiversations.

Elle conclut son SMS par un smiley au large sourire et aux yeux étoilés.

Chapitre 43

Au sein de l'hôpital Louis Pradel, l'effervescence régnait. C'était pourtant un lieu où l'on était habitué à côtoyer la mort.

Mais pas dans ces conditions-là !

Un patient qui s'éteignait dans son sommeil, une opération qui tournait mal, une urgence vitale impossible à endiguer, une réanimation infructueuse : rien de plus normal dans le quotidien des médecins et du personnel soignant.

Mais un crime… à Pradel, c'était somme toute inédit.

Le corps sans vie de Rose Delorme avait été découvert le lendemain de sa mort par un brancardier, qui entrait déposer dans la remise un fauteuil roulant défectueux. Pierre Mesmer avait allumé le plafonnier, un néon à la lumière crue et cruelle, qui avait révélé l'atroce scène de crime.

Pierre avait beau mesurer plus d'un mètre quatre-vingt-dix et posséder la carrure d'un déménageur, il n'en était pas moins dépourvu d'une sensibilité à fleur de peau. Soulever des patients à bout de bras pour les installer sur un brancard ou un fauteuil roulant, cela ne lui posait pas le moindre problème. En revanche, découvrir un cadavre dans un local réservé au matériel défectueux d'un hôpital public, cela avait le don de le secouer émotionnellement.

Surtout lorsque la tête dudit cadavre reposait à l'intérieur d'un sac plastique.

Mais aussi parce que ledit cadavre lui rappelait vaguement une infirmière qu'il avait dû croiser à plusieurs reprises dans les couloirs de l'établissement.

Aussi Pierre eut-il une réaction des plus humaines dans un tel cas extrême : il poussa un juron juste avant de dégobiller sur le sol carrelé le pain au chocolat et le cappuccino qu'il venait de s'octroyer à la cafétéria.

Ensuite de quoi, son sang-froid reprit le dessus, de même que son professionnalisme. Il ressortit de la réserve, qu'il boucla derrière lui et se rendit vers le service des urgences, bien qu'il sût que le cas de l'infirmière ne souffrait plus d'aucune urgence vitale. Il aurait pu tout aussi bien se rendre directement vers la médecine légale ou la morgue, mais leurs locaux se trouvaient deux étages en dessous, ce qui lui aurait coûté plus de temps.

En l'espace de quelques minutes, un branle-bas de combat discret s'était mis en place : des médecins accourus, la Direction avertie, les autorités policières alertées, la morgue préparée à accueillir un nouveau « patient ». Tout ce joli monde se trouvait réuni autour du corps sans vie de la malheureuse Rose Delorme, dont la carrière d'infirmière de bloc-opératoire n'avait été que de courte durée.

— Quelle est la personne qui a découvert la victime ? interrogea l'agent de police, le lieutenant Di

Falco, dépêché sur place avec pour mission de procéder aux premières constatations.

— C'est moi, répliqua faiblement Pierre Mesmer.

— Quelle heure était-il ?

— Je n'ai pas pensé à regarder précisément l'heure, mais je peux vous dire que c'était peu de temps après ma pause de dix heures trente, je remontais justement de la cafétéria.

— La porte était ouverte lorsque vous êtes entré ?

— Non. Elle était correctement fermée.

— Vous n'avez touché à rien ?

— Absolument rien ! s'exclama Messmer. Vous pensez bien que…

— Je ne pense rien, répondit le policier, je pose simplement les questions d'usage, n'y voyez aucune offense, monsieur.

— Qui a habituellement accès à ce local ?

Ce fut le directeur qui répondit à cette question :

— En théorie, les agents d'entretien et les brancardiers. Mais ce n'est pas un local sensible donc il n'y a ni code, ni clé, ni nécessité d'utiliser un badge magnétique.

— Ce qui revient à dire que n'importe qui peut s'y introduire, en conclut Di Falco.

— C'est théoriquement vrai, reconnut le directeur, qui visiblement en connaissait un rayon sur la théorie…

— Ce qui m'intéresse ici est plutôt de l'ordre de la pratique, voyez-vous…

Tandis que se déroulait cet étrange interrogatoire, le légiste terminait d'effectuer la constatation du décès. L'officier se retourna vers le médecin :

— Qu'en concluez-vous, docteur ?

— À première vue, la cause la plus probable est la mort par étouffement, mais j'ai besoin d'effectuer d'autres examens. Pour cela, il faudrait que vous m'autorisiez à déplacer la victime dans mon service.

Le policier et le directeur approuvèrent.

— Combien de temps vous faut-il pour délivrer une conclusion ? voulut savoir le lieutenant.

— Donnez-moi vingt-quatre heures et j'aurai les résultats d'autopsie ainsi que les analyses biochimiques et toxicologiques.

— Je repasserai donc demain soir.

L'officier de police remercia Pierre Messmer et s'entretint encore quelques instants avec le directeur de l'hôpital, tandis que le corps de Rose était transféré dans les locaux de la morgue hospitalière. Son dernier voyage n'allait pas être bien long…

Di Falco devait à présent se charger d'une des tâches qu'il redoutait le plus dans son métier : apprendre la terrible nouvelle aux proches de la victime. Il se mit en relation avec Luc, le mari de Rose, qui s'effondra au téléphone. Lorsque la crise de larmes se fut apaisée, le policier réussit à lui faire accepter l'idée de se rendre à l'hôpital dès qu'il le pourrait, afin de pouvoir procéder à la reconnaissance du corps. Il savait qu'à ce moment-là, lorsque l'homme se trouverait face au corps froid de son épouse, il lui faudrait de nouveau gérer un effondrement émotionnel. Bon dieu que cette facette de son boulot pouvait le rebuter ! Mais il devait bien s'y faire.

Il s'y fit lorsque Luc se retrouva auprès de celle qui, la veille encore, illuminait de son sourire leurs douces nuits, mais qui n'était plus à présent qu'une masse inerte et froide, victime innocente d'un déséquilibré.

Luc Delorme était un bon gaillard aux épaules larges, faites pour soutenir celle qu'il aimait. Des épaules qui, soudain, s'étaient affaissées de douleur.

— C'est pas possible ! Pourquoi ? Pourquoi ? Pourquoi ? répétait-il inlassablement, comme une mélopée impossible à endiguer.

Lorsqu'enfin il se rasséréna, Di Falco l'invita à quitter les lieux pour s'entretenir avec lui à la cafétéria :

— Ne m'en veuillez pas, monsieur, de devoir remuer le couteau dans la plaie, mais j'ai besoin d'éclaircir un peu le pourquoi du comment dans cette bien triste affaire. Je peux vous poser quelques questions ?

— Je vous en prie, si cela peut aider à choper l'enfant de salaud qui a fait ça... répondit Luc en crispant ses doigts autour du gobelet en plastique rempli d'un café brûlant dont il ne ressentait pas la chaleur.

— Je comprends que ce ne soit pas facile. Comment se sentait votre femme, ces derniers jours ? La trouviez-vous préoccupée ou anxieuse ? Inquiète de quelque chose ?

Luc se moucha bruyamment avant de répondre :

— Bien au contraire. Elle respirait la santé et la bonne humeur, surtout depuis qu'elle avait obtenu ce nouveau poste au bloc-opératoire. Elle en rêvait depuis si longtemps, elle avait bûché tellement dur pour obtenir son diplôme.

— Est-ce qu'elle vous a parlé d'un différend qu'elle aurait pu avoir avec quelqu'un au sein de l'hôpital ? Je ne sais pas, un collègue, un chef, un patient ?

L'homme hochait la tête de droite à gauche durant la question du policier.

— Non, rien de tel. Elle s'entendait bien avec tout le monde, elle était toujours de bonne humeur, elle était appréciée, son boulot lui plaisait.

— En somme, personne dans son environnement professionnel n'aurait pu lui vouloir du mal ?

— Elle ne m'en a jamais parlé, du moins. Mais je ne crois vraiment pas que cela ait pu arriver car elle me racontait souvent ses journées et c'était toujours de manière très positive.

— Aviez-vous des problèmes d'argent ? Une dette ?

— Pourquoi me demandez-vous ça ?

— J'essaie d'explorer les différents mobiles qui pourraient conduire à un acte d'une telle violence.

— Alors je peux vous dire qu'il n'en était rien. Nous gagnons l'un et l'autre correctement notre vie, nous n'avons pas d'autres dettes que le prêt pour notre appartement.

Dans l'esprit de l'enquêteur, l'image d'un couple amoureux et sans histoire se dessinait : une vie simple, un travail honnête et agréable, rien qui semblât justifier un crime aussi abject. La mise en scène, surtout, l'intriguait, mais il ne voulait pas entrer dans des détails macabres avec le mari éploré. Trop tôt, trop dur. Il devait lui laisser le temps de pouvoir entendre certains détails trop violents, relatifs à ces petits indices que le légiste avait déjà pu collecter.

Des indices qui tendaient à prouver que le crime avait été prémédité…

Chapitre 44

La même table au fond du pub, les mêmes photos insolites des stars américaines du rockabilly, et deux cocktails aux couleurs enivrantes pour Louise et Mario, assis face à face, pas vraiment les yeux dans les yeux. La main de l'homme chercha à caresser le dos de celle de la jeune femme mais elle lui résistait encore, montrant là son intention de ne pas céder si vite aux excuses de Mario.

Elle voulait lui faire payer ses mensonges et la façon dont il l'avait éconduite sèchement par messagerie. Ce n'était pas la conception qu'elle se faisait d'une relation amoureuse.

Quelques minutes plus tôt, lorsqu'il était passé la prendre au pied de son immeuble, et qu'elle s'était présentée dans le hall, il s'était élancé vers elle, avec la moue d'un chien qui vient d'éventrer les coussins du canapé, qui sait qu'il n'a pas été « gentil, le chien-chien » : la queue entre les jambes. Il avait voulu l'enlacer, prendre sa bouche, mais elle s'était reculée, des éclairs noirs dans les yeux, les sourcils froncés.

— Attends ! Tu ne vas pas t'en tirer si facilement, Mario ! avait-elle lancé en préambule. Tu ne peux pas comme ça disparaître en me laissant comme deux ronds de flan et sans même répondre à mes messages. Ça ne se fait pas, c'est pas ça l'amour...

— Mais, Louise, ne te fâche pas, avait-il balbutié. J'ai été très occupé par mon boulot, tu sais bien, à Lille et en Belgique avec mes clients.

— Stop ! Par-dessus le marché, tu continues à me mentir ?

— Qu'est-ce que tu racontes ? Je ne t'ai jamais menti...

— Ah non ? Et ton TGV pour Lyon, c'est pas un mensonge, ça ? Ou peut-être que c'est un oubli ?

Les traits de Mario se figèrent d'un coup, assombrissant son regard, le troublant d'un voile d'incompréhension et de peur. Il lui fallut quelques secondes pour se défendre :

— Laisse-moi t'expliquer. Viens, je vais tout te raconter *Chez Camille*, autour d'un bon verre et d'un bon repas, d'accord ?

Louise retira une nouvelle fois sa main de dessus la table ronde du pub, alors que Mario tentait de s'en emparer d'une douce caresse.

— Vas-y, je t'écoute. Qu'as-tu à dire pour ta défense ? Et ne me raconte pas de salades, je t'ai suivi jusqu'à la gare. Je t'ai vu grimper dans le TGV pour Lyon.

Mario vacilla un instant.

— Tu m'as suivi ? Bon, d'accord, c'est vrai... Je te dois a vérité... Je suis allé à Lyon. La veille de mon départ, j'ai reçu un appel d'un de mes clients dont le siège est là-bas. Il voulait absolument me rencontrer avant de signer le contrat pour son site web marchand. Alors j'ai modifié mon planning pour ne pas rater ce rendez-vous. De là, je suis remonté à Lille et en Belgique, comme je te l'avais dit. C'est le boulot, Louise, j'y peux rien. Des fois, faut s'adapter. Tu comprends ?

Louise était toujours furieuse, malgré les explications.

— Bien sûr, je comprends, je ne suis pas cruche, tout de même !

— J'ai jamais dit ça…

— Ce que je ne comprends pas, c'est pourquoi tu ne me l'as simplement pas dit. Ça ne te coûtait rien.

Elle repensa au moment où elle lui avait envoyé un SMS dans le métro et qu'il lui avait répondu qu'il était bien dans son train pour Lille, alors qu'il se trouvait quelques mètres plus loin, dans la même rame qu'elle. Qu'avait-il donc à cacher ? Louise retournait dans sa tête toutes les hypothèses, parmi les plus farfelues : une autre femme ? Une affaire louche ? Était-il malade et devait-il aller se faire soigner là-bas ? Son imagination de grande lectrice l'emportait parfois dans des envolées abracadabrantes…

— Tu as raison, Louise. J'aurais dû te le dire.

— Et surtout ne pas me laisser sans nouvelles ! C'est dur, ça, tu sais ? J'avais un peu l'impression de compter pour toi, je pensais que nous deux…

La jeune femme baissa la tête, prête à fondre en larmes, gagnée par l'émotion. Mario réussit à saisir sa main. Elle le laissa faire, cette fois-ci.

— Louise… bien sûr que tu comptes pour moi, qu'est-ce que tu vas penser là ? Ça me rend heureux de te connaître, crois-moi. À partir de maintenant, je vais être un peu plus disponible. Je vais pouvoir me consacrer à toi. On va dire que tu es mon « objectif numéro 1 »…

— Pfff… je suis un objectif ? C'est pas tellement romantique, ça, sourit-elle malgré elle.

La maladresse de Mario avait eu l'heur de la déstabiliser, de la sortir de sa colère.

— Oh ! je suis désolé, parfois je choisis mal mes mots, je ne suis pas aussi littéraire que toi, Loulou.

« Loulou ». C'était la première fois qu'il l'appelait ainsi et cela finit de la déboulonner. Son sourire revint, elle noua ses doigts à ceux de Mario et leurs yeux se retrouvèrent enfin.

— J'ai faim ! proclama-t-elle.

L'homme fit signe à la serveuse, qui s'approcha pour prendre leur commande. Ils se laissèrent tenter par le réconfort d'une généreuse planche de charcuterie et de fromages, un menu tapas qu'ils picorèrent en terminant leur cocktail et enchaînant sur un verre de Saint-Émilion d'un carmin réjouissant. Les plaisirs conjugués du boire et du manger leur firent oublier leur brouille et leurs sourires revenus les rapprochèrent.

Bercés par les tubes des années 70 et 80, à dominante rockabilly, ils s'attardèrent dans cette ambiance joyeuse pendant plus de trois heures, parlant peu, riant souvent, s'étreignant parfois, s'embrassant chaque fois un peu plus langoureusement.

Tandis que la fin de soirée se changeait en début de nuit, ils quittèrent le bar et empruntèrent à pied les trottoirs du quartier de Montmartre pour rejoindre leurs pénates respectifs. La tête leur tournait gentiment, leurs corps avançaient côte à côte, collés serrés comme dans la chanson de Philippe Lavil, Mario encadrant les épaules de Louise de son bras, pour la protéger de la morsure du froid de l'automne.

Parvenant au pied de leurs immeubles, survint l'instant critique de la séparation.

— J'ai passé une très belle soirée, Louise, confessa le webdesigner. Je suis ravi d'être de nouveau là, avec toi.

— Tu ne me quittes plus, hein ? susurra la jeune libraire.

— Plus du tout ?

Les yeux de Louise pétillèrent de malice et elle osa :

— Si l'on disait déjà plus du tout... pour ce soir ?

À peine eut-elle achevé sa phrase qu'un remord l'envahit. Comment avait-elle pu demander cela ? Qu'allait-il penser d'elle ? Qu'elle était une fille facile ? Après tout, ce n'était pas le premier soir, ils se fréquentaient depuis plusieurs semaines, ils n'étaient plus des adolescents.

Pour toute réponse, Mario se pencha sur elle et unit ses lèvres aux siennes, concluant par un :

— Chez toi ou chez moi ?

Louise réfléchit un instant puis, sachant qu'elle se sentirait beaucoup plus à l'aise, elle répondit :

— Viens, on monte chez moi...

Une impression étrange s'empara de la jeune femme lorsqu'elle referma sur eux la porte de son appartement et qu'ils se retrouvèrent isolés dans cette intimité nouvelle, inédite pour elle. Jamais elle n'avait accueilli d'homme dans son douillet cocon.

Ils se retrouvèrent comme bêtes, un instant figés, debout dans l'entrée, sans trop savoir que faire de leurs mains, leurs bouches, leurs mots. Que de chemin parcouru depuis l'espionnage au-travers de la fenêtre de toit jusqu'à la présence de Mario entre ces murs.

Alors ils se turent et Louise, pour éviter de trop penser, se jeta sur Mario à corps perdu et se mit à le dévorer à bouche-que-veux-tu. Tout valait mieux que de se regarder dans le blanc des yeux et se dire des banalités. Mieux valait laisser parler les instincts, y compris les plus bas.

Ils progressèrent dans la pièce sans se détacher un instant, les yeux mi-clos pour éviter la chute, se déshabillant à la hussarde tout en marchant. Une soif de l'autre s'était emparé des deux amants et cette soif n'obéirait à aucun délai jusqu'à ce qu'elle se trouve assouvie.

Ils se trouvaient déjà à demi nus lorsqu'ils parvinrent au pied du lit et s'y jetèrent sans ménagement. Ce matelas allait devenir le ring de leur combat amoureux, la piste du ballet ancestral des corps. Ils n'avaient pas songé ni osé allumer la moindre lampe, la seule lumière qui filtrait de la rue suffisait à éclairer leur passion.

Louise haletait déjà, le souffle court de tant d'envie. Elle força Mario à s'allonger sur le dos, l'aida à se défaire du reste de ses habits et vint se dresser à califourchon sur lui, après avoir fait voler sa culotte au-travers de la pièce.

Les yeux dans les yeux, ils s'aimèrent fiévreusement.

Louise, penchée sur la poitrine de Mario, enfonçait ses ongles dans les muscles bandés de son amant. De même, l'homme empoignait avec gourmandise les cuisses de la jeune femme. L'un et l'autre suffoquaient de plaisir.

Soudain, tandis que Louise semblait atteindre un climax inespéré, les mains de Mario vinrent se plaquer autour de son cou, la saisissant d'une surprise inquiétante.

Le regard de Mario changea brusquement : il sembla tout à coup s'absenter, s'éloigner de la réalité.

Ses doigts se crispèrent un peu plus sur la gorge de Louise, dont les yeux s'arrondirent d'incompréhension. Elle avait lu quelque part que, dans la jouissance, l'homme pouvait parfois faire montre de réactions tout à fait surprenantes, comme se mettre à pleurer, à rugir, à mordre, à serrer…

Les mains serrèrent.

Louise suffoquait.

— Mario ? Qu'est-ce que… articula-t-elle en tentant de se dégager de cet étau déconcertant.

Mais la pression ne s'amenuisait pas autour de son cou et le regard de Mario paraissait s'éloigner de l'instant présent. Il semblait comme possédé.

— Mario !!! parvint-elle à crier.

Enfin il se relâcha, remontant délicatement ses mains vers les joues de Louise, qu'il caressa avec tendresse tout en donnant une ultime série de coups de reins qui emportèrent la jeune femme vers une jouissance jusqu'ici inconnue d'elle.

Quand elle en émergea, elle serra les poings et les écrasa furieusement contre la poitrine de Mario, tout en répétant :

— Tu ne me refais plus jamais ça, t'entends ? Plus jamais !

Il se laissa frapper sans piper mot jusqu'à ce que la crise de la jeune femme se tarisse. Lorsqu'elle se fut calmée, il demanda, d'un ton ironique :

— Je ne te refais plus jamais l'amour comme ça ? C'est bien ce que tu as dit ?

— Méchant, va !

Rassasiés et enfin rassérénés, ils s'assoupirent, blottis l'un contre l'autre, en tenue d'Adam et Ève, sous la fenêtre de toit au travers de laquelle se découpait la silhouette du Sacré-Cœur, veillant sur leur amour naissant.

Quand Louise s'éveilla, sa tête reposait encore sur l'épaule puissante de Mario. Elle ouvrit doucement les yeux et s'étonna de découvrir un détail qu'elle n'avait pas remarqué la veille, durant leurs ébats.

Elle attendit qu'il se réveille également pour lui demander :

— C'est quoi ce tatouage ?

Le temps que Mario émerge de ses brumes oniriques, il sourit et répondit :

— Oh… un truc de jeunesse…

— Une erreur ?

— Non, non, je ne le regrette pas le moins du monde, si c'est ce que tu insinues.

— Eh bien, c'est juste que, parfois, certaines personnes se font tatouer des trucs durant leur jeunesse et le regrettent plus tard. Comme par exemple le prénom d'une amoureuse, dans le sens « je t'ai dans la peau, Margot » et quand Margot se fait la malle… eh bien c'est difficile de le gommer.

— C'est une vieille conception du tatouage que tu as là, Louise. Mais je te comprends. C'est pourquoi il vaudrait toujours mieux se graver dans le cuir un « pour ma maman » avec un cœur transpercé d'une flèche… Au moins, on garde toute sa vie la même mère… Tu n'en n'as pas, toi ? Tiens, par exemple, je n'ai pas regardé si tu en avais un sur les fesses ou dans le bas du dos… plaisanta-t-il en tentant de lui admirer le derrière.

— Ça ne risque pas, minauda Louise en se réfugiant sous les draps. J'ai bien trop peur des piqûres ! Un vaccin ou une prise de sang et je tourne de l'œil, alors je n'ose même pas imaginer le nombre de coups d'aiguille qu'il faut pour réaliser un tel dessin. D'ailleurs, ça représente quoi ? On dirait un poing, une main refermée, c'est ça ?

— C'est bien ça.

— J'imagine que ça a un sens pour toi. Laisse-moi deviner : tu as fait de la boxe !

— Euh… non !

— Ah ! je sais, c'est le poing fermé du Black Power, le mouvement qui luttait contre la ségrégation raciale aux États-Unis dans les années 60 et 70 !

— Tu as l'impression que je suis noir ?

— Pas vraiment, non. Mais tu pourrais l'avoir fait tatouer en soutien à ce mouvement… Je ne sais pas, je cherche, quoi. Tu veux pas me dire ce qu'il signifie pour toi ?

— Bah… c'est juste un vieux truc. Un pari de jeunesse, voilà tout. Bon, c'est pas tout ça mais moi, j'ai faim ! Soit tu me prépares un bon petit-déjeuner illico presto, soit c'est toi que je mange toute crue ! s'écria-t-il en se jetant sur Louise pour l'étouffer de baisers.

Le café et les croissants durent attendre.

Chapitre 45

Le lieutenant Gino Di Falco ne voyait aucun inconvénient à devoir travailler un jour férié. S'il avait fait le choix, vingt ans plus tôt, d'entrer dans les forces de police, ce n'était pas dans l'idée d'avoir trois mois de vacances par an ni de bénéficier de tous les jours fériés du calendrier. Il se donnait corps et âme à son boulot, sans compter les heures ni se préoccuper de savoir si on était un mardi ou un dimanche. *Pro patria vigilant*, proclamait la devise de la police – « Ils veillent sur la Patrie » – et ceci, pour Di Falco, avait un sens.

Dans les locaux de la police judiciaire de Lyon, nichés au cœur du 8ème arrondissement, ce n'était donc pas l'effervescence. Seul dans son bureau, dont une des fenêtres donnait sur le parc Blandan, par-delà les voies ferrées, il relut pour la deuxième fois le courrier du légiste, qu'il venait de recevoir par mail et d'imprimer – il n'aimait pas lire des documents officiels sur écran, surtout lorsqu'ils comprenaient de nombreuses pages, comme c'était le cas ici.

Il s'était bien douté que l'affaire du meurtre de l'infirmière de l'hôpital Pradel, cette Rose Delorme qui avait été retrouvée dans une remise de matériel à recycler, allait s'avérer bien tordue. Mais là, d'après les constatations du médecin ayant procédé à l'autopsie, cela dépassait encore ce à quoi il s'était attendu.

Aucun doute là-dessus : le type qui avait commis ce crime était un véritable cinglé.

Le rapport, dont Di Falco connaissait par cœur la structure-type, s'articulait autour d'une dizaine de parties, selon un modèle établi. Il passa rapidement les données de la page de garde, qui faisait mention du tribunal et du procureur ayant ordonné l'autopsie ainsi que divers éléments de dates et d'identités. De même, il survola les paragraphes relatifs aux données de l'enquête et à la levée du corps.

En revanche, il s'intéressa plus particulièrement à l'examen externe du corps, où le légiste reprenait méticuleusement toutes ses observations quant à l'aspect visuel des différents organes et tissus de la victime : coloration, traces, cicatrices, tatouages, rigidité, circulation veineuse posthume… De cette partie-là, rien de bien original concernant Rose Delorme, hormis cette longue cicatrice au niveau du thorax qui renvoyait à une opération antérieure du bloc cœur-poumon.

La partie suivante, la plus longue et détaillée du rapport, concernait l'autopsie en elle-même. Ici, le médecin ne constatait plus, il décrivait l'ensemble des incisions qu'il avait pratiquées sur le cadavre et ce qu'il avait pu de là constater et en déduire. Chaque organe, des pieds à la tête, se voyait scrupuleusement détaillé, tant au niveau de l'aspect, que de son contenu, sa coloration, sa consistance, et jusqu'à son odeur … La lecture d'un tel document, durant ses premières années d'exercice, laissait au lieutenant Di Falco un goût âcre dans la bouche et cette nausée propre à l'évocation d'une arrière-boutique de boucherie-charcuterie. Les termes employés étaient si évocateurs et précis qu'ils vous donnaient l'impression d'être penchés sur la table d'autopsie.

Venaient ensuite la liste des prélèvements réalisés, qu'ils relèvent de l'entomologie, l'anatomie pathologique, l'odontologie ou – les plus nombreux – les relevés toxicologiques.

C'est ici que l'inspecteur fut le plus étonné. Le rapport mentionnait, au détour de l'analyse sanguine, la présence non équivoque d'une surdose anormale d'une forme de sel : le chlorure de potassium. Il était loin d'être calé en médecine et en chimie, pourtant il s'étonna, au même titre que le légiste, de cet élément contenu dans le sang de la victime.

Aussi sauta-t-il directement au dernier volet du rapport : les parties discussion et conclusion du médecin. Dans cette dernière, le docteur Zelezny affirmait, qu'au vu des constatations et relevés post-mortem, la cause du décès n'était pas l'étouffement par strangulation ni par application du sac plastique sur la tête de Rose Delorme, mais bien par injection d'une dose létale de chlorure de potassium dont il avait détecté la piqûre au niveau de la base du cou, directement dans la veine jugulaire. Le sac plastique n'était donc qu'un élément de mise en scène – postérieure à la mort – de la part du meurtrier…

Le rapport se terminait ainsi :

« Circonstances du décès : à l'issue de l'ensemble des constatations, relevés, prélèvements et analyses, nous pouvons conclure sans erreur possible à un homicide ».

Di Falco reposa les feuilles imprimées sur son bureau et se rencogna au fond de son fauteuil, hochant la tête en signe d'intense réflexion, les yeux mi-clos, le front plissé, la bouche tordue d'incrédulité.

Comment et pourquoi un type avait-il pu préméditer un tel crime au cœur-même d'un hôpital ? Où avait-il pu se procurer une telle dose de chlorure de potassium sans se voir inquiété ? Qui était-il ? Comment avait-il pu entrer et sortir sans jamais être vu ?

L'inspecteur avait déjà mandé ses subordonnés à la pêche aux témoignages et ceux-ci étaient revenus aussi bredouilles que Tartarin de Tarascon un jour de chasse. Décidément, ces lieux publics s'avéraient parfois de véritables gruyères en matière de sécurité et de filtrage. On entrait dans un hôpital comme dans une église, sans avoir à montrer patte blanche. Parfois il se disait qu'il ne devait pas être difficile d'entrer zigouiller un malade alité dans sa chambre particulière…

Les collègues de Di Falco avaient également fait chou blanc à la pêche aux indices : des empreintes, il y en avait à foison dans cette remise à matériel puisque bon nombre d'employés y avaient accès, mais aucune de celles relevées n'était connue du fichier. On avait bien retrouvé quelques cheveux perdus au sol ou sur les brancards, mais les analyses ne lui étaient pas encore parvenues et il ne s'attendait pas à un miracle de ce côté-ci. Il commençait à comprendre que le meurtrier s'était suffisamment préparé pour ne commettre aucune erreur lors de son passage à l'acte réussi.

Une kyrielle de questions tournicotait dans la tête du lieutenant chargé de cette enquête qui, il le pressentait, allait lui occasionner de furieuses nuits blanches.

Pourquoi s'attaquer à cette infirmière au profil sans histoire ?

Pourquoi une telle mise en scène ?

Quel était le profil du meurtrier ?

Di Falco pensait orienter ses recherches du côté des employés de l'hôpital, et plus particulièrement des soignants, des médecins, des biologistes, des pharmaciens… En effet, n'était-il pas possible de se procurer ce fameux chlorure de potassium injectable dans les rayonnages d'une pharmacie hospitalière ? Voilà une question qui faisait son chemin dans son esprit. Il escomptait charger ses équipiers d'éplucher l'ensemble des identités du personnel de l'hôpital Louis Pradel. Il savait que ce serait long et fastidieux, bien que nécessaire. Ce serait comme chercher une aiguille dans une botte de foin, mais peut-être que cela en vaudrait la chandelle. De toute façon, il ne devait négliger aucune piste et il fallait bien commencer par quelque chose, d'autant plus lorsqu'on n'avait pas énormément de biscuits à se mettre sous la dent.

Peut-être un début de réponse se trouvait-il parmi les scellés qu'ils avaient collectés et répertoriés ? L'enquêteur lyonnais attrapa le carton dans lequel se trouvaient les différentes pochettes contenant les objets saisis : peu de choses, à vrai dire, si ce n'était le sac plastique et surtout ces quelques bouts de papier contenus dans ledit sac.

Des morceaux de papier sur lesquels des mots avaient été imprimés. Un mot par bout de papier, comme un puzzle verbal à reconstituer.

Pour former une phrase ?

C'est à cause de cela que Di Falco fulminait intérieurement : le meurtrier, cet enfant de salaud qui jouait avec les mots, trouvait-il là un malin plaisir à titiller les enquêteurs ?

Que signifiait cette mise en scène ?

Quel message avait voulu faire passer le meurtrier ?

Avait-il déjà commis d'autres crimes ?

Allait-il en commettre d'autres pour compléter son énigmatique message ?

Di Falco étala côte à côte les six morceaux de papier imprimés et commença à tenter de les articuler pour former un éventuel message.

Un message qui permettrait de comprendre la psychologie du meurtrier ?

Une piste qui pourrait le conduire au coupable ?

Chapitre 46

<u>Paris, 2 novembre 2018</u>

— Oh ! mais c'est quoi ce joli sourire accroché à tes lèvres, ma petite Loulou ? se réjouit Amélie lorsque son employée pénétra *Aux Trouvailles*.

Louise, comme à son habitude, sentit le rouge lui monter aux joues, chaque fois que sa vie privée se trouvait sous les feux des projecteurs. Elle repensa à son improbable nuit précédente, partagée avec Mario. D'abord leurs retrouvailles, leur dispute et surtout leur réconciliation sur l'oreiller, témoin de leurs ébats plus que passionnés, à la limite du bestial. Un comportement dont elle ne se serait jamais crue capable et qui, à présent, lui laissait comme un léger goût de honte au fond du cœur. Toutefois, elle aurait tout donné pour... recommencer !

La patronne de la librairie se dirigeait à présent vers la porte d'entrée, prête à retourner le panonceau « Ouvert », lorsque Louise répondit :

— Amélie, est-ce qu'on a encore cinq minutes pour papoter avant d'ouvrir ? J'aimerais bien te raconter quelque chose...

Amélie fit volte-face aussi vivement qu'un diable émergeant de sa boîte :

— Je peux même t'en accorder dix, allez ! Vas-y, raconte ! Je rapporte deux cafés et on va s'installer douillettement là.

Les deux femmes prirent place dans les fauteuils qui encadraient une table basse au fond de la boutique, un endroit au calme pour les lecteurs qui souhaitaient commencer à feuilleter quelques pages des livres avant de se décider à les acheter. Elles se faisaient face, toutes deux le visage souriant.

— Voilà, je crois que je suis amoureuse…

— Oh ! mais, c'est fantastique, ça ! Et depuis quand ? Tu ne m'en avais jamais touché le moindre mot.

— Eh bien… ça fait déjà quelques semaines, pour tout dire. En fait, je ne sais pas si on peut vraiment dire que je suis amoureuse, mais en tout cas, j'ai le cœur qui bat un peu plus fort pour un homme.

— Je le connais ?

— Ah ! pour ça, oui. Tu sais même comment il s'appelle… C'est un client !

— Tiens donc ! Que de mystères. Allez, ne me fais pas languir. C'est qui ? Que j'aille chercher sa fiche.

— Je ne sais pas si tu te souviens, parce que ça fait déjà quelques semaines qu'il ne vient plus. La première fois qu'il est entré ici, ça devait être au printemps. Il débarquait dans le quartier, il ne connaissait personne, il est entré et dès que je l'ai vu…

— Tu as fondu !

— Il m'a attirée, je ne sais pas dire pourquoi, je me suis trouvée comme aimantée par sa présence.

C'est peut-être aussi parce que ce jour-là, j'ai ressenti comme un sentiment de déjà-vu, à l'instant où il est entré.

— Tu le connaissais d'avant ? Un ancien copain de lycée ou d'enfance ?

— Non, c'était un pur inconnu. Mais en fait, je l'avais déjà aperçu par hasard en regardant par la fenêtre de mon appartement. Tu ne vas pas le croire, mais le truc fou c'est qu'en plus d'être client de la librairie, il est aussi mon voisin d'en face ! D'où cette impression de déjà-vu. D'ailleurs, le jour où il a débarqué ici, c'est toi qui l'as reçu et conseillé, parce que moi je m'étais planquée dans la remise. Je sais, tu vas me trouver folle…

— Mais pas du tout, juste un peu midinette sur les bords. Et je lui avais conseillé quoi, à ton amoureux mystère ?

— Il me semble que c'était un roman autoédité, peut-être celui de Laurence Martin, comment c'est déjà, le titre ?

— Ah ! oui, *L'eau de Rose*. Je me souviens très bien, tu sais que j'ai une mémoire d'éléphant et la mémoire des visages… Il me semble même qu'il était là quand on a fait l'apéro-dînatoire pour la dédicace de Sacha Sevillano. L'élu de ton cœur n'aurait-il pas une délicieuse barbe poivre-et-sel ?

— Tu es incroyable, Amélie ! Tu m'épates. Comment tu fais pour te souvenir de tout ça, même après plusieurs mois ?

— Je ne sais pas, c'est inné, chez moi. J'ai toujours eu des facilités de mémorisation. Par exemple, à l'école, pour apprendre les poésies, c'était du pain bénit : je les lisais deux fois et c'était quasi acquis.

— Quelle chance ! Moi, c'était la galère pour retenir deux vers.

Amélie but une gorgée de café et voulut savoir :

— Par contre, je n'ai pas retenu son nom. Il s'appelle comment ?

— Mario.

— Italien ?

— Non, un peu espagnol, je crois.

— Et c'est un gentil ?

Louise tordit la bouche en signe de réflexion.

— Il me semble, oui. C'est un doux… Enfin, non, c'est pas vraiment ce qui le qualifie le mieux, répondit-elle en se souvenant des scènes torrides et animales de la nuit précédente. En fait, j'ai un peu de mal à le cerner vraiment. Il peut se montrer assez changeant, passant de l'attentionné au distant en un clin d'œil. Quand on est ensemble, c'est super agréable et quand il s'éloigne, il m'inquiète…

— Il t'inquiète ?

— Disons qu'il est assez avare de nouvelles quand il est en déplacement.

— Il voyage souvent ? Il fait quoi, dans la vie ?

— Il est à son compte, webdesigner. Il dit travailler beaucoup depuis chez lui mais, parfois, il doit se déplacer chez des gros clients. D'ailleurs, c'est là où je voulais en venir. J'aurais aimé avoir ton avis, si ça ne te dérange pas.

— Avec plaisir. Dis-moi.

— Eh bien, la semaine dernière, il m'a menti. Il m'a dit qu'il devait aller à Lille puis en Belgique et en réalité, j'ai appris qu'il s'était rendu à Lyon.

Amélie fit la moue.

— Ah… pas bon, ça. Et tu l'as appris comment ?

Louise hésita un instant :

— J'ai honte de l'avouer, mais je l'ai suivi jusqu'à la gare de Lyon, je l'ai vu monter dans le train…

— Tu l'as suivi ? En cachette ?

— Ben, oui…

— C'est pas joli-joli, ça… Mais enfin, ça partait sûrement d'une bonne intention de ta part.

— Tu crois que c'est grave ?

— Quoi ? Que tu l'aies suivi ?

— Non, qu'il m'ait menti, alors qu'on se fréquente depuis si peu de temps. C'est pas un peu tôt, pour les mensonges ? Je croyais que c'était réservé aux vieux couples, ça.

— Oh ! ma petite Loulou. Je comprends tes doutes mais, dis-toi bien que tout un chacun a droit à son petit jardin secret. S'il t'a caché ce déplacement, il avait sûrement ses raisons. Un conseil, d'une femme qui en a vu d'autres : tu dois pouvoir accepter de ne pas tout savoir d'un homme, il a le droit à sa part de mystère. D'ailleurs, ton sourire de ce matin m'incite à penser que vous vous êtes déjà rabibochés, je me trompe ?

— Non, tu as raison : je ne vais pas commencer à lui faire des scènes de ménage.

— Évidemment ! D'autant que vous n'y êtes pas encore…

— Où ?

— En ménage !

Les deux femmes rirent de bon cœur à ce trait d'esprit de la patronne.

— Bon, il est peut-être temps d'ouvrir, conclut Louise en apercevant un client derrière le panonceau.

Elle se leva pour aller déverrouiller la porte. Avant cela, elle jeta un œil discret et fut soulagée de constater que le client ne portait pas de barbe poivre-et-sel.

Chapitre 47

— Purée de casse-tête de mes deux ! éructa le lieutenant Di Falco.

La veille, il avait laissé tomber l'énigme des bouts de papier laissés à l'intérieur du sac plastique recouvrant la tête de Rose Delorme.

Six mots à décrypter ou à replacer dans le bon ordre, c'était une prise de tête qui avait eu le don de lui pourrir sa fin de journée.

Six mots sans queue ni tête, pas même de quoi reconstituer une phrase à la tournure potable.

Six mots pour six morceaux de papier, qu'il étala une nouvelle fois sur son bureau, par ordre décroissant de nombre de lettres, cette fois :

« Poumon »

« Nez »

« Bon »

« Là »

« Où »

« À »

— Bon sang, mais qu'est-ce qu'il veut que je fasse de ça, moi ?

Di Falco avait tenté différentes combinaisons, obtenant des choses du genre :

« Bon, là où poumon a nez »

« Là où poumon a bon nez »

Ça ne tenait pas debout.

Malgré tout, deux mots sortaient un peu du lot : poumon et nez.

— OK. Des organes du corps humain, réfléchit tout haut Di Falco. Y'a une logique : on respire de l'air par le nez, qui rentre dans les poumons… Si l'on shunte l'arrivée d'air en obstruant le nez avec un sac plastique, on empêche les poumons de se remplir d'oxygène. Et alors ? *So what ?* comme le chante Pink.

Soudain, un tilt s'activa dans son cerveau surchauffé. Il se rappela le rapport d'autopsie qui évoquait une cicatrice au niveau thoracique, laquelle pouvait laisser penser à une opération pulmonaire. Le lien était-il à chercher là ?

Si tel était le cas, cela signifierait que l'auteur du meurtre possédait également cette information médicale et qu'il avait envisagé de s'en servir d'une manière ou d'une autre…

Pourtant, les conclusions du rapport étaient formelles : la mort n'était pas due à l'asphyxie mais à l'injection du chlorure de potassium.

Donc, retour au point de départ.

Toutefois, une question revenait à la charge : qui pouvait être informé du passé médical de la victime ? Qui pourrait avoir accès à des données patient ?

Un médecin !

Un chirurgien thoracique ?

Un anesthésiste ?

Sans oublier que Rose Delorme était du métier : infirmière de bloc opératoire…

Pour l'enquêteur qu'il était, la piste hospitalière semblait, à cet instant, la plus probable. Restait à entendre les nombreux témoins que ses subordonnés étaient en train d'auditionner, un par un.

Peut-être en ressortirait-il quelque chose d'utile ?

Objectif numéro un : l'hôpital.

Chapitre L

Paris

L'hôpital a été sa dernière demeure. Elle qui est née à Budapest, a grandi en Hongrie, a vécu des années de misère là-bas, a rêvé d'exil, de bonheur, d'une vie décente à Paris. Elle qui rêvait du Trocadéro. Anna Szabó s'est éteinte à quelques centaines de mètres de ce lieu emblématique parisien dont elle possédait une photographie accrochée au-dessus du lit de sa chambre de bonne hongroise.

Romain et Marion ont été avertis quelques heures plus tôt. Leur mère s'est éteinte dans son sommeil, son organisme ayant rendu les armes, incapable désormais de se battre contre cette foutue maladie qui décime, ces années-là, des centaines de milliers de personnes.

Une maladie que l'on dit venir des lointains États-Unis, du moins est-ce là-bas que les médecins ont su l'isoler, en comprendre les symptômes, les causes, mais sans toutefois pouvoir encore la contrecarrer, la guérir. Seulement la prévenir. Et lui donner un nom : *Human Immunodeficiency Virus,* que les chercheurs français traduisent par *Syndrôme d'immunodéficience acquise.*

Le SIDA, ce foutu mal de sexe, que Léos Carax évoquait métaphoriquement, deux ans plus tôt, dans son film *Mauvais sang...* Mais ça, c'était de la fiction...

Pour Anna, et surtout pour ses deux enfants, devenus orphelins, il s'agit d'une cruelle réalité.

Pour Romain, c'est un drame sans nom, une tragédie épouvantable. Une injustice.

Pour Marion, c'est un juste retour des choses : sa mère a péri par où elle a péché toute sa vie. Une punition.

Pour l'un comme pour l'autre, la disparition de la mère aura des conséquences à vie. Une marque indélébile dans leur cœur, un coup de poignard dans leur âme.

Comment survivre à cela ?

Comment ne pas laisser son âme se noircir d'une rancœur amère ?

Dans une pièce close du funérarium de l'hôpital, les deux jeunes adultes encadrent leur mère, dont le corps froid et immobile repose, les yeux clos, comme dans un sommeil de plomb. Elle est encore belle, cette femme d'à peine plus de quarante ans. Les thanatopracteurs ont fait du bon boulot. Ils ont réussi à masquer la pâleur du teint, les taches étranges qui parsemaient sa peau, la maigreur inquiétante qui déformait ses traits auparavant si séduisants. On pourrait presque croire qu'elle dort...

« *Je ne suis pas mort... je dors !* » chantait Sardou presque dix ans plus tôt, en hommage à son ami

Claude François. « *Gardez vos larmes et vos cris, que l'on m'ait aimé ou haï… je dors… je dors…* »

Foutaises ! Anna ne dort pas !

Et Romain pleure toutes les larmes de son corps.

Et Marion, derrière ses yeux secs, voudrait crier mais rumine son dégoût d'une violence contenue.

Chapitre 48

Une violence contenue. C'était un peu l'un des principes professionnels du lieutenant Di Falco, chaque fois qu'il se trouvait confronté à la noirceur de l'âme humaine.

Et là, ce qu'il venait de découvrir le remplissait d'une fureur qu'il devrait contenir pour ne pas éclater.

Quelques instants plus tôt, il s'était décidé à entrer les éléments de l'enquête dans l'un des fichiers nationaux de la police judiciaire, un logiciel qui permettait à l'ensemble des forces de police judiciaire de France de consulter, si nécessaire, les cas ouverts par d'autres collègues du territoire.

Dans ce logiciel, l'officier pouvait télécharger, par exemple, le rapport d'autopsie. Il devait également compléter l'ensemble des pièces à conviction récoltées. Enfin, dans le formulaire, il convenait d'introduire également des mots-clés, qui viendraient incrémenter la base de données, permettant ainsi le croisement des recherches.

Grâce à cette base de données, l'enquêteur pouvait consulter expressément un dossier rempli par un autre collègue. Il se voyait, par ailleurs, alerté par une notification lorsque son dossier rencontrait des similitudes importantes avec d'autres cas déjà recensés.

C'est ainsi que, lorsqu'il eut validé son formulaire, une information surgit, qu'il reçut comme un coup de poing au plexus, lui coupant le souffle.

Le terme-clé « chlorure de potassium » avait été renseigné quelques semaines plus tôt dans un autre dossier, où il apparaissait dans le rapport d'autopsie, comme pour le meurtre de Rose Delorme.

Di Falco ouvrit le cas.

Police judiciaire de Paris.

Le dossier concernait un dénommé Alioune M'bappé, un jeune étudiant d'origine camerounaise, assassiné à son domicile du cinquième arrondissement de Paris.

Le décès était attribué à une injection létale de chlorure de potassium.

Directement dans la jugulaire.

Même méthode.

Pour un même mobile ?

Les victimes n'avaient pourtant pas du tout le même profil.

Quoi qu'il en soit, Di Falco comprit que le cas se compliquait sévèrement. Très probablement, la théorie d'un acte isolé tombait en miettes.

Il ne convenait pas encore de parler de meurtres en série mais l'officier avait un leitmotiv : « Une fois, c'est un hasard ; deux fois, c'est une coïncidence ; trois fois, c'est une habitude ».

Une très mauvaise habitude, dans le cas des homicides.

Di Falco regarda qui était l'OPJ[22] qui avait renseigné ce cas parisien.

Lieutenant Lucas Maraval.

Il décrocha son téléphone sans perdre une seconde.

---

[22] OPJ : Officier de Police Judiciaire.

Chapitre 49

— Lieutenant Maraval, j'écoute.

— Bonjour, collègue. Ici le lieutenant Di Falco, PJ de Lyon. Je viens de jouer à la loterie sur le fichier des homicides et je crois bien que tu as gagné le gros lot !

— Raconte…

— Si je te dis chlorure de potassium ?

— Injectable ?

— Dans la jugulaire.

— Putain ! beugla Lucas Maraval en serrant le poing autour du combiné téléphonique.

Les deux officiers échangèrent durant de longues minutes autour des cas d'Alioune M'bappé et de Rose Delorme.

Ils comparèrent les circonstances, confrontèrent leurs suppositions, tentèrent ensemble de dessiner le profil du tueur. La conclusion revint à Lucas Maraval :

— On a affaire à un putain d'enfant de salaud ! Ton affaire vient réactiver la mienne. Ça tombe bien, je patinais dans la semoule depuis le mois de mars. Pas de témoins, pas de traces, pas de mouvement. En somme, pas grand-chose à me mettre sous la dent et tout laissait croire à un acte isolé. Un acte bien tordu.

— Ouais, la question est : y'a-t-il eu d'autres cas qui n'auraient pas été renseignés ?

— C'est possible, on n'est jamais à l'abri des mauvaises surprises. Je vais fouiller un peu plus dans le fichier. Je veux bien prendre la main sur le dossier, si tu veux.

— Ça me pose pas de problème.

— Mais du coup, y'a aussi une autre question qui surgit : est-ce une série ? Le fumier va-t-il récidiver ? Où ? Quand ? Comment ?

— Faudrait aussi essayer de comprendre le « pourquoi » de l'histoire. Ça pourrait aider à y voir clair sur le mobile et, de là, à prévenir une éventuelle récidive. Mais on est encore très loin de tout ça. Tu as un début de piste, toi ?

Di Falco repensa au brainstorming qu'il avait opéré précédemment :

— Dans mon cas, compte-tenu du lieu du crime, de la technicité du procédé, de la possibilité d'approvisionnement en chlorure de potassium, j'oriente nos recherches du côté d'un type qui aurait de bonnes connaissances en médecine. Ou des contacts très étroits avec des personnes au sein d'une pharmacie, par exemple. Autant dire que c'est encore pas mal le flou artistique.

— Ouais, mais ça a le mérite d'être un début de piste. D'ailleurs, nous aussi on avait exploré la piste médicale. Sans résultat probant, pour l'instant. Écoute, maintenant qu'on sait à quoi s'en tenir, je propose qu'on se tienne informés en direct à chaque fois qu'on pourra faire un pas en avant, jusqu'à ce que les chefs décident de prendre en main le dossier chez vous ou chez nous, qu'en penses-tu ?

— Ça me paraît indispensable. On se tient au jus.

Après un chaleureux échange de politesses, Di Falco s'apprêtait à raccrocher, lorsque son homologue parisien s'exclama :

— Au fait, j'y pense, du fait que tu sois Lyonnais… On pourrait peut-être avertir les collègues de l'OIPC[23] ? Des fois que notre oiseau ait ressenti le besoin de voler par-delà les frontières ?

---

[23] OIPC : Organisation Internationale de Police Criminelle, plus connue du grand public sous le nom d'Interpol, instance chargée de promouvoir la coopération policière internationale.

Chapitre 50

Cela faisait trente ans, jour pour jour.

Triste anniversaire pour Mario que celui de la mort de sa mère, pour qui il avait toujours conservé une tendresse particulière, faisant fi de son passé, passant outre sa déchéance des derniers mois.

Trente années sans son sourire, elle qui était partie trop tôt, trop jeune. Plus jeune que l'âge qu'il avait lui-même aujourd'hui. Se dire qu'il vivrait plus vieux que sa mère l'emplissait d'une colère étrange. Il n'était pas coupable de sa mort, il n'avait rien à se reprocher. Elle avait fait le choix – ou bien était-ce une nécessité ? – de mener la vie qu'elle voulait, il n'avait pas à la juger.

Pourtant, combien de fois s'était-il persuadé qu'elle pourrait encore être là, aujourd'hui, si elle n'avait pas succombé à ce putain de fléau des années quatre-vingts ?

Il l'imaginait volontiers en vieille dame au quotidien paisible, assise dans un fauteuil, une couverture posée sur les genoux pour supporter les premiers frimas de l'hiver, regardant virevolter les flocons par la fenêtre tout en écoutant de la musique. Elle vivrait à Paris ou serait retournée dans son pays natal, cette Hongrie où il lui avait fait, jadis, la promesse de l'emmener.

Mais il n'en avait pas eu le temps.

Elle s'appelait Anna.

Elle était la première personne qu'il avait vue mourir.

Depuis, il y en avait eu d'autres…

Il y en aurait encore.

Est-ce que les morts, autour de nous, forgeaient notre propre destin ? Notre vie dépendait-elle, de manière indissociable, de celle de ceux qui nous entouraient ? La naissance de l'un, la mort de l'autre… La haine de celle-ci, l'amour de celle-là…

Mario – ce prénom lui plaisait de plus en plus – essaya de chasser ces idées noires de sa tête et de ne penser qu'à l'amour.

Cet amour que Louise se proposait si candidement de lui offrir.

Douce Louise. Si jeune, comparée à lui.

Louise, qui le soupçonnait déjà de lui avoir menti. Mais, s'il avait agi de la sorte, c'était pour la protéger, la pauvre enfant. Il se refusait à l'impliquer dans son vaste projet. Mais il n'avait pas le choix. Il s'était fixé un objectif, il devrait aller jusqu'au bout de celui-ci, l'atteindre coûte que coûte.

Il ne restait plus qu'une seule étape, désormais. Ce n'était pas le moment de flancher.

— Je suis terriblement désolé, Louise, s'excusa-t-il à voix haute, assis seul devant le bureau sur tréteaux de son appartement.

Sous ses mains, le quatrième et dernier dossier.

Il s'était gardé le plus facile pour la fin.

Le plus proche :

Une femme, plutôt charmante.

La trentaine séduisante.

Célibataire, ce qui ne gâchait rien.

Il savait déjà suffisamment de choses sur elle pour passer très rapidement à l'action.

Comme à son habitude, il brûla dans sa corbeille de bureau tous les documents qui auraient pu se révéler compromettants. Et, puisque la série s'arrêterait là, il pouvait dès à présent effacer de son ordinateur le fichier si précieux qu'il avait obtenu quelques mois plus tôt.

Faire table rase, comme Attila, brûlant tout sur son passage. Éliminer toute preuve.

Puis, ensuite, disparaître, l'âme en paix.

Bien que noircie par le crime.

Des crimes ? Non : une justice.

La sienne.

Il se saisit de son téléphone portable.

— *Salut, Louise. J'ai très envie de te voir, ce soir*, pianota-t-il via son Whatsapp.

Avec un smiley qui clignait de l'œil.

Chapitre 51

« *Relier les polices pour un monde plus sûr* », telle était la devise apposée au fronton du siège d'Interpol, sis à Lyon, dans le quartier très moderne de la Cité internationale. La bâtisse, toute de verre et de béton, se nichait dans un écrin de verdure longeant le Rhône. De là partaient l'ensemble des messages d'alerte internationaux à destination des 194 états membres de l'organisation. Ces messages, que les médias désignaient faussement comme des « mandats d'arrêt internationaux », n'étaient en réalité que des relais de mandats d'arrêt nationaux, appelés « notices ». Ces notices se voyaient attribuer une couleur – mauve, orange, noir, jaune, rouge, etc. – en fonction du but recherché.

La « notice bleue » avait pour but de « recueillir des informations complémentaires sur des individus concernant leur identité, leur lieu de séjour ou leurs activités illicites dans le cadre d'une enquête criminelle ».

Une de celles-ci s'envola ce jour-là à destination de l'ensemble des polices judiciaires des pays membres, relayant la demande de renseignements des PJ de Lyon et Paris à propos des homicides de Rose Delorme et Alioune M'bappé.

C'était peut-être comme lancer une bouteille à la mer, mais les Français nourrissaient le mince espoir que cette bouteille puisse être récupérée par des homologues étrangers, qu'elle soit ouverte, qu'on y lise le message et qu'un éventuel mot-clé puisse faire tilt dans leur tête et leurs bases de données…

Peut-être, si le meurtrier avait récidivé sur un sol étranger, aurait-il laissé quelques traces tangibles permettant de l'identifier enfin, d'en dresser un portrait-robot, de le traquer puis… de l'appréhender avant qu'il ne commette un nouveau forfait.

— Le petit oiseau – Popol – s'est envolé pour un joli tour du monde ! plaisanta le lieutenant Di Falco.

À l'autre bout du fil, Lucas Maraval sourit à la blague de son homologue lyonnais.

Il espérait surtout que le pigeon voyageur électronique revienne très vite avec du grain à moudre.

Chapitre 52

— *Jefe*, une notice bleue vient d'arriver, je crois que ça pourrait nous concerner, lança *l'oficial de policia* Sancho Gomez à travers les bureaux de la police d'Alicante.

L'inspector-jefe María Ortiz grommela pour la forme mais se saisit tout de même de la feuille que son subordonné venait tout juste d'imprimer.

« Notice urgente », indiquait cette dernière en bandeau. Cette note confidentielle précisait ensuite :

« À toutes les polices des pays membres de l'InterPol,

« Une recherche a été initiée par la police judiciaire de Paris, dans le but de recueillir le maximum d'informations de police, justice ou d'administration, permettant l'identification de l'auteur présumé de deux homicides volontaires commis sur le territoire français.

« Les premières constatations indiquent que l'auteur de ces crimes répond à un *modus operandi*, déjà par deux fois formellement identifié. Il est à craindre que l'individu ait pu récidiver, tant en France que dans les pays membres de l'organisation.

« Pour l'heure, le profil des victimes n'apparaît pas comme étant le point commun à ces voies de fait.

« Aucun mobile n'a pu être clairement établi.

« En revanche, il convient de noter les similitudes relevées lors des deux cas survenus en France :

« Cause du décès : injection létale de chlorure de potassium par voie intraveineuse.

« Pièce à conviction : message écrit laissé en évidence sur le – ou à proximité du – corps de la victime.

« Aucune empreinte digitale, capillaire, salivaire ou sexuelle relevée. »

À mesure que María prenait connaissance de la note, son teint habituellement hâlé paraissait se diluer, virant au blême. Des images et des mots lui revenaient en mémoire, datant de l'été précédent. Elle poursuivit pour la forme la lecture du document mais pressentait que, déjà, elle aurait des choses à raconter à la police française.

« Si vous pensez avoir eu affaire à cet individu sur votre territoire national,

« Si vous êtes en possession d'indices, de traces, de témoignages, permettant l'identification de l'auteur des crimes mentionnés, effectuez immédiatement un signalement à InterPol ou mettez-vous directement en relation avec la police judiciaire de Paris, lieutenant Lucas Maraval… »

— *Joder*[24] ! se lâcha Ortiz. Tu penses comme moi, Sancho ?

---

[24] Joder : interjection courante du langage espagnol, aux

— L'affaire de cet été, chef ?

— Oui, l'artisane du *Casco Antiguo*, c'était quoi déjà son nom ?

Gomez tapota sur le clavier de son ordinateur et répondit au bout de quelques secondes :

— La *señora* Candida Lopez Hernández.

Il déroula le dossier informatisé de l'homicide de la veuve et confirma :

— C'est bien ça ! Injection de chlorure de potassium...

— Bingo ! Eh bien, mon cher Sancho, je crois qu'on va travailler en étroite collaboration avec les *gabachos*[25] !

---

multiples nuances, pouvant néanmoins se traduire par des douceurs telles que Putain ! Merde ! Fait chier !...

[25] Gabachos : terme aux accents condescendants désignant les Français.

Chapitre M

— Les enfants, est-ce que l'un de vous deux aurait la gentillesse de dire le bénédicité ?

La Polonaise, bien que lesdits enfants soient déjà majeurs, n'a jamais perdu cette habitude de langage.

Les jumeaux se dévisagent, indécis. Marion perplexe, le regard absent ; Romain, la mine triste.

Ce dernier, chez qui le catéchisme a laissé plus de traces, joint les mains et se lance :

— Seigneur, apprends-nous à construire un monde où chacun ait du pain à manger, du travail pour le payer, de l'amour pour le partager.

— Amen ! répondent en chœur Marion, Agnieska et son mari Raoul, attablés autour d'une dinde aux marrons.

— C'est notre premier Noël sans votre pauvre maman, poursuit la Polonaise, les yeux embués de larmes et la gorge nouée par la douleur encore vive de la disparition de son amie Anna, seulement quelques semaines plus tôt. Ta prière est instructive, Romain. Tu as raison : le pain, le travail et l'amour sont indissociables et nécessaires. N'oublions pas combien votre mère s'est dévouée, par son travail et en vous offrant tout son amour pour que vous ne manquiez jamais de pain. Rappelons-nous sa bonté et rendons-lui grâce.

Une chape de silence s'abat sur la tablée, chacun des convives se repassant certainement sa propre image mentale d'Anna, cette femme morte trop jeune, laissant deux orphelins au bord de la route de son existence.

— On peut manger, maintenant ? s'impatiente Marion, fourchette en main.

Romain, à ses côtés, lui lance un œil torve, les poings serrés, prêt à bondir pour lui attraper le cou.

Il se retient finalement, songeant que chacun, dans de pareilles circonstances, gérait à sa façon la perte d'un être cher. Les uns pleuraient, les autres se muraient dans le silence, certains combattaient, d'autres se suicidaient… Il n'existait pas une seule et unique réaction humaine face à la mort d'un proche…

Ils attaquent donc ce repas célébrant la Nativité. Au bout d'un instant, Agnieska intervient :

— Vous allez vous installer, ici, dorénavant. Vous ne pourrez pas conserver le logement de votre maman, vous n'avez pas de quoi payer le loyer et nous, avec les traites pour rembourser le prêt, cela nous est impossible également.

— Mais enfin, Agnieska, il n'y a pas assez de place, sursaute Marion. On ne va pas dormir ensemble, avec Romain, on n'est plus des enfants…

— Je sais, j'y ai songé. Je ne vous dis pas de partager le même lit, ni même la même chambre. On va aménager le petit salon en deuxième chambre à coucher, comme ça vous aurez chacun la vôtre. Vous avez droit à un peu d'intimité, je le comprends, à votre âge.

— Tu n'as pas à faire ça, Agnieska, s'insurge cette fois Romain. On va se débrouiller, tu sais. On ne veut pas vous envahir. Raoul et toi avez déjà tellement fait pour nous.

— Oh ! c'était tout à fait normal, voyons ! Ce ne sera pas une invasion, mais un plaisir de vous avoir tous les deux près de moi. Vous êtes un peu les enfants que je n'ai pas pu avoir, dit-elle en jetant un regard plein de commisération à son homme. Et puis, ce sera juste le temps que vous terminiez vos études, ensuite vous serez en mesure de subvenir à vos propres besoins et de voler de vos propres ailes. D'ailleurs, comment ça se passe, pour vous, à la faculté ?

— Moi, ça me barbe, la fac ! grince Marion. Je vais vite me trouver un petit boulot. Comme ça, je m'envolerai plus vite…

Romain soupire en écoutant cela.

— Tu n'as pas besoin d'être désagréable, Marion ! Pour moi, ça se passe pas mal, poursuit-il en se tournant vers leur nounou d'antan. Je me sens très bien à ma place dans cette fac de lettres modernes, je pense que j'ai trouvé ma voie.

— Je suis très heureuse d'entendre ça. C'est important d'être épanoui. Vous avez de la chance de pouvoir étudier, votre mère et moi ne l'avons pas eue, alors on a dû se battre pour s'en sortir.

— Et cela vous honore encore plus, dit Romain tandis que Marion s'en retourne à son morceau de dinde. En plus, on va pouvoir bénéficier d'une bourse, attribuée aux orphelins, on pourra vous aider, pour la nourriture, nos vêtements, des trucs comme ça.

— Ne t'inquiète pas pour ça, mon chéri. Ce ne sont que des détails pratiques. L'important est de bien préparer votre avenir et de faire en sorte de mener la vie que vous aimez, la plus longue possible.

— Que Dieu t'entende ! ironise Marion avant de planter avec rage sa fourchette dans la cuisse du volatile de Noël.

Chapitre 53

— Lieutenant Di Falco ? Ici le lieutenant Maraval, PJ de Paris. L'affaire du chlorure…

— Salut, lieutenant ! Tu as aussi vu passer la note d'Interpol, je suppose ?

— Évidemment ! Et surtout la suite. On dirait bien que notre oiseau de malheur a franchi les Pyrénées.

— Ouais, d'après le signalement du cas de la dame Candida Lopez, ça ne fait pas l'ombre d'un doute : le procédé est le même, bien que la victime ait encore une fois un profil tout à fait différent. Mais je mettrais ma main à couper qu'on a affaire au même malade, ici comme en Espagne.

— Bon, je propose qu'on organise une conférence conjointe avec notre homologue espagnole, cette *inspector-jefe* María Ortiz.

— Joli nom.

— Et pas que ! renchérit Lucas Maraval. Je suis allé fouiller un peu sur le web pour voir si je trouvais quelques photos de la collègue. J'aime bien mettre un visage sur un nom, surtout au boulot, histoire de. J'ai toujours eu un faible pour les beautés ibériques. Et je dois dire qu'elle ne me paraît pas du genre « *mama* », avec le tablier gras d'huile cachant des seins qui tombent et des biceps de déménageuse... Mais je m'égare...

— Un peu, oui. Mais faut bien allier l'utile à l'agréable, dans nos métiers, pas vrai ? Bon, je te laisse prendre la main là-dessus et j'attends ton invitation pour la conf'. Tu parles l'espingousse, toi ?

— Euh... *un poquito*... quelques restes du lycée.

Lucas Maraval reposa le combiné et s'appliqua à adresser un message à sa collègue d'Alicante, dans un anglais des plus scolaires mais efficaces, à défaut de pouvoir le rédiger convenablement dans la langue de Cervantès. Quelques minutes plus tard, elle lui répondait dans un français des plus acceptables. Rendez-vous électronique fut pris pour une visioconférence Skype dans l'après-midi.

Les deux lieutenants français étaient déjà en ligne sur la conférence depuis quelques minutes, se découvrant l'un l'autre visuellement, échangeant quelques banalités dans l'attente, anxieuse mais impatiente, de la connexion de leur homologue espagnole. Un *cling* reconnaissable signala que celle-ci se joignait à la conversation. Sur l'écran de Lucas, le visage du lieutenant Di Falco occupait la fenêtre de gauche, tandis que des petits points d'attente emplissaient encore celle de droite. Tout à coup, le flic parisien sentit son cœur faire un bond de cabri dans sa poitrine lorsqu'apparut la crinière bouclée de María Ortiz, une chevelure d'or qui emplissait toute la fenêtre électronique, encadrant un visage au sourire radieux comme le soleil de son pays.

Ce fut elle qui rompit le charme qui s'était emparé de l'esprit de Maraval.

— Bonjour, chers collègues de France, dit-elle avec un accent qui, aux oreilles de Lucas, rendait ses mots encore plus onctueux.

— *Buenos días, inspector-jefe*, répondit Di Falco, écorchant le « errrre » et la « jota », pour lui rendre la pareille.

— Vous préférez dialoguer en anglais ? s'enquit l'Espagnole. Moi, je peux continuer en français, ce n'est pas un problème.

— Formidable ! exulta Maraval, enfin sorti de son enchantement. On fait comme ça, c'est parti.

À tour de rôle, les enquêteurs de Paris, Lyon et Alicante revinrent sur les détails de chacun des homicides qui relevait de leur compétence territoriale. Ils exposèrent les circonstances du meurtre, les causes de la mort, le profil de la victime et ce qu'ils possédaient l'un comme l'autre en matière d'indices, de preuves et de pièces à conviction. Autant dire, pas grand-chose. Un élément les reliait indéniablement : l'absence totale de traces permettant une quelconque identification du meurtrier.

— Ce type – car ils étaient tous convaincus qu'un homme était à l'origine de ces trois homicides – a dû sacrément préparer ses coups pour ne laisser ainsi aucune trace, conclut María Ortiz. Vous avez reçu des témoignages, de votre côté ?

— Rien du tout, répondirent en chœur les deux policiers français.

— Assez troublant, alors que les crimes ont eu lieu de jour. Bref. Finalement, qu'est-ce qu'il nous reste ?

— Les petits bouts de papier ? proposa Di Falco.

— Les petits messages qu'il nous laisse, oui, confirma Maraval.

— Vous en avez déduit quoi ? voulut savoir Ortiz. Parce que nous, ici, on patauge. *« Otras famosas crisis por los ojos »* récita-t-elle.

Ah ! décidément, l'accent de sa collègue, lorsqu'elle employait sa langue maternelle, tourneboulait Lucas Maraval plus que de raison.

— Ce qui se traduit par ?

— D'autres fameuses crises par les yeux... Une phrase qui, bien sûr, nous fait penser au loup qu'il avait laissé sur les yeux de Candida Lopez, mais à part ça, on ne voit pas. Et vous ?

— *« Petit salaud, je te crache au cœur. »*, énonça Maraval. Comme pour vous, ça évoque l'emplacement où était épinglé le bout de papier, à savoir la poitrine d'Alioune M'bappé. Et toi, Gino, tu as quoi comme jolie poésie ?

— J'ai moins de chance que vous, il ne s'est même pas donné la peine de construire une phrase, à Lyon. Il a juste laissé des mots en vrac : *« Poumon »*, *« Nez »*, *« Bon »*, *« Là »*, *« Où »*, *« À »*. Comme s'il jouait à Pyramide, vous savez, ce jeu qui passait le midi à la télé ? Du genre : « en deux briques : pièce, dormir, et l'autre devait trouver chambre »... Je vous avoue que, pour ma part, j'ai pas forcément envie de jouer à « des chiffres et des lettres »... Par contre, comme pour vous, les mots « nez » et « poumon » rappellent évidemment le sac en plastique sur la tête de Rose Delorme.

— OK ! intervint Ortiz. On a compris le principe : le bonhomme veut jouer avec les enquêteurs. Il a un message à faire passer et il veut qu'on le découvre nous-mêmes à l'aide de ses énigmes. Est-ce que, si on essaye de se mélanger, on arrive à quelque chose ?

Lucas nota la petite bévue verbale de son homologue mais n'osa pas rétorquer, qu'en effet, il se mélangerait volontiers avec *l'inspector-jefe*. Il relaya donc simplement par :

— Mélanger nos phrases et nos mots pour essayer d'y trouver un sens caché ?

Ils passèrent les dix minutes suivantes sur cet exercice de style mais n'obtinrent rien de bien concluant, hormis un début de migraine transfrontalière. Ce fut Gino Di Falco qui craqua le premier :

— Ça m'embrouille plus qu'autre chose, tout ça. À mon humble avis, il manque encore des mots, des phrases…

— Ce qui signifie…

— Que la série est peut-être loin d'être close, oui…

— Donc, il faut qu'on se bouge les fesses avant qu'il ne remette le couvert, le pervers ! éructa Maraval. Moi, ce que je retiens de tout ça, c'est la piste médicale ou pharmaceutique, on est d'accord là-dessus ?

Les deux autres étaient du même avis.

— J'ai cherché de ce côté-là, confirma María. Mais je n'ai abouti nulle part.

— Moi, j'ai bien trouvé un chirurgien lyonnais qui a connu des soucis avec la justice, suite à des plaintes déposées par des familles de patients dont la mort a été sujette à controverse. Mais le type a été innocenté et continue d'exercer.

— De mon côté, j'ai un pharmacien hospitalier à la retraite qui avait été inquiété, et inculpé, pour des faits de trafic de certaines drogues qu'il détournait de ses stocks pour les revendre aux petits dealers du quartier. Une sorte de grossiste ayant pignon sur rue, quoi. Avec une belle enseigne verte clignotante qui attirait les shootés… Mais je n'ai pas pu le relier à notre affaire.

Les autres hochaient la tête en simultané dans chacune des fenêtres du logiciel Skype de Maraval. Ils se retint de sourire, évoquant mentalement ces petits chiens à ressort qu'on trouvait parfois sur les plages arrière des voitures… Il se mordit l'intérieur des joues pour garder son sérieux et dit :

— Donc, *dead end*[26]. On est d'accord pour dire qu'on recherche un chirurgien pour l'aspect « organes », ou un pharmacien pour le chlorure de potassium… ou un infirmier, pour le côté « je sais faire des piqûres, sans hésiter, dans la jugulaire »… Seulement, on n'a rien de tangible à l'heure actuelle pour nous mener à lui. Question : on fait quoi, maintenant ?

— Bien résumé, confirma Di Falco. Si on lançait un appel à témoins ? Ou alors on approche la presse ?

— Risqué… ça peut créer de la panique, non ? Les tueurs en série, ça fout un peu les jetons.

— De toute façon, je suppose que chacun des meurtres a déjà fait l'objet d'un papier, non ?

— Sûrement, mais comme des cas isolés…

— De toute façon, vous savez comme moi qu'à un moment ou à un autre, ça va fuiter. Et, en même temps, on a besoin de biscuits. On sait bien que, parfois, les grandes affaires criminelles se résolvent sur un simple petit détail, une banale infraction, un témoignage qui paraît tout d'abord anodin.

---

[26] En anglais : impasse.

Personnellement, je pense qu'on n'a rien à perdre, tout à gagner. Faut qu'on le coince avant qu'il ne recommence ! s'excita Di Falco. On ne va quand même pas attendre qu'il nous adresse un nouveau jeu de mots par colis express avec une tête farcie de persil dans la boîte ?

— Brrr, j'aime pas beaucoup cette image, tressauta María, ça me rappelle les vitrines des bouchers. Mais je suis d'accord avec toi, Gino.

— J'en suis ! abonda Maraval. Je m'en charge au nom de la PJ de Paris, ça marche ? María, tu t'occupes de la presse espagnole ?

— *Claro*[27] !

— Ok ! Sortez vos gaules, mettez vos bottes et vos cirés : on part à la pêche !

---

[27] Claro ! : bien sûr.

Chapitre 54

La soirée de la veille avait été délicieuse. Cette petite Louise, sous ces airs de ne pas y toucher, savait faire montre d'un caractère de braise lorsqu'il s'agissait de s'exprimer au lit. Cela n'était pas pour lui déplaire et pourtant, il devait bien se l'avouer, il ne se reconnaissait plus lui-même dans ces moments-là. Pourquoi ces brusques accès de violence au moment de l'extase ? Pourquoi cette tentation, nouvelle en lui, de vouloir soumettre l'autre, la contraindre, la dominer. Pourquoi ses mains avaient-elles la tentation de saisir son cou, malgré lui. Dans ces moments-là, Mario ne se contrôlait plus, il n'était plus lui-même.

Ces manières de procéder, ce n'était pas lui... Souffrirait-il, à présent, d'une forme de dédoublement de la personnalité, qui s'exprimerait dans l'acte d'amour par une violence qui ressemblait, par analogie, à celle d'un meurtrier ?

Était-ce son projet homicide qui déteignait sur sa personnalité et le poussait à agir ainsi ?

Quoi qu'il en soit, il devait se reprendre, ou bien il commettrait une faute… la faute !

Celle qui l'empêcherait d'aller au bout de sa vengeance, de sa « justice ».

Celle qui mènerait les flics sur sa trace.

Dans son esprit, ceci était inconcevable.

Avec Louise, dorénavant, il lui faudrait soit se contenir, soit… en finir au plus vite.

Chapitre N

La vie, les choix, ont fini par les éloigner alors qu'on les croyait inséparables. Marion et Romain ont, chacun, emprunté des chemins différents, pour surmonter, chacun à sa manière, la perte de leur mère.

Romain s'est absorbé tout entier dans ses études et cela lui réussit à merveille.

Marion, en revanche, toujours aussi taciturne, l'âme sans cesse plus sombre, a décidé de quitter le domicile protecteur d'Agnieska. C'est son choix, après tout : un choix d'adulte responsable. Mais, puisqu'il faut bien vivre, qu'il est nécessaire de gagner quelques sous, pourquoi ne pas suivre les traces qu'avait laissées sa propre mère ? Ne voit-on pas souvent, la fille du boulanger devenir boulangère, le fils du notaire reprendre l'étude du père, la fille du comédien monter sur les planches, les enfants battus frapper à leur tour leur progéniture, l'enfant d'alcoolique noyer sa honte dans l'alcool... ? Les exemples sont légion de ces « fils ou filles de » qui, par mimétisme, reprennent un flambeau sur lequel ils crachaient par le passé…

Aussi paradoxal que cela puisse paraître, cette idée séduit rapidement Marion, que les études ne ravissent plus et que l'idée de travailler pour un patron ne séduit pas non plus. Alors, pourquoi ne pas exercer de manière libérale ? Il y a tellement de façons de gagner sa vie… ou de la perdre, d'ailleurs.

Et lorsque cet argent vous fait défaut, on ne se soucie plus tellement de l'odeur ni de la couleur qu'il peut avoir. On agit, en conscience, et on ramasse ce qui peut l'être.

Si par bonheur l'argent rentre facilement, on y prend vite goût et l'on en désire encore plus.

On ferme alors les yeux sur ses principes d'antan, on jette un voile sur les jugements que l'on portait à autrui et l'on fait ce qu'on peut avec ce que l'on a…

Seulement, parfois, certaines décisions changent le cours de toute une vie. Qui peut prévoir les conséquences d'un choix fait aujourd'hui, pour les dix ou vingt années qui suivront ?

Marion a fait un choix.
L'avenir seul lui dira si c'était le bon.

Chapitre 55

Paris, 18 novembre 2018

Dominant la place de l'Opéra de son architecture élégante, le palais Garnier, drapé d'une lumière dorée rehaussant ses colonnes, accueillit Louise et Mario, bras dessus bras dessous. Pour l'occasion, la jeune libraire, dont c'était la première visite en ces lieux, avait choisi sa plus belle robe de soirée, dissimulée à cet instant sous un gros manteau d'hiver.

Lorsque Mario lui avait proposé d'aller assister à un ballet sous la coupole du Palais, elle avait d'abord cru à une blague : elle n'aurait jamais imaginé qu'il pourrait apprécier ce type de spectacle. À vrai dire, elle ne se serait jamais spontanément intéressée à ce genre d'évènement, s'il n'avait pas lui-même initié l'invitation. Mais, une fois dans le grand hall, elle avait été saisie par les lumières, les dorures, les lustres improbables, l'immensité des espaces et cette ambiance unique des grands soirs de gala, quand toutes les femmes revêtent de belles tenues, quand chaque homme s'est mis sur son trente-et-un, quand les couples se frôlent, que les mots s'échangent d'une voix ouatée.

— C'est vraiment incroyablement beau ! s'extasiait Louise. Je n'aurais jamais imaginé cela. Pourtant, je suis passée bien des fois devant le bâtiment, j'ai vu des films et même ce dessin-animé, *Ballerina*, sorti il n'y a pas si longtemps, qui rendent si bien hommage au lieu. Mais, franchement, en vrai, c'est quand même autre chose. Merci, Mario, pour cette ravissante invitation.

— Tout le plaisir est pour moi, gente dame, répondit-il cérémonieusement en lui donnant le bras, d'une voix digne d'un courtisan à Versailles.

Ils avaient validé leurs billets pour ce ballet, *Raymonda*, une histoire d'amour entre l'héroïne du même nom et le chevalier Jean de Brienne face aux convoitises du chef des Sarrasins. Un ballet présenté, ce soir-là, dans une chorégraphie du regretté Noureev.

Lorsqu'ils pénétrèrent dans la salle, après avoir franchi le grand escalier double, Louise fut estomaquée.

— Wouah, fut tout ce qu'elle put articuler, mais cela suffit au bonheur de Mario, qui savait avoir visé juste. Au fond, n'était-il pas un grand romantique, lui qui aimait tant la littérature et les arts en général ? Des passions qui, d'ailleurs, les réunissaient.

Une ouvreuse au sourire éclatant les conduisit à leurs sièges, situés au niveau des baignoires, ces places encadrant le parterre, juste en dessous des premières loges de côté. La salle se remplit rapidement, un murmure général flottait sous les dorures et les lourdes tentures bordeaux. Enfin le calme se fit peu à peu, à mesure que les lumières se tamisaient.

Lorsque le noir se fit, que le rideau rouge se fut levé, que toutes les têtes se furent tournées vers la scène et l'orchestre à ses pieds, l'enchantement put commencer.

Le ballet, aux accents orientaux, était une merveille de décors et de costumes, un plaisir pour les yeux tout autant que pour les amateurs de musique. Les danseurs évoluaient avec une grâce et une technicité que Louise appréciait, écarquillant les yeux telle une enfant devant un spectacle de Noël.

Le livret du spectacle annonçait trois parties, entrecoupées par deux entractes, pour une durée totale de trois heures quinze. Pour une première expérience, le risque pouvait être l'ennui. Pourtant, à aucun moment Louise ne se lassa, ni du spectacle, ni de la musique, ni de se trouver aux côtés de Mario, dans la pénombre de la salle.

Lorsque retentit la sonnerie du premier entracte, la salle se vida, les jambes se dégourdirent, les toilettes furent assaillies. La libraire s'excusa auprès de son compagnon de soirée et s'engouffra à son tour dans les sanitaires.

La file d'attente aux toilettes dames était digne de celle d'un concert au Zénith mais, une fois assise sur la cuvette, se soulageant la vessie, Louise en profita pour regarder rapidement ses mails, répondre à quelques Whatsapp et vérifier, comme par habitude, le solde de son compte bancaire. Pour ce faire, elle ouvrit le navigateur web de son mobile et fut saisie, sur la page d'accueil, par l'un de ces articles de presse qui s'affichaient aléatoirement, au gré des intérêts de l'utilisateur et des cookies ayant espionné les pages vues. L'article, émanant du magazine *Le Nouveau Détective*, portait le titre évidemment racoleur :

« France : un tueur en série sévit sur le territoire. »

Louise, alléchée par le sensationnel, comme tout humain qui se respecte, cliqua sur le lien pour se repaître de la suite de l'article :

« Le criminel, auteur de trois homicides recensés à ce jour, a été baptisé l'Assassin au chlorure de potassium. En effet, c'est là le mode opératoire qu'il a choisi pour éliminer ses malheureuses et innocentes victimes. Une méthode simple, efficace, rapide et imparable : d'après les spécialistes consultés par notre rédaction, une injection de ce dérivé du sel, par voie intraveineuse, provoque une mort assurée en quelques secondes, par tétanie du muscle cardiaque. La victime n'aurait, prétendument, pas même le temps de souffrir. Ce qui tendrait à prouver que l'assassin n'est pas un sadique ?

« S'il n'est pas un sadique, toujours est-il qu'il est méthodique, organisé, et surtout toujours recherché par les polices de France et d'Espagne. Oui ! Car l'individu n'hésite pas à franchir les frontières pour commettre ses forfaits… »

Louise détestait cette littérature à sensation employée par ce type de magazines, ces tournures de phrases à grand renfort de points d'exclamation, d'interrogation et de suspension… De la suspension pour suspense de salon ! Pourtant, elle reconnaissait qu'il s'avérait difficile de n'en pas poursuivre la lecture, car cette manière de rédiger les articles, par des journalistes peu scrupuleux mais rompus à l'exercice, était redoutable : une fois la lecture débutée, vous étiez forcé d'aller jusqu'à son terme. La jeune femme savait que, derrière la porte des toilettes, d'autres femmes attendaient qu'une place se libère, mais elle garda son trône pour poursuivre sa lecture :

« À l'heure où nous bouclons cet article, les forces de l'ordre européennes auraient dénombré trois crimes, au modus operandi similaire. L'un à Paris, dans le cinquième

arrondissement (avril), l'autre dans l'agglomération lyonnaise (octobre) et le troisième à Alicante, en Espagne (juillet).

« Toutefois, si le procédé utilisé est à chaque fois le même, le profil des victimes est en revanche très différent. Ainsi, l'homme recherché s'est attaqué indifféremment à des hommes et des femmes, à des jeunes et des plus anciens… Quel est donc son mobile ? En a-t-il seulement un… ? Frappe-t-il au hasard ? Sommes-nous tous menacés ? L'un d'entre nos lecteurs a-t-il déjà croisé sa route sans soupçonner le moins du monde qu'il côtoyait un déséquilibré, un fou, un maniaque ?

« Selon des sources bien informées, il se pourrait que d'autres crimes n'aient pas encore pu être reliés à ces trois affaires… Combien de morts déjà à l'actif du tueur au chlorure ? Combien d'autres à venir ? Les enquêteurs sont à ce jour persuadés qu'il serait sur le point de récidiver…

« C'est pourquoi les forces de police lancent un appel à témoins, dans le but de recueillir un maximum d'éléments probants permettant l'identification du meurtrier. Son identification et de là… son arrestation !

« Car un tel déséquilibré doit être appréhendé, pour la sécurité de chaque citoyen français, espagnol, européen, qui sait ?

« Il peut frapper n'importe où, n'importe quand, n'importe qui…

« Chers lecteurs, ouvrez l'œil ! Faites appel à votre mémoire, aidez la police à mettre cet homme sous les verrous ! Il en va de votre devoir de citoyen, de votre sécurité et de celle de vos proches… »

Lorsque Louise eut terminé la lecture de ce torchon, elle regretta de s'être laissé emporter par cette prose malsaine. Cela étant, une once d'inquiétude légitime s'empara d'elle, comme toute personne un tant soit peu sensible. Bien sûr, elle savait qu'on ne vivait pas dans le monde des Bisounours, qu'à tout instant, que ce soit dans les plus grandes villes comme dans les campagnes les plus reculées, chacun pouvait un jour se trouver sur le chemin d'un malade, d'un fou homicide. Pourtant, il convenait de ne pas céder à la panique, de ne pas s'interdire de vivre, de sortir, d'aimer, de s'amuser : selon l'adage, la peur n'évitait pas le danger. L'idéal, pour une vie plus sûre, était de s'entourer de belles personnes, de belles âmes. Tel ce beau et fort Mario qui l'attendait dans la salle de spectacle, qui saurait la protéger des « méchants », comme disaient les enfants qui jouaient à se faire peur.

Elle tira la chasse d'eau et rejoignit son bien-aimé dans le hall de l'opéra Garnier, à l'instant où la sonnerie rappelait les spectateurs vers la salle de représentation.

Retrouvant leurs places désignées, sans l'aide de l'ouvreuse cette fois, Louise repensa à l'article du *Nouveau Détective* :

— Dis, je viens de lire un truc qui fait froid dans le dos.

— Ah oui ? Un chapitre d'un nouveau thriller scandinave ?

— Ben… presque ! Un article d'un magazine à sensations, spécialisé dans les affaires criminelles. Ils parlent d'un tueur en série qui aurait déjà frappé à Lyon, Paris et en Espagne. Tu te rends compte ?

Mario se tourna vivement vers sa compagne de soirée :

— Je me rends compte de quoi ? articula-t-il après un temps d'hésitation.

— En fait, d'après les dates du crime de Lyon, ça concorde avec ton voyage là-bas. Et comme ils disent que le tueur s'attaque aussi bien aux hommes qu'aux femmes, qu'il frapperait indifféremment et sans mobile apparent, j'ai frémi à l'idée que ça aurait pu être toi…

— Comment ça, moi ? Le tueur ? balbutia Mario, dont le cœur venait de faire du saut à l'élastique dans sa poitrine.

Il avait espéré ne pas paraître troublé, maîtrisant de son mieux le tremblement de sa voix. Par chance, Louise semblait ne s'être rendu compte de rien.

— Mais non, t'es bête ! Pas le tueur, la victime, idiot ! Toi, tu es bien trop gentil pour faire du mal à une mouche. Voilà, j'ai pensé à cela : que tu aurais pu te retrouver sur le chemin de ce fou et qu'il te tue…J'en tremble, rien que d'imaginer te perdre, Mario…

— Oh ! Louise, c'est touchant ce que tu me dis là, souffla-t-il en l'embrassant au creux du cou.

— C'est bête mais… j'ai pas envie qu'on te fasse du mal.

— Moi non plus, Loulou, j'ai pas envie qu'on te fasse du mal… Je suis là pour te protéger, maintenant…

— Pour toujours ?

Mario fit une moue comique avant de répondre :

— Toujours et jamais sont des mots à bannir dans les histoires d'amour…

La salle se fondit dans la pénombre et le ballet reprit.

Lorsqu'ils furent de nouveau sous la couette de chez Louise, Mario sut lui faire oublier toutes ses craintes ridicules…

Chapitre O

— Ta mère aurait vraiment été très fière de toi, Romain, déclare Agnieska avec émotion.

Elle tient entre ses mains le diplôme, cette licence en lettres modernes que vient tout juste d'obtenir le jeune homme, après trois ans d'un labeur sans faille, d'un sérieux qui l'honore.

— Je sais. C'est aussi pour elle que je n'ai jamais baissé les bras, même quand le chagrin pouvait m'envahir. Je voulais ce diplôme pour lui prouver qu'elle ne m'avait pas donné la vie pour rien, qu'elle n'avait pas fait tous ces sacrifices pour du beurre.

Agnieska, entendant ainsi parler de son amie disparue, sent une larme couler sur sa joue. Un tel hommage provenant du fils d'Anna Szabó, ce Romain qui est devenu, un peu, ce fils qu'elle n'a jamais pu concevoir. Le document, signé du recteur de la faculté de Paris, attestant de la validation des études de Romain, elle en est aussi fière que l'aurait été Anna. Elle s'identifie à son amie hongroise, puisqu'elle a su devenir, au fil des années, la mère de substitution de Romain et Marion.

Lorsque, plus jeunes, elles les appelaient « mes enfants », ce n'était pas seulement une formule d'affection…

— Qu'est-ce que tu vas faire, à présent ? demande-t-elle.

— J'hésite encore. Je ne sais pas si je vais poursuivre en lettres modernes ou m'orienter vers la formation d'instituteur. J'ai tout l'été pour me décider, si je tente le concours ou non.

— Et Marion ? Tu as des nouvelles, toi ?

Romain accuse le coup. Cette question l'affecte énormément, tant le lien entre les jumeaux a toujours été fort. Depuis le départ de sa « moitié », comme il se plaît à l'appeler, il ressent un vide immense.

— On s'est croisés une ou deux fois. Très rapidement.

— Et ça va ?

Il ne veut pas apprendre à Agnieska que Marion traîne non loin, dans le quartier ou parfois sur Pigalle, frayant dans un monde interlope, que ses fréquentations sont douteuses mais que c'est là son propre choix, qu'on se doit de respecter. La Polonaise se ferait un sang d'encre, alors il répond simplement :

— Dans l'ensemble, oui. Marion a fait un choix de vie qui est différent du mien, mais je ne veux pas juger. Je crois que, dans la vie, chacun se débrouille comme il peut pour surmonter la perte ou l'absence de ses parents. Chacun vit son propre héritage généalogique à sa manière : la fidélité, la rébellion, le rejet, la continuité, la culpabilisation ou la grâce…

— Comme tu t'exprimes bien ! On croirait un livre de philosophie, plaisante Agnieska comme pour masquer ses états d'âme.

Romain saisit délicatement la main de son ancienne nounou et actuelle logeuse.

— J'ai décidé de faire un petit voyage à Budapest, cet été, découvrir cette ville de nos origines. Est-ce que tu aimerais m'accompagner ? interroge-t-il.

— C'est une dépense… Et pourquoi t'embarrasserais-tu d'une vieille chouette comme moi ? Qui sait, peut-être trouveras-tu une jolie Hongroise à ton goût ? J'ai pas l'intention de te chaperonner.

— Je n'y vais pas pour chercher l'amour… Simplement pour mettre mes pas dans les siens, sentir les odeurs, les vibrations de cette ville où j'ai été conçu. Qui sait si le hasard ne me mettra pas face à notre géniteur mystère ?

— Est-ce seulement souhaitable ?

Romain considère cette question quelques instants avant de trancher :

— Tu as raison. Je n'ai pas besoin de père : j'ai eu deux mères formidables !

Chapitre 56

Se concentrer. Rester « focus sur ses objectifs », comme disent les sportifs et les forces de vente des entreprises anglo-saxonnes. C'est ce que se répéta Mario qui, depuis que sa relation avec Louise avait pris une tournure plus intime, ressentait des difficultés à se concentrer sur son dernier véritable objectif, cette quatrième cible qui devait boucler sa série. De plus, il se remémora la délicieuse soirée à l'opéra Garnier, qui avait failli être troublée par la découverte, par la jeune femme, de l'appel à témoins.

Et si la libraire se prenait à douter de lui ? À le soupçonner ?

Il en était presque arrivé à se convaincre que mieux valait en rester là, mettre un terme à sa folie meurtrière. Puisqu'il n'avait pas été inquiété jusqu'ici, puisqu'il s'avérait que les polices piétinaient dans leurs enquêtes, peut-être serait-il plus sage de s'arrêter ?

Mais cela lui semblait impossible. Cela aurait signifié que les trois précédentes cibles seraient mortes pour rien. Chacun des crimes, pris individuellement, n'avait aucun intérêt, sur le plan philosophique. Ils ne prenaient du sens qu'à la lumière du quatrième et dernier. Ils formaient un tout indissociable, une histoire, une logique.

Une logique qui, si les enquêteurs étaient assez malins ou chanceux pour la décrypter, leur permettrait sans doute de découvrir la dernière victime et donc... d'éviter sa mort.

Ainsi, si Mario voulait parachever son œuvre, il devait accélérer la cadence.

Agir vite, sans délai.

Mais toujours prudemment.

Ne pas confondre vitesse et précipitation... encore une de ces phrases toutes faites qu'employaient invariablement les sportifs de haut niveau... Enfin, de haut niveau sportif et non intellectuel, ironisa Mario.

La vitesse était une qualité garantissant le succès, la précipitation un défaut qui pouvait conduire à l'échec.

Et s'il échouait : retour à la case départ, à savoir que tout cela aurait été vain.

C'est pourquoi Mario prenait le plus grand soin à repérer sa nouvelle cible.

Pourquoi avoir fait le choix de l'exécuter en dernier, cette Mathilde Péroni, alors que sa première victime, Alioune M'bappé, se trouvait également à Paris ? Y avait-il une signification à cet ordre précis ? Paris, Alicante, Lyon, Paris ? Mario s'était fréquemment posé la question, au commencement. Deux raisons avaient orienté son parcours : le travail de recherche à propos des quatre victimes, d'abord. Ensuite, il y voyait une certaine logique, une boucle, en somme. Finir là où tout avait commencé.

Cela avait aussi eu l'avantage de brouiller les pistes, de ne pas concentrer les forces de police au même endroit dans un court laps de temps. Se disperser pour mieux égarer ?

Mario s'était donc fait violence pour reprendre ses repérages. Pour ajouter un peu de piment à l'affaire, il devait dorénavant se méfier de la curiosité de Louise. C'est pourquoi il opérait de préférence les jours où la jeune femme travaillait à la librairie.

Malgré le froid qui commençait à se déployer sur la capitale française, il sortait à la rencontre de Mathilde. Pour tromper les caméras de surveillance indiscrètes, il avait choisi d'arborer un bonnet de laine gris, déambulant tel un client lambda, dans la supérette où travaillait la jeune femme. Il effectuait quelques achats, se débrouillait pour passer à la caisse tenue par la demoiselle Péroni et réglait invariablement en espèces. Il s'était tout de même payé le luxe d'échanger quelques banalités avec celle qui n'était pas encore sa victime, sinon sa prochaine cible. Un petit plaisir malsain, certes, mais tellement excitant. D'ailleurs, la caissière était loin d'être vilaine. Il lui trouvait quelques airs de Louise, sans toutefois en posséder la grâce, ce petit truc en plus qui aurait pu le séduire tout à fait. Cela étant, la question n'était pas là : il n'aurait plus manqué que le meurtrier s'éprenne de sa victime !

Enfin, lorsqu'il quittait le magasin, dans lequel il venait toujours en cours d'après-midi – puisqu'il avait consigné ses horaires de travail –, il se postait à l'extérieur et attendait la sortie de la jeune femme.

De là, il la pistait comme il avait déjà appris à le faire lors des meurtres de M'bappé, Lopez puis Delorme, avec chaque fois plus de discrétion et d'efficacité. Elle résidait non loin de la supérette, rentrant toujours à pied, quelques rues seulement à parcourir, dans le quartier de Belleville qu'il connaissait si bien, pour l'avoir tant de fois arpenté de long en large. Pour y avoir usé ses fonds de culotte. C'était au siècle dernier ! Depuis, Mario avait beaucoup changé, pris de la bouteille, mais s'était-il bonifié comme les vins de garde ? À voir ! En tout cas, son cœur s'était endurci, sa volonté affinée. Les rues du quartier n'avaient plus aujourd'hui les mêmes couleurs, saveurs, odeurs qu'auparavant. D'ailleurs, n'en allait-il pas de même pour chacun d'entre nous ? Notre personnalité et notre environnement n'étaient-ils pas intimement liés ? Mais lequel avait le plus d'influence sur l'autre ? C'étaient là les pensées de Mario, tandis qu'il traquait Mathilde Péroni, annotant sur un carnet quelques précieux renseignements : noms de rues, horaires, distances, temps…

Pour rentrer à son domicile, la jeune femme devait traverser le parc de Belleville et ses pelouses pentues où, aux beaux jours, des couples s'allongeaient, des promeneurs venaient admirer Paris depuis ce promontoire naturel. Mario songea que l'endroit pourrait parfaitement convenir à son nouveau forfait. Il n'avait encore pas agi à l'air libre, pourquoi pas cette fois-ci ? Mais était-ce bien prudent ? N'était-ce pas plus aléatoire qu'au domicile de la jeune femme ? Pas si sûr… Il avait pu constater que la rue où résidait la caissière était par trop animée, l'accès à l'immeuble trop visible, les voisins trop curieux, vigilants et certainement solidaires. Ce quartier de Belleville, par tradition populaire, gardait parfois des habitudes de village où chacun, dans sa rue, connaissait au moins de vue ses voisins.

Il estimait donc avoir de meilleures chances de réussir son coup à l'extérieur, à couvert sous un bosquet du parc. De toute façon, sa méthode commençait à être éprouvée, il savait qu'il n'aurait besoin que de peu de temps pour se saisir de la jeune femme, la bâillonner d'une main ferme, l'attirer sous les frondaisons puis injecter son aiguille mortelle dans sa jugulaire. Quelques secondes suffiraient à l'affaire...

Ne restait plus qu'à choisir le jour idéal.

Chapitre P

Appuyé sur la rambarde du pont des Chaînes, lequel relie Buda à Pest, Romain contemple avec nostalgie les flots paisibles du beau Danube bleu, qu'il ne se lasse pas d'admirer depuis qu'il a posé le pied dans la ville natale de sa mère.

Sur la rive gauche, les pierres blanches du Parlement soutiennent avec majesté le dôme gris de l'édifice officiel. Le jeune homme est tombé en amour pour cette ville, à laquelle il se sent appartenir un peu. Dans ces veines coule, il lui semble, un flot de sang magyar, à la fois paisible et fougueux, à l'image de ses ancêtres.

Amoureux de cette ville et de l'une de ses habitantes… Privilège de la jeunesse, le cœur possède de ces embrasements soudains que rien ne peut endiguer. Est-ce parce qu'il possède ces origines hongroises qu'il s'est ainsi entiché, au premier regard, de cette Magda Nagy qu'il vient tout juste de quitter après une nuit d'amour torride ?

Magda, aussi blonde qu'un champ de blé, aussi longue qu'un jour d'été, la peau aussi pâle qu'une nuit de pleine lune, aussi belle qu'une aurore boréale. Comment Romain aurait-il pu ne pas succomber à de tels charmes ?

Ils s'étaient croisés, deux semaines auparavant, dans le célèbre salon de thé de la Maison Gerbaud, où il s'était autorisé à déguster un café glacé, bienvenu par cette chaleur d'août qui dégoulinait des murs de Budapest, assommait les organismes, assoiffait les touristes.

Quand il était entré dans l'établissement, ses yeux s'étaient immédiatement posés sur cette blonde diaphane, assise seule à une petite table ronde, dans un coin de la salle principale. Elle lisait, cela l'émut. Car une belle femme qui lit en sirotant un chocolat, cela avait pour lui une sensualité inexplicable. Elle tenait le livre à plat sur la table, une main posée dessus, l'autre main retenant une mèche de ses cheveux d'or qui s'obstinait à ne pas rester derrière son oreille et masquait les pages ouvertes du roman. Cette pose avait, aux yeux de Romain, la beauté pure d'une estampe japonaise.

Il avait osé. Avait commandé sa consommation au comptoir. S'était avancé vers la table ronde, où une chaise vide faisait face à la jeune femme.

— Mademoiselle, je vous prie de m'excuser…

La lectrice avait relevé la tête, sa mèche blonde libérée lui barrant le visage.

— Monsieur ?

— Je conçois que ma conduite peut paraître assez cavalière, mais je ne peux m'empêcher d'être attiré par les femmes qui lisent en buvant un café…

— Vous faites erreur… c'est un chocolat.

— Cette place est libre ? poursuivit-il sans se démonter.

— Elle l'était, jusqu'à votre arrivée. Je vous en prie…

Romain s'était assis délicatement, sans quitter des yeux la jeune femme, sans se douter le moins du monde que, plus de quarante ans auparavant, sa propre mère s'était assise à cette même table, rêvant à un avenir meilleur…

— Je m'appelle Romain.

— Et moi Magda. Enfin, Magdalena, mais je trouve cela beaucoup trop long.

— Les deux vous vont à ravir.

Magda s'empourpra.

C'est ainsi que tout avait commencé. Ils avaient alors passé plus de deux heures dans le salon de thé, à parler littérature, à se raconter leurs coups de cœur livresques, à dévoiler quelques bribes de leur propre histoire.

Romain sourit béatement, se remémorant cette première rencontre, les yeux mi-clos par le soleil levant qui lance des reflets aveuglants sur le fleuve, sous le pont des Chaînes bien gardé par ses célèbres lions de pierre.

Il se souvient de ce coup de foudre sans pareil, de cette manière dont il avait osé l'aborder.

Il se rappelle leurs premiers jours de flirt, déambulant dans les rues animées de la capitale hongroise.

Il ne peut oublier cette soirée où ils se sont rendus aux bains Széchenyi, cette piscine municipale aux eaux chaudes – trente-huit degrés pour le bassin le plus chaud – dans laquelle il est possible de nager au-milieu des joueurs d'échecs disputant leurs parties le corps à demi-immergé.

La journée, le lieu était magique ; la nuit, l'endroit devenait féérique. Les façades jaune vif du bâtiment, ses arcades ciselées, ses balcons surplombant les bassins, tout cela conférait aux bains une allure unique.

Magda était blottie dans les bras de Romain, seules leurs têtes dépassaient de l'eau chaude. Une heure hors du temps, où les autres baigneurs, s'agitant autour d'eux, n'avaient pas plus de consistance que les vapeurs flottant sur l'onde.

En quelques jours seulement, ils s'étaient apprivoisés, découverts, jaugés, appréciés, aimés. Un bonheur pur et sain les avait rapprochés naturellement. C'était ainsi, il n'y avait pas de place pour le doute.

Mais les jours défilent et Romain sait qu'il devra bientôt repartir pour Paris, poursuivre ses études. Quel avenir pour leur idylle ? se demande-t-il avec angoisse, quittant le pont, s'éloignant en direction du funiculaire qui mène au château de Buda. Magda, elle-même étudiante en lettres, ne peut quitter la ville, à moins qu'elle ne parvienne à décrocher une bourse d'échange avec la France... Mais cela reste encore hypothétique et, sans doute, prématuré.

Sa poitrine se serre tandis qu'il s'assoit sur l'un des bancs de bois du funiculaire. Il n'a aucune envie de repartir. Il se sent si vivant avec la jeune étudiante. Ils sont tellement en phase l'un et l'autre, possèdent tant de points communs, de centres d'intérêt partagés. Deux semaines merveilleuses. Mais il doit repartir dans deux jours : un crève-cœur.

Comment pourra-t-il se passer de sa peau laiteuse, de ses cheveux d'or, de ses lèvres gourmandes, de ses petits seins délicats ? L'image du corps nu de Magda, qu'il vient de quitter une heure plus tôt, remonte à la surface de ses pensées. La nuit qui vient de s'achever était comme un inoubliable ballet des corps et des cœurs.

Ils s'étaient donné rendez-vous dans la résidence universitaire où logeait Magda. Une chambre minimaliste mais suffisante pour abriter leur passion toute nouvelle. Ils s'étaient aimés là, fiévreusement, de cette fièvre qui dit le manque et la peur de manquer, de cette frénésie des âmes qui savent qu'elles vont devoir se séparer bientôt.

La nuit avait coulé, sans la moindre notion de temps, aussi blanche que la peau de l'étudiante.

Au petit matin, les yeux rougis, les peaux encore brûlantes, ils étaient restés l'un contre l'autre, à parler, puisque parler leur permettait de ralentir le cours du temps. Magda promenait son regard sur le corps nu de Romain.

— C'est beau, ce tatouage. Pourquoi ce poing ? Il y a longtemps que tu l'as ?

Le jeune Français, encore englouti dans les vapeurs de l'amour, s'était confié :

— C'est une très longue histoire...

— Tu me la racontes ? Tu sais que j'adore les histoires ! C'est un pari ?

— Non, pas du tout. En fait, c'est presque comme une alliance.

— Tu es marié ? s'était insurgée la Hongroise.

Romain avait ri.

— Mais non, voyons ! Une alliance ne désigne pas obligatoirement l'union entre mari et femme. C'est simplement la marque d'un lien fort, entre deux êtres qui s'allient, qui ne veulent pas se séparer, jamais...

— Qui est cette personne ?

— Elle s'appelle Marion…

— Qui est Marion ? avait insisté Magda.

— Marion ? C'est mon double ou ma moitié, comme on veut.

— Comme une amitié fraternelle ?

— Mieux que ça, encore ! Anna, ma mère, dont je t'ai déjà parlé, qui est née ici, à Buda, a eu des jumeaux : Marion et moi. Nous avons toujours été inséparables, jusqu'à la mort de maman. Après cela, on a pris chacun une route différente. Marion se veut beaucoup plus autonome que moi… Mais avant de nous quitter, on a décidé de sceller notre gémellité par un tatouage, chacun le sien, gravé profondément dans notre chair. Pour nous rappeler que, même à des milliers de kilomètres l'un de l'autre, même loin des yeux, nos peaux sont semblables, nos chairs se confondent. Je suis toi, tu es moi… Tu vois l'idée ?

— C'est beau, poétique, romantique même…

— Et charnel ! Comme toi et moi, ta peau contre ma peau, ton corps contre mon cœur… Viens, Magda, je veux encore me rassasier de toi…

La nuit blanche s'était poursuivie.

Le funiculaire atteint son terminus, sur l'esplanade même du château de Buda. Depuis ce promontoire, Romain peut admirer l'immensité de la ville, sa beauté tranquille, coupée en son milieu par le Danube scintillant.

Il regrette de n'avoir pas eu le temps d'y amener Anna.

Il craint de n'avoir pas la force d'en arracher Magda.

Chapitre 57

Lorsqu'elle cogitait, son cerveau avait vite tendance à s'égarer dans des extrapolations que Louise jugeait ineptes.

Depuis quelques jours, Mario se montrait de nouveau plus distant, moins accessible, malgré l'intimité et les délicieux moments qu'ils avaient partagés jusqu'alors. L'homme paraissait être retombé de nouveau dans une de ses périodes de mélancolie, de besoin de solitude, de fuite. Elle devait le respecter, bien sûr, mais elle n'en cogitait pas moins.

Elle essayait de repenser à ce qu'elle aurait pu avoir dit ou fait de mal, pour qu'il s'éloigne ainsi d'elle. Elle repassait mentalement leurs derniers jours, leurs dernières nuits, heure par heure, minute par minute. Elle disséquait le temps en petites tranches comme pour mieux l'interpréter.

C'est ainsi que son cerveau se souvint de leurs étreintes, de cette sorte de violence animale qui s'emparait de Mario chaque fois qu'il parvenait à la jouissance : ses mains sur son cou, ses yeux comme perdus dans un univers dont elle était écartée.

De là, par une association d'idées un peu folle – comme souvent dans ces cas-là – elle se rappela cette histoire de tueur en série qu'elle avait lue sur son mobile, dans les toilettes de l'Opéra.

Elle revécut en pensée la réaction un peu étrange de Mario quand elle lui avait fait part de cette histoire, la façon dont il s'était troublé quand elle avait évoqué la concomitance entre son rendez-vous à Lyon et le crime perpétré à l'hôpital Pradel.

Se pouvait-il … ? Elle se refusait à admettre cette hypothèse.

Pourtant, elle était à son tour intriguée par ce hasard du calendrier. D'autant qu'à présent, en y réfléchissant bien, elle se fit la remarque que, lors du crime de Paris, commis en avril, Mario traînait également dans le cinquième arrondissement, non loin du Panthéon. Elle s'en souvenait très bien, puisqu'elle l'avait suivi, à l'époque, telle une amoureuse transie et ridicule, dans les dédales du métro, à des terrasses de café, sur les trottoirs du quartier Latin.

Louise se jeta alors sur son carnet intime, qu'elle avait d'ailleurs délaissé depuis que sa relation avec Mario s'était concrétisée. Elle voulait en avoir le cœur net, tourna les pages fébrilement et retrouva :

« Mardi 1er mai 2018,

À cet instant même, je suis assise au pied du Sacré-Cœur et j'ai peur…

Peur de quoi ?

De moi.

Peur d'être ridicule. Peur de ne jamais être capable d'aimer et d'être aimée.

À cette peur s'ajoute la honte. Honte de me comporter ainsi et honte de n'être pas capable de l'aborder. Je parle de Lui... l'inconnu de la librairie. Honte d'en être réduite à l'espionner depuis ma fenêtre, honte de me caresser en le bouffant des yeux... Alors que je n'ai qu'une envie, tant déjà je l'idéalise : que les caresses proviennent de lui...

Ah ! mais qu'est-ce que je raconte ? T'es une vraie nympho du cerveau, ma pauvre fille ! Une frustrée du slip... Arrête ça immédiatement !

Pfff... en même temps, ça me fait du bien d'écrire ça noir sur blanc, ça me libère un peu.

C'est décidé : je vais t'être plus fidèle, mon journal, je vais te raconter tout ce qui m'arrive, en particulier ce qui le concerne, lui...

Laisse-moi déjà te raconter ce que j'ai osé faire ces derniers jours.

Je l'ai suivi dans Paris... »

« Je l'ai suivi dans Paris... », elle avait effectivement écrit cela et détaillé, par la suite, dates à l'appui, toute sa filature, avec parfois les noms des rues, des monuments…

Le doute s'installa dans l'esprit de Louise : les dates et les lieux concordaient entre le crime de cet Alioune M'bappé et la présence de Mario dans le secteur mentionné. Lyon, Paris : hasard puis coïncidence…

La jeune libraire refusait de s'en convaincre, pourtant elle devait bien admettre que ce faisceau d'événements convergents était troublant.

Et Alicante, alors ? Diantre ! elle ne voulait pas chercher plus loin, elle voulait juste refermer son carnet, se vider la tête de toutes ces bêtises de midinette en mal de sensations fortes et ne plus jamais penser à ça.

Pourtant, elle tourna encore les pages du carnet. Elle découvrit avec répulsion ceci :

« Île de la Cité, le 12 juillet 2018.

« Il est encore parti, mais je ne sais pas où…

« Depuis qu'on s'est parlé quelques instants à la librairie, puis le long du trottoir en bas de chez nous, j'ai de nouveau peur de m'approcher de lui. Pourtant, j'en ai tellement enviiiie ! Mais je ne sais pas, quelque chose en lui me bloque. Ses yeux, peut-être, je les trouve si profonds, lumineux et sombres à la fois : aveuglants, en somme. Quand il les pose sur moi, j'ai l'impression qu'il me met à nu, qu'il me radiographie, qu'il lit en moi comme dans un livre ouvert…

« Alors, je l'évite, mais je le piste car je ne peux pas m'en empêcher. Hier, je l'ai vu sortir de son immeuble et, sans réfléchir, je me suis lancée à ses basques. »

— Mon Dieu ! balbutia-t-elle. 12 juillet… Cela commençait à faire beaucoup…

Elle relut en diagonale les notes qu'elle avait couchées ce jour-là et découvrit ce paragraphe qui confirma ses craintes :

« À mon grand regret, Mario avait dû lui aussi réserver son billet en ligne car il ne s'est pas présenté au comptoir d'enregistrement, sans quoi j'aurais pu d'emblée connaître sa destination. Au lieu de quoi, il s'est dirigé d'un pas déterminé vers la porte d'embarquement et j'ai été contrainte, à mon plus grand regret, de le laisser disparaître après le contrôle de sécurité, où j'aurais été refoulée, ne pouvant présenter le moindre billet... »

— Ouf ! s'exclama-t-elle.

D'accord, il avait pris l'avion à cette période-là, très probablement sur un vol moyen-courrier, d'après le terminal où il avait embarqué, mais cela ne signifiait pas qu'il s'était rendu à Alicante ! Il avait très bien pu rallier des dizaines d'autres destinations... Pour en être certaine, il lui faudrait se rappeler quelle heure il était à peu près... Bon, d'accord, elle avait bien une petite plage horaire en tête... Il devait y avoir un moyen de retrouver quels vols partaient à telle heure de tel terminal d'Orly... Mais, non, elle se refusait à se renseigner sur la question : elle serait horrifiée d'en connaître la réponse.

Louise referma sèchement son carnet, l'envoya valser à travers son appartement, la rage au cœur de se sentir capable de soupçonner son amoureux d'être l'auteur d'un triple meurtre.

Elle devait se retirer cela de la tête, vite !

Chapitre Q

Lorsqu'on plonge régulièrement la tête dans les livres, les encyclopédies, les dictionnaires étymologiques, on se surprend parfois à de drôles de découvertes. On s'amuse à retrouver les emplois princeps de tel ou tel terme, souvent bien éloignés de l'usage qu'on en fait à l'époque contemporaine. Quoique, parfois, il en reste comme une logique inébranlable.

C'est ce à quoi songe avec amusement Marion, les yeux braqués sur la définition de « proxénète » :

« Du latin *proxeneta* : courtier, entremetteur. Ce mot désigne au départ un entremetteur dans une affaire commerciale. À partir de la fin du XVIIe siècle, le sens se spécialise dans l'entremise des mariages et rendez-vous galants. »

Quelle jolie définition, quel bel emploi, si romanesque, si « vieille France » !

Seulement, la France d'aujourd'hui ayant considérablement évolué, le ou la proxénète –

parfois désigné comme un souteneur ou une mère maquerelle, selon le sexe de la personne – s'est donc spécialisé dans le profit du commerce du sexe…

Et comme le veut l'adage : il n'y a pas de petits profits, l'argent n'a pas d'odeur, etc. De belles formules bien commodes pour ceux qui s'emplissent les poches sur le dos de leur prochain, non ?

Marion, cela étant, n'éprouve aucun scrupule, ayant sous sa coupe une bonne vingtaine de « filles », venues de tous les horizons de la misère humaine. Des immigrées ayant fui la pauvreté de leur pays d'origine pour venir tapiner dans les rues de Paname. Tiens ! cela lui rappelle vaguement quelqu'un…

L'histoire, souvent, se répète. La vie n'étant qu'un éternel recommencement, cette habitude de vendre ses charmes, de tirer profit du sexe, semble se perpétuer chez les Szabó. Anna, de Budapest à Paris, puis maintenant Marion.

À une différence près, mais qui n'est pas mince : l'une travaillait pour elle-même, l'autre fait travailler ses « filles », a préféré contourner le comptoir, s'installer derrière et ramasser une bonne part de l'oseille. Être à son compte, certes, mais en faisant trimer les autres.

C'est d'ailleurs de quoi se plaint Malika, la longiligne Nigériane, celle qui ramène le plus gros chiffre d'affaire, parce qu'elle est sans conteste la plus attirante, celle qui émerge du panier :

— C'est plus possible, Marion ! Tu ne peux plus me prendre soixante pour cent à chacune de mes passes, c'est dégueulasse !

— Et pourquoi, je pourrais plus, s'il te plaît ?

— Parce que c'est moi qui me coltine les clients et que, rien que pour ça, je devrais quand même avoir droit à la plus grosse part de galette. C'est sur moi que les bonhommes s'excitent, pas sur toi !

— Manquerait plus que ça, tiens… C'est pas mon genre, ricane Marion. Tu oublies peut-être que tu as une dette envers moi ? Je veux bien te libérer si tu la rembourses cash, mais à mon avis, c'est pas près d'arriver, je me trompe ?

Malika n'a pas oublié tout ce que Marion a fait pour elle, quelques mois plus tôt : l'aider à sortir du pays, lui faire établir des faux papiers, lui trouver un logement, l'habiller, la soigner… Tout cela a un coût, qui se rembourse un peu plus chaque jour, à chaque nouvelle culbute sous le poids d'un client.

— Je sais bien, Marion, je sais… Mais on pourrait pas quand même s'arranger un peu ? Faire fifty-fifty ?

— Ça rallongerait la durée du remboursement… Après tout, pourquoi pas. Tu sais bien que je ne suis pas vache, hein ? Entre vous et moi, les filles, c'est une question de confiance mutuelle, tu ne crois pas ?

— Bien sûr, Marion. Je sais ce que je te dois et je me débrouillerai pour te rembourser jusqu'au dernier centime, promis. C'est ok à cinquante, alors ?

— C'est ok pour moi, mais ne va pas ébruiter ça auprès des copines, hein ? Que ça fasse pas boule de neige. C'est bien parce que c'est toi, parce que tu marches du tonnerre et que tu m'es sympathique.

— Merci, soupire la Nigériane en claquant une bise sur la joue de Marion.

« Pas facile tous les jours, ce business ! songe Marion, même s'il est bien juteux… »

Chapitre 58

Alicante – Paris - Lyon, 4 décembre 2018

Les trois enquêteurs avaient organisé une nouvelle séance de partage d'informations via Skype. Lors de la précédente visioconférence, ils s'étaient fixé pour mission de continuer à creuser la moindre piste auprès, notamment, de l'entourage des trois victimes du tueur au chlorure de potassium.

Ils étaient alors loin de se douter de leur surprise à l'issue de ce « call », loin d'imaginer que leurs investigations allaient se voir couronner d'un tel résultat…

Pour l'heure, le lieutenant Lucas Maraval et l'*inspector-jefe* María Ortiz badinaient, en attendant la connexion du retardataire, le lieutenant Gino Di Falco. Après quelques échanges de pures banalités, l'inspecteur parisien osa quelques commentaires légers, au contenu peu professionnel :

— Le soleil d'Espagne te va à ravir, chère collègue, tu as un teint sublime ! Tu crois que, si je venais quelques jours en vacances à Alicante, je pourrais obtenir le même résultat ?

— Ah ? tu comptes prendre quelques jours pour les fêtes ?

— Oh ! ce n'est pas encore gagné, et pourtant on a un paquet de jours à récupérer… Mais, si par hasard je devais venir, et comme je ne connais personne sur place, hormis toi, je me disais que… peut-être… tu pourrais me servir de guide…

— Touristique ?

— Disons, par exemple, qu'on pourrait aller prendre un verre, des tapas, une sangria… Sortir un peu… Faire la fête pour oublier toute cette affaire affreuse… Se donner du bon temps, entre collègues au repos…

— Je vois, je vois… s'amusa María. En effet, ça pourrait être sympathique. Mais je t'arrête tout de suite, lieutenant : si tu t'imagines qu'il pourrait y avoir autre chose de plus qu'un petit verre entre deux collègues, tu te fourres le doigt dans l'œil !

Lucas se sentit d'un coup comme un oiseau qui aurait pris du plomb dans l'aile.

— Euh… c'est-à-dire ? Enfin, je n'insinuais pas… tentait-il de se raccrocher aux branches.

— C'est-à-dire que, bien que je te trouve charmant et que, visiblement, je sois aussi à ton goût, je préfère te prévenir par avance que, pour moi, les hommes… ça ne peut pas aller plus loin qu'un bon copinage, tu vois ce que je veux dire ?

— Ah ? parce que tu es… enfin… tu préfères… ah ! fut tout ce qu'il rétorqua d'intelligible.

De l'autre côté de la caméra, dans son bureau d'Alicante, l'*inspector-jefe* attrapa une photographie qu'elle montra à la caméra, sur laquelle on la voyait amoureusement enlacée avec une autre femme :

— Voilà, je te présente Toni, ma femme. Son prénom complet est María-Antonieta, comme votre reine à l'époque de la Révolution, la femme de Louis XVI. Mais c'est trop long, elle préfère que je l'appelle Toni. Elle est belle, hein ?

Lucas restait bouche bée. « Ça alors, quel gâchis », songeait-il sans oser partager à voix haute son opinion de l'amour entre femmes.

— Vous formez un joli couple ! conclut-il, à l'instant où leur collègue lyonnais se connectait enfin.

— Salut tout le monde ! Désolé pour le retard. Vous ne vous êtes pas ennuyés, sans moi ?

María Ortiz et Lucas Maraval sourirent. Le flirt raté du Français prenait fin, la conférence pouvait débuter. L'inspecteur parisien prit le « lead » avec soulagement :

— Alors ? La pêche a été bonne ? Vous avez avancé ?

L'enquêtrice espagnole fut la première à réagir :

— J'ai pu échanger de nouveau avec la fille de Candida Lopez, Juana. La *pobrecita*[28], elle aura bien du mal à s'en remettre. Son père mort il y a quelques années, et maintenant sa mère, dans des conditions épouvantables. Bref, entre deux sanglots, elle a réussi à se souvenir d'un élément qui, je crois, peut avoir une certaine importance. Du moins, je trouve la coïncidence assez troublante, vous allez voir…

— Quel suspense ! plaisanta Di Falco. Allez, raconte.

— J'y viens… Vous vous rappelez que la *señora* Lopez avait les yeux bandés par un loup que lui avait sans doute posé le meurtrier ?

— Exact.

— Et que la phrase laissée par le sale type était : « *Otras famosas crisis por los ojos…*[29] ».

---

[28] La pauvre petite, la pauvrette.

— *Correcto*, s'amusa Maraval.

— Donc, le mot « yeux » sur le petit papier… Le loup disposé sur les « yeux »… Et figurez-vous que la jeune Juana m'a appris que sa mère avait été opérée de la cornée, quelques années plus tôt. Elle était atteinte d'une maladie qui dégénérait vers une cécité quasi certaine et aurait subi une greffe. Vous ne trouvez pas ça étrange ?

Les inspecteurs français furent saisis d'un même frisson dans l'échine. Di Falco fut le premier à réagir :

— Bordel de Dieu… comment vous dites, déjà, en Espagne ?

— *Me cago en Dios* ?

— Oui, c'est ça ! Bref. C'est d'autant plus troublant qu'ici, la victime, Rose Delorme, que le gars a abandonnée avec un sac en plastique sur la tête et le mot « poumon » sur un bout de papier… a également subi une greffe de… je vous le donne, Emile, comme disait Coluche…

— Une greffe de poumon ? interrogea Maraval, en étant déjà certain de la réponse.

— Bingo, collègue ! Son mari, Luc, me l'a révélé également. Et toi, ne nous dis pas que…

Le lieutenant Lucas Maraval déglutit avant de se lancer :

— Alioune M'bappé, en plus de sa bourse d'études décrochée en France, a eu l'insigne honneur de se voir inscrit sur une liste d'attente en vue d'un greffon de… cœur… qu'il s'est vu attribuer, vous vous en doutez. Et je vous rappelle que l'assassin lui a épinglé un bout de papier sur… le cœur… avec cette phrase, qui aujourd'hui prend tout son sens :

---

[29] D'autres fameuses crises par les yeux…

« *Petit salaud, je te crache au cœur* »… Merde ! C'est pas dingue, ça ?

— C'est même carrément barré ! souffla Di Falco.

— *Madre de Dios* ! jura María Ortiz.

— Voilà un putain de point commun, les amis, synthétisa Lucas derrière sa webcam. Ça vous inspire quoi ?

— Moi, comme ça à chaud, je pense à un trafic d'organes… Une sorte de mafia, derrière tout ça ? Un type agissant pour le compte d'une organisation ? Dans quel intérêt ? Qui ? Où ? Mystère et boule de gomme.

— Ouais, c'est une piste, faudra qu'on creuse, renchérit Maraval. Pour ma part, tout ceci me conforte dans mon idée de chirurgien qui pourrait, pourquoi pas, avoir un lien avec les trois patients ayant reçu les greffes ? Par contre, le mobile… je n'ai pas le début du quart d'une idée… Pourquoi un chirurgien, qui a prêté au début de sa carrière le serment d'Hippocrate, qui se doit de sauver des vies, coûte que coûte, pourrait à la fois greffer des patients et leur ôter la vie après ? Il y a là quelque chose qui m'échappe, les gars… María ?

— Oui, c'est complètement dingue et carrément glauque, si c'est le cas…

— Quoi qu'il en soit, il y a bien là un lien un poil plus clair entre nos trois affaires. Reste à comprendre le mobile, dit Maraval.

— Et surtout à trouver l'assassin. L'empêcher de poursuivre son œuvre, si toutefois il en a l'intention, ajouta María.

— Bon, je propose qu'on mette nos neurones et nos équipes en marche, avec cette idée de chirurgien pourri. Que chacun passe en revue le dossier médical de sa victime. Qu'on retrouve le nom du chirurgien, de l'anesthésiste, des assistants qui ont procédé à la greffe. On interroge tout ce beau monde, si c'est encore possible. On se rappelle dès que l'on a procédé à cela, ça marche ?

— Entendu !

— Le plus tôt sera le mieux, frémit l'enquêtrice espagnole.

Chapitre 59

De nouveau des réponses évasives, des messages sans passion, vite rédigés, comme pour s'en débarrasser. Louise se morfondait de constater que Mario s'enfermait une nouvelle fois dans une bulle de solitude, la délaissant.

La jeune femme, depuis plusieurs jours, n'avait de cesse de ressasser ses interrogations et soupçons au sujet de celui qu'elle croyait aimer. Ces coïncidences troublantes entre les crimes au chlorure et les absences de Mario finissaient par épuiser son cerveau. De plus, elle gardait cela pour elle, n'en parlait évidemment pas à sa mère lorsqu'elle l'avait au téléphone, se maudissant d'être si cérébrale, si sujette aux élucubrations ridicules.

De fait, cela impactait sur sa santé – elle dormait mal, mangeait peu, souffrait de migraines – et sur son travail. Amélie, sa patronne *Aux Trouvailles*, s'inquiétait d'ailleurs de son humeur maussade et de sa toute petite mine :

— Alors, ma Loulou ? Qu'est-ce que tu as, en ce moment ? Ne me dis pas que c'est un chagrin d'amour ? C'est fini avec ce Mario ? Les cœurs meurtris ont toujours cet air sombre que je vois sur ton visage. Tu sais que tu peux te confier à moi, je te l'ai déjà dit.

Louise avait d'abord repoussé poliment deux ou trois perches tendues par Amélie, puis s'était enfin décidée :

— Il y a quelque chose qui me perturbe, c'est vrai.

— Ah ! voilà, enfin tu t'ouvres, petite huître. Allez, on ferme dans une demi-heure. On ira prendre un verre à côté, en sortant, d'accord ?

Assises bien au chaud au fond du café qui faisait l'angle de la rue Berthe et de la rue Drevet, les deux femmes se réchauffaient avec deux chocolats chauds additionnés de chantilly, le temps n'étant plus aux mojitos en terrasse. Louise terminait à l'instant de lui narrer tout ce qu'elle avait pu découvrir et extrapoler autour des agissements de Mario, de son comportement erratique vis-à-vis d'elle, des détails de l'appel à témoins dans l'affaire du tueur au chlorure de potassium. Elle avait avoué à Amélie ses filatures du printemps et de l'été : le quartier Latin, le métro, la gare de Lyon, l'aéroport d'Orly.

— Tu te fais des idées, ma chérie, avait réagi Amélie, face aux élucubrations insensées de son employée. Mais où es-tu allée chercher tout ça ? Je veux dire… comment peux-tu un seul instant imaginer que ce beau Mario puisse être l'auteur de pareils meurtres ?

— Mais pourtant, ces coïncidences sont vraiment incroyables, non ?

— C'est vrai, mais justement : ce ne sont que des coïncidences ! Ton mec, là, d'après ce que j'en ai vu, m'a plutôt l'air d'un doux rêveur, d'un gentil.

— Tu sais, les apparences… Ce ne serait pas la première fois qu'une gueule d'ange s'avèrerait le plus horrible des criminels. Je ne vais pas t'apprendre la formule « on lui donnerait le Bon Dieu sans confession » !

— Je sais bien qu'il ne faut pas se fier aux apparences. Mais je me demande quand même si tu ne lis pas trop de romans policiers, toi. Tu devrais revenir au *feel good* ou à la *chicklit*, ça te ferait du bien, non ?

— Pas vraiment le cœur à ça… Rhooo, et qu'est-ce que tu dis de son comportement ? Un jour il est fou amoureux, enflammé, empressé… et le lendemain il s'évapore, il est froid, il m'oublie ?

— Les hommes, ma pauvre Loulou… les hommes ! Ils ne sont pas toujours les plus constants en amour. Laisse-le respirer, il reviendra. Les flics feront leur boulot, ils mettront la main sur le véritable coupable et vous pourrez vivre votre idylle sans que tu te prennes la tête, d'accord ?

— C'est pas évident de me sortir tout ça de la tête.

— Et pourquoi tu ne lui en parlerais pas franchement ? Tu lui exposes tes doutes et je suis certaine qu'il saura te rassurer très vite, dissiper tout malentendu…

— Tu parles ! Il va me prendre pour une folle, oui !

— Tu ne perds rien à essayer. Au pire, ça met fin clairement à votre histoire, au mieux ça le fait marrer et il prend conscience de tout l'intérêt que tu lui portes et c'est reparti comme en Quatorze !

— Je ne sais pas… je vais réfléchir…

*

Réfléchir, Amélie aussi s'y est mise. Malgré ses tentatives pour rassurer Louise, la libraire n'en a pas moins été intriguée par cette histoire abracadabrante. Elle doit reconnaître que ce faisceau de synchronies entre les affaires criminelles, l'emploi du temps de Mario et ses humeurs changeantes, est des plus troublants. Pour dissiper tout doute possible, elle aimerait tout de même vérifier un des éléments mentionnés par son employée : cette histoire de destination à l'aéroport d'Orly. Aussi bien ce Mario s'était envolé pour Stockholm au moment du crime d'Alicante et l'affaire était close…

Amélie avait parmi ses contacts proches une ancienne copine de lycée qu'elle revoyait de temps en temps, devenue employée aux Aéroports de Paris. Il ne lui serait pas difficile – en consultant le *flights schedule*[30] –, de retrouver, à la date précise relevée par Louise dans son carnet intime, les destinations des différents vols en partance de l'aéroport du sud de Paris.

Elle attrapa son Smartphone et fouilla dans ses contacts enregistrés.

Sa copine de lycée décrocha au bout de trois sonneries.

Elles passèrent plus d'une heure au téléphone, à se remémorer leurs années de jeunesse, puis Amélie en vint aux faits. Jeannette, l'employée des Aéroports de Paris, lui promit de vérifier dès le lendemain le renseignement demandé.

---

[30] Calendrier des vols.

Quand elle rappela le lendemain soir, et qu'Amélie eut raccroché, la libraire ressentit soudain une immense fatigue, un frisson d'angoisse lui remonter le long de la colonne vertébrale.

Etait-ce possible que Louise ait raison ?

Le jour du départ de Mario en avion, parmi la masse des avions en partance, un vol de la compagnie Ibéria décollait à 10h45 à destination d'Alicante, Espagne…

Chapitre R

Tempus fugit, se lamentaient, en leur temps, les Romains.

Le temps fuit, songe Romain en se retournant sur les années qui viennent de s'écouler, comme en un coup de vent : fouettant les saisons qui s'amoncellent, l'une après l'autre, couche après couche, telles des feuilles mortes, jusqu'à ne plus former qu'un tapis brun d'une vingtaine d'années.

Assis sur un banc du Parc Városliget, le « bois de la ville », le regard tourné vers le château de Vajdahunyad, il sent à ses côtés la douce présence de Magda. Bientôt vingt ans qu'ils se connaissent et presque dix depuis la célébration de leur mariage, ici, dans la ville de ces ancêtres. Souvent il repense avec fierté à ce jour où il l'avait abordée Chez Gerbaud. Un jour qu'il n'a jamais regretté.

Il se souvient aussi de son départ, après ce premier séjour passionné. Il avait dû se résoudre à rentrer en France, terminer ces études. Magda n'avait pas obtenu de bourse pour le rejoindre à Paris. Durant trois ans, ils avaient fait l'un et l'autre des allers-retours d'un pays à l'autre, pour ne pas rompre le fil de leur union, pour s'attendre.

Et puis, son diplôme en poche, quelques sous de côté grappillés dans divers jobs d'été et du soir, Romain avait pris la décision de s'installer à Budapest. Pendant les trois années précédentes, il avait perfectionné son hongrois, dont il lui restait de bonnes bases enseignées par sa mère. Il avait aussi sollicité la double nationalité, qu'il avait pu obtenir. Il s'était senti fier d'officialiser ainsi ce sang magyar qui coulait dans ses veines.

Puis ils avaient trouvé l'un et l'autre un emploi de professeur de lycée. Magda enseignait la littérature, lui le français : finalement les mots, aussi, les réunissaient.

Après quelques années de tergiversations, Romain avait tenté de découvrir qui était son père biologique. Puis il y avait renoncé : c'était comme chercher une aiguille dans une botte de foin. Tant pis, il préférait se dire que c'était peut-être ce notaire qu'il croisait, sortant de son étude ; ou ce médecin qu'il avait consulté ; ce vieux professeur d'université qu'il croisait à la bibliothèque municipale ; ou, pourquoi pas, ce vieux balayeur qui raclait les immondices à la fin des matinées de marché... Peu importait, après tout, quel client avait pu déposer sa semence dans les entrailles d'Anna, ce qui comptait à présent, c'était ce pourquoi il était revenu au point de départ, fidèle à ses origines.

Romain, qui se laisse désormais pousser la barbe – car cela lui donne encore plus l'air d'un professeur – se saisit avec tendresse de la main de Madga, très belle aussi, à l'approche de ses quarante ans. Depuis leur rencontre, quasiment aucun nuage n'est venu obscurcir le ciel de leur idylle. Presque aucun...

Tout semblait parfait, tracé, maîtrisé, partagé.

Sauf cette épine fichée profondément dans leur cœur : cette impossibilité à concevoir un enfant.

Ils avaient, un temps, hésité à avoir recours à la procréation médicalement assistée, puis y avaient renoncé. Se convainquant qu'il valait mieux laisser faire la nature et que, si celle-ci en avait décidé ainsi, c'était peut-être l'expression de leur karma.

Voilà, vingt ans avaient coulé ainsi, paisiblement, comme le Danube tout proche. Une rencontre folle, des années d'attente, un mariage d'amour, pas d'enfant, un travail, une situation : deux vies, assises côte à côte, main dans la main, sur un banc du Parc Városliget.

Un couple heureux, jusqu'à présent…

Chapitre 60

Que devait-elle faire de cette information de la plus haute importance pour son employée et néanmoins amie Louise ?

Comment lui apprendre qu'en effet, Mario s'était rendu à Alicante, la semaine même où le crime avait commis ?

Cependant, qu'est-ce que cela signifiait ? Était-ce une preuve irréfutable de sa culpabilité ? N'était-ce pas qu'une coïncidence de plus ?

Trois coïncidences… cela commençait à constituer tout de même une sale habitude, ou alors un manque de veine caractérisé : Mario était peut-être un poisseux, qui se trouvait toujours au mauvais moment au mauvais endroit ?

C'était plus que troublant : bouleversant.

D'un autre côté, avait-elle le droit de lui cacher sa découverte ? Ne pas lui révéler ne signifiait-il pas la mettre en danger, dans l'hypothèse où ce type – au comportement finalement assez ambigu – serait vraiment un dangereux maniaque ?

Quel dilemme pour Amélie, qui sentait sur ses épaules le point d'une responsabilité immense. Elle tournait en rond dans son appartement, ne sachant quelle option choisir. Téléphone en main, elle fut à plusieurs reprises tentée d'appeler Louise sans délai, puis chaque fois reposait le mobile, en proie à un énième doute.

Cette nuit-là, elle ne ferma quasiment pas l'œil.

Au petit matin, à l'ouverture des *Trouvailles*, Amélie ne retourna pas d'emblée le panonceau « Ouvert ».

Elle avait le devoir d'alerter son amie.

— Surtout ne t'affole pas, Louise ! avait-elle prévenu.

Puis elle lui expliqua ce qu'elle avait découvert.

Louise reçut cette information comme un coup de poignard.

— C'est pas possible… bredouilla-t-elle.

Amélie la prit dans ses bras, la jeune femme tremblait.

— Ça ne veut peut-être rien dire, tenta-t-elle de la rassurer. Je crois que tu devrais lui parler, les yeux dans les yeux, lui confier tes doutes et voir comment il réagit. Je suis certaine que tout ceci n'est qu'un énorme malentendu, qu'une élucubration d'une lectrice compulsive de polars… Écoute-le, je suis persuadée qu'il saura trouver les mots pour te rassurer, dissiper tes soupçons. Il pourra certainement te démontrer, preuves à l'appui, qu'il est totalement étranger à tout ce cirque !

— Mais si c'est lui, le tueur au chlorure de potassium ?

— Dans ce cas, tu auras le devoir de le dénoncer à la police…

Chapitre 61

Heure de pointe. Incognito parmi la masse des voyageurs agglutinés dans la rame de métro, Mario consulta ses messages et découvrit celui de Louise :

« J'ai besoin de te parler, je peux venir chez toi, ce soir ? »

— La barbe ! marmonna-t-il, un poil contrarié.

Lorsqu'il était en filature – « en mission » comme il se plaisait à le dire – il n'aimait pas être dérangé. Il venait justement de repérer une nouvelle fois l'endroit précis où il interviendrait avec Mathilde, de mettre au point les derniers préparatifs avant le passage à l'acte. Pourtant, en dépit de ses précautions habituelles, il accepta ce rendez-vous. Peut-être le regretterait-il plus tard.

« Ok, je t'attends chez moi pour vingt heures. Dîner aux chandelles ? Je préparerai des tagliatelles alla puttanesca, une de mes spécialités ! »

« Je ne connais pas cette préparation de pâtes, mais ça semble si romantique que je ne peux pas refuser ! À tout à l'heure. »

Tiraillée entre l'envie de clarifier les choses avec Mario et la pénible impression de se jeter dans la gueule du loup, Louise en regrettait presque d'avoir lancé cette proposition. Elle fut à deux doigts de décommander, usant d'un quelconque prétexte. Toutefois, elle était aussi très curieuse de pénétrer chez lui : jamais, depuis le début de leur relation amoureuse, il ne lui en avait l'offre. Elle ne connaissait de son intérieur que ce qu'elle avait pu en espionner au travers de leurs fenêtres respectives.

Après tout, malgré le faisceau de coïncidences qu'elle avait soulevé avec Amélie, elle voyait certainement le mal là où il n'était pas. Lorsqu'elle tentait de raisonner posément, sans affect, elle ne pouvait se résoudre à voir en lui un meurtrier. Ce soir, puisqu'il s'était offert de cuisiner, elle comptait bien elle aussi le cuisiner à sa propre sauce : surtout pas frontalement, mais avec tact et ruse.

Elle n'omit pas, cependant, de prévenir Amélie qu'elle se rendait chez lui ce soir. C'était probablement plus prudent, au cas où…

*

Sauce tomate, ail, piment, câpres, olives et anchois : des ingrédients simples pour une saveur tout en épices et en rondeur. Tout était question de dosage, dans la sauce *alla puttanesca* ! Des années d'ajustement, avant que Mario ne parvienne à un équilibre gustatif idéal au palais : ni trop salé, ni trop plat, ni trop acide. Quelques feuilles de basilic frais par-dessus, juste avant de servir, pour la touche finale.

— Voilà, mademoiselle ! Service à l'assiette, lança Mario en apportant les plats depuis sa cuisinette. Il avait passé un très seyant tablier, qui faisait à la jeune femme un effet bœuf.

Les assiettes de pâtes, dans les mains du cuisinier, dégageaient une vapeur et un fumet des plus alléchants.

— C'est presque une œuvre d'art, s'extasia Louise lorsqu'il déposa devant elle l'assiette de forme rectangulaire, sur laquelle les tagliatelles et la sauce composaient un tableau aux couleurs succulentes.

Manger, en dehors d'être une nécessité, constituait pour la plupart des gens, un lien social très puissant. Manger, boire, rire, faire l'amour, tout cela rapprochait les Hommes.

La soirée se déroulait paisiblement, mais Louise n'en oubliait pas moins ce pourquoi elle l'avait provoquée. Ils avaient déjà descendu chacun deux verres de *prosecco*, aussi se sentit-elle plus apte à le questionner :

— Délicieux, ce menu aux accents italiens ! Je me régale.

— Moi, je me régale de te voir le déguster ainsi, c'est une belle récompense pour le piètre cuisinier que je suis.

— Ne sois pas si modeste, c'est très réussi.

Elle étendit sa main dans sa direction, il s'en saisit. Leurs regards se captèrent.

— Mario… tu es un homme très mystérieux.

Il fronça un sourcil.

— Pourquoi dis-tu ça ?

— Parce que je ne sais presque rien de toi ! Tu ne te livres pas vraiment, tu restes toujours vague. À chaque fois que j'essaie de connaître ton enfance, ton passé, tu te refermes comme une huître... Pourquoi ?

— Parce que ça n'a pas été tout rose... confia-t-il. Je préfère oublier certaines choses.

— Quelles choses ?

— Des choses trop tristes pour être ressassées. Aujourd'hui, je n'ai plus personne... Hormis ma nounou d'antan, une vieille Polonaise à qui j'essaie de rendre visite une fois par mois, parce qu'elle aussi est toute seule, maintenant.

— Elle vit à Paris ?

— Oui, à Belleville. Mais changeons de sujet : je préfère ne pas me retourner sur le passé, et profiter du présent, comme ici, avec toi...

Louise ne voulut pas insister sur ce point, mais profita de la perche tendue :

— Justement, le présent m'intéresse aussi, continua-t-elle après avoir bu une nouvelle gorgée de *prosecco*. Parle-moi de ton métier, ce n'est pas très clair pour moi. Il consiste en quoi, concrètement, au quotidien ? *Webdesigner*, pour moi, c'est du chinois.

— Oh ! c'est très simple. Imagine un client qui voudrait se démarquer sur le web, créer son site de façon très pro : il me contacte en m'exposant ses souhaits, ses objectifs. Moi, je me charge de lui proposer un graphisme élégant, ou percutant, ou jeune ou vintage...

— Tu te bases sur quoi ?

— Sur nos échanges, sur les produits ou services qu'il propose, sur sa propre charte graphique, s'il a par exemple déjà un logo. Parfois il me demande aussi de lui créer ce logo, ou de le moderniser, etc. C'est passionnant, tu sais.

— J'imagine, oui. C'est un peu artistique, finalement.

— On peut dire ça, oui.

— Tu as beaucoup de clients ? Tu arrives à vivre de ça ? Tu prends cher ?

— Disons que je n'ai pas besoin de faire autre chose…

— Et tes clients, ils sont surtout français ou il t'arrive de devoir voyager ? Je sais que tu as des clients belges, mais est-ce que parfois tu dois prendre l'avion pour aller plus loin ?

— Non, je voyage toujours en train. Je suis malade, en avion…

La libraire tiqua face à cette réponse.

« Bon sang, je n'ai pas rêvé, je l'ai quand même bien vu passer le contrôle de sécurité à Orly, je ne suis pas folle… Pourquoi est-ce qu'il me ment encore une fois ? »

Un silence gêné s'installa par-dessus la table. Louise se leva.

— Où est ta salle de bains ? J'ai besoin de me rafraîchir un peu, le vin me tourne la tête. Tu m'excuses, j'en ai pour cinq minutes.

— Je t'en prie. Juste ici, à droite de la cuisine.

Louise contemplait son reflet dans le miroir de la petite armoire à pharmacie surplombant le lavabo.

— Qui es-tu vraiment, Mario ? murmura-t-elle. Pourquoi tous ces mystères autour de ton passé ? Pourquoi tous ces mensonges ?

D'un coup, elle sentit poindre les signes avant-coureurs d'une migraine carabinée. Était-ce le vin ou les mensonges de Mario qui lui faisaient le plus mal ? De ses mains, elle comprima ses tempes pour tenter d'endiguer les pulsations, mais cela ne serait pas suffisant. Sans doute devrait-elle prendre un cachet. Elle considéra l'armoire de toilette, divisée en trois portes à miroir. Un peu gênée, elle se mit malgré tout en quête d'une boîte d'ibuprofène, la seule molécule capable d'apaiser ses maux de tête. Elle ouvrit un à un les trois volets du petit meuble.

Ce qu'elle y découvrit la saisit d'effroi.

*

Mario était conscient de la fébrilité dont il avait fait preuve sous le feu des questions de Louise. C'est là qu'il se rendait compte qu'il était loin d'être un tueur professionnel, doté de sang-froid et de maîtrise de soi. Il avait lâché des informations, comme l'existence de son ancienne nounou polonaise. Il avait aussi menti, par réaction primaire, au sujet de son aversion pour l'avion. D'instinct, dans son esprit, l'avion s'était associé à son séjour à Alicante, donc il avait préféré nier en bloc, par une excuse bafouillée à la va-vite. Il espérait ne pas avoir paru trop maladroit.

Décidemment, il était plus que temps que tout ce cirque se termine. Il devenait fébrile, vulnérable. Il se sentait moins assuré. Encore quelques jours, une seule petite mission à mener à bien et il refermerait définitivement le dossier, en même temps que son cœur pourrait enfin se cicatriser, enfermant dans ses ventricules et oreillettes toute la douleur qu'il ressentait depuis près de trois ans.

Jusqu'à présent, il n'avait commis aucune faute, du moins le croyait-il.

Peut-être qu'à l'issue de ce mois de décembre, lorsqu'une nouvelle année s'inscrirait au fronton des calendriers, il pourrait se consacrer pleinement à

Louise. Car se l'avouer n'était pas une honte : il en pinçait pour elle.

∗

L'armoire de toilette renfermait à peine quelques éléments typiques d'une salle de bains d'homme, soucieux malgré tout de son apparence : crème à raser, rasoir manuel, blaireau de qualité, une tondeuse à barbe, un déodorant bio, des recharges d'embouts de brosse à dents électrique, une boîte de cotons-tiges, du gel coiffant et une boîte de préservatifs à la fraise…

Tout cet attirail n'avait rien que de très naturel. Ce n'était pas cela qui provoquait chez Louise cette soudain nausée.

Ce qui détonait le plus, derrière ces miroirs, c'étaient les paquets entamés de seringues et d'aiguilles…

∗

— Tout va bien, Louise ? appela Mario depuis la cuisine. Tes pâtes vont refroidir, tu veux que je les réchauffe ?

Tout d'abord, le silence en retour, puis un vague « ça va, non merci » lui parvint depuis l'autre côté de la cloison.

Mais qu'est-ce qu'elle fiche ? se demandait-il.

∗

Penchée au-dessus du lavabo, les deux mains posées de part et d'autre de la vasque, Louise se sentait sur le point de rendre son plat de tagliatelles.

Était-ce l'ail ou les anchois qui lui pesaient sur l'estomac ?

Ou la présence, dans le meuble, des aiguilles et des seringues ?

La jeune femme fut soulagée, du moins, de ne pas découvrir un flacon de chlorure de potassium...

Qu'avait-il besoin de seringues ? Se droguait-il ? Était-il diabétique ? Était-ce simplement pour effectuer des mélanges afin de confectionner une crème de beauté ? Dans ce cas, où se trouvaient les produits associés : huiles essentielles, huile végétale, argile douce, copeaux de savon et autre crème de coco ?

La migraine de Louise s'intensifia, des petites lucioles dansaient derrière ses paupières, signe qu'elle était sur le point de tourner de l'œil. Elle fit couler de l'eau très froide et s'en aspergea le front.

Il fallait qu'elle sorte de là. Qu'elle s'excuse et qu'elle rentre vite chez elle, loin de cette nouvelle pièce à conviction qui renforçait les soupçons qu'elle nourrissait depuis quelques jours au sujet de Mario, cet homme dont elle s'était éprise et qui semblait posséder deux personnalités diamétralement opposées.

Elle respira un grand coup, profond et lent, puis sortit de la salle de bains.

*

— Louise ! Tu es toute pâle. Ça ne va pas ?

— Je me sens toute barbouillée, j'ai horriblement mal à la tête.

— Tu ne digères pas les pâtes, ou le vin, peut-être ?

L'homme s'avançait sur elle, bras ouverts, décidé à la cocooner.

— Excuse-moi, Mario. J'ai juste envie de rentrer chez moi. Je vais aller me coucher et ça ira mieux demain. Où est mon manteau ?

— Tu ne préfères pas rester ici ?

— Non ! s'écria-t-elle.

— Je pourrais te veiller…

— C'est gentil, Mario. Mais je veux rentrer. Donne-moi mon manteau ! insista-t-elle brusquement.

Le webdesigner hésita un instant, surpris d'un tel revirement dans son comportement, mais alla décrocher le manteau de Louise et le lui passa autour des épaules.

— Si ça ne va vraiment pas, tu n'hésites surtout pas à m'appeler, d'accord ? Je laisserai mon téléphone en sonnerie.

Louise était déjà à la porte de l'appartement.

— Désolée, bafouilla-t-elle en sortant, sans se retourner.

Elle dévala les escaliers, traversa la rue, se précipita dans son propre appartement, refermant avec rage la porte derrière elle.

Elle s'effondra sur son lit, hoquetant de pleurs, répétant comme une litanie :

— Pourquoi ? Pourquoi ? Pourquoi ? Qu'est-ce que j'ai fait pour mériter ça ?

Chapitre S

<u>Paris, automne 2015</u>

— Qu'est-ce que j'ai fait pour mériter une équipe pareille ? se lamente Marion, debout face à l'une de ses « filles ». Rien qu'une bande de bras cassés, de traîne-savates, de feignasses !

— Je suis vraiment désolée, Marion. Désolée. Je faisais pourtant bien attention, tu sais.

— Attention mon cul, oui !

Les années passant, Marion devient de moins en moins aimable. Il semble loin le temps où sa dizaine de « filles » travaillait avec éthique et respect. Respect envers leur « boss », envers leurs clients, envers elles-mêmes aussi.

Aujourd'hui, l'équipe se monte à près de cinquante filles et cela ressemble de plus en plus à un grand cirque, pour ne pas dire un grand bordel. Les tapineuses viennent de tous les horizons, souvent les plus misérables, des pays en guerre ou en proie à la famine. Elles débarquent ici par pelletées et Marion n'a plus toujours la lucidité de les envoyer paître. L'appât du gain, de l'argent facile, sans aucun doute. Mais plus l'équipe grossit, plus elle devient ingérable.

Comme ici cette Lolita qui s'est laissée engrosser, parce qu'elle a été imprudente. Un accident du travail ?

— Une faute grave, oui ! hurle Marion. Comment tu vas bosser, maintenant ? Comment tu vas gagner le pognon pour me rembourser ta dette ?

— Je vais trouver un vrai travail, sanglote la fille. Je veux garder cet enfant.

Marion voit soudain rouge : une pute qui garde son chiard de père inconnu, voilà une histoire qui ne lui plaît pas du tout… Trop de souvenirs, trop de douleur. La vie n'est-elle qu'un éternel recommencement ? Une roue sans fin ?

— Tu vas me faire le plaisir d'aller chez le médecin ! Tu me fais disparaître l'alien avant qu'il ne soit trop tard, c'est compris ?

— Je crois que c'est déjà trop tard… suffoque Lolita.

— Comment ça, trop tard ? T'es à combien ?

— Quinze semaines…

— Putain de bordel de merde ! hurle Marion, furax.

Et de se jeter sur la pauvre fille, toutes griffes dehors, poings furieux, pieds rageurs.

La jeune fille, à peine dix-neuf ans, déjà vieille d'expérience scabreuse, tente tant bien que mal de faire rempart de ses bras autour de son ventre, mais les coups pleuvent, indifférents : dans les reins, la tête, la face, l'entrejambe, le ventre…

Marion est en furie, incontrôlable désormais.

Jusqu'à ce que Lolita perde connaissance.

Chapitre 62

— Tu n'as plus le choix, Louise. Je crois que tu devrais aller trouver la police…

La jeune femme, après une nuit d'angoisse, de tergiversations, d'interrogations de toutes sortes, s'était réveillée après deux ou trois heures à peine de sommeil. Exténuée, elle avait appelé Amélie, laquelle s'était aussitôt rendue à son chevet, avant de débuter sa journée de travail aux *Trouvailles*.

Louise lui avait tout raconté de sa soirée avec Mario, jusqu'aux seringues dans le meuble de toilette.

— Et si c'est juste le fruit de mon imagination ? Tu te rends compte ? Si j'incrimine un innocent ?

— Écoute… tu ne trouves pas que ça finit par faire beaucoup de coïncidences, pour un innocent ? Tout cela commence à m'inquiéter vraiment, ma Loulou. Si tu ne vas pas à la police, c'est moi qui irai… Dis-toi bien que, d'une part tu peux éviter sans doute un nouveau meurtre et, d'autre part, tu te mets ainsi sous la protection des forces de l'ordre. C'est la meilleure chose à faire. De toute façon, la procédure de l'appel à témoins reste sous couvert de l'anonymat : il ne saura jamais qui l'a dénoncé…

Amélie composa le 17 sur son téléphone et le tendit à Louise tandis que retentissait la première sonnerie.

*

Dans son bureau de la police judiciaire, le lieutenant Maraval venait de raccrocher à l'issue d'une nouvelle conférence vidéo avec le lieutenant Di Falco et l'*inspector-jefe* Ortiz. Les trois enquêteurs étaient parvenus à identifier les équipes médicales qui avaient procédé aux greffes des trois victimes du tueur au chlorure. Aucun médecin ou soignant ne semblait avoir quoi que ce soit à se reprocher. De plus, la piste du chirurgien unique, qui ferait le lien entre les trois greffés, tombait à plat : les opérations ayant eu lieu respectivement à Paris pour Alioune M'bappé, à Lyon pour Rose Delorme puis à Montpellier, pour Candida Lopez. Les policiers avaient tout d'abord été surpris de constater que la *señora* Lopez s'était fait opérer en France, mais il s'était avéré qu'elle avait vécu quelques années dans l'Hérault. Le territoire français devenait donc le dénominateur commun des trois crimes, si l'on remontait à la source. Pouvait-on supposer, à partir de là, qu'un nouveau crime, s'il devait avoir lieu, pourrait en toute logique être perpétré en France ?

Mais pour en arriver à une telle hypothèse, il aurait fallu déterminer le véritable point commun entre les trois précédents forfaits. Point commun qui pourrait amener à un début d'identification du coupable ?

Seulement, de ce côté-là : chou blanc ! L'appel à témoins s'était révélé inefficace. Les seuls témoignages qui étaient parvenus s'avéraient sans fondement et n'avaient mené à rien.

Jusqu'à ce que Saouli, l'adjoint du lieutenant Maraval, vienne frapper à la porte de son bureau :

— Mon lieutenant ? J'ai ici une jeune femme qui a des choses à raconter sur un sujet qui pourrait vous intéresser…

— Quel sujet ?

— Elle dit qu'elle croit savoir qui est le tueur au chlorure de potassium…

— Bon Dieu, Saouli, t'attends quoi pour la faire entrer ?

*

— Asseyez-vous, mademoiselle.

Lucas Maraval savait pertinemment que l'emploi du « mademoiselle » était symboliquement proscrit de la langue française, pourtant, lorsqu'il vit entrer Louise dans son bureau, il ne voyait aucune raison de lui donner du « madame ».

La jeune femme, dans un état de stress évident, vint s'assoir face au lieutenant.

— Votre nom, s'il vous plaît ? poursuivit ce dernier.

— Vallois, Louise Vallois, monsieur l'agent.

— Laissons-là les fonctions, « monsieur » suffira. Nous ne sommes pas dans un roman policier… Mon collègue me fait savoir que vous avez des informations capitales à nous fournir, à propos du criminel que nous recherchons depuis quelques mois ? Vous pensez l'avoir identifié ?

La libraire se dandinait sur son siège, tiraillée entre le désir de collaborer avec les forces de l'ordre et la peur de commettre une énorme bourde.

— J'ai de gros soupçons, oui, portant sur une personne qui m'est proche…

— Proche ? Un ami, un membre de votre famille ?

— Euh… un voisin…

— Son nom ?

Louise atermoya, Maraval le sentit.

— Mademoiselle Vallois, je comprends que vous hésitiez à donner un nom. Ce n'est jamais évident. On va y aller pas à pas. Dites-moi d'abord comment vous avez pris connaissance de l'affaire…

— Je suis tombée par hasard sur un article d'un magazine à sensations, spécialisé dans les affaires criminelles, vous savez, *Le Nouveau Détective*…

— Ah ! oui, ce torchon… continuez.

— Eh bien, dans cet article, ils mentionnaient les lieux des crimes et, après vérification, je me suis aperçue que la personne à qui je pense se trouvait exactement à ces différents endroits au moment des faits.

Maraval prenait des notes.

— Ça pourrait n'être que des coïncidences…

— C'est ce que je me suis d'abord dit. Seulement… une fois, deux fois, trois fois… ça commence à compter, non ?

— Vous êtes certaine que vos souvenirs sont précis ? Je veux dire, êtes-vous sûre de ce que vous avancez ?

— Pour l'affaire qui a eu lieu en Espagne, je ne suis pas certaine, non.

Elle lui raconta comment elle en était arrivée à cette déduction, à l'aide de sa patronne. Elle avoua également ses filatures, dans le cinquième arrondissement puis à la gare de Lyon.

— C'est effectivement troublant, confirma l'enquêteur. Vous vous souvenez du nom de la rue, à Paris, où vous avez vu l'individu pénétrer dans l'immeuble ?

— Je ne l'ai plus en tête, mais je l'ai noté dans un cahier… rougit-elle en songeant à son carnet intime.

— Dans un cahier ? s'étonna Maraval. Vous espionniez cet homme ?

— C'est-à-dire… je ne pensais pas à mal…

Le lieutenant sentit le trouble de la jeune femme s'accentuer.

— Détendez-vous, mademoiselle. Je ne suis pas là pour vous juger et ce n'est pas un délit que d'écrire dans un carnet intime, si c'est de cela dont il s'agit. Cette personne, qui est-elle, par rapport à vous ? Seulement votre voisin ?

— D'abord un voisin et client de la librairie dans laquelle je suis employée.

— D'abord ? Et ensuite ?

— Nous nous sommes rapprochés…

— Au point de devenir intimes ?

— Oui, monsieur l'inspecteur.

Voilà qu'elle revenait avec des titres façon polar, signe que son trouble était au maximum.

— Encore une fois, je ne vous juge pas. Vous êtes libre de vos relations. Avançons : hormis les coïncidences que vous mentionnez, et que nous devrons vérifier, pouvez-vous me dire ce qui vous a décidée à venir témoigner ?

— Ses attitudes et ses humeurs changeantes. Ses absences, parfois. Des réactions un peu… rudes… dans les moments… enfin, vous voyez…

Elle repensa à leurs étreintes à la limite de la sauvagerie, aux mains de Mario sur son cou au moment de jouir.

— Je vois. Quoi d'autre ?

Louise souffla un grand coup avant d'ajouter :

— Hier soir, dans son armoire de toilette, j'ai découvert des seringues et des aiguilles, dans un paquet à demi entamé... Alors j'ai repensé à l'article du magazine qui le baptisait l'Assassin au chlorure de potassium et des détails qu'il donnait à propos des injections mortelles.

— Je me demande bien comment ils arrivent à en savoir autant, ces journalistes de seconde zone... maugréa Lucas. Mais ce n'est pas le propos, pardonnez-moi. Ainsi, vous avez additionné tous ces éléments à charge contre cette personne, pour en arriver à cette conclusion.

— Oui, mais j'ai très peur de me tromper...

— Vous savez, le doute est notre lot quotidien. C'est grâce aux doutes que l'on se pose souvent les bonnes questions. Certainement pas avec des certitudes écrites noir sur blanc. Donc, n'ayez pas peur de douter, dites-nous simplement les choses comme vous les ressentez et nous ferons le tri, c'est notre boulot. Comment s'appelle cet homme, mademoiselle Vallois ?

Louise comprenait bien qu'il lui faudrait, quoi qu'il arrive, lâcher le morceau. Elle était venue là pour ça, bien qu'elle fût apeurée et attristée de devoir dénoncer celui qu'elle pensait aimer.

— Il s'appelle Mario Bazin, lâcha-t-elle dans un souffle à peine audible.

Maraval nota scrupuleusement l'identité du suspect, ainsi que son adresse.

— Qu'est-ce que vous allez faire, maintenant ? voulut savoir la jeune libraire. Vous allez l'arrêter ?

— Ça aussi, c'est dans les polars. Vous n'êtes pas sans avoir entendu parler de la présomption d'innocence ? Nous allons simplement entendre ce qu'il a à répondre à certaines de nos questions. Pour détenir un suspect, il faut des preuves irréfutables...

— Et moi ?

— Vous ?

— Oui, maintenant que j'ai parlé, et que vous allez l'interroger, je crains qu'il ne se doute que c'est moi qui l'ai dénoncé... J'ai très peur, monsieur le commissaire...

« Tiens, ça lui reprend ! » songea Maraval, un rien amusé, en flic habitué au stress du citoyen lambda, gavé de séries policières.

— Lieutenant, pas commissaire, répondit-il avec douceur. Mademoiselle Vallois, je vous suggère de prendre un peu de recul. Essayez de vous éloigner un moment de cet homme, si vous le pouvez. Éloignez-vous de Paris, prenez quelques jours de congé, si cela vous est possible. Le temps que nous vérifiions tous ces éléments. Et n'hésitez pas à rester en contact avec nos services, la police est là pour vous protéger.

*

Lorsque Louise sortit des locaux de la police, elle fondit en larmes, les digues de son trouble lâchant subitement. Elle s'assit sur un banc, refermant sur elle son manteau, enfouissant sa tête entre ses mains.

Une fois rassérénée, elle appela Amélie pour lui relater son entretien avec le lieutenant Maraval.

— Évidemment, que je t'autorise à prendre des jours de congé, ma Loulou. Même mieux : je t'y oblige. Va te reposer auprès de tes parents, par exemple. Tu seras très bien avec les tiens, au milieu des vignes, pas loin de l'océan. Va faire le vide, oublie tout ça. Et appelle-moi quand tu veux, je serai toujours là.

Louise obtempéra, vidée de toute énergie après tant de jours oppressants mentalement.

*

Maraval fit venir son adjoint dans son bureau :

— Saouli, tu chopes Dubuc au vol et vous allez me cueillir ce type chez lui ! lança-t-il en lui tendant une feuille annotée. Vous me le ramenez en douceur, j'ai quelques questions à lui poser…

Chapitre T

Bien entendu, elle n'était rien de plus qu'une prostituée, une fille de joie, une femme de petite vertu, une professionnelle du sexe… Peu importe l'appellation qu'on voulait bien lui donner, elle n'en demeurait pas moins une femme. Au-delà de toute considération de genre, elle était surtout un être humain et, à ce titre, méritait compassion et respect.

Lolita, sous les coups rageurs de Marion, s'était écroulée, perdant connaissance, pissant le sang de partout. Son nez, ses lèvres étaient tuméfiés. Un filet rouge s'échappait d'entre ses cuisses, tachant sa culotte de dentelle.

La pauvresse avait été conduite à l'hôpital le plus proche, dans un état critique.

Les urgentistes avaient immédiatement constaté la mort in-utero de son enfant à naître. Le petit d'homme en devenir avait été détruit avant que d'être achevé.

La jeune femme n'avait pas même eu conscience de la mort prématurée de son rejeton, puisqu'elle-même avait été amenée inanimée à l'hôpital et plongée sans délai dans un coma artificiel, au sein du service de réanimation.

Elle n'en sortirait jamais plus, hormis dans le véhicule des pompes funèbres.

Chapitre 63

Dans le véhicule de police qui le conduisait à la rencontre du lieutenant Lucas Maraval, Mario gardait le silence, assis sur la banquette arrière entre les agents Dubuc et Leblanc. Au volant, l'agent Saouli conduisait prudemment, sans nécessité de déclencher le deux-tons.

Après la stupeur due au fait d'avoir été appréhendé au pied de son immeuble par trois policiers en civil – dont l'un des trois, ce Saouli qui pilotait l'escouade, lui avait discrètement placé sa carte sous les yeux en lui présentant la convocation à déposer au commissariat – Mario Bazin s'était enfermé dans un mutisme songeur. Il n'avait opposé aucune résistance, ne voulant pas paraître coupable.

« Bon sang, à quel moment j'ai pu merder dans mon plan ? » se questionnait-il, repassant mentalement ses derniers jours de filature derrière Mathilde Péroni. Tentant de se souvenir des trois meurtres commis, lors desquels il était quasiment certain de n'avoir pas laissé le moindre indice exploitable. Se rappelant les conversations étranges qu'il avait eues avec Louise, tout récemment. Des doutes, sous forme de suspicion à peine voilée, de la jeune femme. Et cette fuite soudaine, la veille, après qu'elle fût sortie de sa salle de bains… Elle ne lui avait pas paru, tout compte fait, si malade que cela, à peine un peu pâle et effrayée. Avait-elle joué la comédie ? Serait-ce possible que ce soit elle qui l'ait justement balancé ?

« La garce… » maugréa-t-il pour lui-même, les mâchoires serrées, les doigts crispés à s'en meurtrir les paumes.

— Qu'est-ce qu'on me veut, à la fin ? voulut-il savoir. On ne peut pas arrêter un citoyen, comme ça en pleine rue, sans même lui signifier ses droits…

— Détendez-vous, monsieur, on n'est pas dans un film américain, tenta de l'apaiser Dubuc. On joue pas à « tout ce que vous pourrez dire ou faire sera retenu contre vous, vous avez le droit de garder le silence et de faire appel à un avocat, blablabla »… C'est bon pour le grand écran, tout ça. Vous n'êtes accusé de rien… Nous avons juste besoin d'entendre votre témoignage sur une affaire qui occupe nos services, c'est tout. Quant à nous, nous ne sommes pas en mesure de vous en dire plus pour le moment. Le lieutenant Maraval va vous entendre, dans son bureau.

*

Le lieutenant Maraval tenait entre ses mains la carte d'identité de Mario Bazin, hochant la tête. Il la retourna, une fois, deux fois et la lui rendit.

— Monsieur Bazin, je tiens à vous rappeler que vous êtes ici dans le cadre d'une audition libre, savez-vous ce que cela signifie ?

— Je ne suis pas au fait de toute la législation, je compte sur vous pour me l'expliquer, répondit calmement Mario.

— Eh bien cela signifie que vous n'êtes légalement accusé de rien, à ce stade, et que vous êtes libre de répondre ou non à mes questions et libre de quitter ce bureau à tout moment.

— J'ai droit à un avocat ?

— Pas dans ce cadre-ci, monsieur, puisque vous avez la liberté de ne pas répondre à mes questions. En revanche, si vous ne souhaitez pas collaborer, je serai forcé de passer à l'étape suivante…

— Qui est ?

— L'audition libre du suspect libre… Mais nous n'en sommes pas là, n'est-ce pas, monsieur Bazin ?

— Suspect ? Mais de quoi ? s'étrangla Mario, soudain déstabilisé.

— On va y venir… En réalité, j'aimerais, si vous le voulez bien, vérifier avec vous quelques détails de votre emploi du temps au cours des derniers mois. Comprendre avec vous le pourquoi et le comment de certains de vos déplacements, également. Êtes-vous disposé à collaborer sur ces points, monsieur Bazin ?

— Je n'ai rien à cacher…

— Alors, nous devrions nous entendre et cet entretien ne sera pour vous, comme pour moi, qu'une simple formalité. Monsieur Bazin, pouvez-vous me parler de votre situation professionnelle ? Que faites-vous de vos journées ?

— Je suis webdesigner, je conçois des chartes graphiques pour des clients qui veulent créer un site web différent…

— Ce doit être passionnant !

— Un métier comme un autre…

— Ce métier vous amène-t-il à voyager ?

— Parfois, mais pas tellement.

— Vous vous déplacez plutôt en métro, voiture, train, avion ?

— Un peu tout cela, oui.

— Vous êtes appelé à voyager loin, longtemps ?

— Assez rarement, pourquoi ?

— Pardonnez-moi, monsieur, mais ici c'est moi qui pose les questions, si cela ne vous ennuie pas…

Mario grimaça.

— Comptez-vous des clients à l'international ?

— Hormis en Belgique, non…

— Ah ! en Belgique…

Maraval griffonnait çà et là quelques notes. Il reprit :

— Vous n'avez donc pas de clients espagnols ?

— Euh… mon rayon d'action concerne principalement les pays francophones, c'est plus simple pour moi et il y a déjà beaucoup à faire.

— Pourtant, vous vous êtes rendu cet été à Alicante, n'est-ce pas ? Par deux fois, d'ailleurs…

Mario encaissa cette question – qui n'en était visiblement pas une, d'ailleurs – comme un coup de poing au plexus, mais tenta de ne pas montrer son trouble. Il avait bien compris qu'il lui était loisible de garder le silence mais préférait se montrer coopératif.

— C'est vrai, je me suis offert quelques jours de vacances bien méritées sur la Costa Blanca…

— Deux fois en deux mois ?

— Quand on aime un endroit... C'est une superbe ville... À la fois calme et animée, des plages de sable fin...

— Je vous remercie, monsieur Bazin, mais s'il me prenait l'envie de me rendre en Espagne, j'irais consulter une agence de voyage. En attendant, je préfère que nous restions focalisés sur ce qui nous intéresse, vous et moi. Vu ?

Mario ne releva pas. Le lieutenant poursuivit :

— Avez-vous également des clients dans l'agglomération lyonnaise, monsieur Bazin ?

— J'en ai.

— Dans ce cas, pourriez-vous m'indiquer leurs coordonnées, s'il vous plait ?

— Je ne les ai pas en tête, comme ça, ce n'est pas évident.

Maraval dodelina de la tête :

— Je comprends, je comprends... Êtes-vous allé visiter lesdits clients autour du trente-et-un octobre ?

Le webdesigner blêmit.

— C'est exact...

— Dans ce cas, lorsque vous aurez retrouvé leur nom, leur adresse, ils pourront certainement nous le confirmer également. En attendant, et toujours sur ce même thème, vous me pardonnerez mon idée fixe... Avez-vous également un client dans le cinquième arrondissement de Paris, disons... dans la rue Monge ?

Nouveau tour de vis dans le cœur de Mario, qui se sentait de plus en plus cerné à chaque nouvelle question – faussement anodine – du policier.

— Non, pas dans cette rue-là, décida-t-il.

— Ah... alors peut-être une connaissance, un ami, une petite amie, qui y résiderait ?

« Bon Dieu, que sait donc ce flic, pour me cuisiner ainsi ? » paniquait Mario intérieurement.

— Je ne connais personne dans cette rue, monsieur… Quand bien même, cela relève de ma vie privée, il me semble ?

— Certes, admettons. Mais c'est fâcheux… parce qu'on vous y a vu rôder par là-bas, dans le courant du printemps…

— Qui ?

— Rappelez-vous : c'est moi qui pose les questions. Si je vous disais que les caméras de surveillance de la ville de Paris ont des yeux un peu partout ? Et que la police a évidemment accès à loisir aux enregistrements de ces caméras postées au coin des rues ? Vous persistez à vouloir garder le silence sur cette question ?

— Oui.

Maraval soupira.

— Bien ! C'est votre droit.

Le lieutenant fit une longue pause, faisant mine de se désintéresser un instant de son vis-à-vis, compulsant ses notes. Enfin, sans même relever la tête, il demanda :

— Lisez-vous les magazines, monsieur Bazin ?

— Jamais, je ne lis que la presse en ligne.

— C'est bien dommage, parce qu'on y apprend de drôles de choses, pourtant. Cela étant, sur le web aussi, on peut voir de tout. À ce propos, avez-vous entendu parler de ce criminel que les journalistes ont baptisé « l'Assassin au chlorure de potassium » ?

« Cette fois-ci, ça commence à chauffer, médita Mario. Quelle attitude adopter ? Feindre l'ignorance ou laisser entendre qu'on en a eu vent… ? S'il niait, cela semblerait-il suspect ? S'il répondait par l'affirmative, cela apaiserait-il le policier ? »

— Jamais entendu parler, choisit-il de répondre.

Maraval sourit, poussant un bref soupir, avant de rétorquer :

— Alors, vous allez voir comme le hasard fait parfois bien – ou mal, c'est selon – les choses. Il se trouve que ce fameux criminel est soupçonné d'avoir commis ses homicides aux trois lieux que nous venons de passer ensemble en revue ! C'est amusant, non ?

— Je ne vois rien d'amusant à cela…

— Vous avez raison, monsieur Bazin, c'est plutôt dramatique. Mais le plus curieux, dans cette histoire, et c'est en cela que j'ai trouvé intéressant de vous faire venir pour témoigner… c'est que j'ai pensé que vous auriez, éventuellement, vu, entendu, su des choses qui pourraient faire avancer mon enquête…

— Et comment ? Je veux dire : pourquoi moi ?

— Parce que, monsieur Bazin, vous avez un point commun avec cet assassin…

— Moi ? blêmit Mario.

— Mais oui ! Vous vous trouviez, vous et lui, chaque fois qu'un crime a été commis, au même endroit, au même moment ! N'est-ce pas là un concours de circonstances assez incroyable ?

Mario ne répondit pas. Maraval reprit :

— Imaginez un peu mon enthousiasme, lorsque j'ai appris qu'une personne – vous, en l'occurrence – se trouvait aux trois endroits ! C'était pour moi du pain bénit ! Je me suis dit : formidable, plutôt qu'une multitude de témoins et d'auditions, je pouvais faire d'une pierre deux coups… ou plutôt trois, d'ailleurs ! ironisa l'enquêteur.

— Malheureusement, je ne vois pas en quoi je peux vous aider, j'en suis navré…

— Quand même, poursuivit le flic, si l'on suit le fil de mon raisonnement, et vous conviendrez, j'en suis sûr, de son implacabilité... Sachant cela et ayant toutes ces données en main, il m'apparaît alors deux options. D'une, j'ai un bol d'enfer car je tombe sur un super-témoin, capable de me fournir tous les renseignements utiles à l'identification et l'arrestation de l'assassin... De deux, j'ai un super-bol d'enfer parce que je tombe du premier coup sur le coupable des trois homicides... Qu'en pensez-vous, monsieur Bazin ? Mon raisonnement vous semble-t-il fondé ?

Mario lisait parfaitement le jeu du policier : prêcher le faux pour connaître le vrai, jouer la carte de l'amabilité, du service rendu, etc. Des techniques qu'il avait vues des dizaines de fois dans les épisodes de Columbo... Faire tomber l'assassin par une vieille ruse de sioux...

— Je ne suis pas flic, répondit-il simplement. Chacun son métier, n'est-ce pas ?

— Ouais, souffla Maraval. Chacun son métier... Le mien consistant à m'assurer que mes concitoyens vivent en sécurité. Bien, je n'ai plus d'autres questions, monsieur Bazin... Je vous remercie du temps que vous avez bien voulu me consacrer. Peut-être avez-vous quelque chose à ajouter ?

— Oui ! J'aimerais réaffirmer mon innocence la plus totale. Plus encore : je m'estime victime !

— Victime ? Mais de quoi ?

— Victime d'un énorme malentendu. Victime d'un concours de circonstances malheureux qui m'ont conduit à me trouver au mauvais endroit, au mauvais moment... Je me réserve même le droit de porter plainte contre X pour dénonciation abusive...

— Vous en avez tout à fait le droit… Seulement, à votre place, j'y réfléchirais à deux fois, cela pourrait se retourner contre vous.

— Je vais y réfléchir… Suis-je libre ?

— Vous n'avez jamais cessé de l'être, comme dit précédemment. Je vous demanderai simplement de rester disponible, le cas échéant… Si toutefois j'avais de nouvelles questions, ou si vous pensez avoir omis de me préciser quelque chose… Surtout, n'hésitez pas, voici mon numéro direct.

Le policier griffonna quelques chiffres sur un post-it, qu'il tendit à Mario.

— Je vous remercie, mes collègues vont vous raccompagner.

Mario se leva, salua l'enquêteur et fit quelques pas jusqu'à la porte du bureau.

— Ah ! une dernière petite question ! le surprit Maraval. Êtes-vous diabétique, monsieur Bazin ?

— Non, pas à ma connaissance, du moins. Pourquoi ?

— Pour rien… pour rien… Merci.

— L'enfoiré ! grogna Lucas Maraval lorsqu'il fut seul dans son bureau. Attends, mon gars, tu ne vas pas t'en tirer comme ça…

Chapitre 64

Arpentant les rangs désormais déchargés de leurs lourdes grappes, Louise jouissait des rayons obliques du soleil du Médoc. Revenir sur les terres de son enfance, dans la maison de ses parents, au cœur de ce vignoble mondialement connu, lui faisait le plus grand bien. Fuir Paris, l'agitation et l'angoisse des dernières semaines, sa liaison plus qu'ambigüe avec Mario, cet homme qu'elle venait de dénoncer à la police…

Elle était arrivée la veille au soir, son père était venu la chercher à la gare de Bordeaux. Quand elle l'avait rejoint après les portillons du quai, elle s'était jetée dans ses bras protecteurs, comme elle aimait le faire quand elle mesurait un mètre trente, qu'elle arborait des nattes et qu'elle enfouissait son nez dans son ventre douillet. Elle s'était alors laissée aller à pleurer. Alain n'avait rien demandé, rien dit. Il avait simplement entouré sa grande fille de ses bras et l'avait gardée ainsi, jusqu'à ce que les larmes sèchent.

Sur le chemin qui les conduisait à Lesparre, il l'avait questionnée, se préoccupant de sa santé, de son travail. Elle avait simplement évoqué un chagrin d'amour, un domaine dans lequel Alain ne se sentait pas suffisamment expert pour la consoler. Peut-être qu'Hélène saurait mieux que lui trouver les mots ?

— Tu restes autant que tu veux à la maison. Tu es ici chez toi, tu sais ? avait-il simplement rappelé lorsqu'ils avaient franchi le portail de la propriété.

— Merci, papa, je le sais, avait-elle acquiescé en posant sa main sur celle de son père.

— Tu resteras jusqu'aux fêtes ? voulut-il savoir.

— Oui. Ça me fait très envie, sauf si vous avez déjà des choses de prévues…

— Que voudrais-tu que l'on prévoie de plus important que de choyer notre fille adorée ?

À nouveau, des larmes avaient surgi lorsqu'elle avait étreint sa mère sur le seuil de la grande bâtisse en pierres de taille.

— Plus tard, maman, plus tard. Ce soir, j'ai juste envie de manger léger, d'une tisane bien chaude puis d'aller me coucher.

Elle s'était effondrée sur son lit et avait dormi comme une bûche durant plus de onze heures.

Les ceps de vignes, dont les feuilles jaunies s'étaient détachées, étendaient leurs ramifications noueuses de part et d'autre de Louise, formant une allée rectiligne, comme pour indiquer à la jeune femme un chemin à suivre. Au bout de la rangée, une sortie dégagée. La libraire y voyait l'aboutissement d'une année compliquée, pleine de passions exacerbées, avec l'espoir que tout cela se termine au mieux.

Qu'allait-il advenir de Mario ? Il lui était si difficile d'admettre qu'il puisse être ce criminel multirécidiviste. Pénible aussi de se dire que c'était elle, malgré la force des sentiments qu'elle lui portait, qui avait conduit la police sur sa trace. L'avaient-ils arrêté ? Elle n'avait aucune nouvelle de sa part. Elle-même s'efforçait de n'en pas donner, le lieutenant Maraval lui ayant conseillé la prudence et l'éloignement complet. Le temps pour eux de… vérifier quelques points le concernant.

Attendre. Essayer d'oublier. Se détendre. Profiter de ses parents.

Louise déboucha au bout de la parcelle de vigne, enfila le chemin de terre qui conduisait à la propriété, ce « Château Vallois » de son enfance.

Elle s'enferma dans la chambre de sa jeunesse, s'étendit sur le lit, les bras croisés sous la nuque, les yeux posés sur les cadres-photos où elle figurait à des âges différents.

Soudain, son téléphone vibra, annonçant l'arrivée d'un message texte. Elle s'en saisit, trembla d'y découvrir l'expéditeur : MARIO.

Elle fut réticente à déverrouiller le mobile et à lire le contenu du message. Pourtant, après quelques minutes d'hésitation, elle lut :

« J'espère que tu vas mieux, depuis l'autre soir. Je dois partir. Je coupe. Mario. »

Un second message arriva dans la foulée :

« Tu caches quand même bien ton jeu… Mais on se retrouvera… »

Elle déglutit. Était-ce une menace déguisée ? Se doutait-il qu'elle était sa dénonciatrice ?

Elle fut tentée de répondre. Résista.

S'éloigner pour se protéger, avait préconisé le lieutenant.

Oublier.

Chapitre 65

S'éloigner.

Et vite !

Il était plus que temps pour Mario de mettre les voiles. La situation commençait à devenir à chaque heure plus insoutenable. Il prenait conscience qu'il ne pourrait plus tromper les enquêteurs très longtemps, maintenant qu'ils avaient flairé sa trace. Bien sûr, il l'avait jouée fine, au commissariat. Il n'avait rien lâché, les flics n'avaient encore rien de palpable à lui opposer. Mais cela ne durerait pas. S'ils cherchaient bien, s'ils réfléchissaient correctement, s'ils connectaient les bons indices entre eux, tôt ou tard, ils lui tomberaient dessus. C'est pourquoi il devait disparaître au plus vite de la circulation, s'éloigner, se faire tout petit pour entrer dans un trou de souris.

Il composa un SMS à l'attention de Louise, s'inquiétant de son état de santé. Aussitôt, il eut comme une révélation : et si c'était elle qui l'avait dénoncé aux autorités ? Qui d'autre, sinon ? Il composa un second message, beaucoup plus ironique puis, sans attendre de réponse, il ouvrit son téléphone pour en extraire la carte SIM. Il se dirigea vers la cuisine, découpa la puce avec de gros ciseaux de boucher, en jeta les trois morceaux dans la poubelle ménagère puis boucla le sac plastique, qu'il déposa au pied de la porte de son appartement.

Il fit disparaître également tout ce qui pouvait encore le compromettre : papiers, notes, fichiers, seringues, chlorure…

Il ne lui restait plus à présent qu'à quitter les lieux, jeter les sacs poubelle dans l'un des conteneurs accessibles à deux ou trois rues de là, puis filer.

Où pourrait-il se réfugier ?

Devait-il quitter Paris ou s'y terrer ?

Où serait-il le plus en lieu sûr ?

Une idée lui vint, qu'il jugea tout à la fois pratique et stratégique.

Belleville, le quartier de son enfance, dont il connaissait les moindres recoins.

Belleville, ce quartier où, de plus, il lui restait un dernier objectif : Mathilde Péroni.

Bien que sentant les flics renifler ses mollets, il ne pouvait se résoudre à laisser son œuvre inachevée, sans quoi tout ce qu'il avait accompli précédemment aurait perdu son sens et son utilité.

Une œuvre comme la sienne, à l'instar du puzzle qui gisait sous son canapé, se devait d'être aboutie, jusqu'à la dernière pièce.

Chapitre 66

S'éloigner.

Prendre quelques jours de vacances bien mérités. Pour Mathilde, il était plus que temps. Elle n'avait pas pu poser de congés depuis le mois d'août et commençait à fatiguer.

La jeune femme avait obtenu l'accord de son employeur pour souffler durant une semaine, avant de réintégrer la supérette pour les derniers jours avant Noël, période de forte activité : les clients se ruaient à la dernière minute sur les tranches de saumon, les toasts, les conserves d'œufs de lompe, les nappes décorées, les bouteilles de champagne ou de crémant, les guirlandes et autres incontournables éléments des fêtes de fin d'année.

Dans le train qui la conduisait à Nantes, elle se faisait une joie de retrouver ses parents.

Un casque sur les oreilles, sa *playlist* favorite lancée sur Spotify, le regard tourné vers les paysages de l'ouest parisien, elle filait à plus de trois cents kilomètres à l'heure vers des jours paisibles.

Heureuse dans sa bulle musicale, elle était loin de se douter qu'elle fuyait de très gros ennuis…

Chapitre U

S'éloigner.

Faire profil bas. Disparaître au plus vite.

Pour Marion, la situation est devenue explosive depuis le décès de Lolita.

Responsable de la mort d'une prostituée, enceinte qui plus est, constituait aux yeux de la loi, un double crime.

Sans oublier cette circonstance aggravante dans un dossier déjà bien chargé : l'exercice du proxénétisme depuis plusieurs décennies.

Difficile pour un quelconque avocat de lui trouver des circonstances atténuantes. À moins que le fait d'avoir eu soi-même pour mère une prostituée immigrée et pour père un client inconnu de celle-ci, ne sache attendrir les jurés ?

« Enfant de putain », une insulte qui lui collait à la peau.

Décidément, c'était se nourrir d'illusions que d'espérer cela !

Non, le plus sage était de se faire la malle au plus tôt. Laisser tomber les « filles », s'inscrire aux abonnés absents avant de se faire tomber dessus par les condés.

Chapitre 67

Louise reconnut le numéro de téléphone du lieutenant Maraval, qu'elle avait enregistré dans ses contacts, afin d'être en mesure de l'appeler rapidement, le cas échéant.

— Mademoiselle Vallois ? Ici le lieutenant Maraval, police judiciaire de Paris. J'espère que vous allez bien ?

— Bonjour. Ça va un peu mieux, je vous remercie.

— Vous avez un instant à me consacrer ? J'ai quelques informations à partager avec vous et surtout besoin de votre concours, je crois.

— Mais je vous en prie. À votre disposition.

— Vous avez quitté Paris ?

— Oui, je suis chez mes parents, dans le Médoc. C'est reposant.

— Parfait. Restez-y autant que possible. Bien, nous avons donc entendu ce Mario Bazin, à propos duquel vous aviez des soupçons. Je vous avouerai qu'il m'a paru très sûr de lui dans ses réponses, même si je ne suis pas dupe. J'ai l'intime conviction qu'il est loin d'être blanc comme neige, il y a trop de coïncidences contre lui, aussi vous avez vraiment bien fait de nous appeler. Le problème, c'est que nous n'avons rien de concret, à ce jour, à lui opposer.

— Qu'est-ce que ça signifie, en pratique ?

— Qu'il reste libre ! Je n'ai aucune preuve tangible pour déclencher ne serait-ce qu'une garde à vue, encore moins un mandat d'arrêt. Je vais avoir besoin de trouver des éléments plus concrets, plus convaincants. Comprendre qui il est, pourquoi il a commis ces crimes.

— Et en quoi, moi, je pourrais vous aider ? s'étonna Louise, qui n'avait rien d'une Miss Marple.

— On se disait, mes collègues et moi-même, qu'étant proche de lui, vous comprendriez peut-être certains indices qui, de notre côté, n'ont pas plus de sens que du chinois.

— Lesquels ?

— Voilà, le meurtrier a laissé, sur chacune des scènes de crimes – Maraval se refusait à affoler la jeune femme en disant « sur les corps des victimes » – une sorte de message-crypté. Parfois une phrase tangible, une autre fois plutôt bancale ou alors simplement quelques mots. Est-ce que vous avez de quoi noter, mademoiselle ?

Louise, assise sur son lit, se leva en direction du bureau et se saisit d'une feuille volante.

— Je vous écoute.

— Donc, la première de ces phrases est : « *Petit salaud, je te crache au cœur.* » Excusez le langage…

— C'est noté.

— Ensuite, nous avons : *« D'autres fameuses crises par les yeux… »*

Il attendit qu'elle eût fini de noter, il entendait le crayon gratter le papier.

— Pour finir, une série de mots isolés, qui sont *« Poumon »*, *« Nez »*, *« Bon »*, *« Là »*, *« Où »* avec accent, *« A »* sans accent. Voilà le travail ! Joli casse-tête, n'est-ce pas ?

— Je vois, oui.

— À brûle-pourpoint, comme ça, est-ce que ça vous évoque quelque chose ? Est-ce que vous voyez un lien entre ces trois « citations », si je peux les appeler ainsi ?

Louise relut les trois parties à la suite.

— Hormis le fait que chacune d'entre elles fasse référence à un ou plusieurs organes du corps humain, non, ça ne m'évoque rien de précis.

L'enquêteur lui relata alors, dans les grandes lignes, les pistes médicales qu'ils exploraient avec ses collègues. Louise abonda dans son sens mais elle ne voyait pas dans quelle mesure celles-ci pouvaient être rattachées à Mario.

Elle promit d'y réfléchir à tête reposée.

Le lieutenant Maraval, la remerciant, lui demanda de bien vouloir les avertir sans délai dans le cas où Mario tenterait de la joindre. Si elle l'avait au téléphone, qu'elle fasse en sorte de le garder le plus longtemps possible en ligne. S'il lui adressait des messages écrits, qu'elle les leur transmette. Elle évoqua alors les deux derniers messages reçus de la part de Mario, auxquels elle n'avait pas répondu, et qu'elle transféra à l'officier.

Louise, dans la soirée, sortit sur la terrasse, bien emmitouflée dans un manteau d'hiver. Même en Gironde, les mois de décembre piquaient.

Après le dîner, ses parents s'étaient retirés dans leur chambre, non sans avoir partagé avec leur fille quelques instants au coin du feu, dans le grand salon aux murs décorés d'énormes ceps de vigne. Des pieds qui avaient donné du raisin, puis du vin, pendant près de quarante ans et qui méritaient une douce retraite. Des pieds noueux, torturés par des années de taille, de pousse, de récolte. Tordus comme pouvait l'être la vie.

La jeune femme, relevant son col de ses mains pour se protéger du vent, ressassait les phrases énigmatiques que lui avait dictées le lieutenant Maraval.

Elle ne parvenait pas à leur trouver un lien, une logique, quelque chose qui pourrait les relier à Mario. Pour cela, encore aurait-il fallu comprendre Mario ! C'est à peine si elle y était parvenue, en plusieurs semaines d'une liaison hachurée, erratique, faite de montagnes russes émotionnelles. Cet homme semblait si difficile à cerner…

Saisie de frissons, elle regagna sa chambre. Là, elle s'installa à son bureau, crayon et feuille en main. Elle reprit les mots du criminel – pour éviter de dire Mario – et se mit à les séparer, organiser, agencer, espérant en extraire quelque chose de cohérent. Sans grand succès, la fatigue la gagnant.

Elle se déshabilla, passa dans sa salle de bains privative, attenante à la chambre, pour une rapide toilette et revint vers le lit. Prenant plaisir à lire quelques pages avant de s'endormir, elle fit un détour par les étagères qui soutenaient plusieurs centaines de livres, de ceux qu'elle avait aimés durant son adolescence et la décennie suivante. Elle s'était une fois amusée à les classer par ordre alphabétique d'auteurs. Elle les scanna du regard, toucha leurs dos du bout des doigts, avec respect : l'objet-livre avait pour Louise une grande valeur sentimentale.

Soudain, elle stoppa net sur l'un d'entre eux : le nom de l'auteur lui avait sauté au visage : Hervé Bazin !

Bazin… comme Mario…

Elle tendit la main vers ce roman, *Vipère au poing*, qui l'avait tant émue lorsqu'elle l'avait découvert. Elle devait avoir seize ou dix-sept ans, à l'époque, car elle se rappelait l'avoir lu dans le cadre du lycée. Elle se dit que, coïncidence pour coïncidence, ce serait ce livre-là qui la mènerait vers le sommeil.

Elle s'allongea sous sa couette, ouvrit le roman et se plongea avec nostalgie dans les aventures du jeune Brasse-Bouillon et de sa Folcoche de mère.

Elle s'endormit à la page cinquante-trois.

Chapitre V

S'éloigner.

S'aérer. Se réchauffer.

Tandis que, là-bas, si loin, à Budapest, le funiculaire du château arpente sa rampe enneigée ; ici, dans la plus peuplée des villes australiennes, c'est le plein été. Si, dans la capitale hongroise, les températures sont négatives, à Sydney, c'est la canicule. Pour Romain et Magda, ce voyage est un rêve qu'ils projetaient de concrétiser depuis de longues années : un peu leur lune de miel à retardement. Et peu importe qu'il fasse plus de quarante degrés, leur amour les rend insensibles aux températures extrêmes.

— Rien à voir avec les bains Széchenyi ! s'extasie Magda face à l'architecture futuriste de l'opéra de Sydney, tout illuminé, figurant pour les uns un voilier, pour les autres un coquillage, en fonction des sensibilités.

D'ailleurs l'un et l'autre ne sont pas d'accord sur l'intention de l'architecte danois qui a imaginé ce bâtiment public donnant sur le port.

Profitant de la relative fraîcheur de la soirée, le couple franco-hongrois se balade, main dans la main, loin de tout ce qui faisait leur quotidien à Budapest. Tant qu'à s'envoler pour les antipodes, ils ont prévu un séjour de trois semaines, à cheval sur les vacances de fin d'année : ils fêteront le nouvel an avec quelques heures d'avance sur leurs amis restés en Hongrie !

Ils profitent, Magda et Romain ; ils ont bien raison.

Mais ils sont loin…
Si loin…
Trop loin !

Chapitre 68

Aucune trace sur les lieux du crime.

Aucune preuve tangible qui puisse être exploitée.

Aucune mention dans les différentes bases de données de la police, c'est-à-dire aucun lien possible avec une précédente infraction.

Mais surtout cette découverte, à la fois surprenante et pourtant si prévisible : aucune identité !

Ce Mario Bazin, qui s'était enregistré sur un TGV, qui avait embarqué dans un avion, franchi des frontières, qui possédait une adresse postale à Paris où il recevait du courrier… Ce Mario Bazin n'existait pas !

Du moins pas pour les fichiers officiels.

— Je ne sais pas comment il s'est démerdé pour se procurer cette fausse identité, maugréa Lucas Maraval.

Est-ce que cela compliquait le dossier ou bien le simplifiait-il ?

Dans l'absolu, c'était faire un pas en arrière que de se retrouver avec un criminel sans identité.

Cependant, une chose devenait sûre : on savait désormais qui il n'était… pas !

D'un point de vue juridique, c'était du pain bénit : la falsification d'identité était un délit, lequel pouvait déclencher des poursuites pénales.

À peine eut-il appris cela que Maraval pria le procureur de lui délivrer un mandat d'arrêt sur la personne – dont l'identité déclarée était Mario Bazin, à défaut de mieux – qu'il avait auditionnée quelques jours plus tôt.

L'enquêteur parisien provoqua ensuite une réunion web avec ses homologues lyonnais et espagnole, pour les informer de ce nouvel élément d'importance. Sachant que le suspect avait été auditionné à Paris, il leur signifiait la prise en main totale du dossier, mais les invitait à rester vigilants, chacun sur son secteur et à l'informer sans délai de toute découverte utile de leur côté.

Pour l'heure, une fois le mandat en main, il convenait d'aller cueillir au plus vite ce pseudo-Mario-Bazin.

Si toutefois l'oiseau ne s'était pas envolé…

Chapitre 69

Voilà qui constituait un fâcheux contretemps, songeait Mario, dans les allées de la supérette de Belleville.

Il avait beau chercher de tous côtés, à chacune des caisses du magasin, que ce soit le matin ou l'après-midi : nulle trace de Mathilde Péroni.

Il avait également effectué, le plus discrètement possible, les trajets depuis la supérette jusqu'au domicile de la jeune caissière, en passant par le parc de Belleville, sans plus de succès. Il semblait bien que l'oiselle se fût envolée.

— Merde ! grogna Mario entre ses dents, au moment de quitter le petit magasin.

Plus qu'un contretemps, c'était pour lui une contrariété, un grain de sable dans sa machinerie mentale. Il lui semblait que, ces derniers jours, tout partait à vau-l'eau : sa convocation au commissariat, Louise qu'il n'apercevait plus dans son appartement, Mathilde envolée, sa propre planque à Belleville, les flics probablement à sa recherche... Il s'en voulait de ne pas avoir éliminé plus tôt la caissière, avant que tout ne s'emballe subitement. Il aurait voulu boucler la série avant la fin de l'année. À présent, cela lui paraissait irréaliste et le rendait dingue : échouer si près du but, être incapable de finir son puzzle virtuel.

Le mieux serait sans doute de se terrer, de faire le mort, comme ces insectes, les phasmes qui – non contents de ressembler à des brindilles – mimaient la rigidité cadavérique pour échapper, le croyaient-ils, au danger.

Se terrer, bien sûr, car s'enfuir aurait été trop risqué. Maintenant que les flics l'avaient dans le collimateur, quitter Paris devenait une folie : son identité – même fausse – le trahirait à coup sûr, au moindre billet de transport acheté, au moindre contrôle de routine, cela déclencherait immanquablement une alerte auprès des autorités…

Souvent, les plus grands criminels tombaient à cause d'un minuscule détail, d'une insignifiante erreur, d'un maladroit faux-pas.

Donc : ne plus bouger, laisser le temps faire son œuvre, se faire oublier.

Quel meilleur endroit pour se cacher, que cet appartement de Belleville ?

Qui penserait à venir le chercher là ?

Comment pourrait-on le relier à sa providentielle logeuse ?

Mario se rassurait comme il le pouvait, mais n'en menait pas large.

Chapitre 70

<u>Lesparre-Médoc, 15 décembre 2018</u>

Trois jours s'étaient écoulés depuis que Louise s'était réfugiée chez ses parents, pour une durée indéterminée. Dans l'hypothèse où les choses viendraient à se compliquer, Amélie lui avait suggéré de se mettre en arrêt maladie, de ne surtout pas rentrer à Paris.

Les deux femmes venaient de se téléphoner, à l'initiative de Louise, à qui son amie parisienne manquait.

Elle ne put s'empêcher de révéler à sa patronne, cette littéraire qui adorait les mots, les phrases et mots énigmatiques qu'avait laissés l'assassin auprès de ses victimes. Elle-même ne parvenait pas à en extraire du sens, se sentant impuissante à faire avancer l'enquête du lieutenant Maraval. Elle aurait tellement voulu comprendre, permettre la découverte de l'identité et des motivations du véritable criminel et, de là, innocenter Mario... Elle ne parvenait toujours pas à l'imaginer en tueur méthodique, et pourtant, tout concourait à l'accabler !

— Je vais me pencher sur la question, ma Loulou. Essaie de ne pas te torturer l'esprit avec tout ça. Profite de tes vacances, de tes parents. Sors, va te promener dans les vignes, au bord de la Garonne. Oublie Paris et ce qu'il s'y passe. Lis ! Abandonne-toi dans de belles histoires.

— Justement, je reprends certains romans que j'ai lus étant ado : ça me rappelle de bons souvenirs. Tu sais, ces livres qui t'ont marqué parce qu'ils résonnaient dans ton petit cœur en construction, ton âme en pleine évolution.

— Je vois très bien ce que tu veux dire. Je n'oublierai jamais *Out of Africa*, de Karen Blixen, par exemple. Ou *Le grand Meaulnes*.

— Moi, j'en ai plein, qui sont d'ailleurs toujours dans la petite bibliothèque de ma chambre. *L'enfant noir*, de Camara Laye ; *Regain*, de Giono ; ou encore *Vipère au poing*, que je viens de terminer.

— Je ne connais pas ce roman de Camara Laye, mais j'avoue que celui de Bazin m'a aussi beaucoup marquée. Oh ! mais au fait, Bazin…

— Oui, justement, j'allais y venir.

— C'est pas le nom de ton Mario ?

— Absolument ! C'est marrant, non ?

— Je ne sais pas si c'est marrant, mais en tout cas c'est encore une autre drôle de coïncidence. Bon, ma Loulou, je dois te laisser, j'ai une cliente qui a besoin de mes conseils. Je réfléchis à tes phrases ce soir et je te rappelle, entendu ?

— Merci Amélie.

*

Dans l'après-midi, ce fut le lieutenant Maraval qui tenta de la joindre. Ayant laissé son téléphone

dans sa chambre avant de partir prendre l'air au-
milieu des vignobles, elle le rappela dès son retour,
comme il le lui demandait urgemment.

— Merci de me rappeler, mademoiselle Vallois.
Je suis navré de vous déranger à ce propos, mais j'ai
estimé que vous aimeriez être informée de ma
découverte. J'ai de bonnes raisons de croire qu'elle
risque de vous surprendre et j'aimerais avoir votre
opinion sur la question.

— Je vous écoute, s'impatienta Louise.

— Voilà, nous venons de découvrir que Mario
Bazin est un nom d'emprunt.

La jeune femme encaissa le coup.

— C'est-à-dire ?

— Eh bien, l'homme que nous avons auditionné,
votre voisin, votre petit ami, semble s'être créé de
toutes pièces une identité fictive, avec faux papiers et
tout le tremblement. Mario Bazin n'est pas son
véritable nom, c'est une personne inventée par ce
type-là. Qu'est-ce que vous en dites ?

Louise n'eut pas la force d'articuler le moindre
mot durant près de trente secondes. Une spirale de
questions tournait sous son crâne : Mario, Bazin,
Vipère au poing, les réticences de l'homme à parler de
son passé, une fausse identité, un faux métier, des
clients fantômes, peut-être ? Tout lui semblait
soudain irréel, à la fois absurde et tellement logique.

— Vous êtes toujours là, mademoiselle Vallois ?
s'inquiéta Maraval.

— Oui, excusez-moi, je suis un peu
déstabilisée… J'ai l'impression que tout se précipite,
depuis quelques jours. Je suis complètement perdue.

— Nous aussi, nous sommes perdus. C'est
pourquoi je vous demande votre concours. Auriez-
vous, par hasard, un début de piste qui pourrait nous

conduire à la véritable identité de ce prétendu Mario Bazin ? Par exemple, en vous rendant chez lui, auriez-vous aperçu un document, un courrier quelconque qui ferait mention d'un autre nom ? Est-ce qu'il aurait pu, un jour, par mégarde, laisser échapper un autre prénom ? Parler de sa famille, de ses parents ?

— Il était plus que discret sur son passé. C'était quasiment un sujet tabou, qui le rendait d'ailleurs tout bizarre, presque agressif. Par contre, c'est assez fou que vous m'appeliez pour me dire cela.

— Pourquoi ?

— Parce que je viens précisément de relire un roman d'Hervé Bazin…

— Je connais, oui. Mais je n'avais pas fait le rapprochement. Vous pensez qu'il aurait pu aimer cet auteur, au point d'en adopter le nom de famille ?

— Nous n'en avons jamais parlé mais c'est un homme très cultivé, qui adore la littérature, qui a fait des études de lettres modernes, qui était client de la librairie de ma patronne. Bref, il a pu lire Bazin, oui, ça me semble tout à fait plausible.

— Pensez-vous, mademoiselle Vallois, que l'on puisse effectuer un quelconque rapprochement entre ce prétendu Mario et l'auteur de *Vipère au poing* ? Est-ce que je pourrais vous confier le soin d'étudier un peu la biographie et la bibliographie de cet auteur ? Je vais le faire de mon côté également. Deux cerveaux valent mieux qu'un, n'est-ce pas ?

— Bien sûr, je vais m'y atteler.

— Peut-être qu'il y a un indice à découvrir : une date ou un lieu de naissance, d'autres titres de cet auteur, les noms des personnages, etc. Ne laissons rien au hasard, même ce qui peut nous paraître à première vue insignifiant. On cherche peut-être une aiguille dans une meule de foin, mais à l'instant T, je vous avoue qu'on n'a pas grand-chose d'autre à quoi se raccrocher…

— Je vais faire de mon mieux…

∗

Louise se rendit, à peine terminée sa conversation avec l'enquêteur, directement sur Internet.

« Hervé Bazin, né en 1911 à Angers, de son vrai nom Jean-Pierre Hervé-Bazin (…), mort en 1996 (…), auteur de plus de trente romans, recueils de poèmes, essais, dont la trilogie *Vipère au poing, La mort du petit cheval, le Cri de la chouette* (…). Père de sept enfants, issus de quatre mariages (…), décrit comme un « romancier de la famille », thème central de tous ses romans. Sa vision de la famille traditionnelle y est toutefois très négative et destructrice, conformément à ses idées personnelles (…). »

— Que faire de tout ce blabla, s'interrogeait Louise, impuissante. Où puiser un indice : dans la vie privée de l'auteur, dans les titres, dans les histoires ? Quel rapport avec « Mario Bazin, l'imposteur » ? Quels liens possibles avec les trois crimes du « tueur au chlorure de potassium » ?

Nouvelles données, nouvelles interrogations, nouveaux doutes.

Et pendant ce temps-là, l'assassin courait toujours.

Chapitre 71

Paris, 15 décembre 2018

Amélie donna un tour de clé à la porte d'entrée des *Trouvailles*. Encore une bonne journée, bien remplie. Les clients, à l'approche des fêtes de Noël, fréquentaient plus assidûment la librairie, en quête d'un bon roman à offrir à leurs proches, sur les conseils avisés de la libraire, qui se trompait rarement dans ses choix. Les coffrets, les *collectors*, les « beaux livres » remportaient également un vif succès commercial : décembre était souvent un très bon mois.

Préoccupée, tout au long de la journée, par les tracas de Louise, elle s'enferma dans sa boutique pour réfléchir aux énigmes que la jeune femme lui avait soumises. Elle venait juste de se faire livrer des sashimis : elle était parée pour un brainstorming efficace.

Elle relut les phrases et les mots isolés, à plusieurs reprises, dans un sens puis dans l'autre.

« *Petit salaud, je te crache au cœur.* »

« *D'autres fameuses crises par les yeux...* »

« Poumon », « Nez », « Bon », « Là », « Où », « À »

Elle essaya de déconstruire les phrases puis de mélanger tout cela.

Quelque chose la chagrinait, cependant.

La seconde phrase, notamment, dont la syntaxe n'était pas des plus orthodoxes et le sens plutôt confus. Comme s'il s'était agi d'une phrase mal bâtie, bricolée de bric et de broc, reconstituée à la manière d'un puzzle mais dont certaines pièces ne s'accrochaient qu'imparfaitement aux autres.

Et puis, la première, bien balancée celle-ci, comme un dialogue ou une pensée…

Amélie possédait une mémoire épatante : des noms d'auteurs ou de clients, des titres d'œuvres, des mots, des citations ou des incipits, tout ceci restait gravé dans son cerveau, une fois enregistré et classé dans des tiroirs virtuels, à tout jamais. Un jour, il s'opérait un tilt et le tiroir s'ouvrait.

C'est ce qui arriva, tout à coup, avec cette première phrase qui lui rappela vaguement quelque chose. Mais oui, bien sûr ! Ses neurones commencèrent à se connecter plus rapidement.

Elle devait s'en assurer ! Elle quitta le fauteuil où elle s'était installée et se dirigea vers le rayon littérature du XXème siècle, classement par auteur, lettre B comme Bazin. Elle se saisit avec célérité du fameux *Vipère au poing*, sans doute l'œuvre maîtresse du romancier, et retourna s'assoir.

Elle se mit à tourner les pages fiévreusement, parcourant les paragraphes en diagonale, sachant à peu près sûrement ce qu'elle cherchait à retrouver.

Soudain, à la page soixante-dix de cette édition du Livre de Poche imprimée en février 2018, elle tomba nez-à-nez – pour ainsi dire – avec la phrase qu'elle recherchait, cette phrase immense qu'elle avait inconsciemment gardée en mémoire. Extraite de cette fameuse scène où le jeune Brasse-Bouillon se fait fort, lors du repas familial, de soutenir le regard de sa « vipère de mère », cette Folcoche, comme l'enfant se plaisait à la surnommer dans son dos. Et l'enfant se parle à lui-même, mais ses paroles s'adressent, par la pensée, à sa mère :

« Ah ! Folcoche de mon cœur ! Par les yeux, je te crache au nez. Je te crache au front, je te crache… »

Quelques lignes choc, de par leur puissance brute, de par leur brièveté, de par cette réitération, cette litanie qui vous pénétrait le cerveau.

« Je te crache au nez… Je te crache au cœur. » : une similitude plus que troublante, qui confirmait les soupçons d'Amélie. Elle tenait là quelque chose ! Le bout d'un fil, qui lui permettrait, elle l'espérait, de dérouler toute la pelote…

Une idée surgit, qu'elle mit aussitôt en pratique. Elle attrapa, derrière son comptoir d'accueil, un surligneur rose dans le pot à crayons et revint s'assoir, livre en main, sashimis à portée. Elle s'apprêtait à se replonger, quelques heures durant, dans l'œuvre de Bazin. Elle ne remonterait à la surface qu'un peu plus de deux heures plus tard, une fois les deux-cent-trente-sept pages avalées.

Lorsqu'elle eut terminé sa lecture, elle soupira et voulut sans attendre appeler Louise, pour lui faire part de son idée. Non ! pas avant d'être tout à fait certaine de sa théorie.

Amélie reprit les phrases du « tueur » et découpa les mots, un à un. Elle avait ainsi sous les yeux un véritable puzzle de mots, qu'elle se proposait de réarranger, en fonction de ce qu'elle avait pu surligner plus tôt : toutes les phrases dans lesquelles un mot au moins désignait un organe du corps humain…

À commencer par celle de la page soixante-dix :

« Par les yeux, je te crache au cœur »

Fiévreusement, elle fit défiler les pages du roman, s'arrêtant uniquement sur les passages surlignés de rose, retrouvant et recopiant les phrases suivantes :

Page trente-quatre : « (Le) p*etit salaud (qui) a bon cœur.* »

Page soixante-douze : « *Là où d'autres (gueuleraient à pleins) poumons* »

Enfin, page cent-cinquante-huit : *« (Ses) fameuses crises (de foie).* »

Amélie se frotta les yeux, épuisée par cette lecture à la fois rapide et minutieuse, conjuguée à un casse-tête syntaxique éreintant. Elle ne savait quoi penser de sa découverte. Une chose était néanmoins certaine : cela l'horrifiait ! Elle avait placé entre parenthèses les mots qui étaient absents des trois phrases laissées par l'assassin.

Il ne restait plus que huit mots *« Le, qui, gueuleraient, à, pleins, ses, de, foie* ».

Pas de quoi, là non plus, construire une phrase qui ne soit pas bancale, pourtant Amélie fut affreusement convaincue qu'elle contenait une clé.

Cette clé, pour la libraire-détective en herbe, c'était le mot « *foie* ».

Après le cœur, les yeux, les poumons… un nouvel organe du corps humain : le foie, donc !

Cette découverte la glaça.

Elle bondit sur son téléphone, appela Louise. Peu importait l'heure, elle devait la prévenir, et la police après elle :

— Louise ? J'ai trouvé. Je suis certaine que quelqu'un d'autre va mourir… !

Chapitre 72

Paris, 16 décembre 2018

— Madame Ballanger, je vous remercie d'être venue nous apporter votre précieux témoignage, assura le lieutenant Maraval en raccompagnant Amélie à la porte de son bureau.

— Je ne fais que mon devoir de citoyenne, admit la patronne des *Trouvailles*.

— Votre expertise littéraire va, possiblement, nous aider à avancer dans notre enquête. Je vous demanderai de rester joignable, si besoin…

Une fois seul dans son bureau, l'enquêteur parisien regroupa les documents relatifs à l'affaire de « l'Assassin au chlorure », qu'il relut avec minutie. Tout concordait à présent sur la possibilité d'un nouveau crime. En théorie, si le raisonnement apporté par la libraire s'avérait juste, il y aurait une nouvelle victime. Mais qui ? Comment découvrir l'identité de cette victime ?

Autre interrogation : quand ? En considérant l'historique des précédents meurtres, on ne pouvait y déceler une quelconque fréquence : d'abord avril, puis août et enfin octobre. Une supposition, toutefois, conduisait à penser que la routine s'accélérait. Maraval eut soudain l'intuition que la prochaine victime pourrait fort bien ne pas voir passer le Nouvel An...

Il provoqua une réunion téléphonique avec ses homologues lyonnais et espagnole afin d'unir leurs réflexions. Il leur fit part des derniers témoignages et découvertes quant à la fausse identité de Mario Bazin. Il résuma les déductions littéraires de Louise Vallois et Amélie Ballanger.

— C'est très mince, reconnut Di Falco, mais c'est à peu près tout ce qu'on a à se mettre sous la dent.

— Il me semble évident que la clé se trouve dans les dossiers médicaux, non ? s'interrogea María Ortiz.

Ils repassèrent donc, une nouvelle fois, les données disponibles dans les dossiers des trois patients assassinés, en mettant l'accent sur les interventions chirurgicales.

Soudain, *l'inspector-jefe*, dans son bureau d'Alicante, bondit sur son fauteuil, alertée par un point commun aux trois dossiers, qui jusque-là était passé inaperçu :

— Les gars, je crois qu'on s'est trop concentrés jusqu'ici sur les organes et sur les patients eux-mêmes...

— Qu'est-ce que tu veux dire par là ? intervint Maraval.

— Regardez les dates.

— Merde ! s'exclama Di Falco.

— Comme tu dis ! confirma Lucas Maraval.

— Vous voyez ? Jusqu'ici on savait que les trois avaient subi une intervention chirurgicale et plus exactement reçu une greffe. On savait que celle-ci avait eu lieu dans trois hôpitaux différents en France : Paris, Lyon, Montpellier. Mais on n'avait pas prêté attention à la date : le 23 décembre 2015…

À Lyon et à Paris, les deux enquêteurs français restaient cois face à cette découverte, finalement si évidente, mais passée inaperçue jusqu'alors.

— Voilà qui nous fournit un axe de recherche formidable ! s'enthousiasma Maraval.

— Il nous faut découvrir s'il existe, ce jour-là, une personne qui aurait reçu une greffe de… le coupa Di Falco.

— …une greffe de foie ! conclut Ortiz, confirmant que trois cerveaux réunis valaient souvent mieux qu'un.

Une forme d'excitation sembla s'emparer des trois policiers, pareille à celle de chiens de chasse sur une piste sauvage odorante, bien vite douchée par le pragmatisme du lieutenant Di Falco :

— C'est bien joli, tout ça, mais j'imagine qu'il doit y avoir, chaque année en France, des centaines voire des milliers de greffes d'organes ?

— C'est vrai, mais cela se réduit si l'on ne considère que le foie, non ? demanda Ortiz.

— Sans doute… seulement, en France, le don d'organes est anonyme, songea tout haut Maraval.

— Il y a sans doute moyen de consulter un organisme comme l'Agence de la Biomédecine ? interrogea Di Falco.

— Je vais m'en charger, proposa Maraval. Au besoin, le procureur peut sans doute autoriser l'accès aux données confidentielles…

— En priant pour que ce ne soit pas trop long… tempéra Ortiz. J'ai le sentiment qu'on est dans l'urgence…

Chapitre 73

Une semaine de congés, cela passait toujours trop vite. Mathilde Péroni était déjà de retour à Paris et devait reprendre son tour de caisse, pour une semaine de rush d'avant Noël. Les cadeaux de dernière minute, les emplettes pour préparer le réveillon, une effervescence chaque année renouvelée se ressentait dans les magasins.

La jeune fille était partagée entre l'ennui de devoir travailler à cette période et la joie quasi enfantine de se promener dans les rues de Paris, la plupart richement décorées de guirlandes électriques, sans oublier les superbes vitrines des grands magasins qui constituaient à elles seules une attraction. Les touristes japonais, arrivés en masse, n'auraient raté cette saison parisienne pour rien au monde.

Une vague de froid s'était abattue sur la capitale, déversant dans les rues des cohortes de bonnets de laine, d'écharpes, de cols roulés, de doudounes et de manteaux de fourrure, selon les quartiers. Une seule constante : les démarches voûtées des passants, tête rentrée dans les épaules, mains fourrées dans les poches, démarche empressée pour fuir le mordant du froid. De même, le portrait-robot du promeneur était facile à dresser : lèvres gercées d'entre lesquelles s'échappaient des nuages de vapeur, nez rouge et sourcils froncés.

Lorsque Mathilde pénétra dans le parc de Belleville, pour se rendre à son travail, le lieu était quasiment désert : trop froid pour une promenade en amoureux, pour une flânerie en solitaire ou pour taper la balle entre gamins du quartier. Elle traçait son chemin, tête basse, l'écharpe remontée jusque sur le nez, sans un regard au-delà d'un ou deux mètres devant ses pieds qui trottinaient d'une bonne allure.

Elle avançait dans les allées gravillonnées, entre des arbres nus et quelques haies persistantes. Soudain, elle perçut un bruit derrière l'une des haies : comme la course d'un individu fonçant sur elle. Mathilde se retourna vivement et poussa un cri de surprise, ne sachant si elle devait s'enfuir ou rester immobile :

— Reviens ici, Maxi ! lançait une voix d'homme mûr, entrecoupée de halètements. Ne vous inquiétez pas, mademoiselle, mon chien ne ferait pas de mal à une mouche. Il est juste impressionnant et surtout très joueur.

Le *golden retriever* s'apprêtait à poser ses grosses pattes sur la poitrine de Mathilde quand il se ravisa, obéissant à la voix de son maître.

— Vous pourriez quand même le tenir en laisse ! râla la jeune femme, plus apeurée que furieuse. La compagnie des chiens lui avait toujours été agréable, mais pas dans de telles conditions. Dans les lieux publics, ceux-ci se devaient d'être tenus en laisse.

— Je suis navré…

— J'ai eu la peur de ma vie ! Et si j'avais fait une crise cardiaque ? Vous en seriez responsable.

— Vraiment désolé, insistait l'ancien. Qu'est-ce que je peux faire pour me faire pardonner ?

— Rien du tout ! À part attacher votre chien et me laisser aller au travail. Bonne journée, quand même !

— À vous aussi.

« Ah ! ces parisiennes » songea le vieil homme en s'éloignant avec son animal en laisse.

« Oh ! ces vieux schnocks ! » fulminait Mathilde en se dirigeant vers son lieu de travail… et sans prêter attention à l'homme assis sur un banc, à une trentaine de mètres de là, bonnet vissé sur la tête, col remonté jusqu'aux pommettes, écharpe lui couvrant le nez, qui avait observé la scène avec beaucoup d'attention.

Chapitre 74

— J'ai deux dossiers concernant une greffe de foie en France en date du 23 décembre, commença le lieutenant Maraval, à l'adresse de ses coéquipiers de Lyon et d'Alicante. Deux personnes sont en effet concernées par ce type de greffon, ce jour-là, d'après l'Agence de la Biomédecine. L'un à l'hôpital Robert-Debré, à Paris, l'autre à l'hôpital Purpan de Toulouse.

— Tu as des noms ? voulut savoir Di Falco.

— Oui. À Toulouse, un homme dénommé Paul Lacassagne, et à Paris, une femme du nom de Mathilde Péroni. Puisqu'on n'a toujours aucune idée de l'identité réelle du criminel, on doit veiller à assurer la protection de ces deux individus. J'ai déjà pris contact avec les collègues de la PJ de Toulouse pour mettre en place une protection discrète de ce monsieur Lacassagne. Quant au dossier parisien, j'ai mis mes gars sur le coup, on suit la demoiselle Péroni depuis hier : on l'a localisée dans le quartier de Belleville. Je pense qu'il est préférable d'assurer une surveillance à distance, pour ne pas les affoler.

— L'idée étant d'appréhender le coupable en flagrant délit ? abonda María Ortiz.

— C'est tout à fait ça. Puisqu'on n'est pas certains que ce faux Mario Bazin soit l'assassin, puisqu'on n'a aucune preuve contre lui et que, légalement, il ne peut pas être, à ce stade, inquiété, nous devons prendre l'affaire à l'envers : remonter à l'assassin par le biais de la prochaine victime potentielle... Une enquête à rebours : la victime suivante nous amène le criminel comme sur un plateau... C'est risqué, mais est-ce que ça vous paraît jouable ?

— En tout cas, on n'a pas d'autre solution, à l'heure actuelle, confirma Di Falco.

— En parallèle, ajouta *l'inspector-jefe* d'Alicante, nous devons continuer à rechercher la véritable identité du coupable. Imaginons qu'il n'ait pas l'intention d'agir avant plusieurs mois... ça me paraît compliqué de mobiliser des équipes de surveillance aussi longtemps, sans avancées notables, non ?

Lucas Maraval le savait, évidemment, mais il espérait et était quasiment convaincu que l'assassin était sur le point de frapper de nouveau.

— Vous savez aussi bien que moi ce qu'est l'instinct du flic, pas vrai ?

Les deux autres n'avaient pas besoin de mots pour acquiescer, ils se comprenaient. Maraval reprit :

— Ce type que j'ai auditionné, je suis convaincu qu'il n'est pas tout clair. Donc, on continue à tenter de le localiser : il ne doit pas se trouver très loin de Belleville, à mon avis. On va s'appuyer aussi sur les caméras de surveillance de la ville de Paris, on ne sait jamais. De toute façon, il a deux options : ou il boucle son affaire vite fait bien fait, ou il s'enterre pendant des mois, des années… Je pencherais plutôt sur l'action rapide.

Chapitre 75

Agir vite.

Avant les fêtes de Noël, avant la fin de cette *annus horribilis*, cette année horrible qui l'avait conduit à commettre des actes d'une horreur sans nom, qui avait fait de lui un être qu'il peinait à reconnaître. Il avait été entièrement guidé par sa haine, un sentiment profond mûri en son sein pendant plus de deux ans. Durant ces mois de gestation, la vengeance avait façonné son cerveau, puis ses entrailles. Oui, c'était viscéral en somme. Comme si l'on avait touché à la chair de sa chair, à sa propre intégrité physique en quelque sorte.

Un physique qu'il détaillait, à l'instant, dans le miroir de la salle de bains de sa logeuse. Il venait de prendre une douche quasi brûlante, un besoin épidermique après un après-midi à arpenter le quartier de Belleville, à la recherche de cette Mathilde Péroni qui s'était envolée, une semaine auparavant. Mais elle était revenue, la belle... Elle avait repris son poste à la caisse de la supérette... Elle avait emprunté de nouveau son itinéraire favori depuis chez elle, traversant le parc de Belleville, où elle avait eu une peur bleue lorsqu'un chien s'était presque jeté sur elle, pour jouer, bien entendu… Il s'était gelé les miches sur ce banc froid, mais pour la bonne cause : la partie reprenait et il convenait d'y mettre fin au plus tôt.

Dans le miroir du meuble de toilette, il contempla sa peau rougie par l'eau brûlante. Un épiderme qui commençait à vieillir, certes, mais qui restait encore tonique, doux. Une peau qui avait vécu, qui portait les traces de la vie, des douleurs reçues, des souvenirs, comme ce tatouage indélébile qu'il arborait sur l'épaule : une main refermée, un poing qui signifiait beaucoup pour lui. Qui lui rappelait ce pourquoi il s'était laissé engloutir dans un projet meurtrier qu'il devait boucler au plus vite.

De l'autre côté de la porte de cette salle de bain qu'il connaissait bien, les premières notes d'une chanson de Sardou se firent entendre. Sa logeuse aimait le chanteur depuis les années soixante-dix.

« Un musicien assassinait Mozart, dans un café de Varsovie,

« La neige, la neige, était recouverte de boue,

« La neige, la neige, faisait un grand silence autour de nous… »

Il passa une serviette autour de ses reins et sortit de la pièce d'eau.

— Tu vas faire venir la neige, avec ta chanson, Agnieska ! plaisanta-t-il en s'approchant de la vieille femme assise devant sa fenêtre.

— Ça me rappelle ma jeunesse, que veux-tu ! Là-bas, en Pologne, il doit neiger, déjà… J'ai froid, tu veux bien remonter le chauffage ?

Il fit ce qu'elle lui demandait, trop heureux d'être aux petits soins pour la Polonaise, qui avait tant pris soin de lui auparavant. Juste retour des choses. Il lui devait tant !

À commencer par ce refuge douillet que constituait pour lui cet appartement.

Chapitre W

Et si les rêves – ou les cauchemars – s'avéraient des moyens de communication extra-sensoriels ? Était-il possible de capter, à des milliers de kilomètres de distance, la détresse d'un être cher ? Qui plus est lorsqu'il s'agissait de jumeaux ?

C'est ce à quoi songe Romain, qui vient de s'éveiller en sursaut, collant d'une sueur acide qui dégouline sur son front, sa nuque. Est-ce la canicule australienne qui, à cette saison, empoisse les organismes jusqu'au cœur de la nuit ? Ou bien une chaleur produite par Romain lui-même, née du cauchemar qui vient de le tirer de son sommeil ?

Magda, à ses côtés, dort d'un sommeil quasi enfantin, elle n'a rien perçu du trouble de son mari.

Dans ce cauchemar, il a vu Marion crier, l'appeler à l'aide, tendre les mains vers lui, son frère, qui est si loin à cet instant. Chacun d'un côté du globe, peuvent-ils communiquer par la pensée, au-travers des rêves de l'un ou de l'autre ?

Romain croit à ces phénomènes-là : cette télépathie entre jumeaux, que la science a déjà observée sans pourtant être capable de l'expliquer. Nombre de témoignages ont évoqué ces étonnantes pensées, ces sentiments, ces sensations identiques ressenties au même instant par des jumeaux éloignés géographiquement, y compris depuis des années, voire même séparés depuis la naissance.

Comme la plupart des jumeaux, Marion et lui ont toujours été proches par la pensée, malgré les divergences des caractères, malgré la distance, malgré les aléas de la vie de l'un et l'autre. Ils ont pu passer des années, parfois, sans se donner de nouvelles. Mais jamais loin du cœur. Et toujours cette marque, gravée à jamais dans leur peau, qui les rend complémentaires et indivisibles, du moins symboliquement...

Mais le plus troublant, c'est cette douleur aigüe qu'il a ressentie dans la poitrine en s'éveillant, comme si son cœur, soudain, se serrait, à l'instant où Marion criait son prénom en tendant les mains vers lui.

Il a cru un instant que son cœur rendait là son dernier battement, il s'est redressé d'un coup, le souffle court, la bouche béante, comme pour aspirer un ultime bol d'air salvateur. Puis la douleur a disparu, en même temps que le cauchemar et son souvenir imprécis.

À présent, bien éveillé, assis sur le lit de sa chambre d'hôtel australienne, Romain a le net pressentiment que Marion va mal, qu'il doit lui venir en aide. Il ne connaît pas la cause de ce malaise mais il ressent ce mal être dans sa propre chair, dans son ADN – si semblable à celui de Marion...

— Que se passe-t-il ? grogne Magda d'une voix enrouée, les yeux mi-clos.

— Un cauchemar… Marion… un mauvais pressentiment… bredouille Romain.

— Ce n'est qu'un mauvais rêve, le rassure son épouse. Rendors-toi.

— Ça m'a paru si réel…

— C'est cette chaleur, mon chéri, elle te fait délirer.

Romain se lève pour aller se servir un grand verre d'eau fraîche, s'octroyer une douche froide et se recoucher enfin, à peine rasséréné.

Chapitre 76

— C'est bon, l'oiselle a réintégré son nid ! annonça l'agent Saouli dans le talkie.

Depuis deux jours, il collait discrètement aux basques de Mathilde Péroni, se relayant avec Dubuc et Leblanc. Les agents subordonnés au lieutenant Maraval accomplissaient cette tâche ingrate avec la résignation du flic obéissant aux ordres. Pourtant, filature ne rimait pas avec sinécure, par ce temps qui faisait geler les miches plus vite qu'une bouteille de rhum dans le freezer du réfrigérateur. Faire le poireau au pied d'un immeuble, à effectuer des va-et-vient sur le trottoir d'en face ou – si on avait de la chance – dans un bistrot dont les vitres donnaient sur le porche du bâtiment. Aligner café sur café jusqu'à en avoir les mains tremblantes d'excitation : c'était toujours mieux que d'avoir les doigts congelés, à la limite de l'onglée. Toujours mieux aussi que d'attendre dans le véhicule banalisé, sans chauffage puisque moteur éteint. Au moins, dans le bistrot, il faisait bon et on se laissait bercer par les causeries de comptoir qui entraient par une oreille et ressortaient par l'autre.

En somme, un quotidien de flic lambda. Dans l'attente d'une promotion qui offrirait le loisir de rester au chaud dans un bureau avec son blaze gravé sur la porte !

Saouli terminait ainsi son quart, à Dubuc de le relayer.

— Rien noté de suspect, transmit le premier. Bonne chance à toi !

— Merci, vieux ! grimaça le second.

Rien à signaler, en effet. La journée de la demoiselle Péroni avait eu l'allure d'un quotidien banal. Aucun incident, aucun type louche à proximité, du moins Saouli n'avait-il rien repéré de tel.

— J'envie les collègues toulousains... regretta ce dernier avant de passer le relais à Dubuc. Ils ne doivent pas se cailler les miches comme nous, ceux-là. D'ailleurs, on a du nouveau de leur côté ?

— Chou blanc, comme ici, renseigna Dubuc, qui sortait du bureau de Maraval quelques instants plus tôt.

— C'est vraiment un cas pourri, je te jure. Je vois venir d'ici qu'on va se taper des heures sup' pour les fêtes de Noël, bordel.

— Allez, te fais pas de bile, je vais le coincer ce soir, le type, et on n'en parle plus ! Tu pourras aller ouvrir tes cadeaux sous le sapin avec tes gosses.

*

— Tel est pris qui croyait prendre, murmura Mario. Pas très discrets, les condés... Ils avaient beau se promener en civil, planquer dans des voitures banalisées, faire le pied de grue dans un bistrot : ils n'avaient ni l'allure ni les occupations du citoyen de base, du moins pas durant leur service. Leurs manières de regarder autour d'eux, leur façon de fumer une cigarette, tout trahissait en eux le flic en pleine surveillance.

Cela étant, s'ils ne l'avaient pas repéré, leur présence n'allait pas simplifier la mise en œuvre de son dernier projet. Il lui faudrait désormais redoubler de prudence, trouver la faille, l'instant-T pour agir.

Agir vite. Et tant pis s'il n'avait pas le temps de disposer tout le décorum, de laisser son message : de toute façon, ce serait le dernier acte. Après quoi, il disparaîtrait, se ferait oublier, s'envolerait à l'autre bout du monde.

*

Fourbue. Ainsi se sentait Mathilde Péroni à l'issue de cette nouvelle journée de travail. L'ébullition de la période des fêtes s'avérait parfois pesante. Les gens – malgré l'ambiance joyeuse déployée dans les rues, les vitrines, les grands magasins – se montraient pressés, agités. Les enfants, les yeux pleins de lumières, énervés par l'imminence des réjouissances, devenaient insupportables, surtout quand ce n'étaient pas les vôtres…

Mathilde eut juste envie d'un bon bain chaud afin de se sentir de nouveau vivante, tant elle avait eu froid durant le trajet à pied depuis son lieu de travail. Elle s'allongea dans l'eau savonneuse, ferma les yeux et fut à deux doigts de s'assoupir.

*

Allongée sur son lit, dans la maison de ses parents, un livre ouvert posé à ses côtés, Louise se sentait partagée entre le soulagement d'être loin de Paris – loin d'un potentiel danger – et le désir de recevoir des nouvelles de Mario... de cet homme qu'elle ne connaissait que sous ce nom d'emprunt, se corrigea-t-elle mentalement.

Aussi paradoxal que cela puisse paraître, à plus forte raison depuis les dernières découvertes liées à l'auteur de *Vipère au poing*, Louise se refusait à admettre qu'il fût coupable des crimes dont la police le soupçonnait... suite à sa propre dénonciation, cela dit en passant !

La jeune libraire ressentait comme une vague de honte à l'idée d'être celle par qui ce Mario risquait de tomber. Dans le même temps, un sentiment de civisme l'envahissait au souvenir de son témoignage au commissariat.

Aucune nouvelle, donc, depuis le dernier message reçu :

« Tu caches quand même bien ton jeu... Mais on se retrouvera... »

C'étaient les derniers mots qui s'affichaient dans leur conversation texte.

Espoir ? Menace ?

Chapitre 77

Pour la troisième fois d'affilée, Lucas Maraval se repassa les enregistrements des caméras de surveillance implantées dans le quartier de Belleville, une dizaine parmi les mille quatre-cents autorisées dans le PVPP, le Plan de Vidéoprotection de la Préfecture de Paris. Destinataire légal des données filmées dans ce cadre, le lieutenant scrutait avec attention les images en couleurs qu'il venait de recevoir. Il était conscient du fait qu'il ne pourrait conserver ces images qu'un mois au maximum, sauf à y déceler la présence du criminel recherché, auquel cas elles viendraient s'ajouter au dossier judiciaire, pour preuve.

Difficile, même pour l'œil exercé du policier, de repérer les traits de l'homme qu'il avait auditionné quelques jours plus tôt. Les bonnets, écharpes et autres foulards pullulaient dans les rues saisies par le froid de décembre. Pourtant, parmi les images provenant des rues proches du domicile de Mathilde Péroni et de son lieu de travail, il lui avait semblé localiser une potentielle concordance.

Mais rien de suffisamment probant pour le coincer sur le fait.

À l'inverse, il aurait été plus simple de localiser le meurtrier dans les rues du cinquième arrondissement de Paris au mois d'avril, dans les rues proches du domicile d'Alioune M'bappé, mais les enregistrements étaient, pour se conformer aux textes officiels, déjà détruits. Idem pour Alicante en juillet-août et Lyon en octobre… Pas de bol, ragea Maraval. Parfois, il en fallait – du bol – pour boucler une enquête et parfois… on en manquait ! Dans le cas présent, on ne pouvait guère dire que les enquêteurs étaient vernis.

Tout à coup, l'agent Leblanc, penché sur l'épaule de son supérieur, bondit :

— Eh ! Chef… dit-il en pointant du doigt l'écran du PC. Ce serait pas notre bonhomme, là ?

Difficile d'être catégorique, pourtant l'individu présentait des similitudes de taille, de corpulence et de traits du visage – pour le peu qu'il en laissait poindre – qui pouvaient le rapprocher du prétendu Mario Bazin.

— Qui es-tu ? demanda d'un ton rageur le lieutenant Maraval, à l'intention de l'homme qui évoluait dans la vidéo, prise quelques minutes plus tôt. J'aimerais bien connaître ton petit nom et ton pedigree, mon gaillard.

« Et comprendre tes intentions », ajouta-t-il mentalement en faisant défiler l'enregistrement.

S'il parvenait à découvrir le mobile qui animait ce type, peut-être comprendrait-il mieux ses intentions futures ?

En dehors de la nouvelle victime potentielle, cette Mathilde Péroni, le mobile pourrait-il conduire également à identifier l'assassin ?

En attendant, à défaut de piste plus tangible, Maraval sentait que le pistage du bonhomme pourrait s'avérer fructueux.

— Leblanc, tu vas au PC central de vidéoprotection. Tu demandes à quadriller le périmètre « boulevard de Belleville, rue de Ménilmontant, rue des Pyrénées et rue de Belleville ». Tu scrutes ça de près, en *live*. Moi, je vais sur place retrouver Saouli et Dubuc. C'est par là-bas que ça se passe !

Joignant le geste à l'intention, Maraval descendit au sous-sol pour sauter dans un véhicule de service, accompagné de Dubuc.

Direction Belleville.

Chapitre 78

La jeune femme sortit de chez elle, Saouli sur les talons. Le froid piquait toujours. Le flic n'avait pas hésité à enfiler gants, écharpe et bonnet de laine : d'une part, il luttait face aux températures et de l'autre, il se fondait dans la masse des badauds emmitouflés. Ainsi attifé, il n'était plus flic, sinon un simple promeneur perdu au milieu des ménagères de moins de cinquante ans, des papis aux traits burinés, des gosses en avance sur les vacances de Noël, de tout ce petit monde qui s'entrecroisait sur le terre-plein central du boulevard de Belleville. Comme chaque vendredi matin, un marché cosmopolite aux mille couleurs, senteurs et délices, encombrait toute la longueur du boulevard, entre les stations de métro Belleville et Ménilmontant. Sur près d'un kilomètre, les échoppes orientales, chinoises ou juives se côtoyaient dans une ambiance aimablement bruyante pour faire de ce marché l'un des moins chers de Paris. Une véritable institution du quartier en même temps qu'une attraction touristique incomparable.

— Un endroit parfait pour une filature pourrie ! grommela Saouli, en claquant des dents.

De fait, filer Mathilde Péroni au milieu d'une telle populace, c'était comme essayer de ne pas perdre ses gosses dans une foule de supporters du Paris-Saint-Germain...

Mais quand on est flic, on évite de se poser trop de questions, on garde les deux yeux ouverts et le cerveau en état de vigilance totale.

*

Est-ce que tout ce cirque pourrait enfin finir... aujourd'hui ? s'interrogeait Mario, depuis son poste d'observation, qui lui permettait de suivre les déplacements de Mathilde Péroni.

Les jours s'égrenaient et il s'était fixé une *deadline*... Quel drôle de mot, cet anglicisme, que l'on traduisait par date limite, date butoir alors que, littéralement, il convenait d'y lire « ligne de mort » ...

Dans sa tête, il ne lui restait plus que deux jours pour agir. Il aimait les symboles : pour lui, les dates anniversaires revêtaient une signification. Dans deux jours, cela ferait trois ans, de date à date... Il ne pouvait se résoudre à entamer une quatrième année sans avoir bouclé son œuvre vengeresse. Après quoi, il pourrait enfin faire son deuil, décharger son âme d'un poids qu'il traînait depuis trop longtemps comme un énorme boulet rouge émotionnel.

Comme sa vie avait changé en trois ans ! Il avait tout perdu, du moins ceux à qui il tenait le plus au monde. D'un côté, la mort avait frappé ; de l'autre, l'amour s'était brisé. L'un et l'autre cruellement associés.

L'homme à la barbe poivre-et-sel scruta attentivement les alentours, sans perdre de vue sa cible – noyée dans la masse des badauds agglutinés près des étals des maraîchers, épiciers, fripiers – puis s'élança, décidé, rajustant son bonnet sur sa tête :

— Allez, c'est maintenant !

*

— Plus vite, Dubuc, plus vite ! s'impatientait Maraval, sur le siège passager du véhicule de fonction qui filait vers Ménilmontant puis Belleville.

— On irait plus vite avec le deux-tons, chef…

— T'as raison. Je l'éteindrai en arrivant sur zone.

Le lieutenant attrapa le gyrophare bleu dans la boîte à gants, ouvrit la vitre du véhicule et le colla sur la carrosserie, au-dessus de sa tête. Il enclencha l'avertisseur sonore caractéristique des véhicules de police, cette musique à deux notes – ré-la, une quarte avec deux sons d'une demi-seconde chacun – qui lui donnait son nom.

Comme par miracle, la circulation dans les artères parisiennes se fluidifia devant eux.

Il flottait dans l'habitacle comme une urgence palpable.

*

Parmi les multiples écrans du PC de vidéoprotection, l'agent Leblanc se focalisait essentiellement sur les images en direct provenant des caméras installées près du boulevard de Belleville. Elles étaient au nombre de trois à couvrir la zone : une à l'angle de la rue des Pyrénées, une autre au croisement de la rue de Ménilmontant et la dernière à l'embranchement de la rue Ramponeau.

— Chapeau les gars ! fit-il, admiratif du boulot de ses collègues. Comment vous faites pour y voir quelque chose, là-dessus ? C'est comme jouer à « Où est Charlie ? », non ?

— Question d'habitude, répondit l'agent Makowiak. Et puis, tu vois, avec ce joystick, tu peux faire tourner la caméra, zoomer où tu veux, c'est de la haute-définition en plus. Regarde comme c'est net, si je zoome là.

Pour illustrer ses dires, l'agent de vidéoprotection, qui utilisait au quotidien cet outil technologique pour constater des infractions au code la route et verbaliser par voie électronique, rapprocha l'œil de la caméra du fessier d'une joggeuse qui longeait le marché de Belleville.

— Arrête tes conneries, Macko ! le sermonna l'un de ses coéquipiers. Je crois pas que notre collègue soit venu là pour mater les fesses des coureuses en legging…

— J'avoue que l'exemple est agréable à suivre mais je préférerais me concentrer sur ce type-là, confirma Leblanc en exhibant un portrait-robot de « Mario Bazin », dressé à partir du témoignage de Louise Vallois – et d'une photo qu'elle possédait de lui dans son téléphone portable.

Chacun des membres de l'équipe prit le temps de bien mémoriser les traits du suspect recherché activement par la PJ, en se passant le cliché. Une fois l'image imprimée dans leur mémoire à court terme, ils se tournèrent de nouveau vers les caméras en direct.

*

Elle n'était qu'à une vingtaine de pas devant lui. Il se rapprochait encore, zigzaguant entre les clients des échoppes, bousculant ici, s'excusant là, la perdant parfois de vue, pour la retrouver ensuite.

L'excitation montait d'un cran à l'approche du moment de passer à l'acte. Il s'imaginait facilement la rattraper, la bousculer derrière un étal de fringues qui pendaient à des cintres, la conduire entre deux camionnettes stationnées de part et d'autre du terre-plein central du boulevard, profitant du brouhaha protecteur. Là, finalement à l'abri du tumulte et de la foule, il ne lui faudrait pas longtemps pour planter sa seringue, injecter le chlorure de potassium et laisser Mathilde Péroni glisser au sol entre ses bras. Inanimée.

Morte.

Encore dix pas. Là-bas, à hauteur de la fourgonnette orange, ce serait parfait !

*

L'agent Mackowiak, joystick en main, zoom à fond, bondit sur sa chaise :

— Bon sang, les gars, regardez ce type, avec sa petite barbe poivre-et-sel !

Sur l'écran, un visage surmonté d'un bonnet gris rayé de blanc, possédait tous les traits caractéristiques du portrait-robot posé sur la console devant les écrans.

— C'est lui ! compléta Leblanc, décrochant son téléphone mobile.

Deux sonneries, puis la voix reconnaissable de Maraval.

— Chef ? Leblanc, ici. On l'a !

— Où ?

— Sur le marché de Belleville, le terre-plein central. Juste derrière cette Mathilde Péroni, qu'on a repérée aussi.

*

— À quelle hauteur ? demanda Maraval en claquant la portière du véhicule banalisé, garé à la diable à cheval sur le trottoir.

— Vers le numéro 124. Devant, je vois une camionnette orange, stationnée côté terre-plein.

— Ok ! On doit être à cinq cents mètres. Préviens Saouli tout de suite, il doit lui filer le train de plus près.

*

Saouli raccrocha. Sur les indications de Leblanc, il tenta de se frayer un chemin à travers la populace, arpentant le boulevard en direction de Ménilmontant, à l'opposé de Maraval et Dubuc. Le type allait se trouver pris en tenaille. L'agent apercevait déjà la camionnette orange.

*

Son petit sac de toile en bandoulière, Mathilde promenait son regard sur les étals des épiciers arabes aux mille nuances des couleurs du soleil. Elle adorait, quand elle travaillait d'après-midi, musarder le vendredi matin sur ce marché très populaire. Elle aimait son quartier, trop mal connu et jugé, pourtant si agréable, dans lequel se côtoyaient toutes les langues, les religions, les âges, les origines. Belleville, de tout temps, symbolisait la mixité : c'était un quartier d'ouvriers, d'artistes, de retraités, de petites gens. Ici s'étaient tout à tour installés des Polonais, des Arméniens, des Juifs d'Europe Centrale, des Maghrébins, des Asiatiques. De là, cette ambiance unique, ces couleurs vivantes, ce capharnaüm paisible.

Elle s'arrêta devant l'échoppe d'un traiteur chinois, alléchée par l'idée d'un déjeuner aux saveurs sucrées-salées.

Soudain, un tumulte se produisit à quelques mètres de là, faisant se retourner la plupart des badauds, intrigués par un mouvement de foule.

*

Que se passe-t-il ? se demanda Mario, l'attention attirée vers un groupe de personnes vociférant dans un maelström de langues. Bordel, il venait de la perdre de vue. Tout autour, ça s'agitait, ça gueulait, ça se bousculait.

*

— C'est quoi ce foutoir ? beugla Maraval, à destination de Leblanc.

— On dirait qu'il y a une bagarre dans l'allée, renseigna son subordonné, les yeux rivés sur l'écran du PC de surveillance. Ça a commencé par une bousculade, un jeune qui aurait fait tomber une mamie, puis ça a dégénéré.

— Tu as toujours la cible en visuel ?

— Je viens de le perdre.

Le lieutenant raccrocha, furax, et fonça vers le lieu de l'algarade.

Plus loin, un bonnet gris avec des rayures blanches se mettait à courir.

*

Raté ! Impossible pour Mario de s'approcher plus près de Mathilde. Le bazar ambiant aurait pu, néanmoins, favoriser ses desseins, mais les types qu'il voyait débouler de chaque côté avaient tout l'air de flics en civil et ça, c'était loin d'être bon signe. Il se demanda même si l'un d'entre eux n'était pas cet OPJ qui l'avait interrogé dans son bureau, ce Maraval dont il avait mémorisé le visage et le nom.

S'il traînait ne serait-ce que quelques secondes de plus dans le coin, il risquait de se retrouver pris dans les mailles du filet. Mieux valait décamper.

Il obliqua en direction des camionnettes stationnées côté est du boulevard, s'enfonçant dans les rues étroites de Belleville, espérant s'y dissimuler aux regards des forces de police.

*

— Chef, je l'ai retrouvé, il détale par la rue de Pali-Kao.

— Bien reçu, merci Leblanc.

Maraval, talonné par Dubuc, rejoignit Saouli.

— Tu peux lâcher la filature, la demoiselle ne risque plus rien pour aujourd'hui. Suis-nous, on file par-là, ordonna-t-il, pointant le bras vers l'est de la capitale.

L'homme gagnait déjà du terrain sur les policiers, lorsqu'il bifurqua sur la gauche, au bout de la rue, pénétrant dans le square Alphonse Allais.

— S'il arrive jusqu'au parc de Belleville, il va se faire la malle, tempêta le lieutenant, qui n'appréciait guère les courses-poursuites à pied. Bougez-vous, les gars !

Il s'était déjà trouvé deux ou trois fois confronté à cet exercice et, chaque fois, ça c'était mal fini… Soit le suspect s'était évaporé, soit… bien pire que ça. Non, décidément, il nourrissait une préférence pour les sports mécaniques !

Saouli, Dubuc et Leblanc prirent les devants, reprenant du terrain sur le fugitif. Celui-ci, buttant sur une poubelle renversée, tomba lourdement sur le bitume.

— Saloperie de grève des ordures ! maugréa-t-il.

De la poche de son manteau, un objet roula sur le trottoir, qu'il ne prit pas le temps de ramasser. Dans un mouvement d'ensemble désordonné, il se remit sur pied et détala de nouveau, les flics sur ses talons.

Maraval, lui, commençait à s'essouffler. Il ressentait physiquement les heures mornes passées à taper des rapports sur sa chaise de bureau : de quoi se taler les fesses et se nécroser les poumons. Putain de métier ! Un métier, flic ? Un sacerdoce, oui !

*

— C'était moins une… fulminait Mario, en se tenant les côtes, le souffle coupé. Encore un peu et ils lui mettaient la main dessus. Sa hanche, sur laquelle il venait de s'écrouler, le lançait, mais il ne devait pas flancher maintenant. S'il parvenait à atteindre les allées du parc de Belleville, il pourrait s'y camoufler plus aisément qu'entre les immeubles bordant chacune des rues du quartier. Une échappatoire idéale pour ensuite repiquer vers les rues qu'il connaissait mieux, celles de son enfance, celle où vivait sa logeuse, ce petit bout de vieille femme qu'il appelait encore parfois « nounou ».

*

— On l'a paumé, chef, admirent les trois agents de police, lorsque Maraval les rejoignit.

— Bordel de merde ! Qui est-ce qui m'a chié une équipe de pieds nickelés pareille ? jura le lieutenant, plus par simple colère que par animosité envers ses hommes.

Il lui arrivait parfois, dans le feu de l'action, de s'emporter de la sorte. Ses gars le connaissaient et ne s'en offusquaient pas outre mesure. Une fois la tension retombée, ils savaient qu'il viendrait s'excuser auprès d'eux et aurait pour chacun un mot aimable d'encouragement. En somme, c'était un bon chef d'équipe !

— Il semble connaître le quartier comme sa poche, osa Leblanc.

— Ouais, on va dire ça... grogna Lucas. Fait chier, quand même, on était à deux doigts.

— Par contre, on a ramassé ça, à l'endroit où il vient de se gaufrer, répondit Saouli.

L'agent tendit l'objet à son supérieur.

— Merde, souffla Maraval, en saisissant la seringue en plastique que lui tendait son subordonné.

— Vous croyez que c'est... ?

— Je n'ose y croire, mais je n'ai qu'une envie, c'est de refiler cette piquouse au labo, pour voir ce qu'elle contient... Allez, les gars, vous me faites un ratissage de voisinage, on ne sait jamais, s'il y a des témoins oculaires. Moi, je rentre. J'ai besoin de réfléchir, comme Hercule Poirot !

— Poirot ? s'étonna Dubuc.

— Oui, le détective fétiche d'Agatha Christie : il favorisait la réflexion à l'action. Faire travailler ses méninges plutôt que ses jambes… Je me demande si je ne suis pas de plus en plus de son avis, en vieillissant…

Chapitre 79

La luminosité commençait à décliner dans le bureau du lieutenant Maraval. Ces journées de décembre étaient lugubres, lorsqu'il faisait pratiquement nuit à l'heure où les élèves du collège tout proche terminaient leur journée. Il détestait ce sombre, ce froid de l'hiver. Heureusement que Noël apportait une touche de gaieté dans le paysage urbain.

Il venait de raccrocher d'avec son homologue de Toulouse. C'était devenu une certitude : la quatrième cible du criminel était bien cette Mathilde Péroni, qui l'avait échappé belle – probablement sans s'en douter – ce matin-même au marché de Belleville. Plus nécessaire, donc, de mobiliser des hommes pour la surveillance de Paul Lacassagne, le second greffé du foie du 23 décembre 2015, à l'hôpital Purpan.

L'équipe se trouvait encore réunie autour de Maraval. Saouli, Leblanc et Dubuc partageaient la rancœur d'avoir laissé échapper ce pseudo-Mario Bazin.

Après avoir réussi à le localiser, il leur avait filé entre les pattes, d'un cheveu.

Maintenant : où se planquait-il ?

L'enquête de voisinage n'avait rien donné. Aucun témoin ne l'avait vu pénétrer dans un immeuble, sous un porche, un pont, dans une station de métro.

Le téléphone sonna sur le bureau de Maraval.

— Oui ?

Le lieutenant écouta, l'air ravi, ce qu'avait à lui raconter son correspondant. Il remercia, raccrocha et annonça à ses collègues :

— Les gars, ça ne devrait pas vous surprendre, mais le labo vient de m'en fournir la confirmation : le produit contenu dans la seringue que notre bonhomme a perdu est bien du chlorure de potassium injectable... Cette fois, on tient une preuve.

— Il est cuit ! triompha Dubuc.

— Pas si vite... On a maintenant une preuve, OK ! Obtenue lors d'un flagrant délit, OK ! Tout près de la victime suivante, OK ! On a les témoignages de Louise Vallois et d'Amélie Ballanger, OK ! Mais il nous manque encore le principal : coincer l'auteur des crimes. Et il nous reste une tonne de questions : où se planque-t-il, puisqu'il a déserté son domicile ? Est-ce qu'il s'est terré dans Belleville ? Va-t-il tenter à nouveau d'approcher Mathilde Péroni ? D'ailleurs, je veux qu'on la passe en protection rapprochée, on ne la lâche plus d'une semelle tant qu'on n'a pas arrêté ce cinglé ! À présent, les gars, j'aimerais qu'on réfléchisse ensemble à ce qu'on a pu rater jusqu'ici. Je suis sûr qu'on est passés à côté de quelque chose, ou qu'on a pris le cas à l'envers. Qu'est-ce qu'il nous manque ?

Les trois agents hochaient la tête, qui regardant ses pieds, qui son chef, qui les papiers répandus sur le bureau.

— Le véritable mobile ? proposa Saouli, soudain inspiré.

— Bravo, Saouli, tu iras loin, si les petits cochons ne te mangent pas ! Le vrai mobile, oui. Le problème, à ce stade, c'est qu'on est restés focalisés sur le point commun qui relie les différentes victimes, à savoir qu'ils ont tous les quatre – M'bappé, Delorme, Lopez et Péroni – reçu un greffon, dans quatre hôpitaux différents, le même jour. On est d'accord ?

Les collègues du lieutenant acquiescèrent, il poursuivit :

— Donc, notre première idée, celle d'un chirurgien ou d'un anesthésiste animé d'une mystérieuse animosité envers les quatre victimes ne tient plus : un seul et même individu ne peut matériellement pas opérer dans quatre hôpitaux différents au même moment, ni à quelques heures d'intervalle. En revanche, si l'on a bien quatre greffons pour quatre receveurs, il faut bien qu'il y ait des donneurs…

Cela leur parut tout à coup si logique, qu'ils se maudirent de ne pas y avoir pensé plus tôt, ne serait-ce que pour aller au bout de la question, ne rien laisser au hasard.

— Mais le don d'organe est gratuit et anonyme, non ? intervint Leblanc. Comment on peut savoir d'où et de qui provient le greffon ?

— J'ai bien pensé à cela, reconnut Maraval. Il existe en effet un anonymat administratif, aussi bien pour le donneur que pour le receveur. En pratique, cela signifie que les identités de l'un et de l'autre ne peuvent être partagées avec les patients, receveur comme donneur. Mais cela ne signifie pas pour autant que ces données ne sont pas consignées dans les dossiers médicaux, dans les bases de données des hôpitaux où les greffons ont été prélevés puis des établissements où ceux-ci ont été implantés... Il doit bien exister une forme de traçabilité, un peu comme pour la viande bovine, pardonnez la comparaison...

— Et comment on peut avoir ça ? demanda Dubuc.

— Je vais saisir le procureur pour qu'il m'autorise l'accès aux données nominatives dans le cadre d'une enquête préliminaire. Et pour faire d'une pierre deux coups, je vais solliciter l'autorisation de perquisitionner chez ce Mario Bazin. J'ai idée que ça pourrait s'avérer intéressant. Avec les preuves actuelles, ça ne devrait pas poser de problème. Merci, les gars.

Maraval n'attendit pas que ses trois adjoints sortent du bureau pour empoigner son téléphone et se mettre en relation avec le procureur de la République.

Chapitre X

Romain n'est plus du tout le même homme, en cette fin d'année 2017.

Les événements des derniers mois l'ont métamorphosé. Il s'est forgé de toutes pièces une nouvelle identité. Plus par nécessité de se protéger que par conviction.

Aujourd'hui, il est seul. Magda n'est plus… là.

Tout est allé de mal en pis, à la toute fin de l'année 2015, époque bénie où le couple partageait un moment de pur bonheur, une lune de miel en décalé, à l'autre bout de la planète, dans la trépidante ville de Sydney.

*

Au lendemain de son vivant cauchemar, cette sensation de malaise ressentie au cœur de la nuit australienne ne le quitte plus. Cette vision nocturne de Marion, cette impression qu'il lui est arrivé quelque chose, ce besoin de savoir ce qu'il se passe, là-bas, en France, ne cesse de le hanter. En France ou ailleurs, d'ailleurs : où peut bien se trouver Marion, à présent ? Des mois qu'ils ne se sont pas vus, pas donné la moindre nouvelle. Il leur arrive de rester ainsi, sans contacts, durant de longues périodes, mais chacun sait que l'autre n'est jamais loin, du moins par la pensée et le cœur. La distance et le temps ne pourront jamais séparer des jumeaux !

— Je m'inquiète pour Marion, se lamente Romain auprès de son épouse. Impossible de l'avoir au téléphone. J'ai essayé plusieurs fois et je ne tombe que sur son répondeur.

— Tu as pensé au décalage horaire ? En décembre, il doit être dix heures de moins à Paris, non ? C'est encore la nuit, là-bas, ce n'est même pas encore le 24 décembre.

— Je sais, faut que je patiente. Je retenterai plus tard.

Mais plus tard dans la journée et le lendemain encore, le résultat reste le même : Marion est injoignable.

— Il faut qu'on rentre, Magda…

— Pardon ?

— Oui, j'ai toujours cette sensation troublante à propos de Marion. Je suis sûr qu'il s'est passé quelque chose et ça me perturbe vraiment. Je sens une boule, là, dans le ventre.

Magda se blottit contre son mari, caressant tendrement sa joue piquetée d'une barbe de trois jours.

— Je peux comprendre, chéri. Mais essaie de te rassurer, ce n'était qu'un cauchemar et nous sommes au bout du monde. Je suis certaine que Marion va très bien. Chacun a droit à un peu d'évasion, de temps libre, de vacances à cette période de l'année et c'est sans doute son cas : s'isoler, débrancher, se couper des réseaux, des technologies, se recentrer sur la nature et sur soi... Comme nous, ici et maintenant, dans ce splendide pays.

Romain se plie à la raison de son épouse et oublie peu à peu son cauchemar et ses appréhensions relatives à Marion.

Les quinze jours qui les séparent de leur vol retour vers Budapest sont employés à profiter pleinement des trésors naturels autour de Sydney. La côte d'abord, et ses plages de sable fin, comme sur cette Bondi Beach, mais aussi la nature préservée du parc national des Blue Mountains. Ce plateau, découpé par de grandes rivières, apparaît aux yeux du couple comme une pure merveille.

— Sais-tu pourquoi le parc porte ce nom ? interroge Romain.

— J'ai lu dans le guide qu'il a été baptisé ainsi parce qu'en été il prend une teinte bleue originale, à cause d'une brume d'huile que dégagent les eucalyptus qui peuplent ses forêts, récite Magda. C'est assez unique, non ?

— Enchanteur, avoue Romain, conquis par cette beauté naturelle.

Randonner dans un cadre préservé lui fait, un temps, oublier ses démons. Cependant, à l'approche du jour du départ, de nouveau l'angoisse l'étreint. Toujours aucune nouvelle de Marion, malgré une flopée d'appels et de messages laissés sur sa boîte vocale.

Dans le vol long-courrier qui les ramène vers l'Europe, Romain ne parvient pas à fermer l'œil. Pas moins de vingt-quatre heures de voyage aérien, entrecoupées d'une escale à Doha : c'est un zombi qui débarque à Budapest, rongé de fatigue et d'inquiétude.

— Je pars à Paris, déclare Romain à son épouse.

Magda soupire et le laisse partir.

Un énième vol en quelques jours et le voici dans la capitale française, dont il n'avait pas foulé les trottoirs depuis bien longtemps.

Sur place, Marion reste injoignable, inatteignable. Une seule adresse possible s'impose alors à Romain : l'appartement de leur vieille nounou polonaise, dans la rue de la Mare.

Lorsque l'homme franchit la porte de chez Agnieska, la vieille dame s'effondre dans ses bras, en larmes. En fond sonore passe une chanson de Sardou, comme à chaque fois qu'il met les pieds ici.

— C'est affreux, gémit-elle. Mes pauvres petits…

— Qu'est-ce qu'il y a ? tremble Romain, saisi par la mine défaite de la Polonaise.

— Un drame terrible, Romain, je n'ai rien pu faire… semble-t-elle s'excuser.

— Mais bon sang, raconte ! Dépêche-toi, que se passe-t-il ? Mon Dieu, je sentais qu'il arrivait un malheur. C'est Marion ?

Les sanglots de la vieille dame lui brisent le cœur. Elle ne parvient qu'à articuler quelques mots entre deux crises de larmes, tandis qu'ils se réfugient dans le salon. Il l'escorte jusqu'à son fauteuil rembourré, au pied de la fenêtre, dans lequel elle s'effondre, les mains recouvrant son visage. Romain s'assied par terre, la tête penchée sur l'accoudoir du fauteuil, une main posée sur les genoux d'Agnieska.

Enfin, la Polonaise raconte.

Le drame.

Et Romain se met à hurler.

Comme si une part de lui-même venait de lui être arrachée.

*

Plus tard, quand Agnieska s'est enfin calmée, il l'entraîne dans le cimetière de Belleville. Les arbres des allées sont dépouillés de leurs feuilles, en ce mois de janvier glacé de l'année 2016. Là, non loin de la sépulture de Léon Gaumont, le célèbre producteur de cinéma, ils se tiennent debout face à une tombe qu'il reconnaît, sur laquelle il s'était déjà recueilli à plusieurs reprises. Sur les deux plaques vissées dans le grès – le marbre était trop onéreux – il peut lire, au-travers de ses yeux embués :

Anna Szabó
1948 – 1988
Marion Szabó
1970 – 2015

— Non !

C'est un cri de souffrance et d'incompréhension qui émane de la poitrine de Romain.

Comment est-ce possible ?

Soudain, lui revient en mémoire ce cauchemar qui l'avait éveillé en pleine nuit dans la moiteur de l'été australien, cette oppression qui enserrait son cœur à l'idée qu'un malheur touchait Marion.

Il se revoit essayer de convaincre Magda de rentrer au plus vite, pour s'assurer que tout allait bien.

Il repense à l'entêtement de son épouse à vouloir profiter jusqu'au bout de leur voyage de noces aux Antipodes.

Peu à peu, face aux lettres et aux dates gravées sur la plaque funéraire, il nourrit à l'encontre de Magda une rancœur qui, au fil des jours, se change en haine.

Aurait-il pu éviter le drame s'il était rentré dare-dare à Paris ? Est-ce que sa présence aurait changé quelque chose à cette tragédie dont les contours se précisent, d'après les confessions d'Agnieska ?

— Comment c'est arrivé ? veut savoir Romain.

— C'est le service de l'état-civil de la mairie de Paris qui m'a contactée. Je ne sais trop comment ils ont réussi à remonter jusqu'à moi, mais enfin, c'est moi qui me suis chargée des modalités avec les pompes funèbres.

— Pourquoi tu ne m'as pas appelé ?

— Je n'ai pas réussi, ton téléphone sonnait indisponible, je n'ai sans doute pas su faire, comme tu étais au bout du monde. De toute façon, cela n'aurait rien changé, Romain. Tu n'aurais rien pu faire de plus…

La frustration bouillonne dans les veines de Romain, alors qu'il fixe d'un air hagard ce qu'il reste des deux êtres qui l'ont accompagné tout au long de la première partie de sa vie, deux personnes qui reposent aujourd'hui sous cette dalle de grès et dont il ne reste plus rien que des noms et des dates.

— Bien sûr que ça aurait tout changé ! Ce n'était pas à toi de t'occuper de ce genre de démarches, à ton âge ! Tu n'es même pas de la famille…

Le regard d'Agnieska se ternit à entendre ces mots.

— C'est vrai, bredouille-t-elle. Je ne suis personne, pour vous…

Romain, comprenant la portée de sa bévue, veut se racheter. Enserrant les épaules de la vieille dame, il s'excuse, déposant un baiser sur son front :

— Agnieska, je suis vraiment désolé. Mes mots ont dépassé ma pensée. Je me sens bouleversé, c'est tout, et je regrette ce que je viens de dire. Tu sais très bien que je t'ai toujours considérée comme ma seconde maman. Quand bien même nous ne sommes pas unis par les liens du sang, tu seras toujours ma maman de cœur, sois-en assurée, Nounou.

— J'ai froid, murmure la Polonaise. Rentrons, si tu veux bien. On va se préparer une infusion et je te raconterai tout ce que je sais à propos de Marion.

*

Romain est resté muet, tout au long du récit d'Agnieska. Muet de stupeur comme de colère rentrée, il s'est senti impuissant face à la mort de Marion. Impuissant parce qu'absent. Absent parce que la vie les avait séparés depuis de nombreuses années et que, malgré leur lien gémellaire, malgré leur tatouage commun, rien ne vaut la présence d'un être cher près de soi pour avancer, grandir, s'épanouir.

Mais Marion a sombré, Marion a glissé sur la mauvaise pente, jusqu'à devenir hors-la-loi et Marion a perdu au grand jeu de la vie.

Jusque-là, Romain en connaissait les grandes lignes. Ce qu'il ignorait encore, c'était les derniers jours, les dernières heures, la chute finale.

Agnieska lui raconte ce que les autorités lui ont révélé : certainement qu'une infime partie de la vérité, elle s'en doute.

Elle évoque l'état dans lequel on a laissé le corps de Marion. Elle cherche ses mots pour désigner le travail d'orfèvre qu'ont réalisé ces professionnels – des thanatopracteurs, l'aide Romain, dont le vocabulaire est plus riche que celui de la Polonaise – pour rendre à Marion toute sa dignité humaine.

C'est alors que la furie contenue de Romain s'enflamme. Il voit rouge, il ne veut pas comprendre, ne peut pas admettre qu'on ait pu ainsi toucher à l'intégrité de son *demi-lui*...

Si Magda ne l'en avait pas empêché, il aurait accouru, aurait eu son mot à dire, imposé son véto, peut-être ?

Au lieu de cela, ils ont continué à se la couler douce au cœur des Blue Mountains, sur le sable fin de Bondi Beach...

Dans son cœur, dans sa tête, c'est à compter de ce jour-là que la vengeance de Romain se met en place.

Une vengeance qui prendra le temps qu'il faudra, les moyens qu'il faudra, à mettre en œuvre.

*

Les semaines passent, les mois leur emboîtent le pas et Magda ne supporte plus d'être près de ce Romain-là et de s'en sentir si éloignée. Il n'est plus le même depuis qu'il est revenu de Paris, ravagé par sa colère. Une colère noire contre la vie en général, contre elle en particulier : il l'a rendue en partie responsable de la chute solitaire de Marion.

Son époux n'est plus ce jeune homme romantique, doux, qu'il était lorsqu'ils se sont rencontrés Chez Gerbaud, vingt ans plus tôt. Il est devenu froid, cynique, indifférent à tout ce qui l'entoure, totalement obnubilé par sa vengeance, son refus d'accepter l'évidence.

Un jour, Romain se décide :

— Je pars.

— Où vas-tu ?

— À Paris.

— Que vas-tu faire ?

— Aller jusqu'au bout. Venger Marion.

— Tu es vraiment cinglé, Romain ! Arrête ça tout de suite !

— Je ne peux pas renoncer. Tout est organisé. Je ne serai de nouveau moi-même que lorsque j'aurai achevé mon plan.

— Toujours ce même délire obsessionnel… soupire Magda. Tu es devenu fou.

— Veux-tu bien me foutre la paix, oui ? commence à s'agiter Romain, menaçant.

— Oui, je vais te la foutre, la paix, pauvre taré !

Magda quitte l'appartement.

Romain quitte Budapest.

Ils ne se reverront plus.

*

D'ailleurs, Romain Szabó va totalement disparaître de la circulation. Se volatiliser aux yeux du monde.

Par le truchement d'un réseau clandestin, il va pouvoir s'offrir – moyennant finances – une toute nouvelle identité. En guise d'hommage, il choisit dorénavant de s'appeler Mario… Et comme, avec Marion, ils ont toujours aimé l'histoire de *Vipère au poing*, il y accole le nom de famille de Bazin. Un double symbole qui le transforme administrativement en Mario Bazin. Logique, en somme !

*

Mario Bazin, puisque c'est ainsi qu'il se nomme désormais, va s'enfoncer encore un peu plus dans sa folie vengeresse. Il va monter pièce par pièce, à la manière des puzzles dont il raffole pour se détendre les nerfs, un plan qui lui paraît sans faille.

Pour ce faire, il va avoir besoin d'aide. Il y a des choses que l'on ne peut obtenir seul, des données sensibles que seules certaines personnes, certains professionnels peuvent détenir.

Il va devoir se rapprocher d'une ancienne connaissance, un de ses copains de lycée devenu chirurgien. Celui-ci a une dette envers lui. Par le passé, Romain l'a aidé à se dépêtrer d'une affaire peu glorieuse. C'est grâce à ce retour d'ascenseur, certes peu déontologique, qu'il parviendra à avancer dans la mise en pratique de son plan machiavélique.

Quatre noms, quatre adresses, une petite base de données précieuse qu'il va exploiter, ligne à ligne, organe par organe…

Chapitre 80

Le serrurier réquisitionné pour l'occasion donna un dernier tour de son précieux sésame pour faire céder la porte de l'appartement.

— La voie est libre ! lança-t-il fièrement, s'écartant pour laisser passer le lieutenant Maraval.

— Merci, monsieur. Vous enverrez votre facture, comme d'habitude.

— En espérant qu'elle sera payée plus vite que celle de la dernière fois… plaça ironiquement le professionnel des trous de serrure.

— Mon pauvre ami, vous savez comment c'est… L'État n'est pas connu pour être le meilleur payeur… Nous-mêmes, on en sait quelque chose. Bref, merci encore.

— À votre service, lieutenant !

Le serrurier fourra son matériel dans sa trousse à outils en cuir fauve, la porta à son épaule puis s'éloigna par l'escalier de l'immeuble.

Maraval, escorté de Saouli et de Leblanc, pénétra dans l'appartement de Mario Bazin. La première pensée qui lui vint fut « *Où te caches-tu, salopard ? Est-ce que tu as eu l'obligeance de nous laisser quelques babioles exploitables ? ».*

L'endroit n'était pas très vaste : une pièce principale servant à la fois de salle à manger, de salon et de chambre à coucher, avec un canapé clic-clac resté ouvert, les draps défaits. Trois portes flanquaient la pièce principale, donnant respectivement sur une cuisine, une salle de bains et des toilettes.

Les policiers inspectaient minutieusement les lieux, en quête du moindre indice pouvant leur permettre de mettre un véritable nom sur la personne recherchée. Ils fouillèrent les tiroirs et placards de l'ensemble des pièces, épluchèrent quelques pochettes cartonnées posées sur le bureau constitué d'une planche reposant sur deux tréteaux, se baissèrent pour scruter sous les meubles.

Glissé sous le clic-clac, un puzzle inachevé attira l'attention de l'enquêteur. La taille du casse-tête lui parut énorme – un dix-mille pièces, sans doute – et Maraval siffla d'admiration devant le travail déjà accompli.

— Mon petit bonhomme, tu es visiblement très doué et très patient, murmura-t-il dans le vide. Mais je crains que tu ne sois bientôt plus en mesure d'achever ton œuvre, ou alors on te l'apportera derrière les barreaux.

Maraval ricana à son propre trait d'esprit. Mais très vite, il se reprit, conscient que son équipe était encore loin de pouvoir appréhender le fugitif. Ils n'avaient pas grand-chose à se mettre sous la dent, hormis la fausse identité du type, la filature de Mathilde Péroni et l'évaporation de Mario dans les rues de Belleville. Un peu maigre, encore, pour le serrer.

Tout à coup, une idée surgit, qu'il mit aussitôt en pratique. Tandis que ses subordonnés poursuivaient la perquisition de l'appartement, il se saisit de son mobile, chercha parmi ses contacts et appuya sur le symbole du téléphone vert. Après trois sonneries, il entendit :

— Oui, allo ?

— Mademoiselle Vallois ? Ici le lieutenant Maraval, de la PJ de Paris.

— Oh ! bonjour, Lieutenant. Vous avez du nouveau ?

— Disons que nous progressons... Mais j'ai pensé que vous pourriez peut-être nous aider à nouveau.

— Ah ? Il me semble que je vous ai dit tout ce que je savais, mais dites-moi toujours.

— Parfois, une petite broutille peut mener à de grandes découvertes. Mademoiselle Vallois, est-ce que ce pseudo-Mario Bazin aurait évoqué avec vous le quartier de Belleville ? Vous y êtes-vous promenés ensemble, par exemple ? En parlait-il souvent ?

Maraval laissa le temps à Louise de réfléchir.

— Eh bien, je crois me souvenir qu'il avait mentionné une fois qu'il avait usé ses fonds de culotte dans ce quartier, oui. Mais nous n'y sommes jamais allés, du moins... pas ensemble.

L'hésitation dans la voix de la jeune femme intrigua l'enquêteur :

— Que voulez-vous dire par « pas ensemble » ?

La libraire fut d'abord réticente à l'avouer, mais se décida tout de même :

— Je vous ai déjà expliqué qu'au printemps, avant que l'on se fréquente, je le suivais en cachette, dans Paris. Eh bien, il est arrivé qu'un jour, je l'ai justement suivi dans Belleville. Je l'ai vu entrer dans un immeuble. Je suis restée un moment au coin de la rue, espérant qu'il en ressortirait assez vite. Dix minutes plus tard, il apparaissait de nouveau dans la rue, mais cette fois donnant le bras à une vieille dame. Je me suis même dit qu'il pouvait s'agir de sa mère, avant de savoir qu'elle était morte bien des années plus tôt.

Maraval, le téléphone coincé entre son oreille et son épaule, griffonnait rapidement quelques notes sur un petit calepin à spirale.

— Vous souvenez-vous de l'endroit exact ? Sauriez-vous y retourner ?

— Je ne suis pas certaine, cela fait quand même plusieurs mois et je n'y suis allée qu'une fois. Je ne suis pas très douée pour me repérer. Par contre, j'avais confié cette escapade à mon carnet intime et dans ces cas-là, parfois, j'y inscrivais les noms des rues où je me promenais.

— Vous avez ce carnet, avec vous ? s'impatienta Maraval.

— Oui, je l'emporte toujours avec moi. Mais là, je suis dans une boutique, à Bordeaux, et le carnet se trouve chez mes parents, à Lesparre-Médoc.

— Si vous pouviez vérifier dès que possible, mademoiselle Vallois…

— Je le ferai aussitôt rentrée. Je vous rappelle sans faute.

— Merci.

Le lieutenant raccrocha, songeant que souvent, une enquête qui piétinait se voyait parfois relancée grâce à un infime détail, un coup de chance soudain qui vous donnait envie de jouer ce jour-là à l'Euromillion, parce que vous viviez un « *jour de chatte* » comme il disait…

— Chef ? intervint Saouli. Je pense qu'on a fait le tour du propriétaire, vous voulez vérifier par vous-même ?

— Pas la peine, je vous fais confiance, les gars. Vous avez quoi ?

L'agent désigna les pochettes plastiques alignées sur la table de la salle à manger, dans lesquelles Dubuc et lui venaient de récolter divers objets à destination du laboratoire d'analyse, en quête de traces ADN qui pourraient permettre l'identification réelle du meurtrier.

— On a une brosse à dents, une tasse à café sale qui traînait sur la cafetière, quelques poils retrouvés dans le bac à douche et une poignée de pièces qu'on a démontées du puzzle, entre autres.

— Ok ! ça devrait faire l'affaire. Pas trace d'un ordinateur ou de feuilles imprimées jetées dans une corbeille ?

— Malheureusement, le type a fait un brin de ménage à ce niveau-là avant de se faire la belle.

— Dommage… Merci, les gars, on peut rentrer, j'attends les retours des hôpitaux et de l'agence de la biomédecine. Pensez à poser les scellés sur la porte avant de partir.

— C'est comme si c'était fait, valida Dubuc.

Chapitre 81

Louise fila tout droit dans sa chambre, à peine arrivée. Elle alla directement à son bureau, ouvrit le tiroir principal et attrapa son carnet intime, dont elle tourna les premières pages avec empressement. Enfin, à la date du 8 mai, elle retrouva ce qu'elle se souvenait avoir livré alors à son confident de papier :

« *Mardi 8 mai 2018,*

« *Mon cher carnet, je sais, je continue à jouer la sale curieuse, mais c'est vraiment plus fort que moi : ce type m'aimante sans que je sache pourquoi. Aujourd'hui, c'est encore férié et j'en profite...*

« *Quand je l'ai vu sortir de chez lui, je lui ai emboîté le pas. Il a filé vers l'est, a attrapé le métro à la station Anvers, ligne 2 et j'ai bondi dans la rame sur ses talons. J'avoue que je n'en menais pas large, avec cette trouille de* me faire repérer. Je sais pourtant qu'il n'a jamais vraiment vu mon visage, alors pourquoi m'inquiéter ainsi ? Peut-être parce que je sais que ce n'est pas très correct d'agir comme je le fais.

« Bref, le métro nous a conduits en direction de Nation et mon bel inconnu est descendu à la station Belleville.

« Lorsqu'on est remontés à la surface, la lumière du jour m'a éblouie. J'ai tout de suite été saisie par le bruit, les couleurs, les odeurs : c'était jour de marché, apparemment. Sur le terre-plein central du boulevard, je l'ai suivi dans l'allée bordée par les stands des épiciers, des maraîchers, des fripiers, en m'appliquant à ne pas le perdre de vue au milieu de cette foule compacte et bigarrée. Il s'est arrêté deux ou trois fois et à la troisième, il a acheté un bouquet de fleurs. Une pointe de jalousie m'a aussitôt envahie, je l'avoue, à l'idée qu'il allait l'offrir à une petite amie. Dans le même temps, je me suis imaginé qu'il allait faire comme dans les comédies romantiques américaines : se retourner subitement sur moi, me tendre le bouquet et m'embrasser fougueusement pour me prouver que, lui aussi, il en pinçait pour moi...

« Mais on n'est pas dans un film US et il n'a rien fait de tel. Au contraire, il a forcé le pas, obliquant vers une rue à notre gauche, en direction d'un parc qu'on a traversé.

« Puis là, après dix bonnes minutes de marche, il s'est arrêté sous le porche d'un immeuble, a sonné à un interphone – je n'ai pas pu voir auquel exactement – et je l'ai entendu dire « C'est moi ! ». La porte s'est ouverte et je me suis retrouvée comme deux ronds de flan, sur le trottoir d'en face. Machinalement, pour patienter, je me suis postée au coin de la rue, sans perdre de vue l'entrée de l'immeuble, et j'ai noté le nom inscrit sur la plaque « Rue de la Mare ».

« À peine dix minutes plus tard, je l'ai vu ressortir de l'immeuble, avec une femme à son bras !

« Ma jalousie, cette fois, ne s'est pas mise en branle : la femme en question devait avoir largement dépassé les soixante-quinze ans ! C'était une petite bonne femme au chignon tout gris, qui devait avoir été très jolie étant jeune car elle conservait encore sur ses traits l'harmonie d'antan.

« J'ai songé avec tendresse qu'il s'agissait peut-être de sa mère et cela a avivé ma honte de l'avoir suivi ainsi.

« J'ai donc fait demi-tour et suis rentrée chez moi.

« De quel droit m'inséré-je ainsi dans son intimité ? »

La jeune libraire referma le carnet, de nouveau gênée par son attitude d'alors, s'en dédouanant finalement en songeant que cette filature du 8 Mai pourrait peut-être conduire à l'arrestation d'un criminel… Ah ! si elle avait su, au printemps…

Malgré l'heure avancée, elle rappela le lieutenant Maraval, comme il l'en avait priée.

— J'ai retrouvé le passage de mon carnet, annonça Louise au policier.

— Alors ?

— J'avais inscrit la rue de la Mare, je ne sais pas si cela vous parle ?

— Je vois à peu près où c'est, oui. Il y a, je crois, une curiosité touristique dans cette rue : une passerelle métallique qui enjambait autrefois la voie ferrée de la Petite Couronne. Elle doit exister encore.

— Oui, je me rappelle l'avoir vue, en effet, confirma Louise.

Maraval se frottait mentalement les mains, soulagé de constater que l'étau se resserrait sur leur suspect.

— À tout hasard, aviez-vous noté le numéro de l'immeuble ?

— Malheureusement, non. Je ne suis pas allée jusqu'à ce détail, j'en suis navrée.

— Ne le soyez pas ! En revanche, sauriez-vous reconnaître l'immeuble, en photo, par exemple ?

— Ils se ressemblent un peu tous, mais je peux essayer.

— Je vous propose ceci : avez-vous la possibilité d'aller sur internet, d'ouvrir Google Street View et de parcourir les prises de vues de la rue de la Mare ? Dès que vous pensez reconnaître le hall où l'homme est entré, vous faites une capture d'écran… Vous savez faire ?

— Oui, pas de souci.

— Parfait. Et vous me l'envoyez directement via MMS, entendu ?

— Je le fais de suite, promit la jeune femme.
— Je vous remercie, j'attends votre envoi.

Chapitre 82

Malgré l'approche des congés de fin d'année, l'équipe de Maraval se voyait contrainte à des heures supplémentaires. Le chef sentait bien qu'il ne fallait pas relâcher l'étreinte esquissée autour de Mario Bazin ou quel que soit le nom de ce fils de... Des boîtes à pizzas vides gisaient sur les bureaux des policiers, à côté de canettes de boissons énergisantes et de tasses de café encore à demi pleines.

Lorsque le lieutenant reçut la capture d'écran envoyée par Louise Vallois, il se tourna vers ses subalternes, montrant le cliché :

— Leblanc, Dubuc, on peut imaginer qu'il s'est réfugié là ! Au numéro 8 de la rue de la Mare, à Belleville. Soyez gentils d'aller discrètement me relever les noms de tous les locataires, sur l'interphone, ou les boîtes aux lettres, par exemple. Profitez-en pour commencer à quadriller le secteur. Vous me repérez toutes les sorties possibles : hall, fenêtres de toit, sorties de service... On ne peut rien tenter à cette heure-ci, mais si on peut être opérationnels au moindre mouvement suspect, on aura gagné du temps.

Les deux agents obtempérèrent, laissant Maraval en compagnie de Saouli.

Dix minutes plus tard, un mail provenant de l'Agence de la Biomédecine s'afficha dans la boîte de réception du lieutenant. Il avait pu obtenir, grâce au sésame du procureur, les données classées confidentielles des différentes transplantations d'organes concernées par l'affaire du tueur au chlorure.

Il prit son temps pour le lire attentivement, de même que chacune des pièces jointes au message électronique. À mesure qu'il en faisait lecture, son teint devenait blême. Enfin, il s'exclama :

— Nom de Dieu de bordel de pelle à merde… Qu'est-ce que c'est que ce binz ?

— Qu'est-ce qu'il se passe, chef ?

Maraval imprima rapidement les quatre documents. À chaque fois, il y était fait mention succincte des données personnelles du donneur et du receveur, ainsi que du groupe sanguin, du facteur rhésus, des résultats des analyses biologiques ainsi que de toute une série de codes purement techniques qu'il ne comprit pas. En revanche, ce qu'il comprit aisément et qui avait provoqué sa diarrhée d'injures, c'était que dans les quatre cas – M'bappé, Delorme, Lopez et Péroni – les quatre greffons reçus provenaient du même hôpital : Lariboisière, à Paris.

— C'est pas dingue, ça ? demanda le lieutenant. Les quatre greffons qui proviennent le même jour, du même hôpital ? À destination de quatre hôpitaux différents en France ?

— C'est peut-être une coïncidence ?

— Une de trop, oui ! Moi, je trouve qu'au contraire ça fait sens… Tu savais, toi, que les greffons étaient amenés à voyager comme ça ?

— Je n'en étais pas conscient jusqu'à ce que je lise un fait divers dans la presse, il y a une dizaine d'années. Deux chirurgiens de l'hôpital de Besançon décédés dans le crash de l'avion qui les emmenait vers le CHU d'Amiens, il me semble. J'avais trouvé ça tellement horrible que deux médecins perdent la vie en allant en sauver une.

— C'est moche, ouais.

— Il paraît qu'il y a une fenêtre de tir de quatre à dix heures, en fonction des organes, entre le début du prélèvement de l'organe et la transplantation sur le receveur. Ça implique toute une chaîne de solidarité médicale, logistique. Ils doivent conserver l'organe dans de la glace, pour ne pas qu'il se nécrose. Ça m'a toujours fasciné.

— Eh bien, c'est ce qui a dû se passer cette nuit-là, du 23 au 24 décembre 2015. Quatre greffons sont partis de Lariboisière, deux en ambulance, les deux autres par avion vers Lyon et Montpellier. Mais c'est encore pas ça, le plus fou.

— Vous aimez le suspense, chef ! Sauf votre respect : accouchez !

Le lieutenant posa côte à côte les quatre dossiers, sur lesquels ils purent lire, ensemble :

Donneur : Marion Szabó
Groupe sanguin : O-
Mort encéphalique : 23 décembre 2015, 20h32
Prélèvements le : 23 décembre 2015
Organes prélevés : Cœur – Poumon – Foie – Cornée

— Voilà notre dénominateur commun ! exulta Saouli.

— Reste à savoir si cela s'avère déterminant dans notre affaire. Est-ce que le mobile se trouve là ? Si oui, quel est-il ?

Maraval fut soudain envahi d'une sensation de déjà-vu. Ce nom de Szabó lui sembla familier sans qu'il parvienne pour autant à assimiler pourquoi. Il attrapa un feutre Velleda et se leva en direction du tableau blanc accroché au mur de son bureau.

Chapitre 83

Sur le tableau blanc, Maraval esquissa un schéma, tout en développant sa pensée. Saouli suivait des yeux le raisonnement de son supérieur. Au centre du croquis, le lieutenant traça un cercle entourant le nom de Marion Szabó :

— Si on suppose que cette femme-là est le dénominateur et qu'on la relie, via son don d'organes multiple, aux quatre receveurs…

Il dessina quatre flèches reliant Szabó à quatre nouveaux cercles contenant les noms de M'bappé, Delorme, Lopez et Péroni et les organes qu'ils avaient respectivement reçus. Dans les trois premiers cercles, il ajouta une croix signifiant le décès des trois victimes, seule Péroni était encore en vie, sous surveillance étroite des services de police.

— Ça, ce sont les faits bruts, médicaux. Ensuite, on a le tueur, ce type qui se fait appeler Mario Bazin, dont on sait qu'il s'agit d'une fausse identité.

Maraval écrivit ce nom à la périphérie du croquis. Saouli intervint :

— Vous ne trouvez pas curieuse cette similitude entre Mario et Marion ? Masculin, féminin... Une seule lettre qui les différencie ?

— C'est vrai. Le nom de Bazin, on sait pourquoi : rapport à l'écrivain et son œuvre. C'est à se demander en effet ce qui a motivé le choix du prénom Mario chez ce type. Y'a-t-il un lien entre cette femme qui a donné ses organes et cet homme qui a tué en invoquant dans des messages codés, précisément, les quatre organes prélevés ?

— Ça me paraît plus qu'évident... Et, croyez-moi, chef, je ne serais pas surpris d'apprendre que notre Mario s'appelle en réalité Szabó...

— Moi non plus. Explique-moi ton raisonnement, l'encouragea l'officier, toujours désireux de laisser cogiter ses gars.

— Voilà : comme vous le savez, en France, le don d'organes est régi par une loi de bioéthique qui obéit à trois grands principes : l'anonymat, la gratuité et le consentement présumé. C'est ce dernier point qui m'intéresse. Je comprends que nous sommes tous *de facto* considérés comme donneurs, sauf si l'on s'inscrit au registre national des refus ou que l'on a signifié, de son vivant, son refus à un proche. Et là, je me mets deux secondes à la place d'un parent qui découvrirait qu'on a prélevé à un membre de sa famille quatre organes d'un coup, sans en avoir été préalablement averti, comme la loi le prévoit. Est-ce que je n'aurais pas un peu la rage ?

Le téléphone mobile de Maraval signala l'arrivée d'un message. Trop pris par leur discussion, il ne se laissa pas distraire.

— Ça pourrait se comprendre... répondit-il. Même si j'estime, à l'inverse, qu'il s'agit d'un formidable acte de solidarité, de santé publique, de générosité humaine !

— Bien sûr ! C'est ce que pensent la majorité des gens. Mais y'en a d'autres, par convictions religieuses, par répugnance, par éthique ou pour n'importe quelle autre raison tout aussi valable à leurs yeux, qui se refusent à imaginer qu'on puisse toucher à l'intégrité du corps humain, même si c'est pour sauver une – ou quatre – vie… Imaginons donc que ce « Mario » soit un proche de « Marion » et un de ces farouches opposants aux greffes et qu'il répugne à voir sa sœur, sa mère, sa cousine, sa femme, que sais-je, se faire détailler façon puzzle et dispatcher aux quatre coins de la France, morceau par morceau… Imaginons aussi qu'il soit un peu détraqué du carafon, assez fou pour imaginer et mettre en œuvre le pire… Est-ce que ce type-là pourrait, dans son esprit malsain, élaborer une vengeance qui le conduirait à éliminer les patients ayant bénéficié des organes de son proche parent ?

Maraval resta un moment bouche bée face au raisonnement de son subordonné.

— Ça pourrait constituer un vrai mobile, bien qu'il soit horrible.

— On ne connaît jamais les limites de l'horreur, vous le savez aussi bien que moi, chef. Dans notre boulot, même si on croit avoir touché le fond du sordide, on découvre tôt ou tard que ce n'était qu'un amuse-bouche à la barbarie…

Maraval se retourna sur le tableau et entoura rageusement le nom de Mario Bazin, à côté duquel il écrivit « Mario Szabó ? ».

— Qui es-tu vraiment ? se demanda-t-il.

Il reposa le marqueur sur son bureau, à côté de son mobile qu'il empoigna, ouvrant le message : une photo envoyée par Dubuc sur laquelle il put lire les noms des locataires du 8, rue de la Mare. Il parcourut rapidement les patronymes affichés sur les sonnettes de l'interphone et constata :

— Pas de Szabó… ça aurait été trop beau !

Dans la foulée, il transféra l'image à Louise, en ajoutant cette note :

« Mademoiselle Vallois, est-ce que l'un de ces noms vous évoque un souvenir en lien avec Mario Bazin ? De même, est-ce que le nom de Szabó vous parle ? Merci. »

— Saouli, tu nous referais un café ? Je vais rappeler l'expert de garde au labo pour les analyses ADN.

Chapitre 84

Louise s'apprêtait à éteindre son mobile avant de se coucher lorsqu'elle y découvrit un MMS du lieutenant Maraval.

Le nom de Szabó ne lui évoquait strictement rien.

En revanche, en parcourant les noms des occupants de l'immeuble dans lequel elle avait vu entrer Mario, puis en ressortir au bras d'une vieille dame, l'un des patronymes lui sauta soudain aux yeux.

Un nom aux accents étrangers qui lui rappela la soirée passée chez son amant, quelques jours plus tôt – cela lui semblait une éternité ! – lorsqu'il lui avait préparé des tagliatelles à la *puttanesca*.

Louise se souvint qu'elle lui avait dit :

— Mario… tu es un homme très mystérieux.
Il avait froncé un sourcil.
— Pourquoi dis-tu ça ?
— Parce que je ne sais presque rien de toi ! Tu ne te livres pas vraiment, tu restes toujours vague. À chaque fois

que j'essaie de connaître ton enfance, ton passé, tu te refermes comme une huître… Pourquoi ?

— *Parce que ça n'a pas été tout rose…* confia-t-il. *Je préfère oublier certaines choses.*

— *Quelles choses ?*

— *Des choses trop tristes pour être ressassées. Aujourd'hui, je n'ai plus personne… Hormis* ma nounou d'antan, une vieille Polonaise *à qui j'essaie de rendre visite une fois par mois, parce qu'elle aussi est toute seule, maintenant.*

— *Elle vit à Paris ?*

— *Oui,* à Belleville. *Mais changeons de sujet : je préfère ne pas me retourner sur le passé, et profiter du présent, comme ici, avec toi…*

« Ma nounou d'antan… une vieille Polonaise… à Belleville ».

Ce nom, sur la photo de l'interphone de la rue de la Mare : A. Bukowski, évoquait sans conteste des origines polonaises…

Chapitre 85

— Laissez-moi encore dix minutes, lieutenant, et je vous livre l'intégralité des analyses, promit l'expert du laboratoire auquel ils avaient confié les pièces à conviction saisies dans l'appartement de Mario.

Maraval raccrocha, impatient d'en savoir plus long grâce aux analyses ADN récoltées sur la brosse à dents, la tasse à café et les poils.

Dans l'intervalle, il reçut le message de Louise Vallois, l'informant de sa découverte à propos de Bukowski, l'un des occupants du 8, rue de la Mare et qui pourrait très bien s'avérer être la fameuse nounou d'antan de Mario.

Le lieutenant commençait à ressentir cette forme d'excitation que connaissent les enquêteurs lorsqu'ils sentent que l'étau se resserre. Il pressentait l'aboutissement de son enquête : tout s'accélérait, les indices récoltés commençaient à s'emboîter les uns dans les autres, dessinant une image un peu plus précise du décor, un peu comme des pièces de puzzle s'assemblant à la perfection. Mais il lui en manquait encore quelques-unes pour parvenir à l'arrestation du meurtrier.

Il joignit aussitôt ses assistants, en train de se les geler rue de la Mare :

— Leblanc, Dubuc, surtout ne perdez pas de vue l'immeuble. Il y a de fortes chances que notre bonhomme se soit réfugié là-dedans. Essayez de localiser les fenêtres de l'appartement d'une dénommée A. Bukowski. D'après l'interphone, c'est au troisième étage, porte A. Vérifiez et restez discrets. Si le type tente une sortie, vous l'interpellez ; s'il est dehors et qu'il essaie d'y pénétrer, même chose.

— Entendu, chef. On a posté des collègues derrière également. L'oiseau ne peut pas nous échapper.

— J'espère bien ! Je veux pouvoir vous libérer pour les fêtes de Noël, les gars !

— Merci, patron !

— Pas de quoi, moi le premier j'aimerais en finir.

À peine avait-il raccroché que le téléphone sonnait de nouveau :

— Lieutenant, c'est bon, j'ai les résultats, je vous les envoie via mail.

Maraval avala une énième gorgée de café, un liquide brunâtre et tiédasse, qui traînait au fond de sa tasse depuis plus d'une demi-heure. Quant à Saouli, il s'était légèrement assoupi sur son fauteuil.

L'officier récupéra les résultats du laboratoire d'expertise et, sans plus attendre, se précipita sur le FNAEG[31] pour y introduire les données et, le cas échéant, constater si celles-ci « matchaient » avec des données déjà connues du système.

Deux minutes plus tard, Saouli fut tiré de sa léthargie par un Maraval tout excité :

— Merde ! Qu'est-ce que c'est encore que ce bordel ?

L'esprit encore embrumé, l'assistant du lieutenant bredouilla :

— Qu'est-ce qu'il se passe, chef ?

— Il se passe que cette affaire commence à me retourner le cerveau !

— Pourquoi ?

— Parce que l'ADN retrouvé dans l'appartement de Mario Bazin-Szabó appartient à un cadavre…

---

[31] Fichier National des Empreintes Génétiques, qui centralise, entre autres, les empreintes génétiques des individus condamnés ou mis en cause lors d'infractions.

Chapitre Y

Difficile pour Romain de trouver le sommeil dans de telles conditions. Ici, dans la cave de l'immeuble de la rue de la Mare, il n'est plus Mario Bazin : il redevient le jeune Romain, amoureux des livres, en extase devant les mots d'Hervé Bazin. Ces mots puisés dans *Vipère au poing*, qu'il tient entre les mains, comme trente ans auparavant, lorsqu'il se réfugiait dans ce réduit au sous-sol de l'immeuble en compagnie de Marion. Les jumeaux inséparables, qui trouvaient ensemble, dans les romans, l'évasion qui manquait à leur vie quotidienne. Qui fuyaient, par le truchement de la littérature, leur misérable condition, l'absence d'un père, la situation honteuse de leur mère.

Romain sait qu'il a peu de chances, à présent, de boucler son plan vengeur. Les flics sont à ses trousses, ils ne tarderont pas à retrouver sa trace, il en est certain. Malgré toutes les précautions qu'il a pu prendre, il sait qu'ils sont bien plus malins qu'ils n'en ont l'air, qu'ils ont des moyens techniques et humains suffisants pour déjouer n'importe quelle embrouille criminelle. Il se doute que Louise s'est rangée du côté de la justice, il ne peut cependant pas lui en vouloir.

Il abandonne le roman de Bazin sur le matelas un peu moisi, posé à même le sol bétonné de la cave. *Vipère au poing.* Instinctivement, il porte la main à son épaule, à l'endroit de son tatouage et c'est comme si – par une forme de télépathie par-delà la mort – il parvenait à entendre la voix de Marion lui dire, trente ans plus tôt, dans cette cave :

— *Et si on se faisait un tatouage, tous les deux, pour montrer qu'on est inséparables ?*

— *Ouais ! C'est une super idée. Quel genre de dessin tu aimerais ?*

— *J'y ai déjà réfléchi et puisque toi et moi on ne forme qu'un, n'est-ce pas ?*

— *Oui, deux moitiés identiques !*

— *Alors j'ai pensé qu'on pourrait se faire une moitié de tatouage chacun. Qu'est-ce que t'en dis ?*

— *Genre le yin et le yang, un truc comme ça ?*

— *Exactement, deux choses qui se compléteraient pour ne former qu'un seul et même dessin, une fois réunies.*

— *Et c'est quoi, ton idée, précisément ?*

— *Toi, tu es costaud, moi je suis perfide... Toi tu serais le poing, moi je serais la vipère...*

— *Vipère au poing ! J'adore, Marion, j'adore ! On va se faire tatouer ça !*

— *À mort, Folcoche !* avaient-ils crié ensemble, paraphrasant Bazin, se souvient Romain, au fond de sa cave.

Depuis, Anna-Folcoche Szabó est morte et Marion Szabó n'est plus. Il ne reste que lui, Romain Szabó et, trois étages au-dessus, la vieille Agnieska

Bukowski qui étire ses dernières années en écoutant Sardou en boucle.

Tandis qu'au-dehors sonne minuit, Romain songe avec nostalgie et douleur que l'on vient de passer au 23 décembre. Trois ans plus tôt, jour pour jour, Marion mourait. En guise d'hommage, dans un lecteur cd vieux de vingt ans, il insère un album de Sardou et choisit la chanson que Marion écoutait en boucle :

Tout a commencé dans l'amour et le sang.
Une femme m'a mis au monde en hurlant.
Elle m'avait gardé comme le pourboire d'un homme
Qui ne l'a pas regardée en l'aimant,

Seulement mon père,
Mon père, c'était un régiment.
Vous comprendrez sans doute
Pourquoi j'ai l'air méchant.

Pourtant, Marion n'avait pas tant l'air méchant...

Chapitre 86

— Comment ça, un cadavre ? bondit Saouli. Vous avez déjà vu un mort se brosser les dents, vous ?

Il faut dire que se faire tirer de sa torpeur par une telle révélation avait de quoi vous embrouiller. Maraval n'eut pas l'air d'apprécier la blague de son subordonné.

— Saouli, on est sérieux, là… Allez, réveille-toi, secoue tes méninges et aide-moi à y voir clair.

Le lieutenant désigna à son adjoint le dossier issu du fichier FNAEG. Ce dernier s'interrogea :

— Il doit forcément y avoir une erreur quelque part… Un bug dans la base de données… Comment l'ADN du type de la rue Berthe peut pointer vers cet autre ADN du fichier ? C'est quoi le nom ?

— Szabó. Un individu décédé il y a trois ans. Jour pour jour… ajouta Maraval en posant son regard sur la date affichée en bas à droite de son écran d'ordinateur. Date de décès : 23 décembre 2015.

— Et pour quel motif il est arrivé dans le fichier ?

Maraval descendit de quelques lignes.

— Proxénétisme et homicide sur la personne d'une prostituée. Mais, bordel, cette histoire me dit quelque chose, j'en mettrais ma main au feu. Faut que je me creuse les méninges. En attendant, ça ne nous explique pas comment il est possible que cet ADN ressurgisse trois ans plus tard, dans l'affaire qui nous concerne aujourd'hui... Une idée, Saouli ?

— Eh bien, si l'on admet qu'il n'y a pas de bug informatique, qu'il n'y a pas d'erreur de prélèvement, pas de biais d'analyse... qu'est-ce qu'il nous reste comme possibilité « logique » de retrouver deux ADN identiques ? Des clones ? Sachant que nous sommes dans la vraie vie et non dans un roman de science-fiction, et hormis le cas de la célèbre brebis Dolly, il ne me paraît pas concevable que cet individu de 2015 ait été cloné dans notre meurtrier de 2018... Donc ?

Maraval s'exclama :

— Des jumeaux ! Seuls des jumeaux peuvent posséder strictement le même patrimoine génétique ! Sauf qu'ici, il y a un autre problème.

— Lequel ?

L'officier désigna à Saouli le nom complet du criminel fiché en 2015 :

— Parce que la fiche renvoie à Marion Szabó : une femme ! Or, un homme et une femme ne peuvent avoir le même ADN...

— Pourtant, il y a bien des jumeaux fille-garçon, non ?

— Il me semble que le terme de jumeaux, dans ce cas-là, soit impropre. On parle de faux-jumeaux, je crois.

— Ah oui ! c'est vrai, les faux-jumeaux et les vrais jumeaux. Ça dépend s'ils sont monozygotes ou dizygotes, c'est comme ça qu'on dit, non ? Un œuf, deux œufs…

Maraval puisa dans sa mémoire à long-terme, dans le terreau des cours de sciences naturelles du collège.

— Je me souviens qu'on parlait de vrais jumeaux lorsqu'il n'y avait qu'un seul œuf – un zygote – qui se divisait en deux cellules strictement identiques, donc au patrimoine absolument semblable, tandis que les faux-jumeaux sont issus de la fécondation de deux ovules avec deux spermatozoïdes, donc aussi différents que peuvent l'être deux frère et sœur de grossesses différentes…

— Punaise, chef, si on m'avait dit qu'il me faudrait reprendre mes cours de sciences nat' dans le cadre d'une enquête, j'aurais peut-être mieux écouté à l'école…

— Je confirme ! Du coup, tu écouterais aussi mieux ce que je dis aujourd'hui…

— Pourquoi vous dites ça, patron ?

— Il n'y a rien qui te choque dans ce que je viens de dire ? Il n'y a rien d'illogique, à tes yeux ?

— Redites voir…

— Seuls les vrais jumeaux – monozygotes, un seul et même œuf qui se divise en deux – ont exactement le même ADN… Comme c'est notre cas, ici.

— Ce qui veut dire que les vrais jumeaux sont soit deux hommes, soit deux femmes mais jamais un homme et une femme…

— Or, notre gugusse planqué à Belleville, notre fameux Mario Bazin est bien un homme… à moins qu'il n'ait changé de sexe ?

Saouli écarquilla les yeux avant de répondre, suivant le syllogisme qu'ils venaient de poser :

— Donc : Marion Szabó était… un homme ?

Chapitre 87

— Aussi curieux que cela puisse paraître, Marion Szabó est bien un homme, reprit Maraval à la suite de son collègue.

— Merde, alors ! explosa Saouli. Si je m'attendais à ça…

— Il faut toujours se méfier des apparences et des préjugés… Tiens, prends par exemple la femme de Claude Chabrol… elle s'appelait Stéphane Audran ! En étudiant le fichier, j'étais passé trop vite sur le sexe de l'inculpé. Pour moi, il ne faisait aucun doute que Marion désignait une femme. Et c'est pour ça que mon souvenir d'alors m'apparaissait si imprécis. Maintenant que j'ai la confirmation qu'il s'agissait d'un homme, je me revois précisément ce jour de décembre 2015. Et je pense que toi aussi ça va te parler, Saouli…

— Ça devrait ?

— Rappelle-toi cette course-poursuite sur les toits de Montmartre, c'était ce type-là, ce Marion Szabó ! C'était ce mec-là qui avait tué une prostituée enceinte à coups de pieds, qu'on avait traqué pendant des semaines avant de retrouver sa trace à Montmartre…

— Mais, Bon Dieu, oui ! Ce type qui avait collé un pruneau à Dubuc avant de s'évaporer sur les toits…

— Où je l'avais poursuivi jusqu'à ce qu'il glisse sur le zinc givré…

— Et qu'il finisse par s'étaler sur le trottoir.

— C'est lui qui a été transféré à Lariboisière. C'est à lui qu'on a prélevé quatre organes pour servir de greffons à M'bappé, Delorme, Lopez et Péroni…

— Les trois premiers ayant été dézingués par le jumeau survivant de Marion Szabó qui, depuis ce jour-là, a changé d'identité pour devenir Mario Bazin !

— Une vengeance de chair… murmura, emphatique, le lieutenant Maraval.

— Ouais, tout fait sens… Quelle tragédie ! soupira Saouli.

— Une tragédie familiale, humaine. Laisse-moi te dire pourquoi j'avais occulté cette course-poursuite. Tout simplement parce que mon cerveau avait connu une horreur pire encore, un peu plus d'un mois auparavant. Marion Szabó est mort le 23 décembre… six semaines après l'abomination du Bataclan… Une boucherie qui nous a occupé l'esprit, le cœur et l'âme pendant des mois, faisant passer tout le reste à l'arrière-plan, provoquant une amnésie inconsciente pour tout ce qui n'était rien à côté de cette foutue barbarie.

Les flics avaient beau être témoins au quotidien de la décadence humaine, certaines affaires leur apparaissaient néanmoins plus insoutenables que d'autres. Cette nuit, dans le silence froid du commissariat, l'affaire des jumeaux Szabó reprenait le dessus : le premier était proxénète et criminel, le second s'avérait vengeur et tueur en série.

Maraval ordonna à Saouli de prévenir Dubuc et Leblanc des fruits de leur réflexion, tandis qu'il se rendait sur le site sécurisé des archives de l'État-civil de la ville de Paris, accessible aux membres de l'administration, de la police et de la justice. Reprenant la date de naissance indiquée dans le dossier FNAEG de Marion Szabó, il alla consulter le registre des naissances du 27 octobre 1970.

À cette date, il retrouva l'acte de naissance de Marion Szabó, enfant de sexe masculin, le 27 octobre 1970 à 23h37, né de Anna Szabó, 22 ans, sans emploi, sa mère et de père inconnu.

L'acte précédent, sur le registre numérisé, mentionnait la naissance de Romain Szabó, de sexe masculin, le 27 octobre 1970 à 23h15, né de Anna Szabó, 22 ans, sans emploi, sa mère et de père inconnu.

Quarante-cinq ans plus tard, l'aîné des jumeaux avait-il voulu venger son puîné ?

Chapitre 88

— On y va ! ordonna Maraval à l'ensemble de son équipe, réunie dans le hall de l'immeuble sis au 8, rue de la Mare, à Belleville.

Un peu plus tôt dans la nuit, à l'heure où le premier occupant sortait de chez lui pour se rendre à son travail, Dubuc et Leblanc avaient pu s'introduire dans le hall. Ils n'avaient eu qu'à exhiber leur carte de police pour que l'homme, qui embauchait à cinq heures du matin, leur laisse la porte ouverte sans rechigner. Dès lors, ils n'avaient plus eu qu'à attendre l'arrivée de leur supérieur et des renforts, ceux-ci restant postés tout autour du bâtiment pour en garder les issues en cas de fuite de Romain Szabó, le tueur au chlorure de potassium, notamment sous les fenêtres de l'appartement 3A.

Il ne leur restait plus que cinq minutes à attendre avant de pouvoir légalement pénétrer chez Agnieska Bukowski, la législation interdisant – sauf cas de terrorisme ou de trafic de stupéfiants – toute intervention de police sur le domaine privé entre vingt-et-une heures et six heures.

Les quatre policiers, Maraval en tête, grimpèrent les trois volées de marches qui conduisaient à l'étage où résidait la Polonaise. Lorsque l'heure légale s'afficha sur la montre du lieutenant, il appuya franchement sur la sonnette de l'appartement.

Une fois, deux fois. Soit la vieille nounou était sourde, soit elle dormait aussi profondément que la Belle au bois dormant.

Le lieutenant, s'impatientant, commença à tambouriner sur la porte.

— Ouvrez ! Police judiciaire !

Ils entendirent des pas dans l'appartement d'en face, puis la porte s'entrebâiller pour livrer passage à un jeune homme en short de nuit, les paupières gonflées de sommeil :

— C'est quoi, ce bordel ? bâilla ce dernier.

Leblanc se retourna vivement :

— Rentrez chez vous, monsieur. Police, précisa-t-il en exhibant sa plaque.

L'homme se retira sans demander son reste mais colla un œil à son judas pour suivre la scène à l'abri derrière sa porte.

Maraval continuait de frapper de son poing contre l'ouvrant de bois. Derrière lui, Dubuc et Saouli s'apprêtaient à faire emploi du bélier pour défoncer la porte. Ce qui ne représenterait sans doute pas un gros effort au vu de la fragilité des huis de cet immeuble : ce n'était visiblement pas une porte blindée comme on en trouvait dans certaines résidences de standing des beaux quartiers parisiens.

Enfin, après cinq minutes de tambourinage intensif, la porte grinça sur ses gonds.

Une femme en robe de chambre, longs cheveux blancs cascadant sur ses frêles épaules, le visage buriné, creusé de vieillesse et de fatigue, écarquilla de gros yeux ronds :

— Mon Dieu, qu'est-ce donc ? Vous avez vu l'heure ?

— Madame Bukowski ? Lieutenant Maraval, de la Police Judiciaire de Paris. Veuillez nous laisser entrer.

— Mais enfin… de quel droit ?

— Je vous en prie, madame, ne compliquez pas les choses. Plus vite nous en aurons terminé, mieux ce sera pour tout le monde. Écartez-vous…

Le lieutenant pénétra dans le couloir, repoussant la vieille femme avec fermeté mais sans brusquerie.

Les trois autres policiers s'engouffrèrent à leur tour, refermant la porte derrière eux, Leblanc se postant devant pour empêcher toute extrusion.

— Qu'est-ce que vous me voulez, enfin ? râla la Polonaise.

— Madame, nous avons avec nous un mandat d'arrêt sur la personne de Romain Szabó, que nous soupçonnons de se trouver chez vous. Allez-y, les gars, fouillez toutes les pièces !

— Je vous interdis !

— Vous n'êtes ni en capacité ni en légalité de nous interdire quoi que ce soit, madame Bukowski. Rendez-nous plutôt la tâche plus facile. Où se cache Romain Szabó ?

— Mais, je ne sais pas de quoi vous parlez, monsieur l'agent. Je ne connais aucune personne de ce nom… se défendit Agnieska. Je ne suis qu'une vieille dame qui vit toute seule dans son appartement.

Maraval secoua la tête, d'un air embarrassé pour elle. Il était conscient qu'un réveil brutal à six heures du matin contribuait à faire baisser les défenses et les réflexes des individus.

— Madame, asseyez-vous, je vous en prie, dit-il en lui désignant le fauteuil du salon. Nous savons tout du passé de Marion et Romain Szabó, de leur mère Anna et de leur nounou… vous-même ! Je comprends parfaitement que vous soyez tentée de protéger le seul fils — adoptif — qu'il vous reste encore, la seule personne qui vienne prendre de vos nouvelles de temps à autre, la seule personne qui vous aime d'un amour filial et que vous aimez encore d'un amour maternel. Que vous aimerez toujours, j'en suis persuadé, quand bien même vous sauriez ce qu'il a fait.

— Qu'a-t-il fait de mal ?

La Polonaise se troubla, pâlissant à l'évocation d'un malheur.

Dans les pièces voisines, les adjoints du lieutenant ne laissaient aucun recoin inexploré.

— Laissez-moi tout d'abord vous parler de Marion, cela vous aidera à mieux comprendre la situation. Saviez-vous qu'il exploitait des femmes, qu'il s'enrichissait sur leur dos, ponctionnant une grosse part de leurs revenus liés à la prostitution ?

À ce mot, Agnieska grimaça, revivant les pages sombres de l'histoire de la famille Szabó. Un long silence s'installa, lors duquel la vieille eut l'air de se perdre dans ses souvenirs, le regard vissé sur la fenêtre donnant sur la rue encore plongée dans le noir de la nuit.

— Je n'ai jamais revu Marion depuis qu'il a quitté la maison, au début des années quatre-vingt-dix, murmura-t-elle enfin, avouant ainsi ses liens avec les Szabó. C'était un garçon très difficile, toujours en colère, qui n'a jamais accepté la condition de sa mère, qui n'a jamais supporté de ne pas savoir qui était son père. Il était tout l'opposé de son frère, Romain…

— Voilà, nous y sommes, l'aida Maraval à poursuivre. Je me dois de vous dire qu'en effet, Marion Szabó est tombé de mal en pis, glissant peu à peu vers la délinquance la plus dure, jusqu'à se rendre coupable d'homicide.

— Un meurtre ? s'étrangla Agnieska, de plus en plus abattue.

— Il a fini par rouer de coups l'une des prostituées qui travaillaient pour lui, la frappant de rage jusqu'à la laisser pour morte. Elle est décédée quelques heures plus tard.

La Polonaise se signa.

— Mon Dieu.

— Cette jeune fille, à peine majeure, était enceinte, et a entraîné dans la mort l'enfant qu'elle portait en elle… Voilà quel genre d'homme était devenu Marion, madame Bukowski. C'est moi-même qui ai mis fin à sa cavale, il y a trois ans. Mais cela n'a fait qu'empirer la folie homicide du clan Szabó.

La vieille femme, repliée sur elle-même, tremblait d'en savoir davantage. Elle bredouilla pourtant :

— Ne me dites pas que Romain, lui aussi… Il a toujours été doux comme un agneau, une crème, un ange… Il n'aurait pas fait de mal à une mouche…

— À une mouche, peut-être pas. Mais à des êtres humains, en revanche…

À cet instant, Leblanc parut, interrompant leur conversation.

— Chef ? On n'a trouvé personne. Par contre, il y a dans l'une des chambres des pantalons, des chemises et des slips d'homme.

Maraval prit la femme aux cheveux blancs à témoin :

— Voyez, madame Bukowski, cessez de nier l'évidence : vous êtes en train de vous rendre complice d'un meurtrier.

Des sanglots vinrent encombrer la gorge d'Agnieska :

— Romain est innocent ! Innocent ! C'était un ange, lui…

— Un ange devenu démon, madame… la coupa Maraval. Est-il nécessaire que je vous montre les photos des victimes de votre petit protégé ? Ou bien allez-vous consentir à nous indiquer où se trouve Romain Szabó ? Ne me contraignez pas à user de moyens qui me répugnent, je vous en prie.

Il fit mine d'extraire de sa poche des documents qui pouvaient être des photos.

— Non ! gémit la Polonaise. Je ne peux pas…

L'officier sentait les dernières résistances de la vieille s'effondrer à mesure qu'elle se repliait sur son corps menu.

— Alors, je me dois de vous dire brièvement de quoi il s'est rendu coupable.

La vieille porta machinalement les mains à ses oreilles, comme pour se rendre sourde aux malversations de cet enfant qu'elle avait toujours chéri.

— Non, répétait-elle en boucle.

Maraval enfonça néanmoins le clou, pressentant qu'il gagnerait à provoquer chez la femme une compassion pour les victimes, qui l'inciterait à laisser gagner la justice.

— Lorsque Marion est mort, le corps médical a prélevé quatre de ses organes : le cœur, les poumons, le foie et la cornée. Des organes qui ont permis de sauver des vies. Bien que Marion soit un criminel, ses organes étaient innocents. Alors, Romain, apprenant cela – je ne sais encore par quel biais – n'a jamais pu supporter de savoir son jumeau découpé, divisé, meurtri dans son intégrité. Que l'on touche à Marion, c'était comme si on le blessait, lui, Romain ! Peu lui importait que ce don d'organes ait pu sauver quatre vies, dans son esprit, je suppose qu'il a dû faire le raccourci suivant : mon frère jumeau est mort à cause de ces quatre personnes. Il a donc décidé de se venger, éliminant un à un les quatre receveurs, méthodiquement, de sang-froid.

Agnieska dodelinait, se balançait nerveusement, répétait toujours comme un mantra ce « non, non, non » incessant. Maraval continua :

— Je dois même admettre qu'il a été très fort, presque intouchable. Mais l'amour l'aura fait chuter... Seulement, à ce jour, il n'est parvenu à éliminer que trois des quatre receveurs. Il lui reste une cible, une jeune femme qui n'a fait de mal à personne, qui ne demande pas à mourir. Une jeune femme que vous pouvez encore sauver, madame Bukowski !

Jouer sur la corde sensible pourrait faire plier la volonté farouche de la vieille femme de protéger Romain à tout crin.

— Je comprends, vacilla la vieille.

— Oui, je suis persuadé que vous comprenez, madame, insista Maraval. C'est pourquoi nous devons stopper Romain Szabó : pour l'empêcher de commettre un nouveau crime inutile et injuste. Seulement, pour l'arrêter, nous avons besoin de votre concours. Vous seule savez où il se cache, pas vrai ?

Le lieutenant se pencha tout près du visage de la Polonaise, la fixant dans les yeux, posant ses mains sur celles, tremblantes, de la vieille femme.

— Pas vrai ? reprit-il. Vous savez où il se cache ?

Agnieska ferma les yeux, très fort, ses paupières n'étaient plus qu'un amas de rides sèches, sur lesquelles des larmes coulèrent. Des larmes de tristesse, de honte, de fatigue de la vie, d'abandon, d'humanité enfin.

Elle inspira un grand coup et avoua :

— Romain adorait se réfugier à la cave avec Marion.

Chapitre 89

Leblanc était resté posté dans l'appartement d'Agnieska Bukowski, par précaution.

La vieille Polonaise venait d'abdiquer : les digues de son amour pseudo-maternel avaient cédé. Confrontée à l'horreur des actes commis par Romain Szabó, elle n'avait eu d'autre alternative que d'indiquer aux enquêteurs le numéro du box où il se terrait, au fond de la cave de l'immeuble.

— Je crois qu'il est temps d'en finir avec cette histoire, avait-elle péniblement articulé.

Le reste de l'équipe, Maraval en tête, dévala quatre à quatre les trois étages par l'escalier principal. Au rez-de-chaussée, ils localisèrent une nouvelle porte conduisant au sous-sol. À pas de loups, les crocs sortis, avec dans les tripes un mélange d'excitation, de peur et d'un sentiment de justice à rendre, ils pénétrèrent dans l'obscurité des caves. Celles-ci leur apparurent comme une succession de box d'environ cinq mètres carrés, dont les portes, faites de lattes de bois ajourées, permettaient d'en distinguer le contenu. Certains box avaient été calfeutrés à l'aide de cartons dépliés, agrafés sur la porte, d'autres étaient ouverts et complètement vides.

Le lieutenant et ses hommes – Dubuc et Saouli – avançaient silencieusement, se gardant d'allumer la moindre lumière : les quelques spots indiquant « sortie de secours » suffisaient à se mouvoir sans craindre de trébucher. Ils escomptaient débusquer Szabó en misant sur l'effet de surprise. Peut-être même le surprendraient-ils dans son sommeil ?

Au travers des lattes des portes, ils distinguèrent des malles, des cartons, des vélos rouillés, des téléviseurs d'un autre temps, des matelas fatigués, parfois recouverts d'un drap moisissant, des outils hors d'usage, un buste de couturière, une cage à oiseaux et tant d'autres reliques de la vie quotidienne des hommes : la cave comme l'antichambre de la mort d'une vie de possession matérielle inutile…

Les box semblaient numérotés sans ordre précis : il fallait être un habitué pour s'y repérer. Aussi Maraval et ses hommes avançaient-ils en faisant montre d'une grande attention. Surtout, ne pas rater le numéro où était censé se trouver Romain.

Soudain, ils perçurent comme un ronflement qui n'avait rien d'un ronron d'une quelconque soufflerie. C'était sans aucun doute la respiration d'un homme profondément endormi.

Maraval songea, en s'en approchant, qu'une telle interpellation – aussi facile – serait un comble à l'issue d'une traque aussi complexe. Cela étant, il fallait bien, parfois, que la police ait de la chance, cela faisait partie des bonnes surprises des enquêtes difficiles. Le lieutenant n'avait rien contre une interpellation en douceur, une arrestation non sanglante. Cette histoire n'avait que trop duré.

— Doucement, les gars, chuchota Maraval. On dirait que l'oiseau dort au fond de son petit nid douillet. On va le cueillir proprement.

En effet, coulant un œil entre deux lattes de la porte du box d'où provenait le ronflement, l'officier distingua un corps étendu sur un matelas, recouvert d'une grosse couverture de laine. Le spectacle était insolite, on aurait dit une chambre d'adolescent en bazar. Encadrant le matelas, des piles de livres en désordre encombraient le sol. Certains empilements atteignaient quasiment le mètre de hauteur. Au milieu de cette bibliothèque anarchique, de ce monde de livres disparates, Romain Szabó dormait, un casque sur les oreilles. À côté de son oreiller, un roman gisait, ouvert. Maraval braqua la lampe torche de son mobile sur l'ouvrage, découvrant un titre d'Hervé Bazin qu'il ne connaissait pas : *La mort du petit cheval*. Jusqu'au bout, Szabó serait resté fidèle à l'auteur de *Vipère au poing*.

— Bon, s'impatienta Dubuc, nerveux. On le réveille, ou quoi ?

— Pousse la porte.

Celle-ci s'avéra bloquée de l'intérieur par un cadenas.

— Merde ! jura l'agent.

— Pas de panique, Dubuc. Là où il est, il ne peut plus nous échapper. Regarde, il a l'air si inoffensif…

— Faut qu'on pénètre là-dedans. On va quand même pas attendre qu'il finisse son gros dodo ! On va pas non plus lui chanter une berceuse pour le réveiller en douceur, ce fumier…

— Calme-toi, bordel ! Qu'est-ce qui te prend ?

Dubuc serrait les dents, les yeux fous, une main enserrant son épaule droite.

Soudain, Maraval comprit : il se rappela la course-poursuite, trois ans plus tôt, dans les rues et sur les toits de Montmartre. Et cette balle tirée par Marion Szabó, déchirant les chairs de Dubuc. Aux yeux du flic, le jumeau de celui qui l'avait blessé ce jour-là cristallisait la haine qu'il ruminait depuis des mois. Marion, Romain, peu lui importait à présent quel Szabó devait payer cette balle qui lui avait esquinté la clavicule.

Dubuc pointa son arme de service en direction du box dans lequel Romain Szabó dormait d'un sommeil de chérubin.

— Non ! hurla en vain Maraval.

La déflagration emplit toute la cave de l'immeuble.

Chapitre 90 / Z

L'odeur âcre de la poudre agressa les sinus de Maraval.

Dubuc tenait encore son arme à bout de bras, pointé vers le fond de la cave. Il tremblait.

Lorsque l'éblouissement du tir se fut dissipé, le lieutenant constata que le cadenas avait été pulvérisé, laissant libre l'accès à Romain Szabó.

L'homme venait de bondir comme un tigre en cage, s'encoignant au fond du box, le regard ahuri, le casque tombé à ses pieds, diffusant à plein volume une chanson de Michel Sardou :

« Il fallait pas me croire un chêne
« Alors que je n'étais qu'un gland.
« Prenant ma peur pour de la haine,
« Ils m'ont brisé comme un enfant.

« J'ai perdu mon temps et ma force
« Dans un combat démesuré,
« Un combat cruel et féroce,
« Depuis le jour où je suis né »

— Bouge plus, Szabó !

La voix tonitruante et rocailleuse du lieutenant Lucas Maraval sembla résonner dans tout le sous-sol.

Szabó essaya de se rendre invisible, insaisissable, dans le recoin le plus sombre du box. Saouli l'éblouit avec sa lampe de portable. L'homme était prostré, accroupi, tremblant.

— Lève-toi, Szabó ! Les mains en l'air et viens gentiment par ici, ordonna Maraval. Le cirque est terminé, tu ne crois pas ?

Romain ne bougeait pas, statufié, braqué par le portable de Saouli et les pistolets de Maraval et Dubuc. Ce dernier prit la parole :

— Ton frangin m'a eu, il y a trois ans. À présent, c'est moi qui t'ai en joue. Alors, tu obéis sagement au lieutenant ou je me ferai un plaisir de te cloquer un pruneau dans le carafon… Tu peux encore éponger la dette de ton jumeau de malheur.

— Dubuc ! gronda Maraval. Arrête tes conneries, on n'applique pas la loi du Talion dans la police, OK ? Baisse ton arme, il va sortir. Laisse-lui le temps de comprendre ce qui lui arrive…

De fait, Romain esquissa un mouvement, se redressant lentement, la tête basse, levant les mains vers le plafond bas du box d'entreposage.

— Voilà, comme ça… l'encouragea Maraval. Maintenant, tu viens doucement par ici, sans gestes brusques. Là, comme ça…

Tout à coup, Szabó se baissa.

— Qu'est-ce que tu fous, bordel ?

— Je voudrais terminer ce que j'ai commencé… articula Romain d'une voix pâteuse.

Il se pencha sur son oreiller.

Dubuc s'avança d'un pas, l'arme pointée.

Et Szabó attrapa le roman de Bazin.

— Il ne faut jamais laisser une lecture inachevée, par respect pour l'auteur…

— Ouais, allez le penseur, en route ! ironisa Dubuc. Tu vas avoir tout le temps que tu veux pour lire, en cabane !

— Tends tes mains ! ordonna Maraval.

Szabó obtempéra, sans lâcher le livre. Le lieutenant referma les menottes sur ses poignets.

Lorsqu'ils émergèrent dans la rue, un nouveau jour se levait. Romain leva les yeux vers les fenêtres du troisième étage et distingua la silhouette ratatinée d'Agnieska Bukowski qui assistait, impuissante, à la chute du dernier des Szabó.

Épilogue

Longuement, elle avait hésité à venir. Louise conservait au fond d'elle un reste de culpabilité qui lui avait interdit, jusque-là, d'entreprendre les démarches.

Pourtant, elle avait dû se résoudre à faire un choix cornélien. Un choix de vie, un choix de vies. Romain devait l'apprendre.

Elle s'était finalement décidée à solliciter l'autorisation du juge d'application des peines de pouvoir rendre visite au détenu Romain Szabó. Condamné, en première instance, à perpétuité, assortie d'une période de sûreté de vingt-deux ans, son appel avait été rejeté, la peine confirmée. Réclusion criminelle pour l'assassinat avec préméditation d'Alioune M'bappé, Rose Delorme et Candida Lopez : Szabó avait peu de chance de voir sa peine révisée. Le juge n'avait admis aucune circonstance atténuante, considérant que la mort du frère jumeau ne pouvait entrer en ligne de compte, d'autant que celle-ci avait bénéficié à quatre personnes en attente de greffe. Un mal pour quatre bien, à la base. Mais Romain avait voulu se venger : trois maux pour un bien.

— Veuillez vous assoir, madame, l'invita l'agent pénitentiaire, désignant l'une des chaises du parloir. Le détenu va arriver dans un instant.

Louise s'assit, les mains jointes sur ses cuisses, se tordant nerveusement les doigts. Autour d'elle, d'autres visiteurs, d'autres condamnés, d'autres vies brisées, d'autres drames comme autant d'accidents de la vie.

Au loin, elle perçut des bruits de serrure électronique, des claquements de talons, des frottements de chaussons. Elle tourna la tête en direction du mouvement. Alors, elle l'aperçut.

Trop tard pour faire demi-tour, tirer un trait définitif sur cette vénéneuse histoire. Elle devait à présent l'affronter, lui faire part de sa décision, de son choix : c'était l'objectif de sa visite.

La barbe de trois jours n'était plus qu'un lointain souvenir. À la place, le visage de Romain Szabó disparaissait derrière une barbe fournie, plus grise que brune dorénavant. Du dessus émanaient deux yeux tristes, cernés, noirs : un Romain méconnaissable, transformé par la vie carcérale. Louise se maudit un instant, songeant qu'elle avait été celle qui l'avait fait tomber.

Il vint se poster face à elle, de l'autre côté du plexiglas. Leurs yeux échangèrent des questions muettes, des suppositions, des réponses avortées.

— Bonjour, Louise, entama Romain à travers l'hygiaphone. Je ne m'attendais pas à te revoir un jour… Encore moins ici.

Il s'assit sur son tabouret. Elle se mordit les lèvres.

— Je suis désolée… Je ne pouvais pas faire autrement.

Un silence, long comme une nuit d'insomnie.

— Je sais… articula-t-il. Et tu as eu raison : il fallait bien que ça s'arrête. Ma folie m'a emmené bien au-delà de tout ce que j'aurais pu imaginer. J'en suis conscient, à présent… mais trop tard.

— J'ai eu tellement de mal à croire que tu aies été capable de telles horreurs, Mario.

— Romain !

Louise ricana amèrement :

— Romain, oui… le vrai… pas encore l'habitude. Vraiment… comment as-tu pu en arriver là ?

Romain secoua la tête, longuement, lentement, avant de répondre, le timbre de sa voix méconnaissable, déformé par l'hygiaphone.

— Tout cela n'a été qu'un terrible concours de circonstances malheureuses. Un mauvais alignement des étoiles… Louise… laisse-moi te raconter ce qui m'a conduit à agir ainsi.

— Rien ne peut justifier de tuer son prochain, Romain !

— Je ne cherche pas à me justifier, simplement à expliquer. Es-tu prête à m'entendre ?

— Je suis prête à beaucoup de choses, Romain…

— Alors, écoute cette histoire qui débute à Budapest, en 1970… Ma mère, Anna Szabó, gagnait péniblement sa vie en faisant la pute et rêvait de voir le Trocadéro… Quand elle a eu suffisamment d'argent, elle est venue s'installer à Paris avec, dans ses bagages, deux polichinelles : Marion et moi, qui sommes nés en France.

— Marion ? s'étonna Louise. Je croyais que tu étais fils unique…

— Il y a plein de choses que je ne t'ai pas dites…
J'en suis navré, j'aurais peut-être dû.

— Tu avais donc une sœur ?

— Une sœur ? Non… un frère jumeau !

— Pourtant, Marion, c'est un prénom féminin !

— Pas toujours. Et c'est là l'un des drames de mon frère… Lorsque ma mère a accouché, elle a découvert à cette occasion qu'elle portait en elle deux enfants. Son cœur s'est fendu en deux en même temps que son sexe, ce jour-là ! D'abord, porter l'enfant d'un géniteur inconnu, c'était pour elle une telle souffrance. Imagine-toi : lequel de ses clients avait bien pu laisser en son sein sa semence ? Comble du désespoir, la graine s'est dédoublée, engendrant deux rejetons non désirés. Aussi, lorsque je suis apparu, ma mère s'est résignée à m'accepter : j'ai eu la chance d'arriver le premier. Je sais qu'elle a toujours regretté de ne pas avoir eu de fille. Alors, quand mon jumeau a pointé son nez à son tour, elle l'a d'emblée haï. Pas lui-même, mais ce qu'il représentait de douleur pour elle, de souffrance et de privations à venir. Puis, de fait, c'était un second garçon et c'était là plus qu'elle n'en pouvait supporter. Elle a voulu lui attribuer un prénom aux accents féminins, se donnant l'illusion d'élever une fille. À l'époque, elle aimait regarder des westerns avec John Wayne.

— Quel rapport ? s'étonna Louise, coupant Romain dans ses explications.

— Connais-tu le nom de baptême de cet immense acteur ?

— Je n'en ai pas la moindre idée et je ne vois pas ce que ça vient faire là…

— Il est né Marion Robert Morrisson… Tu vois ? Même le plus viril des cow-boys portait ce prénom de Marion ! Ma mère le prononçait d'ailleurs « Marionne », en roulant les « r » comme dans la langue hongroise.

— C'est fou... En plus, c'est l'anagramme de Romain, constata Louise.

— Ma mère aimait jouer avec les mots. Bref. Marion a donc grandi à l'ombre de ce manque d'amour maternel, de cette identité sexuelle biaisée. Ma mère a longuement entretenu l'ambigüité, l'obligeant à porter les cheveux mi-longs. Puis il était frêle, avait les traits fins, c'est tout juste si elle ne lui faisait pas porter des robes... Marion s'est toujours senti repoussé, mal-aimé, mal dans sa peau. Il a lentement fomenté sa haine contre notre mère, un peu comme Brasse-Bouillon vis-à-vis de Folcoche.

— *Vipère au poing*... compléta Louise.

— Oui. Le roman de Bazin a profondément marqué notre enfance. Marion et moi jouions à imiter les agissements des deux frangins du roman. Nous étions tellement imprégnés de cette œuvre qu'on a fini par se faire ce tatouage que tu connais...

Le détenu retroussa la manche de son t-shirt pour découvrir le dessin du poing qu'elle avait, jadis, caressé du bout de ses doigts, embrassé du bout des lèvres.

— Marion s'était fait graver la vipère, aussi vénéneuse que sa relation avec maman. Je crois que s'il avait pu la mordre au sang, il l'aurait fait. Et puis on a grandi. Moi, je tentais de canaliser sa haine tout en le protégeant. J'étais le grand frère, l'aîné, en quelque sorte ! Lui et moi, on est restés soudés, complices, on ne formait qu'un seul être, constitué de deux moitiés opposées mais complémentaires, comme le yin et le yang... Jusqu'à la mort de maman, en 1988.

Romain laissa planer un silence, comme plongé dans le souvenir lointain de la disparition de sa mère.

— Que s'est-il passé, à ce moment-là ? voulut savoir Louise.

— La mort de maman nous a éloignés, Marion et moi, quasiment séparés. Il a opéré un choix de vie que je ne cautionnais pas, mais c'était le sien et je le respectais. Ce n'est pas parce qu'on est en désaccord qu'on ne s'aime plus ! Il a emprunté des chemins qui l'ont conduit à la décadence. Paradoxalement, malgré la honte qu'il éprouvait devant le métier de sa mère, il s'est à son tour tourné vers la prostitution. À cette différence près qu'il laissait les autres se dégrader, s'avilir, s'ensevelir et… qu'il en récoltait d'immenses bénéfices. Jusqu'à ce que cela le perde…

— C'est-à-dire ?

— Eh bien, j'ai appris après sa mort pourquoi il était tombé si bas, au point d'en commettre un homicide. Un jour, l'une de ses « filles » s'est retrouvée enceinte d'un de ses clients. Elle voulait garder l'enfant. Marion a alors vu rouge : son passé lui revenait à la gueule, comme un boomerang. Il revoyait maman, il songeait à son propre statut d'orphelin de père, il ne voulait pas que se reproduise la même erreur qu'avait commise maman. Il est devenu fou, il l'a frappée, il l'a tuée… Fuite, cavale, course-poursuite avec la police – ce Maraval que je croiserais à mon tour plus tard – puis sa chute, sa mort encéphalique… et son putain de charcutage par les chirurgiens ! hurla soudain Romain, se prenant la tête entre ses poings serrés.

Le maton accourut, matraque dressée.

— Szabó ! Ou tu fermes ta gueule ou je te la fais boucler… Encore un cri comme ça et la visite est terminée, c'est bien clair ? D'ailleurs, il ne te reste que dix minutes.

Romain s'apaisa. De l'autre côté du plexi, Louise avala sa salive avec difficulté, surprise par l'agitation soudaine de celui qu'elle avait connu souvent plus tendre. L'homme qu'elle avait en face d'elle ressemblait plus à l'avatar criminel de Szabó, celui qui se faisait appeler Mario Bazin.

— C'est ça qui t'a rendu fou, n'est-ce pas ? finit-elle par articuler.

Les yeux de Romain s'étaient emplis de larmes, trop longtemps contenues.

— Oui, je n'ai jamais pu accepter d'avoir été absent, à l'autre bout du monde, à ce moment-là. Dans le cas contraire, peut-être aurais-je pu empêcher qu'on ampute mon frère de quatre organes…

— Mais tu n'y es pour rien, Romain ! Songe plutôt que sa mort a contribué à sauver quatre vies… C'est un formidable don de soi. C'est beau, aussi…

— Avec du recul, je me rends compte de mon erreur, de ma faute… de mes crimes ! Mais, à l'époque, je me suis senti personnellement meurtri dans ma propre chair. Marion charcuté, c'était moi qu'on éparpillait façon puzzle, c'était moi qui souffrais de lui survivre. Dans ma folie, je me suis juré de récupérer, coûte que coûte, ces quatre organes, du moins symboliquement. Certaines nuits d'insomnie, j'ai même songé à leur arracher littéralement le cœur, les poumons, les yeux… Je me suis contenté, si j'ose dire, de les éliminer « proprement ». Je ne me sentais pas l'âme d'un boucher…

Louise frissonna, se tenant le ventre, comme prise de haut-le-cœur.

— Mais enfin… pourquoi t'en être pris à quatre innocents ? Qu'avaient-ils fait pour mériter un tel châtiment ? Ces gens étaient malades, pour certains menacés d'une mort à court terme. Leur seule chance de survie consistait en une greffe et c'est ce qui leur est arrivé de mieux, bénéficiant par le hasard des listes d'attente de la mort de ton frère. Et toi, emporté par ta haine et ta folie, tu viens les punir d'un crime qu'ils n'ont jamais commis ?

— Louise… je n'ai pas besoin d'une leçon. Je vais payer chèrement mes crimes, crois-moi. Regarde autour de toi : c'est entre ces murs froids que je vais finir ma vie.

— Et entre quatre planches que tes victimes ont fini la leur… ne l'oublie jamais…

Un long silence témoigna que Romain ne l'oublierait en effet jamais. Mais il était trop tard, désormais, pour les regrets.

— Cinq minutes ! aboya le maton, frappant sa matraque en rythme dans la paume de sa main, voulant probablement démontrer son autorité.

— Comme tu le vois, Louise, ici mon temps est compté, minuté, restreint. J'ai le droit de m'ennuyer à longueur de journée, de cogiter à longueur de nuit et de fermer ma gueule.

Romain se gratta nerveusement la barbe et reprit :

— Je te suis reconnaissant d'avoir osé venir me voir ici. Tu n'y étais pas obligée, tu aurais pu simplement me maudire tout le restant de ta vie, pour t'avoir menti, trahie, abandonnée. À présent, tu es en droit de m'oublier à jamais, si cela peut t'aider à avancer…

Louise sentit monter en elle une boule d'angoisse, au fond de sa gorge, réduisant sa capacité respiratoire. Elle ferma les yeux, déglutit, inspira fortement et se lança :

— Il m'est absolument impossible de t'oublier, Romain... Tu m'as marquée bien plus profondément que tu ne pourrais l'imaginer...

La jeune femme se leva, une main sur le ventre :

— J'attends un enfant, Romain...

Soudain, ce fut comme si le plafond du parloir s'écroulait sur les épaules de l'homme. Un kaléidoscope de pensées, d'images, l'assaillirent. Il revit Magda et son ventre stérile puis Anna, l'élevant seule avec son frère. Un vertige l'assaillit à l'annonce que venait de lui faire Louise.

— Louise... ne me dis pas...

— Si...

— Non ! Ce n'est pas possible... Tu ne peux pas garder cet enfant, Louise ! Tu n'as pas le droit de lui faire ça.

Il se leva à son tour, s'approchant de l'hygiaphone, posant ses mains à plat sur le plexi, comme pour tenter de toucher le ventre de la jeune femme.

— Tu dois le faire partir ! Comment crois-tu qu'il grandira, s'épanouira, avec l'image d'un père derrière les barreaux jusqu'à ce que mort s'ensuive ? À moins que tu ne lui caches ses origines ? J'ai grandi, comme Marion, avec cette étiquette de fils de pute et tu voudrais maintenant que cet enfant naisse avec l'étiquette de fils de criminel ?

— Pas de fils, non... C'est une fille.

— C'est terminé ! beugla l'agent pénitentiaire. Fin de la visite.

— Une minute ! supplia Romain, tandis que le maton lui empoignait le bras.

De l'autre côté du plexiglas, Louise pleurait. Entre deux sanglots, elle demanda :

— Comment voudrais-tu l'appeler ?

Et tandis que le gardien l'emportait vers sa cellule, Romain cria :

— Marion ! J'aimerais qu'elle s'appelle Marion…

À l'instant où la porte blindée de sa cellule se refermait sur Romain, Louise foulait le trottoir, devant la lourde porte métallique de la prison.

Une main tendrement posée sur son ventre, elle s'éloigna vers le destin qu'elle s'était choisi.

FIN

(juillet 2017 – octobre 2019)

REMERCIEMENTS

Comme à chacun de mes titres publiés, se cache derrière la plume de l'auteur une femme dont la patte se retrouve fréquemment au cœur de mes histoires. Cette femme, c'est celle qui m'accompagne au quotidien, qui encourage mes lumineuses idées, tempère mes folies et soutient mon vaste projet. À Natacha, donc, merci !

Je tiens à remercier les lecteurs de la première heure, ceux qui ont la primeur de mes mots, qui me réorientent parfois, m'encouragent toujours : Gérard, Marie, Magali, Marie-Chantal, Isabelle, Nadège, Gervais, Virginie, Laurence… Si j'en oublie, qu'il ou elle me crucifie sur place !

Merci à Christine pour son boulot sur le design de couverture. Elle a d'autant plus de mérite que je suis d'un pénible sans nom pour parvenir à une décision finale satisfaisante. (Merci à Ludo également…)

Merci à Sophie pour ses corrections très professionnelles. Promis, la prochaine fois, je ne parlerai plus des trous du gruyère ni des pains au chocolat… que je remplacerai impitoyablement par l'emmental et les chocolatines !

Enfin, merci à vous tous, lecteurs qui venez de découvrir et – j'espère – d'aimer ce nouveau roman. Si j'ai envie d'en écrire encore tant d'autres après, c'est grâce à votre fidélité et vos mots qui me font du bien !

Et n'oubliez pas, à la fin de cette lecture, de délivrer une appréciation et quelques étoiles sur les sites de vente tels qu'Amazon et les sites de partage de lectures tels Babelio, Booknode, etc. Cela aide les petits auteurs comme nous à se faire mieux connaître des lecteurs suivants ! Un grand merci par avance.

À bientôt !!!

La tête assez dure

J'avais pas la tête assez dure
Pour faire éclater du béton,
Alors j'ai toujours vu un mur
Pour me boucher l'horizon.

Un mur entre le ciel et moi,
Un mur entre l'amour et moi,
Du mauvais côté du soleil,
Je crois que j'ai toujours eu froid.

J'ai vécu comme ces animaux
Qui naissent en captivité,
Un numéro dans un troupeau
Incapable de m'évader.

Il fallait pas me croire un chêne
Alors que je n'étais qu'un gland,
Prenant ma peur pour de la haine.
Ils m'ont brisé comme un enfant.

J'avais pas la tête assez dure,
J'avais pas les membres assez grands,
J'étais un perdant par nature,
Un litre d'eau dans l'océan.

Il fallait pas me croire un homme
Alors que je n'étais qu'un chien,

Arrière-petits-fils de personne.
Je n'enfanterai jamais rien.

J'avais pas la tête assez dure
Pour faire éclater du béton.
J'avais pas le cœur assez pur
Pour être sûr d'avoir raison.

J'ai perdu mon temps et ma force
Dans un combat démesuré,
Un combat cruel et féroce
Depuis le jour où je suis né.

J'avais pas la tête assez dure
Pour faire éclater du béton,
Alors j'ai toujours vu un mur
Pour me boucher l'horizon.

Il fallait pas me croire un chêne
Alors que je n'étais qu'un gland.
Prenant ma peur pour de la haine,
Ils m'ont brisé comme un enfant.

Paroliers : Jacques Abel Jules Revaud / Michel Charles Sardou

***

La vieille

Elle a des cerises sur son chapeau, la vieille.
Elle se fait croire que c'est l'été.
Au soleil, on s'sent rassuré.

Il paraît qu'la dame à la faux,
C'est l'hiver qu'elle fait son boulot.
C'est pas qu'elle tienne tant à la vie
Mais les vieilles ça a des manies,
Ça aime son fauteuil et son lit,
Même si le monde s'arrête ici.

Elle a la tête comme un placard, la vieille,
Et des souvenirs bien rangés,
Comme ses draps, ses taies d'oreillers.

Son tout premier carnet de bal,
Du temps où la valse, c'était mal,
Un petit morceau de voile blanc,
Du temps où l'on s'mariait enfant,
De son feu héros, une croix de guerre
De l'avant-dernière dernière guerre.

Elle a des cerises sur son chapeau, la vieille.
Elle se fait croire que c'est l'été.

Elle ne fait plus partie du temps.
Elle a cent ans, elle a mille ans.
Elle est pliée, elle est froissée
Comme un journal du temps passé.

Elle a sa famille en photos, la vieille.
Sur le buffet, ils sont en rangs
Et ça sourit de toutes ses dents.

Y a les p'tits enfants des enfants
Et les enfants des p'tits enfants.
Y a ceux qui viendraient bien des fois
Mais qui n'ont pas d'auto pour ça,
Ceux qui ont pas l'temps, qu'habitent pas là,
Puis y a les autres qui n'y pensent pas.

Elle a des cerises sur son chapeau, la vieille.
Elle veut s'faire croire que c'est l'été.

Elle a des cerises sur son chapeau, la vieille.
Elle se fait croire que c'est l'été.

Paroliers : Gilles Thibaut / Jacques Abel Jules Revaud

© Universal Music Publishing Group

***

La neige

Un musicien assassinait Mozart
Dans un café de Varsovie.

La neige,
La neige
Etait recouverte de boue.
La neige,
La neige
Faisait un grand silence autour de nous.

Qu'est-ce que je fous dans ce café de Varsovie
En plein hiver, en pleine nuit?
Personne ne sait ni d'où je viens ni qui je suis.
Un peu perdu et mort de froid,
Un peu ému comme autrefois,
Personne ne sait ce que j'ai fait de Varsovie.

La neige,
La neige
Etait recouverte de boue.
La neige,
La neige
Faisait un grand silence autour de nous

Elle est entrée dans ce café de Varsovie,
Un peu changée, un peu vieillie.
Elle regardait si on ne l'avait pas suivie.
Elle ressemblait à mon passé.
Il me semblait l'avoir aimée.
Personne ne sait ce qu'elle était à Varsovie.

Sa robe,

Sa robe

Etait recouverte de boue.

Sa robe,

Sa robe

Etait déchirée jusqu'à ses genoux.

On est sortis de ce café de Varsovie.

Elle est partie. Je suis parti

Et les années qui se sont écoulées depuis

Ne m'ont jamais dit le pourquoi

De ce grand vide au fond de moi.

Mais qu'est-ce que j'ai fait cette nuit-là à Varsovie?

La neige,

La neige

Etait recouverte de boue.

La neige,

La neige

A laissé le silence autour de nous.

Un musicien assassinait Mozart dans un café de
Varsovie.

*Paroliers : Jacques Abel Jules Revaud / Michel Charles
Sardou / Vline Buggy*

© Universal Music Publishing Group

***

Mauvais homme

Tout a commencé dans l'amour et le sang.
Une femme m'a mis au monde en hurlant.
Elle m'avait gardé comme le pourboire d'un homme
Qui ne l'a pas regardée en l'aimant,

Seulement mon père,
Mon père, c'était un régiment.
Vous comprendrez sans doute
Pourquoi j'ai l'air méchant.

Mauvais homme,
Mauvais mari, mauvais amant
Qui tient debout, évidemment,
Entre l'alcool et les calmants.

Mauvais homme,
J'étais déjà mauvais enfant
Et mauvais frère et mécréant,
Le cœur battant au minimum.

Mauvais homme
Et pas du tout c'que vous croyez
Seulement un type perdu
Qui ne voulait rien demander.

Mauvais homme,
Mauvais ami et mauvais père,
Mauvais ivrogne qui veut la mer
Et qui s'endort avec un rhum.

J'voudrais recommencer, c'est ça mon testament,
Transformer mon passé, mais comment?

Et être un jour peut-être une bible ou un enfant,
Un animal normal, simplement.

Mais comment m'refaire,
Comment revenir en arrière,
Rentrer dans l'ventre de ma mère
Et refaire mon entrée.

Chez les hommes
Où je ne suis qu'un mauvais homme
Qui n'a rien fait de bien en somme,
Qu'on effacerait d'un coup de gomme?

Mauvais homme,
Je ne peux plus changer d'histoire,
Changer de nom, changer de forme.
Y a rien à voir dans ma mémoire.

Mauvais homme,
Qui a vendu son âme au diable,
Mais qui finit tout seul à table,
Qui n'est ensemble avec personne.

Mauvais homme,
Mauvais mari et mauvais père,
Qui fait l'amour à des sorcières
Et qui s'endort avec un rhum.

Mauvais homme,
Je suis un mauvais homme,
Mauvais homme.

*Paroliers : Jacques Abel Jules Revaud / Jean Loup Dabadie
/ Michel Charles Sardou / Pierre Jean Maurice Billon*

Chez les Lacassagne, chacun a son petit secret...

Été 1986

Au large de la baie des Anges, Pierre-Hugues, le fils aîné de la famille Lacassagne, se noie lors d'une virée en mer avec son frère et sa sœur.

Été 2016

À l'aube de ses quatre-vingts ans, Charles Lacassagne, magnat de l'immobilier niçois, songe à transmettre son empire à ses enfants. Dans le même temps, il contacte un journaliste parisien, Jérôme Bastaro, pour écrire sa biographie.

Mais Jérôme ne tarde pas à découvrir que les fondations de cette éclatante réussite sont fragiles : drames, non-dits et mensonges émaillent l'histoire de la famille Lacassagne.

Il se retrouve bientôt face à un dilemme : remplir sa mission et raconter sagement la belle histoire que Charles attend de lui ou suivre son instinct, enquêter et écrire " la vérité sur l'Affaire Lacassagne "...

Sébastien THEVENY

TROUBLE JE

Hiver 2015 : Lorsque Léo, un jeune homme de vingt-cinq ans, apprend la mort tragique de ses deux parents, c'est tout un pan de sa vie qui s'en trouve bouleversé.

Une perte cruelle à laquelle s'ajoute la découverte, au travers de documents, d'un passé bien éloigné de l'idéal affiché par cette petite cellule familiale.

***

Années 80 : Noémie et Sacha, les parents de Léo, se débattent dans leur désir d'enfant. Une quête longue de plusieurs années qui mettra leur couple à l'épreuve...

***

Léo part en quête des secrets de son véritable passé :

Une histoire trouble où chacun aura eu son prix à payer...

Pour que des vies basculent, il suffit parfois d'une seconde.

New York, 2018.

Assis dans une salle d'embarquement de l'aéroport de La Guardia, Tom Brady observe les autres passagers, autant d'anonymes ignorant tout de son terrible Thanksgiving 2015.

Impossible d'oublier ce fameux jeudi ! Une journée noire, agitée, tendue, qui cache d'effroyables secrets mais aussi une vérité glaçante, dérangeante, dont les racines puisent bien plus loin dans le passé…

À cet instant, Tom est loin d'imaginer qu'il ne lui reste que trente secondes avant de mourir.

Quand la volonté est plus forte que la mort.

Jules a treize ans et il est condamné.

Atteint de mucoviscidose, il sait qu'un jour tout doit finir.

Or Jules a un rêve : rencontrer son idole de toujours, Roger Federer. Pour cela, il est prêt à braver toutes les épreuves.

Seul à seul avec son père, Jules va tenter de se rendre, à vélo, jusqu'à Wimbledon. Il sait que le Maestro du tennis mettra bientôt un terme à sa carrière.

Dans son cœur, c'est cette année… ou jamais !

Ce road-trip sera aussi, pour le père et le fils, le moyen d'apprendre à se retrouver, à panser les blessures et les non-dits du passé…

Un voyage initiatique et rédempteur, entre un père et son fils, face à l'inexorable.

Si vous souhaitez rester en contact, suivre mon actualité, mes projets, je vous invite à visiter régulièrement mon site web :

www.sebastientheveny.fr

Sur ce site vous trouverez également des textes inédits (nouvelles, poèmes, textes d'atelier d'écriture…)

https://www.amazon.fr/l/B01N1PW2WV

Printed in Great Britain
by Amazon